Benito Pérez Galdós

Fortunata y Jacinta

Parte primera

Barcelona **2024**
Linkgua-ediciones.com

Créditos

Título original: Fortunata y Jacinta I.

© 2024, Red ediciones S.L.

e-mail: info@linkgua.com

Diseño de cubierta: Michel Mallard.

ISBN tapa dura: 978-84-1126-517-1.
ISBN rústica: 978-84-9953-151-9.
ISBN ebook: 978-84-9953-150-2.

Sumario

Brevísima presentación

La vida

Galdós era el décimo hijo de un coronel del ejército, Sebastián Pérez, y de Dolores Galdós. En 1852 ingresó en el Colegio de San Agustín, que aplicaba una pedagogía muy avanzada para la época.

Obtuvo el título de bachiller en Artes en 1862, en el Instituto de La Laguna, y empezó a publicar poemas satíricos, ensayos y cuentos en la prensa local. También se destacó por su interés por el dibujo y la pintura.

En septiembre de 1862 Galdós se fue a vivir a Madrid y se matriculó en la universidad. Allí conoció al fundador de la Institución Libre de Enseñanza, Francisco Giner de los Ríos, que le alentó a escribir y le hizo conocer el krausismo. Por entonces frecuentó los teatros de Madrid y organizó la «Tertulia Canaria».

En 1865 empezó a escribir en los periódicos *La Nación* y *El Debate*, y en la Revista del Movimiento Intelectual de Europa.

Hacia 1867 hizo su primer viaje al extranjero, como corresponsal en París en la Exposición Universal. Volvió con obras de Balzac y de Dickens y tradujo de éste, a partir de una traducción francesa, *Los papeles póstumos del Club Pickwick*. Un año después abandona sus estudios universitarios.

Galdós publicó en 1870 *La Fontana de Oro*, su primera novela. *La Sombra* fue publicada en noviembre de 1870 por entregas en *La Revista de España*. Y en 1873 comenzó a publicar la que se puede considerar su obra maestra, los *Episodios nacionales*, donde refleja la vida íntima de los españoles del siglo XIX y los acontecimientos de la historia nacional que marcaron el destino de España. La obra tiene cuarenta y seis episodios en cinco series de diez novelas cada una, salvo la última, inconclusa. Empiezan con la batalla de Trafalgar y terminan con la Restauración borbónica en España.

Galdós tuvo una hija natural en 1891 de una madre que se suicidó, Lorenza Cobián. Y se relacionó con la actriz Concha Morell y la novelista Emilia Pardo Bazán.

En 1919 se realizó una escultura suya. Galdós, que había perdido la vista, pidió ser alzado para palpar la obra y lloró emocionado.

Galdós murió en su casa de la calle Hilarión Eslava de Madrid el 4 de enero de 1920. El día de su entierro unas 20.000 personas acompañaron su ataúd hasta el cementerio de la Almudena.

Parte primera

I. Juanito Santa Cruz

I

Las noticias más remotas que tengo de la persona que lleva este nombre me las ha dado Jacinto María Villalonga, y alcanzan al tiempo en que este amigo mío y el otro y el de más allá, Zalamero, Joaquinito Pez, Alejandro Miquis, iban a las aulas de la Universidad. No cursaban todos el mismo año, y aunque se reunían en la cátedra de Camús, separábanse en la de Derecho Romano: el chico de Santa Cruz era discípulo de Novar, y Villalonga de Coronado. Ni tenían todos el mismo grado de aplicación: Zalamero, juicioso y circunspecto como pocos, era de los que se ponen en la primera fila de bancos, mirando con faz complacida al profesor mientras explica, y haciendo con la cabeza discretas señales de asentimiento a todo lo que dice. Por el contrario, Santa Cruz y Villalonga se ponían siempre en la grada más alta, envueltos en sus capas y más parecidos a conspiradores que a estudiantes. Allí pasaban el rato charlando por lo bajo, leyendo novelas, dibujando caricaturas o soplándose recíprocamente la lección cuando el catedrático les preguntaba. Juanito Santa Cruz y Miquis llevaron un día una sartén (no sé si a la clase de Novar o a la de Uribe, que explicaba Metafísica) y frieron un par de huevos. Otras muchas tonterías de este jaez cuenta Villalonga, las cuales no copio por no alargar este relato. Todos ellos, a excepción de Miquis que se murió en el 64 soñando con la gloria de Schiller, metieron infernal bulla en el célebre alboroto de la noche de San Daniel. Hasta el formalito Zalamero se descompuso en aquella ruidosa ocasión, dando pitidos y chillando como un salvaje, con lo cual se ganó dos bofetadas de un guardia veterano, sin más consecuencias. Pero Villalonga y Santa Cruz lo pasaron peor, porque el primero recibió un sablazo en el hombro que le tuvo derrengado por espacio de dos meses largos, y el segundo fue cogido junto a la esquina del Teatro Real y llevado a la prevención en una cuerda de presos, compuesta de varios estudiantes decentes y algunos pilluelos de muy mal pelaje. A la sombra me lo tuvieron veinte y tantas horas, y aún durara más su cautiverio, si de él no le sacara el día 11 su papá, sujeto respetabilísimo y muy bien relacionado.

¡Ay!, el susto que se llevaron don Baldomero Santa Cruz y Barbarita no es para contado. ¡Qué noche de angustia la del 10 al 11! Ambos creían no volver a ver a su adorado nene, en quien, por ser único, se miraban y se recreaban con inefables goces de padres chochos de cariño, aunque no eran viejos. Cuando el tal Juanito entró en su casa, pálido y hambriento, descompuesta la faz graciosa, la ropita llena de sietes y oliendo a pueblo, su mamá vacilaba entre reñirle y comérsele a besos. El insigne Santa Cruz, que se había enriquecido honradamente en el comercio de paños, figuraba con timidez en el antiguo partido progresista; mas no era socio de la revoltosa *Tertulia*, porque las inclinaciones antidinásticas de Olózaga y Prim le hacían muy poca gracia. Su club era el salón de un amigo y pariente, al cual iban casi todas las noches don Manuel Cantero, don Cirilo Álvarez y don Joaquín Aguirre, y algunas don Pascual Madoz. No podía ser, pues, don Baldomero, por razón de afinidades personales, sospechoso al poder. Creo que fue Cantero quien le acompañó a Gobernación para ver a González Bravo, y éste dio al punto la orden para que fuese puesto en libertad el revolucionario, el anarquista, el descamisado Juanito.

Cuando el niño estudiaba los últimos años de su carrera, verificose en él uno de esos cambiazos críticos que tan comunes son en la edad juvenil. De travieso y alborotado volviose tan juiciosillo, que al mismo Zalamero daba quince y raya. Entrole la comezón de cumplir religiosamente sus deberes escolásticos y aun de instruirse por su cuenta con lecturas sin tasa y con ejercicios de controversia y palique declamatorio entre amiguitos. No solo iba a clase puntualísimo y cargado de apuntes, sino que se ponía en la grada primera para mirar al profesor con cara de aprovechamiento, sin quitarle ojo, cual si fuera una novia, y aprobar con cabezadas la explicación, como diciendo: «yo también me sé eso y algo más». Al concluir la clase, era de los que le cortan el paso al catedrático para consultarle un punto oscuro del texto o que les resuelva una duda. Con estas dudas declaran los tales su furibunda aplicación. Fuera de la Universidad, la fiebre de la ciencia le traía muy desasosegado. Por aquellos días no era todavía costumbre que fuesen al Ateneo los sabios de pecho que están mamando la leche del conocimiento. Juanito se reunía con otros cachorros en la casa del chico de Tellería (Gustavito) y allí armaban grandes peloteras. Los temas más sutiles

14

de Filosofía de la Historia y del Derecho, de Metafísica y de otras ciencias especulativas (pues aún no estaban de moda los estudios experimentales, ni el transformismo, ni Darwin, ni Haeckel eran para ellos, lo que para otros el trompo o la cometa). ¡Qué gran progreso en los entretenimientos de la niñez! ¡Cuando uno piensa que aquellos mismos nenes, si hubieran vivido en edades remotas, se habrían pasado el tiempo mamándose el dedo, o haciendo y diciendo toda suerte de boberías...!

Todos los dineros que su papá le daba, dejábalos Juanito en casa de Bailly-Baillière, a cuenta de los libros que iba tomando. Refiere Villalonga que un día fue Barbarita *reventando* de gozo y orgullo a la librería, y después de saldar los débitos del niño, dio orden de que entregaran a este todos los mamotretos que pidiera, aunque fuesen caros y tan grandes como misales. La bondadosa y angelical señora quería poner un freno de modestia a la expresión de su vanidad maternal. Figurábase que ofendía a los demás, haciendo ver la supremacía de su hijo entre todos los hijos nacidos y por nacer. No quería tampoco profanar, haciéndolo público, aquel encanto íntimo, aquel himno de la conciencia que podemos llamar los *misterios gozosos* de Barbarita. Únicamente se clareaba alguna vez, soltando como al descuido estas entrecortadas razones: «¡Ay qué chico!... ¡cuánto lee! Yo digo que esas cabezas tienen algo, algo, sí señor, que no tienen las demás... En fin, más vale que le dé por ahí».

Concluyó Santa Cruz la carrera de Derecho, y de añadidura la de Filosofía y Letras. Sus papás eran muy ricos y no querían que el niño fuese comerciante, ni había para qué, pues ellos tampoco lo eran ya. Apenas terminados los estudios académicos, verificose en Juanito un nuevo cambiazo, una segunda crisis de crecimiento, de esas que marcan el misterioso paso o transición de edades en el desarrollo individual. Perdió bruscamente la afición a aquellas furiosas broncas oratorias por un más o un menos en cualquier punto de Filosofía o de Historia; empezó a creer ridículos los sofocones que se había tomado por probar que *en las civilizaciones de Oriente el poder de las castas sacerdotales era un poquito más ilimitado que el de los reyes*, contra la opinión de Gustavito Tellería, el cual sostenía, dando puñetazos sobre la mesa, que lo era *un poquitín menos*. Dio también en pensar que maldito lo que le importaba que *la conciencia fuera la intimidad total del ser racional consigo mismo*, o bien otra cosa semejante, como quería probar, hinchándose de convicción airada, Joaquinito Pez. No tardó, pues, en aflojar la cuerda a la manía de las lecturas, hasta llegar a no leer absolutamente nada. Barbarita creía de buena fe que su hijo no leía ya porque había agotado el pozo de la ciencia.

Tenía Juanito entonces veinticuatro años. Le conocí un día en casa de Federico Cimarra en un almuerzo que este dio a sus amigos. Se me ha olvidado la fecha exacta; pero debió de ser esta hacia el 69, porque recuerdo que se habló mucho de Figuerola, de la capitación y del derribo de la torre de la iglesia de Santa Cruz. Era el hijo de don Baldomero muy bien parecido y además muy simpático, de estos hombres que se recomiendan con su figura antes de cautivar con su trato, de estos que en una hora de conversación ganan más amigos que otros repartiendo favores positivos. Por lo bien que decía las cosas y la gracia de sus juicios, aparentaba saber más de lo que sabía, y en su boca las paradojas eran más bonitas que las verdades. Vestía con elegancia y tenía tan buena educación, que se le perdonaba fácilmente el hablar demasiado. Su instrucción y su ingenio agudísimo le hacían descollar sobre todos los demás mozos de la partida, y aunque a primera vista tenía cierta semejanza con Joaquinito Pez, tratándoles se echaban de ver entre ambos profundas diferencias, pues el chico de Pez, por su ligereza de carácter y la garrulería de su entendimiento, era un verdadero botarate.

Barbarita estaba loca con su hijo; mas era tan discreta y delicada, que no se atrevía a elogiarle delante de sus amigas, sospechando que todas las demás señoras habían de tener celos de ella. Si esta pasión de madre daba a Barbarita inefables alegrías, también era causa de zozobras y cavilaciones. Temía que Dios la castigase por su orgullo; temía que el adorado hijo enfermara de la noche a la mañana y se muriera como tantos otros de menos mérito físico y moral. Porque no había que pensar que el mérito fuera una inmunidad. Al contrario, los más brutos, los más feos y los perversos son los que se hartan de vivir, y parece que la misma muerte no quiere nada con ellos. Del tormento que estas ideas daban a su alma se defendía Barbarita con su ardiente fe religiosa. Mientras oraba, una voz interior, susurro dulcísimo como chismes traídos por el Ángel de la Guarda, le decía que su hijo no moriría antes que ella. Los cuidados que al chico prodigaba eran esmeradísimos; pero no tenía aquella buena señora las tonterías dengosas de algunas madres, que hacen de su cariño una manía insoportable para los que la presencian, y corruptora para las criaturas que son objeto de él. No trataba a su hijo con mimo. Su ternura sabía ser inteligente y revestirse a veces de severidad dulce.

¿Y por qué le llamaba todo el mundo y le llama todavía casi unánimemente *Juanito* Santa Cruz? Esto sí que no lo sé. Hay en Madrid muchos casos de esta aplicación del diminutivo o de la fórmula familiar del nombre, aun tratándose de personas que han entrado en la madurez de la vida. Hasta hace pocos años, al autor cien veces ilustre de *Pepita Jiménez*, le llamaban sus amigos y los que no lo eran, *Juanito* Valera. En la sociedad madrileña, la más amena del mundo porque ha sabido combinar la cortesía con la confianza, hay algunos *Pepes, Manolitos* y *Pacos* que, aun después de haber conquistado la celebridad por diferèntes conceptos, continúan nombrados con esta familiaridad democrática que demuestra la llaneza castiza del carácter español. El origen de esto habrá que buscarlo quizá en ternuras domésticas o en hábitos de servidumbre que trascienden sin saber cómo a la vida social. En algunas personas, puede relacionarse el diminutivo con el sino. Hay efectivamente Manueles que nacieron predestinados para ser *Manolos* toda su vida. Sea lo que quiera, al venturoso hijo de don Baldomero Santa Cruz y de doña Bárbara Arnaiz le llamaban *Juanito*, y *Juanito* le dicen y le dirán quizá hasta las canas de él y la muerte de los que le conocieron niño vayan alterando poco a poco la campechana costumbre.

Conocida la persona y sus felices circunstancias, se comprenderá fácilmente la dirección que tomaron las ideas del joven Santa Cruz al verse en las puertas del mundo con tantas probabilidades de éxito. Ni extrañará nadie que un chico guapo, poseedor del arte de agradar y del arte de vestir, hijo único de padres ricos, inteligente, instruido, de frase seductora en la conversación, pronto en las respuestas, agudo y ocurrente en los juicios, un chico, en fin, al cual se le podría poner el rótulo social de *brillante*, considerara ocioso y hasta ridículo el meterse a averiguar si hubo o no un idioma único primitivo, si el Egipto fue una colonia bracmánica, si la China es absolutamente independiente de tal o cual civilización asiática, con otras cosas que años atrás le quitaban el sueño, pero que ya le tenían sin cuidado, mayormente si pensaba que lo que él no averiguase otro lo averiguaría...

«Y por último —decía— pongamos que no se averigüe nunca. ¿Y qué...?». El mundo tangible y gustable le seducía más que los incompletos conocimientos de vida que se vislumbran en el fugaz resplandor de las ideas *sacadas a la fuerza*, chispas obtenidas en nuestro cerebro por la percusión de la voluntad, que es lo que constituye el estudio. Juanito acabó por declararse a sí mismo que más sabe el que vive *sin querer saber* que el que *quiere saber sin vivir*, o sea aprendiendo en los libros y en las aulas. Vivir es relacionarse, gozar y padecer, desear, aborrecer y amar. La lectura es vida artificial y prestada, el usufructo, mediante una función cerebral, de las ideas y sensaciones ajenas, la adquisición de los tesoros de la verdad humana por compra o por estafa, no por el trabajo. No paraban aquí las filosofías de Juanito, y hacía una comparación que no carece de exactitud. Decía que entre estas dos maneras de vivir, observaba él la diferencia que hay entre comerse una chuleta y que le vengan a contar a uno cómo y cuándo se la ha comido otro, haciendo el cuento muy a lo vivo, se entiende, y describiendo la cara que ponía, el gusto que le daba la masticación, la gana con que tragaba y el reposo con que digería.

II

Empezó entonces para Barbarita nueva época de sobresaltos. Si antes sus oraciones fueron pararrayos puestos sobre la cabeza de Juanito para apartar de ella el tifus y las viruelas, después intentaban librarle de otros enemigos no menos atroces. Temía los escándalos que ocasionan lances personales, las pasiones que destruyen la salud y envilecen el alma, los despilfarros, el desorden moral, físico y económico. Resolviose la insigne señora a tener carácter y a vigilar a su hijo. Hízose fiscalizadora, reparona, entrometida, y unas veces con dulzura, otras con aspereza que le costaba trabajo fingir, tomaba razón de todos los actos del joven, tundiéndole a preguntas: «¿A dónde vas con ese cuerpo?... ¿De dónde vienes ahora?... ¿Por qué entraste anoche a las tres de la mañana?... ¿En qué has gastado los mil reales que ayer te di?... A ver, ¿qué significa este perfume que se te ha pegado a la cara?...». Daba sus descargos el delincuente como podía, fatigando su imaginación para procurarse respuestas que tuvieran visos de lógica, aunque estos fueran como fulgor de relámpago. Ponía una de cal y otra de arena, mezclando las contestaciones categóricas con los mimos y las zalamerías. Bien sabía cuál era el flanco débil del enemigo. Pero Barbarita, mujer de tanto espíritu como corazón, se las tenía muy tiesas y sabía defenderse. En algunas ocasiones era tan fuerte la acometida de cariñitos, que la mamá estaba a punto de rendirse, fatigada de su entereza disciplinaria. Pero, ¡quia!, no se rendía; y vuelta al ajuste de cuentas, y al inquirir, y al tomar acta de todos los pasos que el predilecto daba por entre los peligros sociales. En honor a la verdad, debo decir que los desvaríos de Juanito no eran ninguna cosa del otro jueves. En esto, como en todo lo malo, hemos progresado de tal modo, que las barrabasadas de aquel niño bonito hace quince años, nos parecerían hoy timideces y aun actos de ejemplaridad relativa.

Presentose en aquellos días al simpático joven la coyuntura de hacer su primer viaje a París, adonde iban Villalonga y Federico Ruiz comisionados por el Gobierno, el uno a comprar máquinas de agricultura, el otro a adquirir aparatos de astronomía. A don Baldomero le pareció muy bien el viaje del chico, para que viese mundo; y Barbarita no se opuso, aunque le mortificaba mucho la idea de que su hijo correría en la capital de Francia temporales más recios que los de Madrid. A la pena de no verle uníase el temor de que le sorbieran aquellos gabachos y gabachas, tan diestros en desplumar al foras-tero y en maleficiar a los jóvenes más juiciosos. Bien se sabía ella que allá hilaban muy fino en esto de explotar las debilidades humanas, y que Madrid era, comparado en esta materia con París de Francia, un lugar de abstinencia y mortificación. Tan triste se puso un día pensando en estas cosas y tan al vivo se le representaban la próxima perdición de su querido hijo y las redes en que inexperto caía, que salió de su casa resuelta a implorar la miseri-cordia divina del modo más solemne, conforme a sus grandes medios de fortuna. Primero se le ocurrió encargar muchas misas al cura de San Ginés, y no pareciéndole esto bastante, discurrió mandar poner de Manifiesto la Divina Majestad todo el tiempo que el niño estuviese en París. Ya dentro de la Iglesia, pensó que lo del Manifiesto era un lujo desmedido y por lo mismo quizá irreverente. No, guardaría el recurso gordo para los casos graves de enfermedad o peligro de muerte. Pero en lo de las misas sí que no se volvió atrás, y encargó la mar de ellas, repartiendo además aquella semana más limosnas que de costumbre.

Cuando comunicaba sus temores a don Baldomero, este se echaba a reír y le decía: «El chico es de buena índole. Déjale que se divierta y que la corra. Los jóvenes del día necesitan despabilarse y ver mucho mundo. No son estos tiempos como los míos, en que no la corría ningún chico del comercio, y nos tenían a todos metidos en un puño hasta que nos casaban. ¡Qué costumbres aquellas tan diferentes de las de ahora! La civilización, hija, es mucho cuento. ¿Qué padre le daría hoy un par de bofetadas a un hijo de veinte años por haberse puesto las botas nuevas en día de trabajo? ¿Ni cómo te atreverías hoy a proponerle a un mocetón de estos que rece el rosario con la familia? Hoy los jóvenes disfrutan de una libertad y de una iniciativa para divertirse que no gozaban los de antaño. Y no creas, no creas que por esto son peores. Y si me apuras, te diré que conviene que los chicos no sean tan encogidos como los de entonces. Me acuerdo de cuando yo era pollo. ¡Dios mío, qué soso era! Ya tenía veinticinco años, y no sabía decir a una mujer o señora sino *que usted lo pase bien*, y de ahí no me sacaba nadie. Como que me había pasado en la tienda y en el almacén toda la niñez y lo mejor de mi juventud. Mi padre era una fiera; no me perdonaba nada. Así me crié, así salí yo, con unas ideas de rectitud y unos hábitos de trabajo, que ya ya... Por eso bendigo hoy los coscorrones que fueron mis verdaderos maestros. Pero en lo referente a sociedad, yo era un salvaje. Como mis padres no me permitían más compañía que la de otros muchachones tan ñoños como yo, no sabía ninguna suerte de travesuras, ni había visto a una mujer más que por el forro, ni entendía de ningún juego, ni podía hablar de nada que fuera mundano y corriente. Los domingos, mi mamá tenía que ponerme la corbata y encasquetarme el sombrero, porque todas las prendas del día de fiesta parecían querer escapárseme del cuerpo. Tú bien te acuerdas. Anda, que también te has reído de mí. Cuando mis padres me hablaron... así, a boca de jarro, de que me iba a casar contigo, ¡me corrió un frío por todo el espinazo...! Todavía me acuerdo del miedo que te tenía. Nuestros padres nos dieron esto amasado y cocido. Nos casaron como se casa a los gatos, y punto concluido. Salió bien; pero hay tantos casos en que esta manera de hacer familias sale malditamente... ¡Qué risa! Lo que me daba más miedo cuando mi madre me habló de casarme, fue el compromiso en que estaba de hablar contigo... No tenía más remedio que decirte algo... ¡Caramba, qué sudores pasé! 'Pero yo ¿qué le voy a decir, si lo único que sé es *que usted lo pase bien*, y en saliendo de ahí soy hombre perdido...?'.

Ya te he contado mil veces la saliva amarga que tragaba ¡ay, Dios mío!, cuando mi madre me mandaba ponerme la levita de paño negro para llevarme a tu casa. Bien te acuerdas de mi famosa levita, de lo mal que me estaba y de lo desmañado que era en tu presencia, pues no me arrancaba a decir una palabra sino cuando alguien me ayudaba. Los primeros días me inspirabas verdadero terror, y me pasaba las horas pensando cómo había de entrar y qué cosas había de decir, y discurriendo alguna triquiñuela para hacer menos ridícula mi cortedad... Dígase lo que se quiera, hija, aquella educación no era buena. Hoy no se puede criar a los hijos de esa manera. Yo ¡qué quieres que te diga!, creo que en lo esencial Juanito no ha de faltarnos. Es de casta honrada, tiene la formalidad en la masa de la sangre. Por eso estoy tranquilo, y no veo con malos ojos que se despabile, que conozca el mundo, que adquiera soltura de modales...».

—No, si lo que menos falta hace a mi hijo es adquirir soltura, porque la tiene desde que era una criatura... Si no es eso. No se trata aquí de modales, sino de que me le coman esas bribonas...

—Mira, mujer, para que los jóvenes adquieran energía contra el vicio, es preciso que lo conozcan, que lo caten, sí, hija, que lo caten. No hay peor situación para un hombre que pasarse la mitad de la vida rabiando por probarlo y no pudiendo conseguirlo, ya por timidez, ya por esclavitud. No hay muchos casos como yo, bien lo sabes; ni de estos tipos que jamás, ni antes ni después de casados, tuvieron trapicheos, entran muchos en libra. Cada cual en su época. Juanito, en la suya, no puede ser mejor de lo que es, y si te empeñas en hacer de él un anacronismo o una rareza, un *non* como su padre, puede que lo eches a perder.

Estas razones no convencían a Barbarita, que seguía con toda el alma fija en los peligros y escollos de la Babilonia parisiense, porque había oído contar horrores de lo que allí pasaba. Como que estaba infestada la gran ciudad de unas mujeronas muy guapas y elegantes que al pronto parecían duquesas, vestidas con los más bonitos y los más nuevos arreos de la moda.

Mas cuando se las veía y oía de cerca, resultaban ser unas tiotas relajadas, comilonas, borrachas y ávidas de dinero, que desplumaban y resecaban al pobrecito que en sus garras caía. Contábale estas cosas el marqués de Casa-Muñoz que casi todos los veranos iba al extranjero.

Las inquietudes de aquella incomparable señora acabaron con el regreso de Juanito. ¡Y quién lo diría! Volvió mejor de lo que fue. Tanto hablar de París, y cuando Barbarita creía ver entrar a su hijo hecho una lástima, todo rechupado y anémico, se le ve más gordo y lucio que antes, con mejor color y los ojos más vivos, muchísimo más alegre, más hombre en fin, y con una amplitud de ideas y una puntería de juicio que a todos dejaba pasmados. ¡Vaya con París!... El marqués de Casa-Muñoz se lo decía a Barbarita: «No hay que *involucrar*, París es muy malo; pero también es muy bueno».

II. Santa Cruz y Arnaiz. Vistazo histórico sobre el comercio matritense

I

Don Baldomero Santa Cruz era hijo de otro don Baldomero Santa Cruz que en el siglo pasado tuvo ya tienda de paños del Reino en la calle de la Sal, en el mismo local que después ocupó don Mauro Requejo. Había empezado el padre por la más humilde jerarquía comercial, y a fuerza de trabajo, constancia y orden, el hortera de 1796 tenía, por los años del 10 al 15, uno de los más reputados establecimientos de la Corte en pañería nacional y extranjera. Don Baldomero II, que así es forzoso llamarle para distinguirle del fundador de la dinastía, heredó en 1848 el copioso almacén, el sólido crédito y la respetabilísima firma de don Baldomero I, y continuando las tradiciones de la casa por espacio de veinte años más, retirose de los negocios con un capital sano y limpio de quince millones de reales, después de traspasar la casa a dos muchachos que servían en ella, el uno pariente suyo y el otro de su mujer. La casa se denominó desde entonces *Sobrinos de Santa Cruz*, y a estos sobrinos, don Baldomero y Barbarita les llamaban familiarmente *los Chicos*.

En el reinado de don Baldomero I, o sea desde los orígenes hasta 1848, la casa trabajó más en géneros del país que en los extranjeros. Escaray y Pradoluengo la surtían de paños, Brihuega de bayetas, Antequera de pañuelos de lana. En las postrimerías de aquel reinado fue cuando la casa empezó a trabajar en géneros *de fuera*, y la reforma arancelaria de 1849 lanzó a don Baldomero II a mayores empresas. No solo realizó contratos con las fábricas de Béjar y Alcoy para dar mejor salida a los productos nacionales, sino que introdujo los famosos Sedanes para levitas, y las telas que tanto se usaron del 45 al 55, aquellos patencures, anascotes, cúbicas y chinchillas que ilustran la gloriosa historia de la sastrería moderna. Pero de lo que más provecho sacó la casa fue del ramo de capotes y uniformes para el Ejército y la Milicia Nacional, no siendo tampoco despreciable el beneficio que obtuvo del *artículo para capas*, el abrigo propiamente español que resiste a todas las modas de vestir, como el garbanzo resiste a todas las modas de comer.

Santa Cruz, Bringas y Arnaiz el gordo, monopolizaban toda la pañería de Madrid y surtían a los tenderos de la calle de Atocha, de la Cruz y Toledo.

En las contratas de vestuario para el Ejército y Milicia Nacional, ni Santa Cruz, ni Arnaiz, ni tampoco Bringas daban la cara. Aparecía como contratista un tal Albert, de origen belga, que había empezado por introducir paños extranjeros con mala fortuna. Este Albert era hombre muy para el caso, activo, despabilado, seguro en sus tratos aunque no estuvieran escritos. Fue el auxiliar eficacísimo de Casarredonda en sus valiosas contratas de lienzos gallegos para la tropa. El pantalón blanco de los soldados de hace cuarenta años ha sido origen de grandísimas riquezas. Los *fardos de Coruñas y Viveros* dieron a Casarredonda y al tal Albert más dinero que a los Santa Cruz y a los Bringas los capotes y levitas militares de Béjar, aunque en rigor de verdad estos comerciantes no tenían por qué quejarse. Albert murió el 55, dejando una gran fortuna, que heredó su hija casada con el sucesor de Muñoz, el de la inmemorial ferretería de la calle de Tintoreros.

En el reinado de don Baldomero II, las prácticas y procedimientos comerciales se apartaron muy poco de la rutina heredada. Allí no se supo nunca lo que era un anuncio en el Diario, ni se emplearon viajantes para extender por las provincias limítrofes el negocio. El refrán de *el buen paño en el arca se vende* era verdad como un templo en aquel sólido y bien reputado comercio. Los detallistas no necesitaban que se les llamase a son de cencerro ni que se les embaucara con artes charlatánicas. Demasiado sabían todos el camino de la casa, y las metódicas y honradas costumbres de esta, la fijeza de los precios, los descuentos que se hacían por pronto pago, los plazos que se daban, y todo lo demás concerniente a la buena inteligencia entre vendedor y parroquiano. El escritorio no alteró jamás ciertas tradiciones venerandas del laborioso reinado de don Baldomero I. Allí no se usaron nunca estos copiadores de cartas que son una aplicación de la imprenta a la caligrafía. La correspondencia se copiaba *a pulso* por un empleado que estuvo cuarenta años sentado en la misma silla delante del mismo atril, y que por efecto de la costumbre casi copiaba la carta matriz de su principal sin mirarla. Hasta que don Baldomero realizó el traspaso, no se supo en aquella casa lo que era un metro, ni se quitaron a la vara de Burgos sus fueros seculares. Hasta pocos años antes del traspaso, no usó Santa Cruz los sobres para cartas, y estas se cerraban sobre sí mismas.

No significaban tales rutinas terquedad y falta de luces. Por el contrario, la clara inteligencia del segundo Santa Cruz y su conocimiento de los negocios, sugeríanle la idea de que cada hombre pertenece a su época y a su esfera propias, y que dentro de ellas debe exclusivamente actuar. Demasiado comprendió que el comercio iba a sufrir profunda transformación, y que no era él el llamado a dirigirlo por los nuevos y más anchos caminos que se le abrían. Por eso, y porque ansiaba retirarse y descansar, traspasó su establecimiento a los *Chicos* que habían sido deudos y dependientes suyos durante veinte años. Ambos eran trabajadores y muy inteligentes. Alternaban en sus viajes al extranjero para buscar y traer las *novedades*, alma del tráfico de telas. La concurrencia crecía cada año, y era forzoso apelar al reclamo, recibir y expedir viajantes, mimar al público, contemporizar y abrir cuentas largas a los parroquianos, y singularmente a las parroquianas. Como los *Chicos* habían abarcado también el comercio de lanillas, merinos, telas ligeras para vestidos de señora, pañolería, confecciones y otros artículos de uso femenino, y además abrieron tienda al por menor y al *vareo*, tuvieron que pasar por el inconveniente de las morosidades e insolvencias que tanto quebrantan al comercio. Afortunadamente para ellos, la casa tenía un crédito inmenso.

La casa del gordo Arnaiz era relativamente moderna. Se había hecho pañero porque tuvo que quedarse con las existencias de Albert, para indemnizarse de un préstamo que le hiciera en 1843. Trabajaba exclusivamente en género extranjero; pero cuando Santa Cruz hizo su traspaso a los Chicos, también Arnaiz se inclinaba a hacer lo mismo, porque estaba ya muy rico, muy obeso, bastante viejo y no quería trabajar. Daba y tomaba letras sobre Londres y representaba a dos Compañías de seguros. Con esto tenía lo bastante para no aburrirse. Era hombre que cuando se ponía a toser hacía temblar el edificio donde estaba; excelente persona, librecambista rabioso, anglómano y solterón. Entre las casas de Santa Cruz y Arnaiz no hubo nunca rivalidades; antes bien, se ayudaban cuanto podían. El gordo y don Baldomero tratáronse siempre como hermanos en la vida social y como compañeros queridísimos en la comercial, salvo alguna discusión demasiado agria sobre temas arancelarios, porque Arnaiz había hecho la gracia de leer a Bastiat y concurría a los *meetings* de la Bolsa, no precisamente para oír y callar, sino para echar discursos que casi siempre acababan en sofocante tos. Trinaba contra todo arancel que no significara un simple recurso fiscal, mientras que don Baldomero, que en todo era templado, pretendía que se conciliasen los intereses del comercio con los de la industria española.

«Si esos catalanes no fabrican más que adefesios —decía Arnaiz entre tos y tos—, y reparten dividendos de sesenta por ciento a los accionistas...».

—¡Dale!, ya pareció aquello —respondía don Baldomero—. Pues yo te probaré...

Solía no probar nada, ni el otro tampoco, quedándose cada cual con su opinión; pero con estas sabrosas peloteras pasaban el tiempo. También había entre estos dos respetables sujetos parentesco de afinidad, porque doña Bárbara, esposa de Santa Cruz, era prima del gordo, hija de Bonifacio Arnaiz, comerciante en pañolería de la China. Y escudriñando los troncos de estos linajes matritenses, sería fácil encontrar que los Arnaiz y los Santa Cruz tenían en sus diferentes ramas una savia común, la savia de los Trujillos.

«Todos somos unos —dijo alguna vez el gordo en las expansiones de su humor festivo, inclinado a las sinceridades democráticas—, tú por tu madre y yo por mi abuela, somos Trujillos netos, *de patente*; descendemos de aquel Matías Trujillo que tuvo albardería en la calle de Toledo allá por los tiempos del motín de capas y sombreros. No lo invento yo; lo canta una escritura de juros que tengo en mi casa. Por eso le he dicho ayer a nuestro pariente Ramón Trujillo... ya sabéis que me le han hecho conde... le he dicho que adopte por escudo un frontil y una jáquima con un letrero que diga: *Pertenecí a Babieca...*».

II

Nació Barbarita Arnaiz en la calle de Postas, esquina al callejón de San Cristóbal, en uno de aquellos oprimidos edificios que parecen estuches o casas de muñecas. Los techos se cogían con la mano; las escaleras había que subirlas con el credo en la boca, y las habitaciones parecían destinadas a la premeditación de algún crimen. Había moradas de estas, a las cuales se entraba por la cocina. Otras tenían los pisos en declive, y en todas ellas oíase hasta el respirar de los vecinos. En algunas se veían mezquinos arcos de fábrica para sostener el entramado de las escaleras, y abundaba tanto el yeso en la construcción como escaseaban el hierro y la madera. Eran comunes las puertas de cuarterones, los baldosines polvorosos, los cerrojos imposibles de manejar y las vidrieras emplomadas. Mucho de esto ha desaparecido en las renovaciones de estos últimos veinte años; pero la estrechez de las viviendas subsiste.

Creció Bárbara en una atmósfera saturada de olor de sándalo, y las fragancias orientales, juntamente con los vivos colores de la pañolería chinesca, dieron acento poderoso a las impresiones de su niñez. Como se recuerda a las personas más queridas de la familia, así vivieron y viven siempre con dulce memoria en la mente de Barbarita los dos maniquís de tamaño natural vestidos de mandarín que había en la tienda y en los cuales sus ojos aprendieron a ver. La primera cosa que excitó la atención naciente de la niña, cuando estaba en brazos de su niñera, fueron estos dos pasmarotes de semblante lelo y desabrido, y sus magníficos trajes morados. También había por allí una persona a quien la niña miraba mucho, y que la miraba a ella con ojos dulces y cuajados de candoroso chino. Era el retrato de Ayún, de cuerpo entero y tamaño natural, dibujado y pintado con dureza, pero con gran expresión. Mal conocido es en España el nombre de este peregrino artista, aunque sus obras han estado y están a la vista de todo el mundo, y nos son familiares como si fueran obra nuestra. Es el ingenio bordador de los pañuelos de Manila, el inventor del tipo de rameado más vistoso y elegante, el poeta fecundísimo de esos madrigales de crespón compuestos con flores y rimados con pájaros. A este ilustre chino deben las españolas el hermosísimo y característico chal que tanto favorece su belleza, el mantón de Manila, al mismo tiempo señoril y popular, pues lo han llevado en sus hombros la gran señora y la gitana. Envolverse en él es como vestirse con un cuadro. La industria moderna no inventará nada que iguale a la ingenua poesía del mantón, salpicado de flores, flexible, pegadizo y mate, con aquel fleco que tiene algo de los enredos del sueño y aquella brillantez de color que iluminaba las muchedumbres en los tiempos en que su uso era general. Esta prenda hermosa se va desterrando, y solo el pueblo la conserva con admirable instinto. Lo saca de las arcas en las grandes épocas de la vida, en los bautizos y en las bodas, como se da al viento un himno de alegría en el cual hay una estrofa para la patria. El mantón sería una prenda vulgar si tuviera la ciencia del diseño; no lo es por conservar el carácter de las artes primitivas y populares; es como la leyenda, como los cuentos de la infancia, candoroso y rico de color, fácilmente comprensible y refractario a los cambios de la moda.

Pues esta prenda, esta nacional obra de arte, tan nuestra como las panderetas o los toros, no es nuestra en realidad más que por el uso; se la debemos a un artista nacido a la otra parte del mundo, a un tal Ayún, que consagró a nosotros su vida toda y sus talleres. Y tan agradecido era el buen hombre al comercio español, que enviaba a los de acá su retrato y los de sus catorce mujeres, unas señoras tiesas y pálidas como las que se ven pintadas en las tazas, con los pies increíbles por lo chicos y las uñas increíbles también por lo largas.

Las facultades de Barbarita se desarrollaron asociadas a la contemplación de estas cosas, y entre las primeras conquistas de sus sentidos, ninguna tan segura como la impresión de aquellas flores bordadas con luminosos torzales, y tan frescas que parecía cuajarse en ellas el rocío. En días de gran venta, cuando había muchas señoras en la tienda y los dependientes desplegaban sobre el mostrador centenares de pañuelos, la lóbrega tienda semejaba un jardín. Barbarita creía que se podrían coger flores a puñados, hacer ramilletes o guirnaldas, llenar canastillas y adornarse el pelo. Creía que se podrían deshojar y también que tenían olor. Esto era verdad, porque despedían ese tufillo de los embalajes asiáticos, mezcla de sándalo y de resinas exóticas que nos trae a la mente los misterios budistas.

Más adelante pudo la niña apreciar la belleza y variedad de los abanicos que había en la casa, y que eran una de las principales riquezas de ella. Quedábase pasmada cuando veía los dedos de su mamá sacándolos de las perfumadas cajas y abriéndolos como saben abrirlos los que comercian en este artículo, es decir, con un desgaire rápido que no los estropea y que hace ver al público la ligereza de la prenda y el blando rasgueo de las varillas. Barbarita abría cada ojo como los de un ternero cuando su mamá, sentándola sobre el mostrador, le enseñaba abanicos sin dejárselos tocar; y se embebecía contemplando aquellas figuras tan monas, que no le parecían personas, sino *chinos*, con las caras redondas y tersas como hojitas de rosa, todos ellos risueños y estúpidos, pero muy lindos, lo mismo que aquellas casas abiertas por todos lados y aquellos árboles que parecían matitas de albahaca... ¡Y pensar que los árboles eran el té nada menos, estas hojuelas retorcidas, cuyo zumo se toma para el dolor de barriga...!

Ocuparon más adelante el primer lugar en el tierno corazón de la hija de don Bonifacio Arnaiz y en sus sueños inocentes, otras preciosidades que la mamá solía mostrarle de vez en cuando, previa amonestación de no tocarlos; objetos labrados en marfil y que debían de ser los juguetes con que los ángeles se divertían en el Cielo. Eran al modo de torres de muchos pisos, o barquitos con las velas desplegadas y muchos remos por una y otra banda; también estuchitos, cajas para guantes y joyas, botones y juegos lindísimos de ajedrez. Por el respeto con que su mamá los cogía y los guardaba, creía Barbarita que contenían algo así como el Viático para los enfermos, o lo que se da a las personas en la iglesia cuando comulgan. Muchas noches se acostaba con fiebre porque no le habían dejado satisfacer su anhelo de coger para sí aquellas monerías. Hubiérase contentado ella, en vista de prohibición tan absoluta, con aproximar la yema del dedo índice al pico de una de las torres; pero ni aun esto... Lo más que se le permitía era poner sobre el tablero de ajedrez que estaba en la vitrina de la ventana enrejada (entonces no había escaparates), todas las piezas de un juego, no de los más finos, a un lado las blancas, a otro las encarnadas.

Barbarita y su hermano Gumersindo, mayor que ella, eran los únicos hijos de don Bonifacio Arnaiz y de doña Asunción Trujillo. Cuando tuvo edad para ello, fue a la escuela de una tal doña Calixta, sita en la calle Imperial, en la misma casa donde estaba el Fiel Contraste. Las niñas con quienes la de Arnaiz hacía mejores migas, eran dos de su misma edad y vecinas de aquellos barrios, la una de la familia de Moreno, del dueño de la droguería de la calle de Carretas, la otra de Muñoz, el comerciante de hierros de la calle de Tintoreros. Eulalia Muñoz era muy vanidosa, y decía que no había casa como la suya y que daba gusto verla toda llena de unos pedazos de hierro *mu* grandes, *del tamaño de la caña de doña Calixta*, y tan pesados, tan pesados que ni cuatrocientos hombres los podían levantar. Luego había un sin fin de martillos, garfios, peroles *mu grandes, mu grandes...*

«más anchos que este cuarto». Pues, ¿y los paquetes de clavos? ¿Qué cosa había más bonita? ¿Y las llaves que parecían de plata, y las planchas, y los anafres, y otras cosas lindísimas? Sostenía que ella no necesitaba que sus papás le comprasen muñecas, porque las hacía con un martillo, vistiéndolo con una toalla. ¿Pues y las agujas que había en su casa? No se acertaban a contar. Como que todo Madrid iba allí a comprar agujas, y su papá se carteaba con el fabricante... Su papá recibía miles de cartas al día, y las cartas olían a hierro... como que venían de Inglaterra, donde todo es de hierro, hasta los caminos...

«Sí, hija, sí, mi papá me lo ha dicho. Los caminos están embaldosados de hierro, y por allí encima van los coches echando demonios».

Llevaba siempre los bolsillos atestados de chucherías, que mostraba para dejar bizcas a sus amigas. Eran tachuelas de cabeza dorada, corchetes, argollitas pavonadas, hebillas, pedazos de papel de lija, vestigios de muestrarios y de cosas rotas o descabaladas. Pero lo que tenía en más estima, y por esto no lo sacaba sino en ciertos días, era su colección de etiquetas, pedacitos de papel verde, recortados de los paquetes inservibles, y que tenían el famoso escudo inglés, con la jarretiera, el leopardo y el unicornio. En todas ellas se leía: Birmingham.

«Veis... este señor *Bermingán* es el que se cartea con mi papá todos los días, en inglés; y son tan amigos, que siempre le está diciendo que vaya allá; y hace poco le mandó, dentro de una caja de clavos, un jamón ahumado que olía como a chamusquina, y un pastelón así, mirad, del tamaño del brasero de doña Calixta, que tenía dentro muchas pasas chiquirrininas, y picaba como la guindilla; pero *mu* rico, hijas, *mu* rico».

La chiquilla de Moreno fundaba su vanidad en llevar papelejos con figuritas y letras de colores, en los cuales se hablaba de píldoras, de barnices o de ingredientes para teñirse el pelo. Los mostraba uno por uno, dejando para el final el gran efecto, que consistía en sacar de súbito el pañuelo y ponerlo en las narices de sus amigas, diciéndoles: *goled*. Efectivamente, quedábanse las otras medio desvanecidas con el fuerte olor de agua de Colonia o de los *siete ladrones*, que el pañuelo tenía. Por un momento, la admiración las hacía enmudecer; pero poco a poco íbanse reponiendo, y Eulalia, cuyo orgullo rara vez se daba por vencido, sacaba un tornillo dorado sin cabeza, o un pedazo de talco, con el cual decía que iba a hacer un espejo. Difícil era borrar la grata impresión y el éxito del perfume. La ferretera, algo corrida, tenía que guardar los trebejos, después de oír comentarios verdaderamente injustos. La de la droguería hacía muchos ascos, diciendo: «¡Uy, cómo apesta eso, hija, guarda, guarda esas ordinarieces!».

Al siguiente día, Barbarita, que no quería dar su brazo a torcer, llevaba unos papelitos muy raros de pasta, todos llenos de garabatos chinescos. Después de darse mucha importancia, haciendo que lo enseñaba y volviéndolo a guardar, con lo cual la curiosidad de las otras llegaba al punto de la desazón nerviosa, de repente ponía el papel en las narices de sus amigas, diciendo en tono triunfal: «¿Y eso?». Quedábanse Castita y Eulalia atontadas con el aroma asiático, vacilando entre la admiración y la envidia; pero al fin no tenían más remedio que humillar su soberbia ante el olorcillo aquel de la niña de Arnaiz, y le pedían por Dios que las dejase catarlo más. Barbarita no gustaba de prodigar su tesoro, y apenas acercaba el papel a las respingadas narices de las otras, lo volvía a retirar con movimiento de cautela y avaricia, temiendo que la fragancia se marchara por los respiraderos de sus amigas, como se escapa el humo por el cañón de una chimenea. El tiro de aquellos olfatorios era tremendo. Por último, las dos amiguitas y otras que se acercaron movidas de la curiosidad, y hasta la propia doña Calixta, que solía descender a la familiaridad con las alumnas ricas, reconocían, por encima de todo sentimiento envidioso, que ninguna niña tenía cosas tan bonitas como la de la tienda de Filipinas.

III

Esta niña y otras del barrio, bien apañaditas por sus respectivas mamás, peinadas a estilo de maja, con peineta y flores en la cabeza, y sobre los hombros pañuelo de Manila de los que llaman de talle, se reunían en un portal de la calle de Postas para pedir *el cuartito para la Cruz de mayo*, el 3 de dicho mes, repicando en una bandeja de plata, junto a una mesilla forrada de damasco rojo. Los dueños de la casa llamada *del portal de la Virgen*, celebraban aquel día una simpática fiesta y ponían allí, junto al mismo taller de cucharas y molinillos que todavía existe, un altar con la cruz enramada, muchas velas y algunas figuras de nacimiento. A la Virgen, que aún se venera allí, la enramaban también con yerbas olorosas, y el fabricante de cucharas, que era gallego, se ponía la montera y el chaleco encarnado. Las pequeñuelas, si los mayores se descuidaban, rompían la consigna y se echaban a la calle, en reñida competencia con otras chiquillas pedigüeñas, correteando de una acera a otra, deteniendo a los señores que pasaban, y acosándoles hasta obtener el ochavito. Hemos oído contar a la propia Barbarita que para ella no había dicha mayor que pedir para la Cruz de mayo, y que los caballeros de entonces eran en esto mucho más galantes que los de ahora, pues no desairaban a ninguna niña bien vestidita que se les colgara de los faldones.

Ya había completado la hija de Arnaiz su educación (que era harto sencilla en aquellos tiempos y consistía en leer sin acento, escribir sin ortografía, contar haciendo trompetitas con la boca, y bordar con punto de marca el dechado), cuando perdió a su padre. Ocupaciones serias vinieron entonces a robustecer su espíritu y a redondear su carácter. Su madre y hermano, ayudados del gordo Arnaiz, emprendieron el inventario de la casa, en la cual había algún desorden. Sobre las existencias de pañolería no se hallaron datos ciertos en los libros de la tienda, y al contarlas apareció más de lo que se creía. En el sótano estaban, muertos de risa, varios fardos de cajas que aún no habían sido abiertos. Además de esto, las casas importadoras de Cádiz, Cuesta y Rubio, anunciaban dos remesas considerables que estaban ya en camino. No había más remedio que cargar con todo aquel exceso de género, lo que realmente era una contrariedad comercial en tiempos en que parecía iniciarse la generalización de los abrigos *confeccionados*, notándose además en la clase popular tendencias a vestirse como la clase media. La decadencia del mantón de Manila empezaba a iniciarse, porque si los pañuelos llamados de talle, que eran los más baratos, se vendían bien en Madrid (mayormente el día de San Lorenzo, para la
parroquia de la chinche) y tenían regular salida para Valencia y Málaga, en cambio el gran mantón, los ricos chales de tres, cuatro y cinco mil reales se vendían muy poco, y pasaban meses sin que ninguna parroquiana se atreviera con ellos.

Los herederos de Arnaiz, al inventariar la riqueza de la casa, que solo en aquel artículo no bajaba de cincuenta mil duros, comprendieron que se aproximaba una crisis. Tres o cuatro meses emplearon en clasificar, ordenar, poner precios, confrontar los apuntes de don Bonifacio con la correspondencia y las facturas venidas directamente de Cantón o remitidas por las casas de Cádiz. Indudablemente el difunto Arnaiz no había visto claro al hacer tantos pedidos; se cegó, deslumbrado por cierta alucinación mercantil; tal vez sintió demasiado *el amor al artículo* y fue más artista que comerciante. Había sido dependiente y socio de la Compañía de Filipinas, liquidada en 1833, y al emprender por sí el negocio de pañolería de Cantón, creía conocerlo mejor que nadie. En verdad que lo conocía; pero tenía una fe imprudente en la perpetuidad de aquella prenda, y algunas ideas supersticiosas acerca de la afinidad del pueblo español con los espléndidos crespones rameados de mil colores.

«Mientras más chillones —decía—, más venta».

En esto apareció en el extremo Oriente un nuevo artista, un genio que acabó de perturbar a don Bonifacio. Este innovador fue Senquá, del cual puede decirse que representaba con respecto a Ayún, en aquel arte budista, lo que en la música representaba Beethoven con respecto a Mozart. Senquá modificó el estilo de Ayún, dándole más amplitud, variando más los tonos, haciendo, en fin, de aquellas sonatas graciosas, poéticas y elegantes, sinfonías poderosas con derroche de vida, combinaciones nuevas y atrevimientos admirables. Ver don Bonifacio las primeras muestras del estilo de Senquá y chiflarse por completo, fue todo uno.

«¡Barástolis!, ¡esto es la gloria divina —decía—; es mucho chino este...!». Y de tal entusiasmo nacieron pedidos imprudentes y el grave error mercantil, cuyas consecuencias no pudo apreciar aquel excelente hombre, porque le cogió la muerte.

El inventario de abanicos, tela de nipis, crudillo de seda, tejidos de Madrás y objetos de marfil también arrojaba cifras muy altas, y se hizo minuciosamente. Entonces pasaron por las manos de Barbarita todas las preciosidades que en su niñez le parecían juguetes y que le habían producido fiebre. A pesar de la edad y del juicio adquirido con ella, no vio nunca con indiferencia tales chucherías, y hoy mismo declara que cuando cae en sus manos alguno de aquellos delicados campanarios de marfil, le dan ganas de guardárselo en el seno y echar a correr.

Cumplidos los quince años, era Barbarita una chica bonitísima, tornea-dita, fresca y sonrosada, de carácter jovial, inquieto y un tanto burlón. No había tenido novio aún, ni su madre se lo permitía. Diferentes moscones revoloteaban alrededor de ella, sin resultado. La mamá tenía sus proyectos, y empezaba a tirar acertadas líneas para realizarlos. Las familias de Santa Cruz y Arnaiz se trataban con amistad casi íntima, y además tenían vínculos de parentesco con los Trujillos. La mujer de don Baldomero I y la del difunto Arnaiz eran primas segundas, floridas ramas de aquel nudoso tronco, de aquel albardero de la calle de Toledo, cuya historia sabía tan bien el gordo Arnaiz. Las dos primas tuvieron un pensamiento feliz, se lo comunicaron una a otra, asombráronse de que se les hubiera ocurrido a las dos la misma cosa...

«ya se ve, era tan natural...» y aplaudiéndose recíprocamente, resolvieron convertirlo en realidad dichosa. Todos los descendientes del extremeño aquel de los aparejos borricales se distinguían siempre por su costumbre de trazar una línea muy corta y muy recta entre la idea y el hecho. La idea era casar a Baldomerito con Barbarita.

Muchas veces había visto la hija de Arnaiz al chico de Santa Cruz; pero nunca le pasó por las mientes que sería su marido, porque el tal, no solo no le había dicho nunca media palabra de amores, sino que ni siquiera la miraba como miran los que pretenden ser mirados. Baldomero era juicioso, muy bien parecido, fornido y de buen color, cortísimo de genio, sosón como una calabaza, y de tan pocas palabras que se podían contar siempre que hablaba. Su timidez no decía bien con su corpulencia. Tenía un mirar leal y cariñoso, *como el de un gran perro de aguas*.

Pasaba por la honestidad misma, iba a misa todos los días que lo mandaba la Iglesia, rezaba el rosario con la familia, trabajaba diez horas diarias o más en el escritorio sin levantar cabeza, y no gastaba el dinero que le daban sus papás. A pesar de estas raras dotes, Barbarita, si alguna vez le encontraba en la calle o en la tienda de Arnaiz o en la casa, lo que acontecía muy pocas veces, le miraba con el mismo interés con que se puede mirar una saca de carbón o un fardo de tejidos. Así es que se quedó como quien ve visiones cuando su madre, cierto día de precepto, al volver de la iglesia de Santa Cruz, donde ambas confesaron y comulgaron, le propuso el casamiento con

Baldomerito. Y no empleó para esto circunloquios ni diplomacias de palabra, sino que se fue al asunto con estilo llano y decidido. ¡Ah, la línea recta de los Trujillos...!

Aunque Barbarita era desenfadada en el pensar, pronta en el responder, y sabía sacudirse una mosca que le molestase, en caso tan grave se quedó algo mortecina y tuvo vergüenza de decir a su mamá que no quería maldita cosa al chico de Santa Cruz... Lo iba a decir; pero la cara de su madre pareciole de madera. Vio en aquel entrecejo la línea corta y sin curvas, la barra de acero trujillesca, y la pobre niña sintió miedo, ¡ay qué miedo! Bien conoció que su madre se había de poner como una leona, si ella se salía con la inocentada de querer más o menos. Callose, pues, como en misa, y a cuanto la mamá le dijo aquel día y los subsiguientes sobre el mismo tema del casorio, respondía con signos y palabras de humilde aquiescencia. No cesaba de sondear su propio corazón, en el cual encontraba a la vez pena y consuelo. No sabía lo que era amor; tan solo lo sospechaba. Verdad que no quería a su novio; pero tampoco quería a otro. En caso de querer a alguno, este alguno podía ser aquel.

Lo más particular era que Baldomero, después de concertada la boda, y cuando veía regularmente a su novia, no le decía de cosas de amor ni una miaja de letra, aunque las breves ausencias de la mamá, que solía dejarles solos un ratito, le dieran ocasión de lucirse como galán. Pero nada... Aquel zagalote guapo y desabrido no sabía salir en su conversación de las rutinas más triviales. Su timidez era tan ceremoniosa como su levita de paño negro, de lo mejor de Sedán, y que parecía, usada por él, como un reclamo del buen género de la casa. Hablaba de los reverberos que había puesto el marqués de Pontejos, del cólera del año anterior, de la degollina de los frailes, y de las muchas casas magníficas que se iban a edificar en los solares de los derribados conventos. Todo esto era muy bonito para dicho en la tertulia de una tienda; pero sonaba a cencerrada en el corazón de una doncella, que no estando enamorada, tenía ganas de estarlo.

También pensaba Barbarita, oyendo a su novio, que la procesión iba por dentro y que el pobre chico, a pesar de ser tan grandullón, no tenía alma para sacarla fuera.

«¿Me querrá?» se preguntaba la novia. Pronto hubo de sospechar que si Baldomerito no le hablaba de amor explícitamente, era por pura cortedad y por no saber cómo arrancarse; pero que estaba enamorado hasta las gachas, reduciéndose a declararlo con delicadezas, complacencias y puntualidades muy expresivas. Sin duda el amor más sublime es el más discreto, y las bocas más elocuentes aquellas en que no puede entrar ni una mosca. Mas no se tranquilizaba la joven razonando así, y el sobresalto y la incertidumbre no la dejaban vivir.

«¡Si también le estaré yo queriendo sin saberlo!» pensaba. ¡Oh!, no; interrogándose y respondiéndose con toda lealtad, resultaba que no le quería absolutamente nada. Verdad que tampoco le aborrecía, y algo íbamos ganando.

Y en este desabridísimo noviazgo pasaron algunos meses, al cabo de los cuales Baldomero se soltó y despabiló algo. Su boca se fue desellando poquito a poco hasta que rompió, como un erizo de castaña que madura y se abre, dejando ver el sazonado fruto. Palabra tras palabra, fue soltando las castañas, aquellas ideas elaboradas y guardadas con religiosa maternidad, como esconde Naturaleza sus obras en gestación. Llegó por fin el día señalado para la boda, que fue el 3 de mayo de 1835, y se casaron en Santa Cruz, sin aparato, instalándose en la casa del esposo, que era una de las mejores del barrio, en la plazuela de la Leña.

IV

A los dos meses de casados, y después de una temporadilla en que Barbarita estuvo algo distraída, melancólica y como con ganas de llorar, alarmando mucho a su madre, empezaron a notarse en aquel matrimonio, en tan malas condiciones hecho, síntomas de idilio. Baldomero parecía otro. En el escritorio canturriaba, y buscaba pretextos para salir, subir a la casa y decir una palabrita a su mujer, cogiéndola en los pasillos o donde la encontrase. También solía equivocarse al sentar una partida, y cuando firmaba la correspondencia, daba a los rasgos de la tradicional rúbrica de la casa una amplitud de trazo verdaderamente grandiosa, terminando el rasgo final hacia arriba como una invocación de gratitud dirigida al Cielo. Salía muy poco, y decía a sus amigos íntimos que no se cambiaría por un

Rey, ni por su tocayo Espartero, pues no había felicidad semejante a la suya. Bárbara manifestaba a su madre con gozo discreto, que Baldomero no le daba el más mínimo disgusto; que los dos caracteres se iban armonizando perfectamente, que él era bueno como el mejor pan y que tenía mucho talento, un talento que se descubría donde y como debe descubrirse, en las ocasiones. En cuanto estaba diez minutos en la casa materna, ya no se la podía aguantar, porque se ponía desasosegaba y buscaba pretextos para marcharse diciendo: «Me voy, que está mi marido solo».

El idilio se acentuaba cada día, hasta el punto de que la madre de Barbarita, disimulando su satisfacción, decía a esta: «Pero, hija, vais a dejar tamañitos a los *Amantes de Teruel*». Los esposos salían a paseo juntos todas las tardes. Jamás se ha visto a don Baldomero II en un teatro sin tener al lado a su mujer. Cada día, cada mes y cada año, eran más tórtolos, y se querían y estimaban más. Muchos años después de casados, parecía que estaban en la Luna de miel. El marido ha mirado siempre a su mujer como una criatura sagrada, y Barbarita ha visto siempre en su esposo el hombre más completo y digno de ser amado que en el mundo existe. Cómo se compenetraron ambos caracteres, cómo se formó la conjunción inaudita de aquellas dos almas, sería muy largo de contar. El señor y la señora de Santa Cruz, que aún viven y ojalá vivieran mil años, son el matrimonio más feliz y más admirable del presente siglo. Debieran estos nombres escribirse con letras de oro en los antipáticos salones de la Vicaría, para eterna ejemplaridad de las generaciones futuras, y debiera ordenarse que los sacerdotes, al leer la epístola de San Pablo, incluyeran algún parrafito, en latín o castellano, referente a estos excelsos casados. Doña Asunción Trujillo, que falleció en 1841 en un día triste de Madrid, el día en que fusilaron al general León, salió de este mundo con el atrevido pensamiento de que para alcanzar la bienaventuranza no necesitaba alegar más título que el de autora de aquel cristiano casamiento. Y que no le disputara esta gloria Juana Trujillo, madre de Baldomero, la cual había muerto el año anterior, porque Asunción probaría ante todas las cancillerías celestiales que a ella se le había ocurrido la sublime idea antes que a su prima.

Ni los años, ni las menudencias de la vida han debilitado nunca el profundísimo cariño de estos benditos cónyuges. Ya tenían canas las cabezas de uno y otro, y don Baldomero decía a todo el que quisiera oírle que amaba a su mujer *como el primer día*. Juntos siempre en el paseo, juntos en el teatro, pues a ninguno de los dos le gusta la función si el otro no la ve también. En todas las fechas que recuerdan algo dichoso para la familia, se hacen recíprocamente sus regalitos, y para colmo de felicidad, ambos disfrutan de una salud espléndida. El deseo final del señor de Santa Cruz es que ambos se mueran juntos, el mismo día y a la misma hora, en el mismo lecho nupcial en que han dormido toda su vida.

Les conocí en 1870. Don Baldomero tenía ya sesenta años, Barbarita cincuenta y dos. Él era un señor de muy buena presencia, el pelo entrecano, todo afeitado, colorado, fresco, más joven que muchos hombres de cuarenta, con toda la dentadura completa y sana, ágil y bien dispuesto, sereno y festivo, la mirada dulce, siempre la mirada aquella de perrazo de Terranova. Su esposa pareciome, para decirlo de una vez, una mujer guapísima, casi estoy por decir monísima. Su cara tenía la frescura de las rosas cogidas, pero no ajadas todavía, y no usaba más afeite que el agua clara. Conservaba una dentadura ideal y un cuerpo que, aun sin corsé, daba quince y raya a muchas fantasmonas exprimidas que andan por ahí. Su cabello se había puesto ya enteramente blanco, lo cual la favorecía más que cuando lo tenía entrecano. Parecía pelo empolvado a estilo Pompadour, y como lo tenía tan rizoso y tan bien partido sobre la frente, muchos sostenían que ni allí había canas ni Cristo que lo fundó. Si Barbarita presumiera, habría podido recortar muy bien los cincuenta y dos años plantándose en los treinta y ocho, sin que nadie le sacara la cuenta, porque la fisonomía y la expresión eran de juventud y gracia, iluminadas por una sonrisa que era la pura miel... Pues si hubiera querido presumir con malicia, ¡digo...!, a no ser lo que era, una matrona respetabilísima con toda la sal de Dios en su corazón, habría visto acudir los hombres como acuden las moscas a una de esas frutas que, por lo muy maduras, principian a arrugarse, y les chorrea por la corteza todo el azúcar.

¿Y Juanito? Pues Juanito fue esperado desde el primer año de aquel matrimonio sin par. Los felices esposos contaban con él este mes, el que viene y el otro, y estaban viéndole venir y deseándole como los judíos al Mesías. A veces se entristecían con la tardanza; pero la fe que tenían en él les reanimaba. Si tarde o temprano había de venir... era cuestión de paciencia. Y el muy pillo puso a prueba la de sus padres, porque se entretuvo diez años por allá, haciéndoles rabiar. No se dejaba ver de Barbarita más que en sueños, en diferentes aspectos infantiles, ya comiéndose los puños cerrados, la cara dentro de un gorro con muchos encajes, ya talludito, con su escopetilla al hombro y mucha picardía en los ojos. Por fin Dios le mandó en carne mortal, cuando los esposos empezaron a quejarse de la Providencia y a decir que les había engañado. Día de júbilo fue aquel de septiembre de 1845 en que vino a ocupar su puesto en el más dichoso de los hogares Juanito Santa Cruz. Fue padrino del crío el gordo Arnaiz, quien dijo a Barbarita: «A mí no me la das tú. Aquí ha habido matute. Este ternero lo has traído de la Inclusa para engarnmos... ¡Ah!, estos proteccionistas no son más que contrabandistas disfrazados».

Criáronle con regalo y exquisitos cuidados, pero sin mimo. Don Baldomero no tenía carácter para poner un freno a su estrepitoso cariño paternal, ni para meterse en severidades de educación y formar al chico como le formaron a él. Si su mujer lo permitiera, habría llevado Santa Cruz su indulgencia hasta consentir que el niño hiciera en todo su real gana. ¿En qué consistía que habiendo sido él educado tan rígidamente por don Baldomero I, era todo blanduras con su hijo? ¡Efectos de la evolución educativa, paralela de la evolución política! Santa Cruz tenía muy presentes las ferocidades disciplinarias de su padre, los castigos que le imponía, y las privaciones que le había hecho sufrir. Todas las noches del año le obligaba a rezar el rosario con los dependientes de la casa; hasta que cumplió los veinticinco nunca fue a paseo solo, sino en corporación con los susodichos dependientes; el teatro no lo cataba sino el día de Pascua, y le hacían un trajecito nuevo cada año, el cual no se ponía más que los domingos. Teníanle trabajando en el escritorio o en el almacén desde las nueve de la mañana a las ocho de la noche, y había de servir para todo, lo mismo para mover un fardo que para escribir cartas. Al anochecer, solía su padre echarle los tiempos por encender el velón de cuatro mecheros antes de que las tinieblas fueran completamente dueñas del local. En lo tocante a juegos, no conoció nunca más que el mus, y sus bolsillos no supieron lo que era un cuarto hasta mucho después del tiempo en que empezó a afeitarse. Todo fue rigor, trabajo, sordidez. Pero lo más particular era que creyendo don Baldomero que tal sistema había sido eficacísimo para formarle a él, lo tenía por deplorable tratándose de su hijo. Esto no era una falta de lógica, sino la consagración práctica de la idea madre de aquellos tiempos, el progreso. ¿Qué sería del mundo sin progreso?, pensaba Santa Cruz, y al pensarlo sentía ganas de dejar al chico entregado a sus propios instintos. Había oído muchas veces a los economistas que iban de tertulia a casa de Cantero, la célebre frase *laissez aller, laissez passer...* El gordo Arnaiz y su amigo Pastor, el economista, sostenían que todos los grandes problemas se resuelven por sí mismos, y don Pedro Mata opinaba del propio modo, aplicando a la sociedad y a la política el sistema de la medicina expectante. La naturaleza se cura sola; no hay más que dejarla. Las fuerzas reparatrices lo hacen todo, ayudadas del aire. El hombre se educa solo en virtud de las suscepciones constantes que determina en su espíritu la conciencia, ayudada del ambiente social. Don Baldomero no lo decía así; pero sus vagas ideas sobre el asunto se condensaban en una expresión de moda y muy socorrida: «el mundo marcha».

Felizmente para Juanito, estaba allí su madre, en quien se equilibraban maravillosamente el corazón y la inteligencia. Sabía coger las disciplinas cuando era menester, y sabía ser indulgente a tiempo. Si no le pasó nunca por las mientes obligar a rezar el rosario a un chico que iba a la Universidad y entraba en la cátedra de Salmerón, en cambio no le dispensó del cumplimiento de los deberes religiosos más elementales. Bien sabía el muchacho que si hacía novillos a la misa de los domingos, no iría al teatro por la tarde, y que si no sacaba buenas notas en junio, no había dinero para el bolsillo, ni toros, ni excursiones por el campo con Estupiñá (luego hablaré de este tipo) para cazar pájaros con red o liga, ni los demás divertimientos con que se recompensaba su aplicación.

Mientras estudió la segunda enseñanza en el colegio de Masarnau, donde estaba a media pensión, su mamá le repasaba las lecciones todas las noches, se las metía en el cerebro a puñados y a empujones, como se mete la lana en un cojín. Ved por dónde aquella señora se convirtió en sibila, intérprete de toda la ciencia humana, pues le descifraba al niño los puntos oscuros que en los libros había, y aclaraba todas sus dudas, allá como Dios le daba a entender. Para manifestar hasta dónde llegaba la sabiduría enciclopédica de doña Bárbara, estimulada por el amor materno, baste decir que también le traducía los temas de latín, aunque en su vida había ella sabido palotada de esta lengua. Verdad que era traducción libre, mejor dicho, liberal, casi demagógica. Pero Fedro y Cicerón no se hubieran incomodado si estuvieran oyendo por encima del hombro de la maestra, la cual sacaba inmenso partido de lo poco que el discípulo sabía. También le cultivaba la memoria, descargándosela de fárrago inútil, y le hacía ver claros los problemas de aritmética elemental, valiéndose de garbanzos o judías, pues de otro modo no andaba ella muy a gusto por aquellos derroteros. Para la Historia Natural, solía la maestra llamar en su auxilio al león del Retiro, y únicamente en la Química se quedaban los dos parados, mirándose el uno al otro, concluyendo ella por meterle en la memoria las fórmulas, después de observar que estas cosas no las entienden más que los boticarios, y que todo se reduce a si se pone más o menos cantidad de agua del pozo. Total: que cuando Juan se hizo bachiller en Artes, Barbarita declaraba riendo que con estos teje-manejes se había vuelto, sin saberlo, una doña Beatriz Galindo para latines y una catedrática universal.

V

En este interesante periodo de la crianza del heredero, desde el 45 para acá, sufrió la casa de Santa Cruz la transformación impuesta por los tiempos, y que fue puramente externa, continuando inalterada en lo esencial. En el escritorio y en el almacén aparecieron los primeros mecheros de gas hacia el año 49, y el famoso velón de cuatro luces recibió tan tremenda bofetada de la dura mano del progreso, que no se le volvió a ver más por ninguna parte. En la caja habían entrado ya los primeros billetes del Banco de San Fernando, que solo se usaban para el pago de letras, pues el público los miraba aún con malos ojos. Se hablaba aún de talegas, y la operación de contar cualquier cantidad era obra para que la desempeñara Pitágoras u otro gran aritmético, pues con los doblones y ochentines, las pesetas catalanas, los duros españoles, los de veintiuno y cuartillo, las onzas, las pesetas columnarias y las monedas macuquinas, se armaba un belén espantoso.

Aún no se conocían el sello de correo, ni los sobres ni otras conquistas del citado progreso. Pero ya los dependientes habían empezado a sacudirse las cadenas; ya no eran aquellos parias del tiempo de don Baldomero I, a quienes no se permitía salir sino los domingos y en comunidad, y cuyo vestido se confeccionaba por un patrón único, para que resultasen uniformados como colegiales o presidiarios. Se les dejaba concurrir a los bailes de Villahermosa o de candil, según las aficiones de cada uno. Pero en lo que no hubo variación fue en aquel piadoso atavismo de hacerles rezar el rosario todas las noches. Esto no pasó a la historia hasta la época reciente del traspaso a *los Chicos*. Mientras fue don Baldomero jefe de la casa, esta no se desvió en lo esencial de los ejes diamantinos sobre que la tenía montada el padre, a quien se podría llamar *don Baldomero el Grande*. Para que el progreso pusiera su mano en la obra de aquel hombre extraordinario, cuyo retrato, debido al pincel de don Vicente López, hemos contemplado con satisfacción en la sala de sus ilustres descendientes, fue preciso que todo Madrid se transformase; que la desamortización edificara una ciudad nueva sobre los escombros de los conventos; que el Marqués de Pontejos adecentase este lugarón; que las reformas arancelarias del 49 y del 68, pusieran patas arriba todo el comercio madrileño; que el grande ingenio de Salamanca ideara los primeros ferrocarriles; que Madrid se *colocase*, por arte del vapor, a cuarenta horas de París, y por fin, que hubiera muchas guerras y revoluciones y grandes trastornos en la riqueza individual.

También la casa de Gumersindo Arnaiz, hermano de Barbarita, ha pasado por grandes crisis y mudanzas desde que murió don Bonifacio. Dos años después del casamiento de su hermana con Santa Cruz, casó Gumersindo con Isabel Cordero, hija de don Benigno Cordero, mujer de gran disposición, que supo ver claro en el negocio de tiendas y ha sido la salvadora de aquel acreditado establecimiento. Comprometido éste del 40 al 45, por los últimos errores del difunto Arnaiz, se defendió con los *mahones*, aquellas telas ligeras y frescas que tanto se usaron hasta el 54. El género de China decaía visiblemente. Las galeras aceleradas iban trayendo a Madrid cada día con más presteza las novedades parisienses, y se apuntaba la invasión lenta y tiránica de los medios colores, que pretenden ser signo de cultura. La sociedad española empezaba a presumir de *seria*; es decir, a vestirse lúgubremente, y el alegre imperio de los colorines se derrumbaba de un modo indudable. Como se habían ido las capas rojas, se fueron los pañuelos de Manila. La aristocracia los cedía con desdén a la clase media, y esta, que también quería ser aristócrata, entregábalos al pueblo, último y fiel adepto de los matices vivos. Aquel encanto de los ojos, aquel prodigio de color, remedo de la naturaleza sonriente, encendida por el Sol de Mediodía, empezó a perder terreno, aunque el pueblo, con instinto de colorista y poeta, defendía la prenda española como defendió el parque de Monteleón y los reductos de Zaragoza. Poco a poco iba cayendo el chal de los hombros de las mujeres hermosas, porque la sociedad se empeñaba en parecer grave, y para ser grave nada mejor que envolverse en tintas de tristeza. Estamos bajo la influencia del Norte de Europa, y ese maldito Norte nos impone los grises que toma de su ahumado cielo. El sombrero de copa da mucha respetabilidad a la fisonomía, y raro es el hombre que no se cree importante solo con llevar sobre la cabeza un cañón de chimenea. Las señoras no se tienen por tales si no van vestidas de color de hollín, ceniza, rapé, verde botella o pasa de corinto. Los tonos vivos las encanallan, porque el pueblo ama el rojo bermellón, el amarillo tila, el cadmio y el verde forraje; y está tan arraigado en la plebe el sentimiento del color, que la *seriedad* no ha podido establecer su imperio sino transigiendo. El pueblo ha aceptado el oscuro de las capas, imponiendo el rojo de las vueltas; ha consentido las capotas, conservando las mantillas y los pañuelos chillones para la cabeza; ha transigido con los gabanes y aun con el *polisón*, a cambio de las toquillas de gama clara, en que domina el celeste, el rosa y el amarillo de Nápoles. El crespón es el que ha ido decayendo desde 1840, no solo por la citada evolución de la *seriedad* europea, que nos ha cogido de medio a medio, sino por causas económicas a las que no podíamos sustraernos.

Las comunicaciones rápidas nos trajeron mensajeros de la potente industria belga, francesa e inglesa, que necesitaban mercados. Todavía no era moda ir a buscarlos al África, y los venían a buscar aquí, cambiando cuentas de vidrio por pepitas de oro; es decir, lanillas, cretonas y merinos, por dinero contante o por obras de arte. Otros mensajeros saqueaban nuestras iglesias y nuestros palacios, llevándose los brocados históricos de casullas y frontales, el tisú y los terciopelos con bordados y aplicaciones, y otras muestras riquísimas de la industria española. Al propio tiempo arramblaban por los espléndidos pañuelos de Manila, que habían ido descendiendo hasta las gitanas. También se dejó sentir aquí, como en todas partes, el efecto de otro fenómeno comercial, hijo del progreso. Refiérome a los grandes acaparamientos del comercio inglés, debidos al desarrollo de su inmensa marina. Esta influencia se manifestó bien pronto en aquellos humildes rincones de la calle de Postas por la depreciación súbita del género de la China. Nada más sencillo que esta depreciación. Al fundar los ingleses el gran depósito comercial de Singapore, monopolizaron el tráfico del Asia y arruinaron el comercio que hacíamos por la vía de Cádiz y cabo de Buena Esperanza con aquellas apartadas regiones. Ayún y Senquá dejaron de ser nuestros mejores amigos, y se hicieron amigos de los ingleses. El sucesor de estos artistas, el fecundo e inspirado King-Cheong se cartea en inglés con nuestros comerciantes y da sus precios en libras esterlinas. Desde que Singapore apareció en la geografía práctica, el género de Cantón y Shangai dejó de venir en aquellas pesadas fragatonas de los armadores de Cádiz, los Fernández de Castro, los Cuesta, los Rubio; y la dilatada travesía del Cabo pasó a la historia como apéndice de los fabulosos trabajos de Vasco de Gama y de Alburquerque. La vía nueva trazáronla los vapores ingleses combinados con el ferrocarril de Suez.

Ya en 1840 las casas que traían directamente el género de Cantón no podían competir con las que lo encargaban a Liverpool. Cualquier merca-chifle de la calle de Postas se proveía de este artículo sin ir a tomarlo en los dos o tres depósitos que en Madrid había. Después las corrientes han cambiado otra vez, y al cabo de muchos años ha vuelto a traer España directamente las obras de King-Cheong; mas para esto ha sido preciso que viniera la gran vigorización del comercio después del 68 y la robustez de los capitales de nuestros días.

El establecimiento de Gumersindo Arnaiz se vio amenazado de ruina, porque las tres o cuatro casas cuya especialidad era como una herencia o traspaso de la Compañía de Filipinas, no podían seguir monopolizando la pañolería y demás artes chinescas. Madrid se inundaba de género a precio más bajo que el de las facturas de don Bonifacio Arnaiz, y era preciso realizar de cualquier modo. Para compensar las pérdidas de la *quemazón*, urgía plantear otro negocio, buscar nuevos caminos, y aquí fue donde lució sus altas dotes Isabel Cordero, esposa de Gumersindo, que tenía más pesquis que este. Sin saber pelotada de Geografía, comprendía que había un Singapore y un istmo de Suez.

Adivinaba el fenómeno comercial, sin acertar a darle nombre, y en vez de echar maldiciones contra los ingleses, como hacía su marido, se dio a discurrir el mejor remedio. ¿Qué corrientes seguirían? La más marcada era la de las *novedades*, la de la influencia de la fabricación francesa y belga, en virtud de aquella ley de los grises del Norte, invadiendo, conquistando y anulando nuestro ser colorista y romancesco. El vestir se anticipaba al pensar y cuando aún los versos no habían sido desterrados por la prosa, ya la lana había hecho trizas a la seda.

«Pues apechuguemos con las *novedades*» dijo Isabel a su marido, observando aquel furor de modas que le entraba a esta sociedad y el afán que todos los madrileños sentían de ser elegantes *con seriedad*. Era, por añadidura, la época en que la clase media entraba de lleno en el ejercicio de sus funciones, apandando todos los empleos creados por el nuevo sistema político y administrativo, comprando a plazos todas las fincas que habían sido de la Iglesia, constituyéndose en propietaria del suelo y en usufructuaria del presupuesto, absorbiendo en fin los despojos del absolutismo y del clero, y fundando el imperio de la levita. Claro es que la levita es el símbolo; pero lo más interesante de tal imperio está en el vestir de las señoras, origen de energías poderosas, que de la vida privada salen a la pública y determinan hechos grandes. ¡Los trapos, ay! ¿Quién no ve en ellos una de las principales energías de la época presente, tal vez una causa generadora de movimiento y vida? Pensad un poco en lo que representan, en lo que valen, en la riqueza y el ingenio que consagra a producirlos la ciudad más industriosa del mundo, y sin querer, vuestra mente os presentará entre los pliegues de las telas de moda todo nuestro organismo mesocrático, ingente pirámide en cuya cima hay un sombrero de copa; toda la máquina política y administrativa, la deuda pública y los ferrocarriles, el presupuesto y las rentas, el Estado tutelar y el parlamentarismo socialista.

Pero Gumersindo e Isabel habían llegado un poco tarde, porque las *novedades* estaban en manos de mercaderes listos, que sabían ya el camino de París. Arnaiz fue también allá; mas no era hombre de gusto y trajo unos adefesios que no tuvieron aceptación. La Cordero, sin embargo, no se desanimaba. Su marido empezaba a atontarse; ella a *ver claro*. Vio que las costumbres de Madrid se transformaban rápidamente, que esta orgullosa Corte iba a pasar en poco tiempo de la condición de aldeota indecente a la de capital civilizada. Porque Madrid no tenía de metrópoli más que el nombre y la vanidad ridícula. Era un payo con casaca de gentil-hombre y la camisa desgarrada y sucia. Por fin el paleto se disponía a ser señor de verdad. Isabel Cordero, que se anticipaba a su época, presintió la traída de aguas del Lozoya, en aquellos veranos ardorosos en que el Ayuntamiento refrescaba y alimentaba las fuentes del Berro y de la Teja con cubas de agua sacada de los pozos; en aquellos tiempos en que los portales eran sentinas y en que los vecinos iban de un cuarto a otro con el pucherito en la mano, pidiendo por favor un poco de agua para afeitarse.

La perspicaz mujer vio el porvenir, oyó hablar del gran proyecto de Bravo Murillo, como de una cosa que ella había sentido en su alma. Por fin Madrid, dentro de algunos años, iba a tener raudales de agua distribuidos en las calles y plazas, y adquiriría la costumbre de lavarse, por lo menos, la cara y las manos. Lavadas estas partes, se lavaría después otras. Este Madrid, que entonces era futuro, se le representó con visiones de camisas limpias en todas las clases, de mujeres ya acostumbradas a mudarse todos los días, y de señores que eran la misma pulcritud. De aquí nació la idea de dedicar la casa al género blanco, y arraigada fuertemente la idea, poco a poco se fue haciendo realidad. Ayudado por don Baldomero y Arnaiz, Gumersindo empezó a traer batistas finísimas de Inglaterra, holandas y escocias, irlandas y madapolanes, *nansouk* y cretonas de Alsacia, y la casa se fue levantando no sin trabajo de su postración hasta llegar a adquirir una prosperidad relativa. Complemento de este negocio *en blanco*, fueron la damasquería gruesa, los cutíes para colchones y la mantelería de Courtray que vino a ser *especialidad* de la casa, como lo decía un rótulo añadido al letrero antiguo de la tienda. Las puntillas y encajería mecánica vinieron más tarde, siendo tan grandes los pedidos de Arnaiz, que una fábrica de Suiza trabajaba solo para él. Y por fin, las crinolinas dieron al establecimiento buenas ganancias. Isabel Cordero, que había presentido el Canal del Lozoya, presintió también el miri-ñaque; que los franceses llamaban *Malakoff*, invención absurda que parecía salida de un cerebro enfermo de tanto pensar en la dirección de los globos.

De la pañolería y artículos asiáticos, solo quedaban en la casa por los años del 50 al 60 tradiciones religiosamente conservadas. Aún había alguna torrecilla de marfil, y buena porción de mantones ricos de alto precio en cajas primorosas. Era quizás Gumersindo la persona que en Madrid tenía más arte para doblarlos, porque ha de saberse que doblar un crespón era tarea tan difícil como hinchar un perro. No sabían hacerlo sino los que de antiguo tenían la costumbre de manejar aquel artículo, por lo cual muchas damas, que en algún baile de máscaras se ponían el chal, lo mandaban al día siguiente, con la caja, a la tienda de Gumersindo Arnaiz, para que este lo doblase según arte tradicional, es decir, dejando oculta la rejilla de a tercia y el fleco de a cuarta, y visible en el cuartel superior el dibujo central. También se conservaban en la tienda los dos maniquís vestidos de mandarines. Se pensó en retirarlos, porque ya estaban los pobres un poco tronados; pero Barbarita se opuso, porque dejar de verlos allí haciendo juego con la fisonomía lela y honrada del señor de Ayún, era como si enterrasen a alguno de la familia; y aseguró que si su hermano se obstinaba en quitarlos, ella se los llevaría a su casa para ponerlos en el comedor, haciendo juego con los aparadores.

VI

Aquella gran mujer, Isabel Cordero de Arnaiz, dotada de todas las agudezas del traficante y de todas las triquiñuelas económicas del ama de gobierno, fue agraciada además por el Cielo con una fecundidad prodigiosa. En 1845, cuando nació Juanito, ya había tenido ella cinco, y siguió pariendo con la puntualidad de los vegetales que dan fruto cada año. Sobre aquellos cinco hay que apuntar doce más en la cuenta; total, diez y siete partos, que recordaba asociándolos a fechas célebres del reinado de Isabel II.

«Mi primer hijo —decía— nació cuando vino la tropa carlista hasta las tapias de Madrid. Mi Jacinta nació cuando se casó la Reina, con pocos días de diferencia. Mi Isabelita vino al mundo el día mismo en que el cura Merino le pegó la puñalada a Su Majestad, y tuve a Rupertito el día de San Juan del 58, el mismo día que se inauguró la traída de aguas.»

Al ver la estrecha casa, se daba uno a pensar que la ley de impenetrabilidad de los cuerpos fue el pretexto que tomó la muerte para mermar aquel bíblico rebaño. Si los diez y siete chiquillos hubieran vivido, habría sido preciso ponerlos en los balcones como los tiestos, o colgados en jaulas de machos de perdiz. El garrotillo y la escarlatina fueron entresacando aquella mies apretada, y en 1870 no quedaban ya más que nueve. Los dos primeros volaron a poco de nacidos. De tiempo en tiempo se moría uno, ya crecidito, y se aclaraban las filas. En no sé qué año, se murieron tres con intervalo de cuatro meses. Los que rebasaron de los diez años, se iban criando regularmente.

He dicho que eran nueve. Falta consignar que de estas nueve cifras, siete correspondían al sexo femenino. ¡Vaya una plaga que le había caído al bueno de Gumersindo! ¿Qué hacer con siete chiquillas? Para guardarlas cuando fueran mujeres, se necesitaba un cuerpo de ejército. ¿Y cómo casarlas bien a todas? ¿De dónde iban a salir siete maridos buenos? Gumersindo, siempre que de esto se le hablaba, echábalo a broma, confiando en la buena mano que tenía su mujer para todo.

«Verán —decía—, cómo saca ella de debajo de las piedras siete yernos de primera». Pero la fecunda esposa no las tenía todas consigo. Siempre que pensaba en el porvenir de sus hijas se ponía triste; y sentía como remordimientos de haber dado a su marido una familia que era un problema económico. Cuando hablaba de esto con su cuñada Barbarita, lamentábase de parir hembras como de una responsabilidad. Durante su campaña prolífica, desde el 38 al 60, acontecía que a los cuatro o cinco meses de haber dado a luz, ya estaba otra vez en cinta. Barbarita no se tomaba el trabajo de preguntárselo, y lo daba por hecho.

«Ahora —le decía—, vas a tener un muchacho». Y la otra, enojada, echando pestes contra su fecundidad, respondía: «Varón o hembra, estos regalos debieran ser para ti. A ti debiera Dios darte un canario de alcoba todos los años».

Las ganancias del establecimiento no eran escasas; pero los esposos Arnaiz no podían llamarse ricos, porque con tanto parto y tanta muerte de hijos y aquel familión de hembras la casa no acababa de florecer como debiera. Aunque Isabel hacía milagros de arreglo y economía, el considerable gasto cotidiano quitaba al establecimiento mucha savia. Pero nunca dejó de cumplir Gumersindo sus compromisos comerciales, y si su capital no era grande, tampoco tenía deudas. El *quid* estaba en colocar bien las siete chicas, pues mientras esta tremenda campaña matrimoñesca no fuera coronada por un éxito brillante, en la casa no podía haber grandes ahorros.

Isabel Cordero era, veinte años ha, una mujer desmejorada, pálida, deforme de talle, como esas personas que parece se están desbaratando y que no tienen las partes del cuerpo en su verdadero sitio. Apenas se conocía que había sido bonita. Los que la trataban no podían imaginársela en estado distinto del que se llama interesante, porque el barrigón parecía en ella cosa normal, como el color de la tez o la forma de la nariz. En tal situación y en los breves periodos que tenía libres, su actividad era siempre la misma, pues hasta el día de caer en la cama estaba sobre un pie, atendiendo incansable al complicado gobierno de aquella casa. Lo mismo funcionaba en la cocina que en el escritorio, y acabadita de poner la enorme sartén de migas para la cena o el calderón de patatas, pasaba a la tienda a que su marido la enterase de las facturas que acababa de recibir o de los avisos de letras. Cuidaba principalmente de que sus niñas no estuviesen ociosas. Las más pequeñas y los varoncitos iban a la escuela; las mayores trabajaban en el gabinete de la casa, ayudando a su madre en el repaso de la ropa, o en acomodar al cuerpo de los varones las prendas desechadas del padre. Alguna de ellas se daba maña para planchar; solían también lavar en el gran artesón de la cocina, y zurcir y echar un remiendo. Pero en lo que mayormente sobresalían todas era en el arte de arreglar sus propios perendengues. Los domingos, cuando su mamá las sacaba a paseo, en larga procesión, iban tan bien apañaditas que daba gusto verlas. Al ir a misa, desfilaban entre la admiración de los fieles; porque conviene apuntar que eran muy monas. Desde las dos mayores que eran ya mujeres, hasta la última, que era una miniaturita, formaban un rebaño interesantísimo que llamaba la atención por el número y la escala gradual de las tallas. Los conocidos que las veían entrar, decían: «ya está ahí doña Isabel con el muestrario». La madre, peinada con la mayor sencillez, sin ningún adorno, flácida, pecosa y desprovista ya de todo atractivo personal que no fuera la respetabilidad, pastoreaba aquel rebaño, llevándolo por delante como los paveros en Navidad.

¡Y que no pasaba flojos apuros la pobre para salir airosa en aquel papel inmenso! A Barbarita le hacía ordinariamente sus confidencias.

«Mira, hija, algunos meses me veo tan agonizada, que no sé qué hacer. Dios me protege, que si no... Tú no sabes lo que es vestir siete hijas. Los varones, con los desechos de la ropa de su padre que yo les arreglo, van tirando. ¡Pero las niñas!... ¡Y con estas modas de ahora y este suponer!... ¿Viste la pieza de merino azul?, pues no fue bastante y tuve que traer diez varas más. ¡Nada te quiero decir del ramo de zapatos! Gracias que dentro de casa la que se me ponga otro calzado que no sea las alpargatitas de cáñamo, ya me tiene hecha una leona. Para llenarles la barriga, me defiendo con las patatas y las migas. Este año he suprimido los estofados. Sé que los dependientes refunfuñan; pero no me importa. Que vayan a otra parte donde los traten mejor. ¿Creerás que un quintal de carbón se me va como un soplo? Me traigo a casa dos arrobas de aceite, y a los pocos días... pif... parece que se lo han chupado las lechuzas. Encargo a Estupiñá dos o tres quintales de patatas, hija, y como si no trajera nada». En la casa había dos mesas. En la primera comían el principal y su señora, las niñas, el dependiente más antiguo y algún pariente, como Primitivo Cordero cuando venía a Madrid de su finca de Toledo, donde residía. A la segunda se sentaban los dependientes menudos y los dos hijos, uno de los cuales hacía su aprendizaje en la tienda de blondas de Segundo Cordero. Era un total de diez y siete o diez y ocho bocas. El gobierno de tal casa, que habría rendido a cualquiera mujer, no fatigaba visiblemente a Isabel. A medida que las niñas iban creciendo, disminuía para la madre parte del trabajo material; pero este descanso se compensaba con el exceso de vigilancia para guardar el rebaño, cada vez más perseguido de lobos y expuesto a infinitas asechanzas. Las chicas no eran malas, pero eran jovenzuelas, y ni Cristo Padre podía evitar los atisbos por el único balcón de la casa o por la ventanucha que daba al callejón de San Cristóbal. Empezaban a entrar en la casa cartitas, y a desarrollarse esas intrigüelas inocentes que son juegos de amor, ya que no el amor mismo. Doña Isabel estaba siempre con cada ojo como un farol, y no las perdía de vista un momento. A esta fatiga ruda del espionaje materno uníase el trabajo de exhibir y airear el muestrario, por ver si caía algún parroquiano o por otro nombre, marido. Era forzoso *hacer el artículo*, y aquella gran mujer, negociante en hijas, no tenía más remedio que vestirse y concurrir con su *género* a tal o cual tertulia de amigas, porque si no lo hacía, ponían las nenas unos morros que no se las podía aguantar. Era también de rúbrica el paseíto los domingos, en corporación, las niñas muy bien arregladitas con cuatro pingos que parecían lo que no eran, la mamá muy estirada de guantes, que le imposibilitaban el uso de los dedos, con manguito que le daba un calor excesivo a las manos, y su buena cachemira. Sin ser vieja lo parecía.

Dios, al fin, apreciando los méritos de aquella heroína, que ni un punto se apartaba de su puesto en el combate social, echó una mirada de benevolencia sobre el muestrario y después lo bendijo. La primera chica que se casó fue la segunda, llamada Candelaria, y en honor de la verdad, no fue muy lucido aquel matrimonio. Era el novio un buen muchacho, dependiente en la camisería de la viuda de Aparisi. Llamábase Pepe Samaniego y no tenía más fortuna que sus deseos de trabajar y su honradez probada. Su apellido se veía mucho en los rótulos del comercio menudo. Un tío suyo era boticario en la calle del Ave María. Tenía un primo pescadero, otro tendero de capas en la calle de la Cruz, otro prestamista, y los demás, lo mismo que sus hermanos, eran todos horteras. Pensaron primero los de Arnaiz oponerse a aquella unión; mas pronto se hicieron esta cuenta: «No están los tiempos para hilar muy delgado en esto de los maridos. Hay que tomar todo lo que se presente, porque son siete a colocar. Basta con que el chico sea formal y trabajador».

Casose luego la mayor, llamada Benigna en memoria de su abuelito el héroe de Boteros. Esta sí que fue buena boda. El novio era Ramón Villuendas, hijo mayor del célebre cambiante de la calle de Toledo; gran casa, fortuna sólida. Era ya viudo con dos chiquillos, y su parentela ofrecía variedad chocante en orden de riqueza. Su tío don Cayetano Villuendas estaba casado con Eulalia hermana del marqués de Casa-Muñoz, y poseía muchos millones; en cambio, había un Villuendas tabernero y otro que tenía un tenducho de percales y bayetas llamado *El Buen Gusto*. El parentesco de los Villuendas pobres con los ricos no se veía muy claro; pero parientes eran y muchos de ellos se trataban y se tuteaban.

La tercera de las chicas, llamada Jacinta, pescó marido al año siguiente. ¡Y qué marido!... Pero al llegar aquí, me veo precisado a cortar esta hebra, y paso a referir ciertas cosas que han de preceder a la boda de Jacinta.

III. Estupiñá

I

En la tienda de Arnaiz, junto a la reja que da a la calle de San Cristóbal, hay actualmente tres sillas de madera curva de Viena, las cuales sucedieron hace años a un banco sin respaldo forrado de hule negro, y este banco tuvo por antecesor a un arcón o caja vacía. Aquélla era la sede de la inmemorial tertulia de la casa. No había tienda sin tertulia, como no podía haberla sin mostrador y santo tutelar. Era esto un servicio suplementario que el comercio prestaba a la sociedad en tiempos en que no existían casinos, pues aunque había sociedades secretas y clubs y cafés más o menos patrióticos, la gran mayoría de los ciudadanos pacíficos no iba a ellos, prefiriendo charlar en las tiendas. Barbarita tiene aún reminiscencias vagas de la tertulia en los tiempos de su niñez. Iba un fraile muy flaco que era el padre Alelí, un señor pequeñito con anteojos, que era el papá de Isabel, algunos militares y otros tipos que se confundían en su mente con las figuras de los dos mandarines.

Y no solo se hablaba de asuntos políticos y de la guerra civil, sino de cosas del comercio. Recuerda la señora haber oído algo acerca de los primeros fósforos o mistos que vinieron al mercado, y aun haberlos visto. Era como una botellita en la cual se metía la cerilla, y salía echando lumbre. También oyó hablar de las primeras alfombras de moqueta, de los primeros colchones de muelles, y de los primeros ferrocarriles, que alguno de los tertulios había visto en el extranjero, pues aquí ni asomos de ellos había todavía. Algo se apuntó allí sobre el billete de Banco, que en Madrid no fue papel-moneda corriente hasta algunos años después, y solo se usaba entonces para los pagos fuertes de la banca. Doña Bárbara se acuerda de haber visto el primer billete que llevaron a la tienda como un objeto de curiosidad, y todos convinieron en que era mejor una onza. El gas fue muy posterior a esto.

La tienda se transformaba; pero la tertulia era siempre la misma en el curso lento de los años. Unos habladores se iban y venían otros. No sabemos a qué época fija se referirían estos párrafos sueltos que al vuelo cogía Barbarita cuando, ya casada, entraba en la tienda a descansar un ratito, de vuelta de paseo o de compras: «¡Qué hermosotes iban esta mañana los del *tercero de fusileros* con sus pompones nuevos!»...

«El Duque ha oído misa hoy en las Calatravas. Iba con Linaje y con San Miguel»...

«¿Sabe usted, Estupiñá, lo que dicen ahora? Pues dicen que los ingleses proyectan construir barcos de *fierro*».

El llamado Estupiñá debía de ser indispensable en todas las tertulias de tiendas, porque cuando no iba a la de Arnaiz, todo se volvía preguntar: «¿Y Plácido, ¿qué es de él?». Cuando entraba le recibían con exclamaciones de alegría, pues con su sola presencia animaba la conversación. En 1871 conocí a este hombre, que fundaba su vanidad en *haber visto toda la historia de España* en el presente siglo. Había venido al mundo en 1803 y se llamaba hermano de fecha de Mesonero Romanos, por haber nacido, como este, el 19 de julio del citado año. Una sola frase suya probará su inmenso saber en esa historia viva que se aprende con los ojos: «Vi a José I como le estoy viendo a usted ahora». Y parecía que se relamía de gusto cuando le preguntaban: «¿Vio usted al duque de Angulema, a lord Wellington?...».

«Pues ya lo creo». Su contestación era siempre la misma: «Como le estoy viendo a usted». Hasta llegaba a incomodarse cuando se le interrogaba en tono dubitativo.

«¡Que si vi entrar a María Cristina!... Hombre, si eso es de ayer...». Para completar su erudición ocular, hablaba del *aspecto que presentaba Madrid* el 1.º de septiembre de 1840, como si fuera cosa de la semana pasada. Había visto morir a Canterac; ajusticiar a Merino, «nada menos que sobre el propio patíbulo», por ser él hermano de la Paz y Caridad; había visto matar a Chico..., precisamente ver no, pero oyó los tiritos, hallándose en la calle de las Velas; había visto a Fernando VII el 7 de julio cuando salió al balcón a decir a los milicianos que *sacudieran* a los de la Guardia; había visto a Rodil y al sargento García arengando desde otro balcón, el año 36; había visto a O'Donnell y Espartero abrazándose, a Espartero solo saludando al pueblo, a O'Donnell solo, todo esto en un balcón, y por fin, en un balcón había visto también en fecha cercana a otro personaje diciendo a gritos que se habían acabado los Reyes. La historia que Estupiñá sabía estaba escrita en los balcones.

La biografía mercantil de este hombre es tan curiosa como sencilla. Era muy joven cuando entró de hortera en casa de Arnaiz, y allí sirvió muchos años, siempre bien quisto del principal por su honradez acrisolada y el grandísimo interés con que miraba todo lo concerniente al establecimiento. Y a pesar de tales prendas, Estupiñá no era un buen dependiente. Al despachar, entretenía demasiado a los parroquianos, y si le mandaban con un recado o comisión a la Aduana, tardaba tanto en volver, que muchas veces creyó don Bonifacio que le habían llevado preso. La singularidad de que teniendo Plácido estas mañas, no pudieran los dueños de la tienda prescindir de él, se explica por la ciega confianza que inspiraba, pues estando él al cuidado de la tienda y de la caja, ya podían Arnaiz y su familia echarse a dormir. Era su fidelidad tan grande como su humildad, pues ya le podían reñir y decirle cuantas perrerías quisieran, sin que se incomodase. Por esto sintió mucho Arnaiz que Estupiñá dejara la casa en 1837, cuando se le antojó establecerse con los dineros de una pequeña herencia. Su principal, que le conocía bien, hacía lúgubres profecías del porvenir comercial de Plácido, trabajando por su cuenta.

Prometíaselas él muy felices en la tienda de bayetas y paños del Reino que estableció en la Plaza Mayor, junto a la Panadería. No puso dependientes, porque la cortedad del negocio no lo consentía; pero su tertulia fue la más animada y dicharachera de todo el barrio. Y ved aquí el secreto de lo poco que dio de sí el establecimiento, y la justificación de los vaticinios de don Bonifacio. Estupiñá tenía un vicio hereditario y crónico, contra el cual eran impotentes todas las demás energías de su alma; vicio tanto más avasallador y terrible cuanto más inofensivo parecía. No era la bebida, no era el amor, ni el juego ni el lujo; era la conversación. Por un rato de palique era Estupiñá capaz de dejar que se llevaran los demonios el mejor negocio del mundo. Como él pegase la hebra con gana, ya podía venirse el cielo abajo, y antes le cortaran la lengua que la hebra. A su tienda iban los habladores más frenéticos, porque el vicio llama al vicio. Si en lo más sabroso de su charla entraba alguien a comprar, Estupiñá le ponía la cara que se pone a los que van a dar sablazos. Si el género pedido estaba sobre el mostrador, lo enseñaba con gesto rápido, deseando que acabase pronto la interrupción; pero si estaba en lo alto de la anaquelería, echaba hacia arriba una mirada de fatiga, como el que pide a Dios paciencia, diciendo: «¿Bayeta amarilla? Mírela usted. Me parece que es angosta para lo que usted la quiere». Otras veces dudaba o aparentaba dudar si tenía lo que le pedían.

«¿Gorritas para niño? ¿Las quiere usted de visera de hule?... Sospecho que hay algunas, pero son de esas que no se usan ya...».

Si estaba jugando al tute o al mus, únicos juegos que sabía y en los que era maestro, primero se hundía el mundo que apartar él su atención de las cartas. Era tan fuerte el ansia de charla y de trato social, se lo pedía el cuerpo y el alma con tal vehemencia, que si no iban habladores a la tienda no podía resistir la comezón del vicio, echaba la llave, se la metía en el bolsillo y se iba a otra tienda en busca de aquel licor palabrero con que se embriagaba. Por Navidad, cuando se empezaban a armar los puestos de la Plaza, el pobre tendero no tenía valor para estarse metido en aquel cuchitril oscuro. El sonido de la voz humana, la luz y el rumor de la calle eran tan necesarios a su existencia como el aire. Cerraba, y se iba a dar conversación a las mujeres de los puestos. A todas las conocía, y se enteraba de lo que iban a vender y de cuanto ocurriera en la familia de cada una de ellas. Pertenecía, pues, Estupiñá a aquella raza de tenderos, de la cual quedan aún muy pocos ejemplares, cuyo papel en el mundo comercial parece ser la atenuación de los males causados por los excesos de la oferta impertinente, y disuadir al consumidor de la malsana inclinación a gastar el dinero.

«Don Plácido, ¿tiene usted pana azul?».

—«¡Pana azul!, ¿y quién te mete a ti en esos lujos? Sí que la tengo; pero es cara para ti».

—«Enséñemela usted... y a ver si me la arregla»... Entonces hacía el hombre un desmedido esfuerzo, como quien sacrifica al deber sus sentimientos y gustos más queridos, y bajaba la pieza de tela.

«Vaya, aquí está la pana. Si no la has de comprar, si todo es gana de moler, ¿para qué quieres verla? ¿Crees que yo no tengo nada qué hacer?».

—«Lo que dije; estas mujeres marean a Cristo. Hay otra clase, sí señora. ¿La compras, sí o no? A veinte y dos reales, ni un cuarto menos».

—«Pero déjela ver... ¡ay qué hombre! ¿Cree que me voy a comer la pieza?»...

«A veinte y dos realetes».

—«¡Ande y que lo parta un rayo!».

—«Que te parta a ti, mal criada, respondona, tarasca...».

Era muy fino con las señoras de alto copete. Su afabilidad tenía tonos como este: «¿La cúbica? Sí que la hay. ¿Ve usted la pieza allá arriba? Me parece, señora, que no es lo que usted busca... digo, me parece; no es que yo me quiera meter... Ahora se estilan rayaditas: de eso no tengo. Espero una remesa para el mes que entra. Ayer vi a las niñas con el señor don Cándido. Vaya, que están creciditas. ¿Y cómo sigue el señor mayor? ¡No le he visto desde que íbamos juntos a la bóveda de San Ginés!»... Con este sistema de vender, a los cuatro años de comercio se podían contar las personas que al cabo de la semana traspasaban el dintel de la tienda. A los seis años no entraban allí ni las moscas. Estupiñá abría todas las mañanas, barría y regaba la acera, se ponía los manguitos verdes y se sentaba detrás del mostrador a leer el *Diario de Avisos*. Poco a poco iban llegando los amigos, aquellos hermanos de su alma, que en la soledad en que Plácido estaba le parecían algo como la paloma del arca, pues le traían en el pico algo más que un ramo de oliva, le traían la palabra, el sabrosísimo fruto y la flor de la vida, el alcohol del alma, con que apacentaba su vicio... Pasábanse el día entero contando anécdotas, comentando sucesos políticos, tratando de tú a Mendizábal, a Calatrava, a María Cristina y al mismo Dios, trazando con el dedo planes de campaña sobre el mostrador en extravagantes líneas tácticas; demostrando que Espartero debía ir necesariamente por aquí y Villarreal por allá; refiriendo también sucedidos del comercio, llegadas de tal o cual género; lances de Iglesia y de milicia y de mujeres y de la corte, con todo lo demás que cae bajo el dominio de la bachillería humana. A todas estas el cajón del dinero no se abría ni una sola vez, y a la vara de medir, sumida en plácida quietud, le faltaba poco para reverdecer y echar flores como la vara de San José. Y como pasaban meses y meses sin que se renovase el género, y allí no había más que maulas y vejeces, el trueno fue gordo y repentino. Un día le embargaron todo, y Estupiñá salió de la tienda con tanta pena como dignidad.

II

Aquel gran filósofo no se entregó a la desesperación. Viéronle sus amigos tranquilo y resignado. En su aspecto y en el reposo de su semblante había algo de Sócrates, admitiendo que Sócrates fuera hombre dispuesto a estarse siete horas seguidas con la palabra en la boca. Plácido había salvado el honor, que era lo importante, pagando religiosamente a todo el mundo con las existencias. Se había quedado con lo puesto y sin una mota. No salvó más mueble que la vara de medir. Era forzoso, pues, buscar algún modo de ganarse la vida. ¿A qué se dedicaría? ¿En qué ramo del comercio emplearía sus grandes dotes? Dándose a pensar en esto, vino a descubrir que en medio de su gran pobreza conservaba un capital que seguramente le envidiarían muchos: las relaciones. Conocía a cuantos almacenistas y tenderos había en Madrid; todas las puertas se le franqueaban, y en todas partes le ponían buena cara por su honradez, sus buenas maneras y principalmente por aquella bendita labia que Dios le había dado. Sus relaciones y estas aptitudes le sugirieron, pues, la idea de dedicarse a corredor de géneros. Don Baldomero Santa Cruz, el gordo Arnaiz, Bringas, Moreno, Labiano y otros almacenistas de paños, lienzos o novedades, le daban piezas para que las fuera enseñando de tienda en tienda. Ganaba el 2 por 100 de comisión por lo que vendía. ¡María Santísima, qué vida más deliciosa y qué bien hizo en adoptarla, porque cosa más adecuada a su temperamento no se podía imaginar! Aquel correr continuo, aquel entrar por diversas puertas, aquel saludar en la calle a cincuenta personas y preguntarles por la familia era su vida, y todo lo demás era muerte. Plácido no había nacido para el presidio de una tienda. Su elemento era la calle, el aire libre, la discusión, la contratación, el recado, ir y venir, preguntar, cuestionar, pasando gallardamente de la seriedad a la broma. Había mañana en que se echaba al coleto toda la calle de Toledo de punta a punta, y la Concepción Jerónima, Atocha y Carretas.

Así pasaron algunos años. Como sus necesidades eran muy cortas, pues no tenía familia que mantener ni ningún vicio como no fuera el de gastar saliva, bastábale para vivir lo poco que el corretaje le daba. Además, muchos comerciantes ricos le protegían. Este, a lo mejor, le regalaba una capa; otro un corte de vestido; aquel un sombrero o bien comestibles y golosinas. Familias de las más empingorotadas del comercio le sentaban a su mesa, no solo por amistad sino por egoísmo, pues era una diversión oírle contar tan diversas cosas con aquella exactitud pintoresca y aquel esmero de detalles que encantaba. Dos caracteres principales tenía su entretenida charla, y eran: que nunca se declaraba ignorante de cosa alguna, y que jamás habló mal de nadie. Si por acaso se dejaba decir alguna palabra ofensiva, era contra la Aduana; pero sin individualizar sus acusaciones.

Porque Estupiñá, al mismo tiempo que corredor, era contrabandista. Las piezas de Hamburgo de 26 hilos que pasó por el portillo de Gilimón, valiéndose de ingeniosas mañas, no son para contadas. No había otro como él para atravesar de noche ciertas calles con un bulto bajo la capa, figurándose mendigo con un niño a cuestas. Ninguno como él poseía el arte de deslizar un duro en la mano del empleado fiscal, en momentos de peligro, y se entendía con ellos tan bien para este fregado, que las principales casas acudían a él para desatar sus líos con la Hacienda. No hay medio de escribir en el Decálogo los delitos fiscales. La moral del pueblo se rebelaba, más entonces que ahora, a considerar las defraudaciones a la Hacienda como verdaderos pecados, y conforme con este criterio, Estupiñá no sentía alboroto en su conciencia cuando ponía feliz remate a una de aquellas empresas. Según él, lo que la Hacienda llama suyo no es suyo, sino de la nación, es decir, de Juan Particular, y burlar a la Hacienda es devolver a Juan Particular lo que le pertenece. Esta idea, sustentada por el pueblo con turbulenta fe, ha tenido también sus héroes y sus mártires. Plácido la profesaba con no menos entusiasmo que cualquier caballista andaluz, solo que era de infantería, y además no quitaba la vida a nadie. Su conciencia, envuelta en horrorosas nieblas tocante a lo fiscal, manifestábase pura y luminosa en lo referente a la propiedad privada. Era hombre que antes de guardar un ochavo que no fuese suyo, se habría estado callado un mes.

Barbarita le quería mucho. Habíale visto en su casa desde que tuvo el don de ver y apreciar las cosas; conocía bien, por opinión de su padre y por experiencia propia, las excelentes prendas y lealtad del hablador. Siendo niña, Estupiñá la llevaba a la escuela de la rinconada de la calle Imperial, y por Navidad iba con él a ver los nacimientos y los puestos de la plaza de Santa Cruz. Cuando don Bonifacio Arnaiz enfermó para morirse, Plácido no se separó de él ni enfermo ni difunto hasta que le dejó en la sepultura. En todas las penas y alegrías de la casa era siempre el partícipe más sincero. Su posición junto a tan noble familia era entre amistad y servidumbre, pues si Barbarita le sentaba a su mesa muchos días, los más del año empleábale en recados y comisiones que él sabía desempeñar con exactitud suma. Ya iba a la plaza de la Cebada en busca de alguna hortaliza temprana, ya a la Cava Baja a entenderse con los ordinarios que traían encargos, o bien a Maravillas, donde vivían la planchadora y la encajera de la casa. Tal ascendiente tenía la señora de Santa Cruz sobre aquella alma sencilla y con fe tan ciega la respetaba y obedecía él, que si Barbarita le hubiera dicho: «Plácido, hazme el favor de tirarte por el balcón a la calle», el infeliz no habría vacilado un momento en hacerlo.

Andando los años, y cuando ya Estupiñá iba para viejo y no hacía corretaje ni contrabando, desempeñó en la casa de Santa Cruz un cargo muy delicado. Como era persona de tanta confianza y tan ciegamente adicto a la familia, Barbarita le confiaba a Juanito para que le llevase y le trajera al colegio de Massarnau, o le sacara a paseo los domingos y fiestas. Segura estaba la mamá de que la vigilancia de Plácido era como la de un padre, y bien sabía que se habría dejado matar cien veces antes que consentir que nadie tocase al *Delfín* (así le solía llamar) en la punta del cabello. Ya era este un polluelo con ínfulas de hombre cuando Estupiñá le llevaba a los Toros, iniciándole en los misterios del arte, que se preciaba de entender como buen madrileño. El niño y el viejo se entusiasmaban por igual en el bárbaro y pintoresco espectáculo, y a la salida Plácido le contaba sus proezas taurómacas, pues también, allá en su mocedad, había echado sus quiebros y pases de muleta, y tenía traje completo con lentejuelas, y toreaba novillos por lo fino, sin olvidar ninguna regla... Como Juanito le manifestara deseos de ver el traje, contestábale Plácido que hacía muchos años su hermana la sastra (que de Dios gozaba) lo había convertido en túnica de un Nazareno, que está en la iglesia de Daganzo de Abajo.

Fuera del platicar, Estupiñá no tenía ningún vicio, ni se juntó jamás con personas ordinarias y de baja estofa. Una sola vez en su vida tuvo que ver con gente de mala ralea, con motivo del bautizo del chico de un sobrino suyo, que estaba casado con una tablajera. Entonces le ocurrió un lance desagradable del cual se acordó y avergonzó toda su vida; y fue que el pillete del sobrinito, confabulado con sus amigotes, logró embriagarle, dándole subrepticiamente un Chinchón capaz de marear a una piedra. Fue una borrachera estúpida, la primera y última de su vida; y el recuerdo de la degradación de aquella noche le entristecía siempre que repuntaba en su memoria. ¡Infames, burlar así a quien era la misma sobriedad! Me le hicieron beber con engaño evidente aquellas nefandas copas, y después no vacilaron en escarnecerle con tanta crueldad como grosería. Pidiéronle que cantara la Pitita, y hay motivos para creer que la cantó, aunque él lo niega en redondo. En medio del desconcierto de sus sentidos, tuvo conciencia del estado en que le habían puesto, y el decoro le sugirió la idea de la fuga. Echose fuera del local pensando que el aire de la noche le despejaría la cabeza; pero aunque sintió algún alivio, sus facultades y sentidos continuaban sujetos a los más garrafales errores. Al llegar a la esquina de la Cava de San Miguel, vio al sereno; mejor dicho, lo que vio fue el farol del sereno, que andaba hacia la rinconada de la calle de Cuchilleros. Creyó que era el Viático, y arrodillándose y descubriéndose, según tenía por costumbre, rezó una corta oración y dijo: «¡que Dios le dé lo que mejor le convenga!». Las carcajadas de sus soeces burladores, que le habían seguido, le volvieron a su acuerdo, y conocido el error, se metió a escape en su casa, que a dos pasos estaba. Durmió, y al día siguiente como si tal cosa. Pero sentía un remordimiento vivísimo que por algún tiempo le hacía suspirar y quedarse meditabundo. Nada afligía tanto su honrado corazón como la idea de que Barbarita se enterara de aquel chasco del Viático. Afortunadamente, o no lo supo, o si lo supo no se dio nunca por entendida.

III

Cuando conocí personalmente a este insigne hijo de Madrid, andaba ya al ras con los sesenta años; pero los llevaba muy bien. Era de estatura menos que mediana, regordete y algo encorvado hacia adelante. Los que quieran conocer su rostro, miren el de Rossini, ya viejo, como nos le han transmitido las estampas y fotografías del gran músico, y pueden decir que tienen delante el divino Estupiñá. La forma de la cabeza, la sonrisa, el perfil sobre todo, la nariz corva, la boca hundida, los ojos picarescos, eran trasunto fiel de aquella hermosura un tanto burlona, que con la acentuación de las líneas en la vejez se aproximaba algo a la imagen de Polichinela. La edad iba dando al perfil de Estupiñá un cierto parentesco con el de las cotorras.

En sus últimos tiempos, del 70 en adelante, vestía con cierta originalidad, no precisamente por miseria, pues los de Santa Cruz cuidaban de que nada le faltase, sino por espíritu de tradición, y por repugnancia a introducir novedades en su guardarropa. Usaba un sombrero chato, de copa muy baja y con las alas planas, el cual pertenecía a una época que se había borrado ya de la memoria de los sombreros, y una capa de paño verde, que no se le caía de los hombros sino en lo que va de julio a septiembre. Tenía muy poco pelo, casi se puede decir ninguno; pero no usaba peluca. Para librar su cabeza de las corrientes frías de la iglesia, llevaba en el bolsillo un gorro negro, y se lo calaba al entrar. Era gran madrugador, y por la mañanita con la fresca se iba a Santa Cruz, luego a Santo Tomás y por fin a San Ginés. Después de oír varias misas en cada una de estas iglesias, calado el gorro hasta las orejas, y de echar un parrafito con beatos o sacristanes, iba de capilla en capilla rezando diferentes oraciones. Al despedirse, saludaba con la mano a las imágenes, como se saluda a un amigo que está en el balcón, y luego tomaba su agua bendita, fuera gorro, y a la calle.

En 1869, cuando demolieron la iglesia de Santa Cruz, Estupiñá pasó muy malos ratos.

Ni el pájaro a quien destruyen su nido, ni el hombre a quien arrojan de la morada en que nació, ponen cara más afligida que la que él ponía viendo caer entre nubes de polvo los pedazos de cascote. Por aquello de ser hombre no lloraba. Barbarita, que se había criado a la sombra de la venerable torre, si no lloraba al ver tan sacrílego espectáculo era porque estaba volada, y la ira no le permitía derramar lágrimas. Ni acertaba a explicarse por qué decía su marido que don Nicolás Rivero era una gran persona. Cuando el templo desapareció; cuando fue arrasado el suelo, y andando los años se edificó una casa en el sagrado solar, Estupiñá no se dio a partido. No era de estos caracteres acomodaticios que reconocen los hechos consumados. Para él la iglesia estaba siempre allí, y toda vez que mi hombre pasaba por el punto exacto que correspondía al lugar de la puerta, se persignaba y se quitaba el sombrero.

Era Plácido hermano de la Paz y Caridad, cofradía cuyo domicilio estuvo en la derribada parroquia. Iba, pues, a auxiliar a los reos de muerte en la capilla y a darles conversación en la hora tremenda, hablándoles de lo tonta que es esta vida, de lo bueno que es Dios y de lo ricamente que iban a estar en la gloria. ¡Qué sería de los pobrecitos reos si no tuvieran quien les diera un poco de jarabe de pico antes de entregar su cuello al verdugo!

A las diez de la mañana concluía Estupiñá invariablemente lo que podríamos llamar su jornada religiosa. Pasada aquella hora, desaparecía de su rostro rossiniano la seriedad tétrica que en la iglesia tenía, y volvía a ser el hombre afable, locuaz y ameno de las tertulias de tienda. Almorzaba en casa de Santa Cruz o de Villuendas o de Arnaiz, y si Barbarita no tenía nada que mandarle, emprendía su tarea para *defender el garbanzo*, pues siempre hacía el papel de que trabajaba como un negro. Su afectada ocupación en tal época era el corretaje de dependientes, y fingía que los colocaba mediante un estipendio. Algo hacía en verdad, mas era en gran parte pura farsa; y cuando le preguntaban si iban bien los negocios, respondía en el tono de comerciante ladino que no quiere dejar clarear sus pingües ganancias: «Hombre, nos vamos defendiendo; no hay queja... Este mes he colocado lo menos treinta chicos... como no hayan sido cuarenta...».

Vivía Plácido en la Cava de San Miguel. Su casa era una de las que forman el costado occidental de la Plaza Mayor, y como el basamento de ellas está mucho más bajo que el suelo de la Plaza, tienen una altura imponente y una estribación formidable, a modo de fortaleza. El piso en que el tal vivía era cuarto por la Plaza y por la Cava séptimo. No existen en Madrid alturas mayores, y para vencer aquellas era forzoso apechugar con ciento veinte escalones, *todos de piedra*, como decía Plácido con orgullo, no pudiendo ponderar otra cosa de su domicilio. El ser *todas de piedra*, desde la Cava hasta las bohardillas, da a las escaleras de aquellas casas un aspecto lúgubre y monumental, como de castillo de leyendas, y Estupiñá no podía olvidar esta circunstancia que le hacía interesante en cierto modo, pues no es lo mismo subir a su casa por una escalera como las del Escorial, que subir por viles peldaños de palo, como cada hijo de vecino.

El orgullo de trepar por aquellas gastadas berroqueñas no excluía lo fatigoso del tránsito, por lo que mi amigo supo explotar sus buenas relaciones para abreviarlo. El dueño de una zapatería de la Plaza, llamado Dámaso Trujillo, le permitía entrar por su tienda, cuyo rótulo era *Al ramo de azucenas*.

Tenía puerta para la escalera de la Cava, y usando esta puerta Plácido se ahorraba treinta escalones.

El domicilio del hablador era un misterio para todo el mundo, pues nadie había ido nunca a verle, por la sencilla razón de que don Plácido no estaba en su casa sino cuando dormía. Jamás había tenido enfermedad que le impidiera salir durante el día. Era el hombre más sano del mundo. Pero la vejez no había de desmentirse, y un día de diciembre del 69 fue notada la falta del grande hombre en los círculos a donde solía ir. Pronto corrió la voz de que estaba malo, y cuantos le conocían sintieron vivísimo interés por él. Muchos dependientes de tiendas se lanzaron por aquellos escalones de piedra en busca de noticias del simpático enfermo, que padecía de un reuma agudo en la pierna derecha. Barbarita le mandó enseguida su médico, y no satisfecha con esto, ordenó a Juanito que fuese a visitarle, lo que el Delfín hizo de muy buen grado.

Y sale a relucir aquí la visita del Delfín al anciano servidor y amigo de su casa, porque si Juanito Santa Cruz no hubiera hecho aquella visita, esta historia no se habría escrito. Se hubiera escrito otra, eso sí, porque por do quiera que el hombre vaya lleva consigo su novela; pero esta no.

IV

Juanito reconoció el número 11 en la puerta de una tienda de aves y huevos. Por allí se había de entrar sin duda, pisando plumas y aplastando cascarones. Preguntó a dos mujeres que pelaban gallinas y pollos, y le contestaron, señalando una mampara, que aquella era la entrada de la escalera del 11. Portal y tienda eran una misma cosa en aquel edificio característico del Madrid primitivo. Y entonces se explicó Juanito por qué llevaba muchos días Estupiñá, pegadas a las botas, plumas de diferentes aves. Las cogía al salir, como las había cogido él, por más cuidado que tuvo de evitar al paso los sitios en que había plumas y algo de sangre. Daba dolor ver las anatomías de aquellos pobres animales, que apenas desplumados eran suspendidos por la cabeza, conservando la cola como un sarcasmo de su mísero destino. A la izquierda de la entrada vio el Delfín cajones llenos de huevos, acopio de aquel comercio. La voracidad del hombre no tiene límites, y sacrifica a su apetito no solo las presentes sino las futuras generaciones gallináceas. A la derecha, en la prolongación de aquella cuadra lóbrega, un sicario manchado de sangre daba garrote a las aves. Retorcía los pescuezos con esa presteza y donaire que da el hábito, y apenas soltaba una víctima y la entregaba agonizante a las desplumadoras, cogía otra para hacerle la misma caricia. Jaulones enormes había por todas partes, llenos de pollos y gallos, los cuales asomaban la cabeza roja por entre las cañas, sedientos y fatigados, para respirar un poco de aire, y aun allí los infelices presos se daban de picotazos por aquello de *si tú sacaste más pico que yo... si ahora me toca a mí sacar todo el pescuezo.*

Habiendo apreciado este espectáculo poco grato, el olor de corral que allí había, y el ruido de alas, picotazos y cacareo de tanta víctima, Juanito la emprendió con los famosos peldaños de granito, negros ya y gastados. Efectivamente, parecía la subida a un castillo o prisión de Estado. El paramento era de fábrica cubierta de yeso y este de rayas e inscripciones soeces o tontas. Por la parte más próxima a la calle, fuertes rejas de hierro completaban el aspecto feudal del edificio. Al pasar junto a la puerta de una de las habitaciones del entresuelo, Juanito la vio abierta y, lo que es natural, miró hacia dentro, pues todos los accidentes de aquel recinto despertaban en sumo grado su curiosidad. Pensó no ver nada y vio algo que de pronto le impresionó, una mujer bonita, joven, alta... Parecía estar en acecho, movida de una curiosidad semejante a la de Santa Cruz, deseando saber quién demonios subía a tales horas por aquella endiablada escalera. La moza tenía pañuelo azul claro por la cabeza y un mantón sobre los hombros, y en el momento de ver al Delfín, se infló con él, quiero decir, que hizo ese característico arqueo de brazos y alzamiento de hombros con que las madrileñas del pueblo se agasajan dentro del mantón, movimiento que les da cierta semejanza con una gallina que esponja su plumaje y se ahueca para volver luego a su volumen natural.

Juanito no pecaba de corto, y al ver a la chica y observar lo linda que era y lo bien calzada que estaba, diéronle ganas de tomarse confianzas con ella.

—¿Vive aquí —le preguntó— el señor de Estupiñá?

—¿Don Plácido?... en lo *más último de arriba* —contestó la joven, dando algunos pasos hacia fuera.

Y Juanito pensó: «Tú sales para que te vea el pie. Buena bota»... Pensando esto, advirtió que la muchacha sacaba del mantón una mano con mitón encarnado y que se la llevaba a la boca. La confianza se desbordaba del pecho del joven Santa Cruz, y no pudo menos de decir:

—¿Qué come usted, criatura?

—¿No lo ve usted? —replicó mostrándoselo—. Un huevo.

—¡Un huevo crudo! Con mucho donaire, la muchacha se llevó a la boca por segunda vez el huevo roto y se atizó otro sorbo.

—No sé cómo puede usted comer esas babas crudas —dijo Santa Cruz, no hallando mejor modo de trabar conversación.

—Mejor que guisadas. ¿Quiere usted? —replicó ella ofreciendo al Delfín lo que en el cascarón quedaba.

Por entre los dedos de la chica se escurrían aquellas babas gelatinosas y transparentes. Tuvo tentaciones Juanito de aceptar la oferta; pero no; le repugnaban los huevos crudos.

—No, gracias. Ella entonces se lo acabó de sorber, y arrojó el cascarón, que fue a estrellarse contra la pared del tramo inferior. Estaba limpiándose los dedos con el pañuelo, y Juanito discurriendo por dónde pegaría la hebra, cuando sonó abajo una voz terrible que dijo: *¡Fortunaaá!* Entonces la chica se inclinó en el pasamanos y soltó un *yia voy* con chillido tan penetrante que Juanito creyó se le desgarraba el tímpano. El *yia* principalmente sonó como la vibración agudísima de una hoja de acero al deslizarse sobre otra. Y al soltar aquel sonido, digno canto de tal ave, la moza se arrojó con tanta presteza por las escaleras abajo, que parecía rodar por ellas. Juanito la vio desaparecer, oía el ruido de su ropa azotando los peldaños de piedra y creyó que se mataba. Todo quedó al fin en silencio, y de nuevo emprendió el joven su ascensión penosa. En la escalera no volvió a encontrar a nadie, ni una mosca siquiera, ni oyó más ruido que el de sus propios pasos.

Cuando Estupiñá le vio entrar sintió tanta alegría, que a punto estuvo de ponerse bueno instantáneamente por la sola virtud del contento. No estaba el hablador en la cama sino en un sillón, porque el lecho le hastiaba, y la mitad inferior de su cuerpo no se veía porque estaba liado como las momias, y envuelto en mantas y trapos diferentes. Cubría su cabeza, orejas inclusive, el gorro negro de punto que usaba dentro de la iglesia. Más que los dolores reumáticos molestaba al enfermo el no tener con quién hablar, pues la mujer que le servía, una tal doña Brígida, patrona o ama de llaves, era muy displicente y de pocas palabras. No poseía Estupiñá ningún libro, pues no necesitaba de ellos para instruirse. Su biblioteca era la sociedad y sus textos las palabras calentitas de los vivos. Su ciencia era su fe religiosa, y ni para rezar necesitaba breviarios ni florilogios, pues todas las oraciones las sabía de memoria. Lo impreso era para él música, garabatos que no sirven de nada. Uno de los hombres que menos admiraba Plácido era Guttenberg. Pero el aburrimiento de su enfermedad le hizo desear la compañía de alguno de estos habladores mudos que llamamos libros. Busca por aquí, busca por allá, y no se encontraba cosa impresa. Por fin, en polvoriento arcón halló doña Brígida un mamotreto perteneciente a un exclaustrado que moró en la misma casa allá por el año 40. Abriolo Estupiñá con respeto, ¿y qué era? El tomo undécimo del *Boletín Eclesiástico de la Diócesis de Lugo*. Apechugó, pues, con aquello, pues no había otra cosa. Y se lo atizó todo, de cabo a rabo, sin omitir letra, articulando correctamente las sílabas en voz baja a estilo de rezo. Ningún tropiezo le detenía en su lectura, pues cuando le salía al encuentro un latín largo y oscuro, le metía el diente sin vacilar. Las pastorales, sinodales, bulas y demás entretenidas cosas que el libro traía, fueron el único remedio de su soledad triste, y lo mejor del caso es que llegó a tomar el gusto a manjar tan desabrido, y algunos párrafos se los echaba al coleto dos veces, masticando las palabras con una sonrisa, que a cualquier observador mal enterado le habría hecho creer que el tomazo era de Paul de Kock.

«Es cosa muy buena» dijo Estupiñá, guardando el libro al ver que Juanito se reía.

Y estaba tan agradecido a la visita del Delfín, que no hacía más que mirarle recreándose en su guapeza, en su juventud y elegancia. Si hubiera sido veinte veces hijo suyo, no le habría contemplado con más amor. Dábale palmadas en la rodilla, y le interrogaba prolijamente por todos los de la familia, desde Barbarita, que era el número uno, hasta el gato. El Delfín, después de satisfacer la curiosidad de su amigo, hízole a su vez preguntas acerca de la vecindad de aquella casa en que estaba.

«Buena gente —respondió Estupiñá—; solo hay unos inquilinos que alborotan algo por las noches. La finca pertenece al señor de Moreno Isla, y puede que se la administre yo desde el año que viene. Él lo desea; ya me habló de ello tu mamá, y he respondido que estoy a sus órdenes... Buena finca; con un cimiento de pedernal que es una gloria... escalera de piedra, ya habrás visto; solo que es un poquito larga. Cuando vuelvas, si quieres acortar treinta escalones, entras por el *Ramo de azucenas*, la zapatería que está en la Plaza. Tú conoces a Dámaso Trujillo. Y si no le conoces, con decir: «voy a ver a Plácido» te dejará pasar.

Estupiñá siguió aún más de una semana sin salir de casa, y el Delfín iba todos los días a verle ¡todos los días!, con lo que estaba mi hombre más contento que unas Pascuas, pero en vez de entrar por la zapatería, Juanito, a quien sin duda no cansaba la escalera, entraba siempre por el establecimiento de huevos de la Cava.

IV. Perdición y salvamento del Delfín

I

Pasados algunos días, cuando ya Estupiñá andaba por ahí restablecido aunque algo cojo, Barbarita empezó a notar en su hijo inclinaciones nuevas y algunas mañas que le desagradaron. Observó que el Delfín, cuya edad se aproximaba a los veinticinco años, tenía horas de infantil alegría y días de tristeza y recogimiento sombríos. Y no pararon aquí las novedades. La perspicacia de la madre creyó descubrir un notable cambio en las costumbres y en las compañías del joven fuera de casa, y lo descubrió con datos observados en ciertas inflexiones muy particulares de su voz y lenguaje. Daba a la *elle* el tono arrastrado que la gente baja da a la *y* consonante; y se le habían pegado modismos pintorescos y expresiones groseras que a la mamá no le hacían maldita gracia. Habría dado cualquier cosa por poder seguirle de noche y ver con qué casta de gente se juntaba. Que esta no era fina, a la legua se conocía.

Y lo que Barbarita no dudaba en calificar de encanallamiento, empezó a manifestarse en el vestido. El Delfín se encajó una capa de esclavina corta con mucho ribete, mucha trencilla y pasamanería. Poníase por las noches el sombrerito pavero, que, a la verdad, le caía muy bien, y se peinaba con los mechones ahuecados sobre las sienes. Un día se presentó en la casa un sastre con facha de sacristán, que era de los que hacen ropa ajustada para toreros, chulos y matachines; pero doña Bárbara no le dejó sacar la cinta de medir, y poco faltó para que el pobre hombre fuera rodando por las escaleras.

«¿Es posible —dijo a su niño, sin disimular la ira—, que se te antoje también ponerte esos pantalones ajustados con los cuales las piernas de los hombres parecen zancas de cigüeña?». Y una vez roto el fuego, rompió la señora en acusaciones contra su hijo por aquellas maneras nuevas de hablar y de vestir. Él se reía, buscando medios de eludir la cuestión; pero la inflexible mamá le cortaba la retirada con preguntas contundentes. ¿A dónde iba por las noches? ¿Quiénes eran sus amigos? Respondía él que los de siempre, lo cual no era verdad, pues salvo Villalonga, que salía con él muy puesto también de capita corta y pavero, los antiguos condiscípulos no aportaban ya por la casa. Y Barbarita citaba a Zalamero, a Pez, al chico de Tellería. ¿Cómo no hacer comparaciones? Zalamero, a los veintisiete años, era ya diputado y subsecretario de Gobernación, y se decía que Rivero quería dar a Joaquinito Pez un Gobierno de provincia. Gustavito hacía cada artículo de crítica y cada estudio sobre los Orígenes de tal o cual cosa, que era una bendición, y en tanto él y Villalonga ¿en qué pasaban el tiempo?, ¿en qué?, en adquirir hábitos ordinarios y en tratarse con zánganos de coleta. A mayor abundamiento, en aquella época del 70 se le desarrolló de tal modo al Delfín la afición a los toros, que no perdía corrida, ni dejaba de ir al apartado ningún día y a veces se plantaba en la dehesa. Doña Bárbara vivía en la mayor intranquilidad, y cuando alguien le contaba que había visto a su ídolo en compañía de un individuo del arte del cuerno, se subía a la parra y...

«Mira, Juan, creo que tú y yo vamos a perder las amistades. Como me traigas a casa a uno de esos tagarotes de calzón ajustado, chaqueta corta y botita de caña clara, te pego, sí, hago lo que no he hecho nunca, cojo una escoba y ambos salís de aquí pitando»... Estos furores solían concluir con risas, besos, promesas de enmienda y reconciliaciones cariñosas, porque Juanito se pintaba solo para desenojar a su mamá.

Como supiera un día la dama que su hijo frecuentaba los barrios de Puerta Cerrada, calle de Cuchilleros y Cava de San Miguel, encargó a Estupiñá que vigilase, y este lo hizo con muy buena voluntad llevándole cuentos, dichos en voz baja y melodramática: «Anoche cenó en la pastelería del sobrino de Botín, en la calle de Cuchilleros... ¿sabe la señora? También estaba el señor de Villalonga y otro que no conozco, un tipo así... ¿cómo diré?, de estos de sombrero redondo y capa con esclavina ribeteada. Lo mismo puede pasar por un *randa* que por un señorito disfrazado».

—¿Mujeres...? —preguntó con ansiedad Barbarita.

—Dos, señora, dos —dijo Plácido corroborando con igual número de dedos muy estirados lo que la voz denunciaba—. No les pude ver las estampas. Eran de estas de mantón pardo, delantal azul, buena bota y pañuelo a la cabeza... en fin, un par de reses muy bravas.

A la semana siguiente, otra delación:

«Señora, señora...».

—¿Qué? —Ayer y anteayer entró el niño en una tienda de la Concepción Jerónima, donde venden filigranas y corales de los que usan las amas de cría...

—¿Y qué? —Que pasa allí largas horas de la tarde y de la noche. Lo sé por Pepe Vallejo, el de la cordelería de enfrente, a quien he encargado que esté con mucho ojo.

—¿Tienda de filigranas y de corales?

—Sí, señora; una de estas platerías de puntapié, que todo lo que tienen no vale seis duros.

No la conozco; se ha puesto hace poco; pero yo me enteraré. Aspecto de pobreza. Se entra por una puerta vidriera que también es entrada del portal, y en el vidrio han puesto un letrero que dice: *Especialidad en regalos para amas*... Antes estaba allí un relojero llamado Bravo, que murió de miserere.

De pronto los cuentos de Estupiñá cesaron. A Barbarita todo se le volvía preguntar y más preguntar, y el dichoso hablador no sabía nada. Y cuidado que tenía mérito la discreción de aquel hombre, porque era el mayor de los sacrificios; para él equivalía a cortarse la lengua el tener que decir: «no sé nada, absolutamente nada». A veces parecía que sus insignificantes e inseguras revelaciones querían ocultar la verdad antes que esclarecerla.

«Pues nada, señora; he visto a Juanito en un simón, solo, por la Puerta del Sol... digo... por la Plaza del Ángel... Iba con Villalonga... se reían mucho los dos... de algo que les hacía gracia...». Y todas las denuncias eran como estas, bobadas, subterfugios, evasivas... Una de dos: o Estupiñá no sabía nada, o si sabía no quería decirlo por no disgustar a la señora.

Diez meses pasaron de esta manera, Barbarita interrogando a Estupiñá, y este no queriendo o no teniendo qué responder, hasta que allá por mayo del 70, Juanito empezó a abandonar aquellos mismos hábitos groseros que tanto disgustaban a su madre. Esta, que lo observaba atentísimamente, notó los síntomas del lento y feliz cambio en multitud de accidentes de la vida del joven. Cuánto se regocijaba la señora con esto, no hay para qué decirlo. Y aunque todo ello era inexplicable llegó un momento en que Barbarita dejó de ser curiosa, y no le importaba nada ignorar los desvaríos de su hijo con tal que se reformase. Lentamente, pues, recobraba el Delfín su personalidad normal. Después de una noche que entró tarde y muy sofocado, y tuvo cefalalgia y vómitos, la mudanza pareció más acentuada. La mamá entreveía en aquella ignorada página de la existencia de su heredero, amores un tanto libertinos, orgías de mal gusto, bromas y riñas quizás; pero todo lo perdonaba, todo, todito, con tal que aquel trastorno pasase, como pasan las indispensables crisis de las edades.

«Es un sarampión de que no se libra ningún muchacho de estos tiempos —decía—. Ya sale el mío de él, y Dios quiera que salga en bien.

Notó también que el Delfín se preocupaba mucho de ciertos recados o esquelitas que a la casa traían para él, mostrándose más bien temeroso de recibirlos que deseoso de ellos. A menudo daba a los criados orden de que le negaran y de que no se admitiera carta ni recado. Estaba algo inquieto, y su mamá se dijo gozosa: «Persecución tenemos; pero él parece querer cortar toda clase de comunicaciones. Esto va bien». Hablando de esto con su marido, don Baldomero, en quien lo progresista no quitaba lo autoritario (emblema de los tiempos), propuso un plan defensivo que mereció la aprobación de ella.

«Mira, hija, lo mejor es que yo hable hoy mismo con el Gobernador, que es amigo nuestro. Nos mandará acá una pareja de orden público, y en cuanto llegue hombre o mujer de malas trazas con papel o recadito, me lo trincan, y al Saladero de cabeza».

Mejor que este plan era el que se le había ocurrido a la señora. Tenían tomada casa en Plencia para pasar la temporada de verano, fijando la fecha de la marcha para el 8 o el 10 de julio. Pero Barbarita, con aquella seguridad del talento superior que en un punto inicia y ejecuta las resoluciones salvadoras, se encaró con Juanito, y de buenas a primeras le dijo: «Mañana mismo nos vamos a Plencia».

Y al decirlo se fijó en la cara que puso. Lo primero que expresó el Delfín fue alegría. Después se quedó pensativo.

«Pero deme usted dos o tres días. Tengo que arreglar varios asuntos...».

—¿Qué asuntos tienes tú, hijo? Música, música. Y en caso de que tengas alguno, créeme, vale más que lo dejes como está.

Dicho y hecho. Padres e hijo salieron para el Norte el día de San Pedro. Barbarita iba muy contenta, juzgándose ya vencedora, y se decía por el camino: «Ahora le voy a poner a mi pollo una calza para que no se me escape más». Instaláronse en su residencia de verano, que era como un palacio, y no hay palabras con qué ponderar lo contentos y saludables que todos estaban. El Delfín, que fue desmejoradillo, no tardó en reponerse, recobrando su buen color, su palabra jovial y la plenitud de sus carnes. La mamá se la tenía guardada. Esperaba ocasión propicia, y en cuanto esta llegó supo acometer la empresa aquella de la calza, como persona lista y conocedora de las mañas del ave que era preciso aprisionar. Dios la ayudaba sin duda, porque el pollo no parecía muy dispuesto a la resistencia.

«Pues sí —dijo ella, después de una conversación preparada con gracia—. Es preciso que te cases. Ya te tengo la mujer buscada. Eres un chiquillo, y a ti hay que dártelo todo hecho. ¡Qué será de ti el día en que yo te falte! Por eso quiero dejarte en buenas manos... No te rías, no; es la verdad, yo tengo que cuidar de todo, lo mismo de pegarte el botón que se te ha caído, que de elegirte la que ha de ser compañera de toda tu vida, la que te ha de mimar cuando yo me muera. ¿A ti te cabe en la cabeza que pueda yo proponerte nada que no te convenga?... No. Pues a callar, y pon tu porvenir en mis manos. No sé qué instinto tenemos las madres, algunas quiero decir. En ciertos casos no nos equivocamos; somos infalibles como el Papa».

La esposa que Barbarita proponía a su hijo era Jacinta, su prima, la tercera de las hijas de Gumersindo Arnaiz. ¡Y qué casualidad! Al día siguiente de la conferencia citada, llegaban a Plencia y se instalaban en una casita modesta, Gumersindo e Isabel Cordero con toda su caterva menuda. Candelaria no salía de Madrid, y Benigna había ido a Laredo.

Juan no dijo que sí ni que no. Limitose a responder por fórmula que lo pensaría; pero una voz de su alma le declaraba que aquella gran mujer y madre tenía tratos con el Espíritu Santo, y que su proyecto era un verdadero caso de infalibilidad.

II

Porque Jacinta era una chica de prendas excelentes, modestita, delicada, cariñosa y además muy bonita. Sus lindos ojos estaban ya declarando la sazón de su alma o el punto en que tocan a enamorarse y enamorar. Barbarita quería mucho a todas sus sobrinas; pero a Jacinta la adoraba; teníala casi siempre consigo y derramaba sobre ella mil atenciones y miramientos, sin que nadie, ni aun la propia madre de Jacinta, pudiera sospechar que la criaba para nuera. Toda la parentela suponía que los señores de Santa Cruz tenían puestas sus miras en alguna de las chicas de Casa-Muñoz, de Casa-Trujillo o de otra familia rica y titulada. Pero Barbarita no pensaba en tal cosa. Cuando reveló sus planes a don Baldomero, este sintió regocijo, pues también a él se le había ocurrido lo mismo.

Ya dije que el Delfín prometió pensarlo; mas esto significaba sin duda la necesidad que todos sentimos de no aparecer sin voluntad propia en los casos graves; en otros términos, su amor propio, que le gobernaba más que la conciencia, le exigía, ya que no una elección libre, el simulacro de ella. Por eso Juanito no solo lo decía, sino que parecía como que pensaba, yéndose a pasear solo por aquellos peñascales, y se engañaba a sí mismo diciéndose: «¡qué pensativo estoy!». Porque estas cosas son muy serias, ¡vaya!, y hay que revolverlas mucho en el magín. Lo que hacía el muy farsante era saborear de antemano lo que se le aproximaba y ver de qué manera decía a su madre con el aire más grave y filosófico del mundo: «Mamá, he meditado profundísimamente sobre este problema, pesando con escrúpulo las ventajas y los inconvenientes, y la verdad, aunque el caso tiene sus más y sus menos, aquí me tiene usted dispuesto a complacerla».

Todo esto era comedia, y querer echárselas de hombre reflexivo. Su madre había recobrado sobre él aquel ascendiente omnímodo que tuvo antes de las trapisondas que apuntadas quedan, y como el hijo pródigo a quien los reveses hacen ver cuánto le daña el obrar y pensar por cuenta propia, descansaba de sus funestas aventuras pensando y obrando con la cabeza y la voluntad de su madre.

Lo peor del caso era que nunca le había pasado por las mientes casarse con Jacinta, a quien siempre miró más como hermana que como prima. Siendo ambos de muy corta edad (ella tenía un año y meses menos que él) habían dormido juntos, y habían derramado lágrimas y acusádose mutuamente por haber secuestrado él las muñecas de ella, y haber ella arrojado a la lumbre, para que se derritieran, los soldaditos de él. Juan la hacía rabiar, descomponiéndole la casa de muñecas, ¡anda!, y Jacinta se vengaba arrojando en su barreño de agua los caballos de Juan para que se ahogaran... ¡anda! Por un rey mago, negro por más señas, hubo unos dramas que acabaron en leña por partida doble, es decir, que Barbarita azotaba alternadamente uno y otro par de nalgas como el que toca los timbales; y todo porque Jacinta le había cortado la cola al camello del rey negro; cola de cerda, no vayan a creer...

«Envidiosa».

«Acusón»... Ya tenían ambos la edad en que un misterioso respeto les prohibía darse besos, y se trataban con vivo cariño fraternal. Jacinta iba todos los martes y viernes a pasar el día entero en casa de Barbarita, y esta no tenía inconveniente en dejar solos largos ratos a su hijo y a su sobrina; porque si cada cual en sí tenía el desarrollo moral que era propio de sus veinte años, uno frente a otro continuaban en la *edad del pavo*, muy lejos de sospechar que su destino les aproximaría cuando menos lo pensasen.

El paso de esta situación fraternal a la de amantes no le parecía al joven Santa Cruz cosa fácil. Él, que tan atrevido era lejos del hogar paterno, sentíase acobardado delante de aquella flor criada en su propia casa, y tenía por imposible que las cunitas de ambos, reunidas, se convirtieran en tálamo. Mas para todo hay remedio menos para la muerte, y Juanito vio con asombro, a poco de intentar la metamorfosis, que las dificultades se deslcían como la sal en el agua; que lo que a él le parecía montaña era como la palma de la mano, y que el tránsito de la fraternidad al enamoramiento se hacía *como una seda*. La primita, haciéndose también la sorprendida en los primeros momentos y aun la vergonzosa, dijo también que aquello debía pensarse. Hay motivos para creer que Barbarita se lo había hecho pensar ya. Sea lo que quiera, ello es que a los cuatro días de romperse el hielo ya no había que enseñarles nada de noviazgo. Creeríase que no habían hecho en su vida otra cosa más que estar picoteando todo el santo día. El país y el ambiente eran propicios a esta vida nueva. Rocas formidables, olas, playa con caracolitos, praderas verdes, setos, callejas llenas de arbustos, helechos y líquenes, veredas cuyo término no se sabía, caseríos rústicos que al caer de la tarde despedían de sus abollados techos humaredas azules, celajes grises, rayos de Sol dorando la arena, velas de pescadores cruzando la inmensidad del mar, ya azul, ya verdoso, terso un día, otro aborregado, un vapor en el horizonte tiznando el cielo con su humo, un aguacero en la montaña y otros accidentes de aquel admirable fondo poético, favorecían a los amantes, dándoles a cada momento un ejemplo nuevo para aquella gran ley de la Naturaleza que estaban cumpliendo.

Jacinta era de estatura mediana, con más gracia que belleza, lo que se llama en lenguaje corriente una mujer *mona*. Su tez finísima y sus ojos que despedían alegría y sentimiento componían un rostro sumamente agradable. Y hablando, sus atractivos eran mayores que cuando estaba callada, a causa de la movilidad de su rostro y de la expresión variadísima que sabía poner en él. La estrechez relativa en que vivía la numerosa familia de Arnaiz, no le permitía variar sus galas; pero sabía triunfar del amaneramiento con el arte, y cualquier perifollo anunciaba en ella una mujer que, si lo quería, estaba llamada a ser elegantísima. Luego veremos. Por su talle delicado y su figura y cara porcelanescas, revelaba ser una de esas hermosuras a quienes la Naturaleza concede poco tiempo de esplendor, y que se ajan pronto, en cuanto les toca la primera pena de la vida o la maternidad.

Barbarita, que la había criado, conocía bien sus notables prendas morales, los tesoros de su corazón amante, que pagaba siempre con creces el cariño que se le tenía, y por todo esto se enorgullecía de su elección. Hasta que ciertas tenacidades de carácter que en la niñez eran un defecto, agradábanle cuando Jacinta fue mujer porque no es bueno que las hembras sean todas miel, y conviene que guarden una reserva de energía para ciertas ocasiones difíciles.

La noticia del matrimonio de Juanito cayó en la familia Arnaiz como una bomba que revienta y esparce, no desastres y muertes, sino esperanza y dichas. Porque hay que tener en cuenta que el Delfín, por su fortuna, por sus prendas, por su talento, era considerado como un ser bajado del cielo. Gumersindo Arnaiz no sabía lo que le pasaba; lo estaba viendo y aún le parecía mentira; y siendo el amartelamiento de los novios bastante empalagoso, a él le parecía que todavía se quedaban cortos y que debían entortolarse mucho más. Isabel era tan feliz que, de vuelta ya en Madrid, decía que le iba a dar algo, y que seguramente su empobrecida naturaleza no podría soportar tanta felicidad. Aquel matrimonio había sido la ilusión de su vida durante los últimos años, ilusión que por lo muy hermosa no encajaba en la realidad. No se había atrevido nunca a hablar de esto a su cuñada, por temor de parecer excesivamente ambiciosa y atrevida.

Faltábale tiempo a la buena señora para dar parte a sus amigas del feliz suceso; no sabía hablar de otra cosa, y aunque desmadejada ya y sin fuerzas a causa del trabajo y de los alumbramientos, cobraba nuevos bríos para entregarse con delirante actividad a los preparativos de boda, al equipo y demás cosas. ¡Qué proyectos hacía, qué cosas inventaba, qué previsión la suya! Pero en medio de su inmensa tarea, no cesaba de tener corazonadas pesimistas, y exclamaba con tristeza: «¡Si me parece mentira!... ¡Si yo no he de verlo!...». Y este presentimiento, por ser de cosa mala, vino a cumplirse al cabo, porque la alegría inquieta fue como una combustión oculta que devoró la poca vida que allí quedaba. Una mañana de los últimos días de diciembre, Isabel Cordero, hallándose en el comedor de su casa, cayó redonda al suelo como herida de un rayo. Acometida de violentísimo ataque cerebral, falleció aquella misma noche, rodeada de su marido y de sus consternados y amantes hijos. No recobró el conocimiento después del ataque, no dijo esta boca es mía, ni se quejó. Su muerte fue de esas que vulgarmente se comparan a la de *un pajarito*. Decían los vecinos y amigos que había *reventado de gusto*. Aquella gran mujer, heroína y mártir del deber, autora de diez y siete españoles, se embriagó de felicidad solo con el olor de ella, y sucumbió a su primera embriaguez. En su muerte la perseguían las fechas célebres, como la habían perseguido en sus partos, cual si la historia la rondara deseando tener algo que ver con ella. Isabel Cordero y don Juan Prim expiraron con pocas horas de diferencia.

V. Viaje de novios

I

La boda se verificó en mayo del 71. Dijo don Baldomero con muy buen juicio que pues era costumbre que se largaran los novios, acabadita de recibir la bendición, a correrla por esos mundos, no comprendía fuese de rigor el paseo por Francia o por Italia, habiendo en España tantos lugares dignos de ser vistos. Él y Barbarita no habían ido ni siquiera a Chamberí, porque en su tiempo los novios se quedaban donde estaban, y el único español que se permitía viajar era el duque de Osuna, don Pedro. ¡Qué diferencia de tiempos!... Y ahora, hasta Periquillo Redondo, el que tiene el bazar de corbatas al aire libre en la esquina de la casa de Correos había hecho su viajecito a París... Juanito se manifestó enteramente conforme con su papá, y recibida la bendición nupcial, verificado el almuerzo en familia sin aparato alguno a causa del luto, sin ninguna cosa notable como no fuera un conato de brindis de Estupiñá, cuya boca tapó Barbarita a la primera palabra; dadas las despedidas, con sus lágrimas y besuqueos correspondientes, marido y mujer se fueron a la estación. La primera etapa de su viaje fue Burgos, a donde llegaron a las tres de la mañana, felices y locuaces, riéndose de todo, del frío y de la oscuridad. En el alma de Jacinta, no obstante, las alegrías no excluían un cierto miedo, que a veces era terror. El ruido del ómnibus sobre el desigual piso de las calles, la subida a la fonda por angosta escalera, el aposento y sus muebles de mal gusto, mezcla de desechos de ciudad y de lujos de aldea, aumentaron aquel frío invencible y aquella pavorosa expectación que la hacían estremecer. ¡Y tantísimo como quería a su marido!... ¿Cómo compaginar dos deseos tan diferentes; que su marido se apartase de ella y que estuviese cerca? Porque la idea de que se pudiera ir, dejándola sola, era como la muerte, y la de que se acercaba y la cogía en brazos con apasionado atrevimiento, también la ponía temblorosa y asustada. Habría deseado que no se apartara de ella, pero que se estuviera quietecito.

Al día siguiente, cuando fueron a la catedral, ya bastante tarde, sabía Jacinta una porción de expresiones cariñosas y de íntima confianza de amor que hasta entonces no había pronunciado nunca, como no fuera en la vaguedad discreta del pensamiento que recela descubrirse a sí mismo. No le causaba vergüenza el decirle al otro que le idolatraba, así, así, clarito... al pan pan y al vino vino... ni preguntarle a cada momento si era verdad que él también estaba hecho un idólatra y que lo estaría hasta el día del Juicio final. Y a la tal preguntita, que había venido a ser tan frecuente como el pestañear, el que estaba de turno contestaba *Chí*, dando a esta sílaba un tonillo de pronunciación infantil. El *Chí* se lo había enseñado Juanito aquella noche, lo mismo que el decir, también en estilo mimoso, *¿me quieles?*, y otras tonterías y chiquilladas empalagosas, dichas de la manera más grave del mundo. En la misma catedral, cuando les quitaba la vista de encima el sacristán que les enseñaba alguna capilla o preciosidad reservada, los esposos aprovechaban aquel momento para darse besos a escape y a hurtadillas, frente a la santidad de los altares consagrados o detrás de la estatua yacente de un sepulcro. Es que Juanito era un pillín, y un goloso y un atrevido. A Jacinta le causaban miedo aquellas profanaciones; pero las consentía y toleraba, poniendo su pensamiento en Dios y confiando en que Este, al verlas, volvería la cabeza con aquella indulgencia propia del que es fuente de todo amor.

Todo era para ellos motivo de felicidad. Contemplar una maravilla del arte les entusiasmaba y de puro entusiasmo se reían, lo mismo que de cualquier contrariedad. Si la comida era mala, risas; si el coche que les llevaba a la Cartuja iba danzando en los baches del camino, risas; si el sacristán de las Huelgas les contaba mil papas, diciendo que la señora abadesa se ponía mitra y gobernaba a los curas, risas. Y a más de esto, todo cuanto Jacinta decía, aunque fuera la cosa más seria del mundo, le hacía a Juanito una gracia extraordinaria. Por cualquier tontería que este dijese, su mujer soltaba la carcajada. Las crudezas de estilo popular y aflamencado que Santa Cruz decía alguna vez, divertíanla más que nada y las repetía tratando de fijarlas en su memoria. Cuando no son muy groseras, estas fórmulas de hablar hacen gracia, como caricaturas que son del lenguaje.

El tiempo se pasa sin sentir para los que están en éxtasis y para los enamorados. Ni Jacinta ni su esposo apreciaban bien el curso de las fugaces horas. Ella, principalmente, tenía que pensar un poco para averiguar si tal día era el tercero o el cuarto de tan feliz existencia. Pero aunque no sepa apreciar bien la sucesión de los días, el amor aspira a dominar en el tiempo como en todo, y cuando se siente victorioso en lo presente, anhela hacerse dueño de lo pasado, indagando los sucesos para ver si le son favorables, ya que no puede destruirlos y hacerlos mentira. Fuerte en la conciencia de su triunfo presente, Jacinta empezó a sentir el desconsuelo de no someter también el pasado de su marido, haciéndose dueña de cuanto este había sentido y pensado antes de casarse. Como de aquella acción pretérita solo tenía leves indicios, despertáronse en ella curiosidades que la inquietaban. Con los mutuos cariños crecía la confianza, que empieza por ser inocente y va adquiriendo poco a poco la libertad de indagar y el valor de las revelaciones. Santa Cruz no estaba en el caso de que le mortificara la curiosidad, porque Jacinta era la pureza misma. Ni siquiera había tenido un novio de estos que no hacen más que mirar y poner la cara afligida. Ella sí que tenía campo vastísimo en que ejercer su espíritu crítico. Manos a la obra. No debe haber secretos entre los esposos. Esta es la primera ley que promulga la curiosidad antes de ponerse a oficiar de inquisidora.

Porque Jacinta hiciese la primera pregunta llamando a su marido *Nene* (como él le había enseñado), no dejó este de sentirse un tanto molesto. Iban por las alamedas de chopos que hay en Burgos, rectas e inacabables, como senderos de pesadilla. La respuesta fue cariñosa, pero evasiva. ¡Si lo que la *nena* anhelaba saber era un devaneo, una tontería...!, cosas de muchachos. La educación del hombre de nuestros días no puede ser completa si este no trata con toda clase de gente, si no echa un vistazo a todas las situaciones posibles de la vida, si no toma el tiento a las pasiones todas. Puro estudio y educación pura... No se trataba de amor, porque lo que es amor, bien podía decirlo, él no lo había sentido nunca hasta que le hizo tilín la que ya era su mujer.

Jacinta creía esto; pero la fe es una cosa y la curiosidad otra. No dudaba ni tanto así del amor de su marido; pero quería saber, sí señor, quería enterarse de ciertas aventurillas. Entre esposos debe haber siempre la mayor confianza, ¿no es eso? En cuanto hay secretos, adiós paz del matrimonio. Pues bueno; ella quería leer de cabo a rabo ciertas paginitas de la vida de su esposo antes de casarse. ¡Como que estas historias ayudan bastante a la educación matrimonial! Sabiéndolas de memoria, las mujeres viven más avisadas, y a poquito que los maridos se deslicen... ¡tras!, ya están cogidos.

«Que me lo tienes que contar todito... Si no, no te dejo vivir».

Esto fue dicho en el tren, que corría y silbaba por las angosturas de Pancorvo. En el paisaje veía Juanito una imagen de su conciencia. La vía que lo traspasaba, descubriendo las sombrías revueltas, era la indagación inteligente de Jacinta. El muy tuno se reía, prometiendo, eso sí, contar luego; pero la verdad era que no contaba nada de sustancia.

«¡Sí, porque me engañas tú a mí!... A buena parte vienes... Sé más de lo que te crees. Yo me acuerdo bien de algunas cosas que vi y oí. Tu mamá estaba muy disgustada, porque te nos habías hecho muy chu... la... pito; eso es».

El marido continuaba encerrado en su prudencia; mas no por eso se enfadaba Jacinta. Bien le decía su sagacidad femenil que la obstinación impertinente produce efectos contrarios a los que pretende. Otra habría puesto en aquel caso unos morritos muy serios; ella no, porque fundaba su éxito en la perseverancia combinada con el cariño capcioso y diplomático. Entrando en un túnel de la Rioja, dijo así:

«¿Apostamos a que sin decirme tú una palabra, lo averiguo todo?».

Y a la salida del túnel, el enamorado esposo, después de estrujarla con un abrazo algo teatral y de haber mezclado el restallido de sus besos al mugir de la máquina humeante, gritaba:

«¿Qué puedo yo ocultar a esta mona golosa?... Te como; mira que te como. ¡Curiosona, fisgona, feúcha! ¿Tú quieres saber? Pues te lo voy a contar, para que me quieras más».

—¿Más? ¡Qué gracia! Eso sí que es difícil.

—Espérate a que lleguemos a Zaragoza.

—No, ahora.

—¿Ahora mismo?

—*Chí.*

—No... en Zaragoza. Mira que es historia larga y fastidiosa.

—Mejor... Cuéntala y luego veremos.

—Te vas a reír de mí. Pues señor... allá por diciembre del año pasado... no, del otro... ¿Ves?, ya te estás riendo.

—Que no me río, que estoy más seria que el Papamoscas.

—Pues bueno, allá voy... Como te iba diciendo, conocí a una mujer... Cosas de muchachos. Pero déjame que empiece por el principio. Érase una vez...

un caballero anciano muy parecido a una cotorra y llamado Estupiñá, el cual cayó enfermo y... cosa natural, sus amigos fueron a verle... y uno de estos amigos, al subir la escalera de piedra, encontró una muchacha que se estaba comiendo un huevo crudo... ¿Qué tal?...

II

—Un huevo crudo... ¡qué asco! —exclamó Jacinta escupiendo una salivita—. ¿Qué se puede esperar de quien se enamora de una mujer que come huevos crudos?...

—Hablando aquí con imparcialidad, te diré que era guapa. ¿Te enfadas?

—¡Qué me voy a enfadar, hombre! Sigue...

Se comía el huevo, y te ofrecía y tú participaste...

—No, aquel día no hubo nada. Volví al siguiente y me la encontré otra vez.

—Vamos, que le caíste en gracia y te estaba esperando.

No quería el Delfín ser muy explícito, y contaba a grandes rasgos, suavizando asperezas y pasando como sobre ascuas por los pasajes de peligro. Pero Jacinta tenía un arte instintivo para el manejo del gancho, y sacaba siempre algo de lo que quería saber. Allí salió a relucir parte de lo que Barbarita inútilmente intentó averiguar... ¿Quién era la del huevo?... Pues una chica huérfana que vivía con su tía, la cual era huevera y pollera en la Cava de San Miguel. ¡Ah! ¡Segunda Izquierdo!... por otro nombre la *Melaera*, ¡qué basilisco!... ¡qué lengua!... ¡qué rapacidad!... Era viuda, y estaba liada, así se dice, con un picador.

«Pero basta de digresiones. La segunda vez que entré en la casa, me la encontré sentada en uno de aquellos peldaños de granito, llorando».

—¿A la tía? —No, mujer, a la sobrina. La tía le acababa de echar los tiempos, y aún se oían abajo los resoplidos de la fiera... Consolé a la pobre chica con cuatro palabrillas y me senté a su lado en el escalón.

—¡Qué poca vergüenza!

—Empezamos a hablar. No subía ni bajaba nadie. La chica era confianzuda, inocentona, de estas que dicen todo lo que sienten, así lo bueno como lo malo. Sigamos. Pues señor... al tercer día me la encontré en la calle. Desde lejos noté que se sonreía al verme. Hablamos cuatro palabras nada más; y volví y me colé en la casa; y me hice amigo de la tía y hablamos; y una tarde salió el picador de entre un montón de banastas donde estaba durmiendo la siesta, todo lleno de plumas, y llegándose a mí me echó la zarpa, quiero decir, que me dio la manaza y yo se la tomé, y me convidó a unas copas, y acepté y bebimos. No tardamos Villalonga y yo en hacernos amigos de los amigos de aquella gente... No te rías... Te aseguro que Villalonga me arrastraba a aquella vida, porque se encaprichó por otra chica del barrio, como yo por la sobrina de Segunda.

—¿Y cuál era más guapa?

—¡La mía! —replicó prontamente el Delfín, dejando entrever la fuerza de su amor propio—, la mía... un animalito muy mono, una salvaje que no sabía leer ni escribir. Figúrate, ¡qué educación! ¡Pobre pueblo!, y luego hablamos de sus pasiones brutales, cuando nosotros tenemos la culpa... Estas cosas hay que verlas de cerca... Sí, hija mía, hay que poner la mano sobre el corazón del pueblo, que es sano... sí, pero a veces sus latidos no son latidos, sino patadas... ¡Aquella infeliz chica...! Como te digo, un animal; pero buen corazón, buen corazón... ¡pobre *nena*!

Al oír esta expresión de cariño, dicha por el Delfín tan espontáneamente, Jacinta arrugó el ceño. Ella había heredado la aplicación de la palabreja, que ya le disgustaba por ser como desecho de una pasión anterior, un vestido o alhaja ensuciados por el uso; y expresó su disgusto dándole al pícaro de Juanito una bofetada, que para ser de mujer y en broma resonó bastante.

«¿Ves?, ya estás enfadada. Y sin motivo. Te cuento las cosas como pasaron... Basta ya, basta de cuentos».

—No, no. No me enfado. Sigue, o te pego otra.

—No me da la gana... Si lo que yo quiero es borrar un pasado que considero infamante; si no quiero tener ni memoria de él... Es un episodio que tiene sus lados ridículos y sus lados vergonzosos. Los pocos años disculpan ciertas demencias, cuando de ellas se saca el honor puro y el corazón sano. ¿Para qué me obligas a repetir lo que quiero olvidar, si solo con recordarlo paréceme que no merezco este bien que hoy poseo, tú, niña mía?

—Estás perdonado —dijo la esposa, arreglándose el cabello que Santa Cruz le había descompuesto al acentuar de un modo material aquellas expresiones tan sabias como apasionadas—. No soy impertinente, no exijo imposibles. Bien conozco que los hombres la han de correr antes de casarse.

Te prevengo que seré muy celosa si me das motivo para serlo; pero celos retrospectivos no tendré nunca.

Esto sería todo lo razonable y discreto que se quiera suponer; pero la curiosidad no disminuía, antes bien aumentaba. Revivió con fuerza en Zaragoza, después que los esposos oyeron misa en el Pilar y visitaron la Seo.

«Si me quisieras contar algo más de aquello...» indicó Jacinta, cuando vagaban por las solitarias y románticas calles que se extienden detrás de la catedral.

Santa Cruz puso mala cara.

«¡Pero qué tontín! Si lo quiero saber para reírme, nada más que para reírme. ¿Qué creías tú, que me iba a enfadar?... ¡Ay, qué bobito!... No, es que me hacen gracia tus calaveradas. Tienen un *chic*. Anoche pensé en ellas, y aun soñé un poquitito con la del huevo crudo y la tía y el mamarracho del tío. No, si no me enojaba; me reía, créelo, me divertía viéndote entre esa aristocracia, hecho un caballero, una persona decente, vamos, con el pelito sobre la oreja. Ahora te voy a anticipar la continuación de la historia. Pues señor... le hiciste el amor por lo fino, y ella lo admitió por lo basto. La sacaste de la casa de su tía y os fuisteis los dos a otro nido, en la Concepción Jerónima».

Juanito miró fijamente a su mujer, y después se echó a reír. Aquello no era adivinación de Jacinta. Algo había oído sin duda, por lo menos el nombre de la calle. Pensando que convenía seguir el tono festivo, dijo así:

«Tú sabías el nombre de la calle; no vengas echándotelas de zahorí... Es que Estupiñá me espiaba y le llevaba cuentos a mamá».

—Sigue con tu conquista. Pues señor...

—Cuestión de pocos días. En el pueblo, hija mía, los procedimientos son breves. Ya ves cómo se matan. Pues lo mismo es el amor. Un día le dije: «Si quieres probarme que me quieres, huye de tu casa conmigo». Yo pensé que me iba a decir que no.

—Pensaste mal... sobre todo si en su casa había... leña.

—La respuesta fue coger el mantón, y decirme *vamos*. No podía salir por la Cava. Salimos por la zapatería que se llama *Al ramo de azucenas*. Lo que te digo; el pueblo es así, sumamente ejecutivo y enemigo de trámites.

Jacinta miraba al suelo más que a su marido.

—Y a renglón seguido la consabida palabrita de casamiento —dijo mirándole de lleno y observándole indeciso en la respuesta.

Aunque Jacinta no conocía personalmente a ninguna víctima de las palabras de casamiento, tenía una clara idea de estos pactos diabólicos por lo que de ellos había visto en los dramas, en las piezas cortas y aun en las óperas, presentados como recurso teatral, unas veces para hacer llorar al público y otras para hacerle reír. Volvió a mirar a su marido, y notando en él una como sonrisilla de hombre de mundo, le dio un pellizco acompañado de estos conceptos, un tanto airados:

«Sí, la palabra de casamiento con reserva mental de no cumplirla, una burla, una estafa, una villanía. ¡Qué hombres!... Luego dicen... ¿Y esa tonta no te sacó los ojos cuando se vio chasqueada?... Si hubiera sido yo...».

—Si hubieras sido tú, tampoco me habrías sacado los ojos.

—Que sí... pillo... granujita. Vaya, no quiero saber más, no me cuentes más.

—¿Para qué preguntas tú? Si te digo que no la quería, te enfadas conmigo y tomas partido por ella... ¿Y si te dijera que la quería, que al poco tiempo de sacarla de su casa, se me ocurría la simpleza de cumplir la palabra de casamiento que le di?

—¡Ah, tuno! —exclamó Jacinta con ira cómica, aunque no enteramente cómica—. Agradece que estamos en la calle, que si no, ahora mismo te daba un par de repelones y de cada manotada me traía un mechón de pelo... Con que casarte... ¡y me lo dices a mí!... ¡a mí!

La carcajada lanzada por Santa Cruz retumbó en la cavidad de la plazoleta silenciosa y desierta con ecos tan extraños, que los dos esposos se admiraron de oírla. Formaban la rinconada aquella vetustos caserones de ladrillo modelado a estilo mudéjar, en las puertas gigantones o salvajes de piedra con la maza al hombro, en las cornisas aleros de tallada madera, todo de un color de polvo uniforme y tristísimo. No se veían ni señales de alma viviente por ninguna parte. Tras las rejas enmohecidas no aparecía ningún resquicio de maderas entornadas por el cual se pudiera filtrar una mirada humana.

«Esto es tan solitario, hija mía —dijo el marido, quitándose el sombrero y riendo—, que puedes armarme el gran escándalo sin que se entere nadie».

Juanito corría. Jacinta fue tras él con la sombrilla levantada.

«Que no me coges».

—«A que sí».

—«Que te mato...». Y corrieron ambos por el desigual pavimento lleno de yerba, él riendo a carcajadas, ella coloradita y con los ojos húmedos. Por fin, ¡pum!, le dio un sombrillazo, y cuando Juanito se rascaba, ambos se detuvieron jadeantes, sofocados por la risa.

«Por aquí» dijo Santa Cruz señalando un arco que era la única salida.

Y cuando pasaban por aquel túnel, al extremo del cual se veía otra plazoleta tan solitaria y misteriosa como la anterior, los amantes, sin decirse una palabra, se abrazaron y estuvieron estrechamente unidos, besuqueándose por espacio de un buen minuto y diciéndose al oído las palabras más tiernas.

«Ya ves, esto es sabrosísimo. Quién diría que en medio de la calle podía uno...».

—Si alguien nos viera... —murmuró Jacinta ruborizada, porque en verdad, aquel rincón de Zaragoza podía ser todo lo solitario que se quisiese, pero no era una alcoba.

—Mejor... si nos ven, mejor... Que se aguanten el gorro.

Y vuelta a los abracitos y a los vocablos de miel.

—Por aquí no pasa un alma... —dijo él—. Es más, creo que por aquí no ha pasado nunca nadie. Lo menos hay dos siglos que no ha corrido por estas paredes una mirada humana...

—Calla, me parece que siento pasos.

—Pasos... ¿a ver?...

—Sí, pasos. En efecto, alguien venía. Oyose, sin poder determinar por dónde, un arrastrar de pies sobre los guijarros del suelo. Por entre dos casas apareció de pronto una figura negra. Era un sacerdote viejo. Cogiéronse del brazo los consortes y avanzaron afectando la mayor compostura. El clérigo, al pasar junto a ellos, les miró mucho.

«Paréceme —indicó la esposa, agarrándose más al brazo de su marido y pegándose mucho a él—, que nos lo ha conocido en la cara».

—¿Qué nos ha conocido?

—Que estábamos... tonteando.

—Psch... ¿y a mí, qué?

—Mira —dijo ella cuando llegaron a un sitio menos desierto—, no me cuentes más historias. No quiero saber más. Punto final.

Rompió a reír, a reír, y el Delfín tuvo que preguntarle muchas veces la causa de su hilaridad para obtener esta respuesta:

«¿Sabes de qué me río? De pensar en la cara que habría puesto tu mamá si le entras por la puerta una nuera de mantón, sortijillas y pañuelo a la cabeza, una nuera que dice *diquiá luego* y no sabe leer».

III

«Quedamos en que no hay más cuentos».

—No más... Bastante me he reído ya de tu tontería. Francamente, yo creí que eras más avisado... Además, todo lo que me puedas contar me lo figuro. Que te aburriste pronto. Es natural... El hombre bien criado y la mujer ordinaria no emparejan bien. Pasa la ilusión, y después ¿qué resulta? Que ella huele a cebolla y dice palabras feas... A él... como si lo viera... se le revuelve el estómago, y empiezan las cuestiones. El pueblo es sucio, la mujer de clase baja, por más que se lave el palmito, siempre es pueblo. No hay más que ver las casas por dentro. Pues lo mismo están los benditos cuerpos.

Aquella misma tarde, después de mirar la puerta del Carmen y los elocuentes muros de Santa Engracia, que vieron lo que nadie volverá a ver, paseaban por las arboledas de Torrero. Jacinta, pesando mucho sobre el brazo de su marido, porque en verdad estaba cansadita, le dijo:

«Una sola cosa quiero saber, una sola. Después punto en boca. ¿Qué casa era esa de la Concepción Jerónima...?».

—Pero, hija, ¿qué te importa?... Bueno, te lo diré. No tiene nada de particular. Pues señor... vivía en aquella casa un tío de la tal, hermano de la huevera, buen tipo, el mayor perdido y el animal más grande que en mi vida he visto; un hombre que lo ha sido todo, presidiario y revolucionario de barricadas, torero de invierno y tratante en ganado. ¡Ah! ¡José Izquierdo!... te reirías si le vieras y le oyeras hablar. Este tal le sorbió los sesos a una pobre mujer, viuda de un platero y se casó con ella. Cada uno por su estilo, aquella pareja valía un imperio. Todo el santo día estaban riñendo, de pico se entiende... ¡Y qué tienda, hija, qué desorden, qué escenas! Primero se emborrachaba él solo, después los dos a turno. Pregúntale a Villalonga; él es quien cuenta esto a maravilla y remeda los jaleos que allí se armaban.

Paréceme mentira que yo me divirtiera con tales escándalos. ¡Lo que es el hombre! Pero yo estaba ciego; tenía entonces la manía de lo popular.

—¿Y su tía, cuando la vio deshonrada, se pondría hecha una furia, verdad?

—Al principio sí... te diré... —replicó el Delfín buscando las callejuelas de una explicación algo enojosa—. Pero más que por la deshonra se enfurecía por la fuga. Ella quería tener en su casa a la pobre muchacha, que era su machacante. Esta gente del pueblo es atroz. ¡Qué moral tan extraña la suya!, mejor dicho, no tiene ni pizca de moral. Segunda empezó por presentarse todos los días en la tienda de la Concepción Jerónima, y armar un escándalo a su hermano y a su cuñada.

«Que si tú eres esto, si eres lo otro...». Parece mentira; Villalonga y yo, que oíamos estos *jollines* desde el entresuelo, no hacíamos más que reírnos. ¡A qué degradación llega uno cuando se deja caer así! Estaba yo tan tonto, que me parecía que siempre había de vivir entre semejante chusma. Pues no te quiero decir, hija de mi alma... un día que se metió allí el picador, el querindango de Segunda. Este caballero y mi amigo Izquierdo se tenían muy mala voluntad... ¡Lo que allí se dijeron!... Era cosa de alquilar balcones.

—No sé cómo te divertía tanto salvajismo.

—Ni yo lo sé tampoco. Creo que me volví otro de lo que era y de lo que volví a ser. Fue como un paréntesis en mi vida. Y nada, hija de mi alma, fue el maldito capricho por aquella hembra popular, no sé qué de entusiasmo artístico, una demencia ocasional que no puedo explicar.

—¿Sabes lo que estoy deseando ahora? —dijo bruscamente Jacinta.

—Que te calles, hombre, que te calles. Me repugna eso. Razón tienes; tú no eras entonces tú. Trato de figurarme cómo eras y no lo puedo conseguir. Quererte yo y ser tú como a ti mismo te pintas son dos cosas que no puedo juntar.

—Dices bien, quiéreme mucho, y lo pasado pasado. Pero aguárdate un poco: para dejar redondo el cuento, necesito añadir una cosa que te sorprenderá. A las dos semanas de aquellos dimes y diretes, de tanta bronca y de tanto escándalo entre los hermanos Izquierdo, y entre Izquierdo y el picador, y tía y sobrina, se reconciliaron todos, y se acabaron las riñas y no hubo más que finezas y apretones de manos.

—Sí que es particular. ¡Qué gente!

—El pueblo no conoce la dignidad. Solo le mueven sus pasiones o el interés. Como Villalonga y yo teníamos dinero largo para *juergas* y cañas, unos y otros tomaron el gusto a nuestros bolsillos, y pronto llegó un día en que allí no se hacía más que beber, palmotear, tocar la guitarra, *venga de ahí*, comer magras. Era una orgía continua. En la tienda no se vendía; en ninguna de las dos casas se trabajaba. El día que no había comida de campo había cena en la casa hasta la madrugada. La vecindad estaba escandalizada. La policía rondaba. Villalonga y yo como dos insensatos...

—¡Ay, qué par de apuntes!... Pero hijo, está lloviendo... a mí me ha caído una gota en la punta de la nariz... ¿Ves?... Aprisita, que nos mojamos.

El tiempo se les puso muy malo, y en todo el trayecto hasta Barcelona no cesó de llover. Arrimados marido y mujer a la ventanilla, miraban la lluvia, aquella cortina de menudas líneas oblicuas que descendían del Cielo sin acabar de descender. Cuando el tren paraba, se sentía el gotear del agua que los techos de los coches arrojaban sobre los estribos. Hacía frío, y aunque no lo hiciera, los viajeros lo tendrían solo de ver las estaciones encharcadas, los empleados calados y los campesinos que venían a tomar el tren con un saco por la cabeza. Las locomotoras chorreaban agua y fuego juntamente, y en los hules de las plataformas del tren de mercancías se formaban bolsas llenas de agua, pequeños lagos donde habrían podido beber los pájaros, si los pájaros tuvieran sed aquel día.

Jacinta estaba contenta, y su marido también, a pesar de la melancolía llorona del paisaje; pero como había otros viajeros en el vagón, los recién casados no podían entretener el tiempo con sus besuqueos y tonterías de amor. Al llegar, los dos se reían de la formalidad con que habían hecho aquel viaje, pues la presencia de personas extrañas no les dejó ponerse babosos. En Barcelona estuvo Jacinta muy distraída con la animación y el fecundo bullicio de aquella gran colmena de hombres. Pasaron ratos muy dichosos visitando las soberbias fábricas de Batlló y de Sert, y admirando sin cesar, de taller en taller, las maravillosas armas que ha discurrido el hombre para someter a la Naturaleza. Durante tres días, la historia aquella del huevo crudo, la mujer seducida y la familia de insensatos que se amansaban con orgías, quedó completamente olvidada o perdida en un laberinto de máquinas ruidosas y ahumadas, o en el triquitraque de los telares. Los de

Jacquard con sus incomprensibles juegos de cartones agujereados tenían ocupada y suspensa la imaginación de Jacinta, que veía aquel prodigio y no lo quería creer. ¡Cosa estupenda! «Está una viendo las cosas todos los días, y no piensa en cómo se hacen, ni se le ocurre averiguarlo. Somos tan torpes, que al ver una oveja no pensamos que en ella están nuestros gabanes. ¿Y quién ha de decir que las chambras y enaguas han salido de un árbol? ¡Toma, el algodón! ¿Pues y los tintes? El carmín ha sido un bichito, y el negro una naranja agria, y los verdes y azules carbón de piedra. Pero lo más raro de todo es que cuando vemos un burro, lo que menos pensamos es que de él salen los tambores. ¿Pues, y eso de que las cerillas se saquen de los huesos, y que el sonido del violín lo produzca la cola del caballo pasando por las tripas de la cabra?».

Y no paraba aquí la observadora. En aquella excursión por el campo instructivo de la industria, su generoso corazón se desbordaba en sentimientos filantrópicos, y su claro juicio sabía mirar cara a cara los problemas sociales.

«No puedes figurarte —decía a su marido, al salir de un taller—, cuánta lástima me dan esas infelices muchachas que están aquí ganando un triste jornal, con el cual no sacan ni para vestirse. No tienen educación, son como máquinas, y se vuelven tan tontas... más que tontería debe de ser aburrimiento... se vuelven tan tontas digo, que en cuanto se les presenta un pillo cualquiera se dejan seducir... Y no es maldad; es que llega un momento en que dicen: "Vale más ser mujer mala que máquina buena"».

—Filosófica está mi mujercita.

—Vaya... di que no me he lucido... En fin, no se habla más de eso. Di si me quieres, sí o no... pero pronto, pronto.

Al otro día, en las alturas de Tibidabo, viendo a sus pies la inmensa ciudad tendida en el llano, despidiendo por mil chimeneas el negro resuello que declara su fogosa actividad, Jacinta se dejó caer del lado de su marido y le dijo:

«Me vas a satisfacer una curiosidad... la última».

Y en el momento que tal habló arrepintiose de ello, porque lo que deseaba saber, si picaba mucho en curiosidad, también le picaba algo el pudor. ¡Si encontrara una manera delicada de hacer la pregunta...! Revolvió en su mente todo lo que sabía y no hallaba ninguna fórmula que sentase bien en su boca. Y la cosa era bastante natural. O lo había pensado o lo había soñado la noche anterior; de eso no estaba segura; mas era una consecuencia que a cualquiera se le ocurre sacar. El orden de sus juicios era el siguiente: ¿Cuánto tiempo duró el enredo de mi marido con esa mujer?, no lo sé. Pero durase más o durase menos, bien podría suceder que... hubiera nacido algún chiquillo». Esta era la palabra difícil de pronunciar, *ichiquillo!*, Jacinta no se atrevía, y aunque intentó sustituirla con *familia, sucesión*, tampoco salía.

—No, no era nada.

—Tú has dicho que me ibas a preguntar no sé qué.

—Era una tontería; no hagas caso.

—No hay nada que más me cargue que esto... decirle a uno que le van a preguntar una cosa y después no preguntársela. Se queda uno confuso y haciendo mil cálculos. Eso, eso, guárdalo bien... No le caerán moscas. Mira, hija de mi alma, cuando no se ha de tirar no se apunta.

—Ya tiraré... tiempo hay, hijito.

—Dímelo ahora... ¿Qué será, qué no será?

—Nada... no era nada. Él la miraba y se ponía serio. Parecía que le adivinaba el pensamiento, y ella tenía tal expresión en sus ojos y en su sonrisilla picaresca, que casi casi se podía leer en su cara la palabra que andaba por dentro. Se miraban, se reían, y nada más. Para sí dijo la esposa: «a su tiempo maduran las uvas. Vendrán días de mayor confianza, y hablaremos... y sabré si hay o no algún *hueverito* por ahí».

IV

Jacinta no tenía ninguna especie de erudición. Había leído muy pocos libros. Era completamente ignorante en cuestiones de geografía artística; y sin embargo, apreciaba la poesía de aquella región costera mediterránea que se desarrolló ante sus ojos al ir de Barcelona a Valencia. Los pueblecitos marinos desfilaban a la izquierda de la vía, colocados entre el mar azul y una vegetación espléndida. A trozos, el paisaje azuleaba con la plateada hoja de los olivos; más allá las viñas lo alegraban con la verde gala del pámpano. La vela triangular de las embarcaciones, las casitas bajas y blancas, la ausencia de tejados puntiagudos y el predominio de la línea horizontal en las construcciones, traían al pensamiento de Santa Cruz ideas de arte y naturaleza helénica. Siguiendo las rutinas a que se dan los que han leído algunos libros, habló también de Constantino, de Grecia, de las barras de Aragón y de los pececillos que las tenían pintadas en el lomo. Era de cajón sacar a relucir las colonias fenicias, cosa de que Jacinta no entendía palotada, ni le hacía falta. Después vinieron Prócida y las Vísperas Sicilianas, don Jaime de Aragón, Roger de Flor y el Imperio de Oriente, el duque de Osuna y Nápoles, Venecia y el marqués de Bedmar, Massaniello, los Borgias, Lepanto, don Juan de Austria, las galeras y los piratas, Cervantes y los padres de la Merced.

Entretenida Jacinta con los comentarios que el otro iba poniendo a la rápida visión de la costa mediterránea, condensaba su ciencia en estas o parecidas expresiones: «¿Y la gente que vive aquí, será feliz o será tan desgraciada como los aldeanos de tierra adentro, que nunca han tenido que ver con el Gran Turco ni con la capitana de don Juan de Austria? Porque los de aquí no apreciarán que viven en un paraíso, y el pobre, tan pobre es en Grecia como en Getafe».

Agradabilísimo día pasaron, viendo el risueño país que a sus ojos se desenvolvía, el caudaloso Ebro, las marismas de su delta, y por fin, la maravilla de la región valenciana, la cual se anunció con grupos de algarrobos, que de todas partes parecían acudir bailando al encuentro del tren. A Jacinta le daban marcos cuando los miraba con fijeza. Ya se acercaban hasta tocar con su copudo follaje la ventanilla; ya se alejaban hacia lo alto de una colina; ya se escondían tras un otero, para reaparecer haciendo pasos y figuras de minueto o jugando al escondite con los palos del telégrafo.

El tiempo, que no les había sido muy favorable en Zaragoza y Barcelona, mejoró aquel día. Espléndido Sol doraba los campos. Toda la luz del cielo parecía que se colaba dentro del corazón de los esposos. Jacinta se reía de la danza de los algarrobos, y de ver los pájaros posados en fila en los alambres telegráficos.

«Míralos, míralos allí. ¡Valientes pícaros! Se burlan del tren y de nosotros».

—Fíjate ahora en los alambres. Son iguales al pentagrama de un papel de música. Mira cómo sube, mira cómo baja. Las cinco rayas parece que están grabadas con tinta negra sobre el cielo azul, y que el cielo es lo que se mueve como un telón de teatro no acabado de colgar.

—Lo que yo digo —expresó Jacinta riendo—. Mucha poesía, mucha cosa bonita y nueva; pero poco que comer. Te lo confieso, marido de mi alma; tengo un hambre de mil demonios. La madrugada y este fresco del campo, me han abierto el apetito de par en par.

—Yo no quería hablar de esto para no desanimarte. Pronto llegaremos a una estación de fonda. Si no, compraremos aunque sea unas rosquillas o pan seco... El viajar tiene estas peripecias. Ánimo chica, y dame un beso, que las hambres con amor son menos.

—Allá van tres, y en la primera estación, mira bien, hijo, a ver si descubrimos algo. ¿Sabes lo que yo me comería ahora?

—¿Un bistec?

—No.

—¿Pues qué?

—Uno y medio.

—Ya te contentarás con naranja y media.

Pasaban estaciones, y la fonda no parecía. Por fin, en no sé cuál apareció una mujer, que tenía delante una mesilla con licores, rosquillas, pasteles adornados con hormigas y unos... ¿qué era aquello? «¡Pájaros fritos! —gritó Jacinta a punto que Juan bajaba del vagón—. Tráete una docena... No... oye, dos docenas».

Y otra vez el tren en marcha. Ambos se colocaron rodillas con rodillas, poniendo en medio el papel grasiento que contenía aquel *montón de cadáveres* fritos, y empezaron a comer con la prisa que su mucha hambre les daba.

«¡Ay, qué ricos están! Mira qué pechuga... Este para ti, que está muy gordito».

—No, para ti, para ti. La mano de ella era tenedor para la boca de él, y viceversa. Jacinta decía que en su vida había hecho una comida que más le supiese.

«Este sí que está de buen año... ¡pobre ángel! El infeliz estaría ayer con sus compañeros posado en el alambre tan contento, tan guapote, viendo pasar el tren y diciendo «allá van esos brutos»... hasta que vino el más bruto de todos, un cazador y... ¡prum!... Todo para que nosotros nos regaláramos hoy. Y a fe que están sabrosos. Me ha gustado este almuerzo.

—Y a mí. Ahora veamos estos pasteles. El ácido fórmico es bueno para la digestión.

—¿El ácido qué...?

—Las hormigas, chica. No repares, y adentro. Mételes el diente. Están riquísimos.

Restauradas las fuerzas, la alegría se desbordaba de aquellas almas.

«Ya no me marean los algarrobos —decía Jacinta—; bailad, bailad. ¡Mira qué casas, qué emparrados! Y aquello, ¿qué es?, naranjos. ¡Cómo huelen!».

Iban solos. ¡Qué dicha, siempre solitos! Juan se sentó junto a la ventana y Jacinta sobre sus rodillas. Él le rodeaba la cintura con el brazo. A ratos charlaban, haciendo ella observaciones cándidas sobre todo lo que veía. Pero después transcurrían algunos ratos sin que ninguno dijera una palabra. De repente volviose Jacinta hacia su marido, y echándole un brazo alrededor del cuello, le soltó esta:

«No me has dicho cómo se llamaba».

—¿Quién? —preguntó Santa Cruz algo atontado.

—Tu adorado tormento, tu... Cómo se llamaba o cómo se llama... porque supongo que vivirá.

—No lo sé... ni me importa. Vaya con lo que sales ahora.

—Es que hace un rato me dio por pensar en ella. Se me ocurrió de repente. ¿Sabes cómo? Vi unos refajos encarnados puestos a secar en un arbusto. Tú dirás que qué tiene que ver... Es claro, nada; pero vete a saber cómo se enlazan en el pensamiento las ideas. Esta mañana me acordé de lo mismo cuando pasaban rechinando las carretillas cargadas de equipajes. Anoche me acordé, ¿cuándo creerás? Cuando apagaste la luz. Me pareció que la llama era una mujer que decía ¡ay!, y se caía muerta. Ya sé que son tonterías, pero en el cerebro pasan cosas muy particulares. ¿Con que, *nenito*, desembuchas eso, sí o no?

—¿Qué?

—El nombre.

—Déjame a mí de nombres.

—¡Qué poco amable es este señor! —dijo abrazándole—. Bueno, guarda el secretito, hombre, y dispensa. Ten cuidado no te roben esa preciosidad. Eso, eso es, o somos reservados o no. Yo me quedo lo mismo que estaba. No creas que tengo gran interés en saberlo. ¿Qué me meto yo en el bolsillo con saber un nombre más?

—Es un nombre muy feo... No me hagas pensar en lo que quiero olvidar —replicó Santa Cruz con hastío—. No te digo una palabra, ¿sabes?

—Gracias, amado pueblo... Pues mira, si te figuras que voy a tener celos, te llevas chasco. Eso quisieras tú para darte tono. No los tengo ni hay para qué.

No sé qué vieron que les distrajo de aquella conversación. El paisaje era cada vez más bonito, y el campo, convirtiéndose en jardín, revelaba los refinamientos de la civilización agrícola. Todo era allí nobleza, o sea naranjos, los árboles de hoja perenne y brillante, de flores olorosísimas y de frutas de oro, árbol ilustre que ha sido una de las más socorridas muletillas de los poetas, y que en la región valenciana está por los suelos, quiero decir, que hay tantos, que hasta los poetas los miran ya como si fueran cardos borriqueros. Las tierras labradas encantan la vista con la corrección atildada de sus líneas. Las hortalizas bordan los surcos y dibujan el suelo, que en algunas partes semeja un cañamazo. Los variados verdes, más parece que los ha hecho el arte con una brocha, que no la Naturaleza con su labor invisible. Y por todas partes flores, arbustos tiernos; en las estaciones acacias gigantescas que extienden sus ramas sobre la vía; los hombres con zaragüelles y pañuelo liado a la cabeza, resabio morisco; las mujeres frescas y graciosas, vestidas de indiana y peinadas con rosquillas de pelo sobre las sienes.

«¿Y cuál es —preguntó Jacinta deseosa de instruirse— el árbol de las chufas?»

Juan no supo contestar, porque tampoco él sabía de dónde diablos salían las chufas. Valencia se aproximaba ya. En el vagón entraron algunas personas; pero los esposos no dejaron la ventanilla. A ratos se veía el mar, tan azul, tan azul, que la retina padecía el engaño de ver verde el cielo.

¡Sagunto! ¡Ay, qué nombre!, cuando se le ve escrito con las letras nuevas y acaso torcidas de una estación, parece broma. No es de todos los días ver envueltas en el humo de las locomotoras las inscripciones más retumbantes de la historia humana. Juanito, que aprovechaba las ocasiones de ser sabio sentimental, se pasmó más de lo conveniente de la aparición de aquel letrero.

«Y qué, ¿qué es? —preguntó Jacinta picada de la novelería—. ¡Ah! Sagunto, ya... un nombre. De fijo que hubo aquí alguna marimorena. Pero habrá llovido mucho desde entonces. No te entusiasmes, hijo, y tómalo con calma. ¿A qué viene tanto *¡ah!, ¡oh!*...? Todo porque aquellos brutos...».

—¿Chica, qué estás ahí diciendo?

—Sí, hijo de mi alma, porque aquellos brutos... no me vuelvo atrás... hicieron una barbaridad. Bueno, llámalos héroes si quieres, y cierra esa boca que te me estás pareciendo al Papamoscas de Burgos.

Vuelta a contemplar el jardín agrícola en cuyo verdor se destacaban las cabañas de paja con una cruz en el pico del techo. En los bardales vio Jacinta unas plantas muy raras, de vástagos escuetos y pencas enormes, que llamaron su atención.

«Mira, mira, qué esperpento de árbol. ¿Será el de los higos chumbos?».

—No, hija mía, los higos chumbos los da esa otra planta baja, compuesta de unas palas erizadas de púas. Aquello otro es la pita, que da por fruto las sogas.

—Y el esparto, ¿dónde está?

—Hasta eso no llega mi sabiduría. Por ahí debe de andar.

El tren describía amplísima curva. Los viajeros distinguieron una gran masa de edificios cuya blancura descollaba entre el verde. Los grupos de árboles la tapaban a trechos; después la descubrían.

«Ya estamos en Valencia, chiquilla; mírala allí».

Valencia era la ciudad mejor situada del mundo, según dijo un agudo observador, por estar construida en medio del campo. Poco después, los esposos, empaquetados dentro de una tartana, penetraban por las calles angostas y torcidas de la ciudad campestre.

«¡Pero qué país, hijo!... Si esto parece un biombo... ¿A dónde nos lleva este hombre?».

—«A la fonda sin duda».

A media noche, cuando se retiraron fatigados a su domicilio después de haber paseado por las calles y oído media *Africana* en el teatro de la Princesa, Jacinta sintió que de repente, sin saber cómo ni por qué, la picaba en el cerebro el gusanillo aquel, la idea perseguidora, la penita disfrazada de curiosidad. Juan se resistió a satisfacerla, alegando razones diversas.

«No me marees, hija... Ya te he dicho que quiero olvidar eso...».

—Pero el nombre, *nene*, el nombre nada más. ¿Qué te cuesta abrir la boca un segundo?... No creas que te voy a reñir, tontín.

Hablando así se quitaba el sombrero, luego el abrigo, después el cuerpo, la falda, el *polisón*, y lo iba poniendo todo con orden en las butacas y sillas del aposento. Estaba rendida y no veía las santas horas de dar con sus fatigadas carnes en la cama. El esposo también iba soltando ropa. Aparentaba buen humor; pero la curiosidad de Jacinta le desagradaba ya. Por fin, no pudiendo resistir a las monerías de su mujer, no tuvo más remedio que decidirse. Ya estaban las cabezas sobre las almohadas, cuando Santa Cruz echó perezoso de su boca estas palabras:

«Pues te lo voy a decir; pero con la condición de que en tu vida más... en tu vida más me has de mentar ese nombre, ni has de hacer la menor alusión... ¿entiendes? Pues se llama...».

—Gracias a Dios, hombre. Le costaba mucho trabajo decirlo. La otra le ayudaba.

—Se llama *For*...

—*For... narina.*

—No. *For... tuna...*

—*Fortunata.*

—Eso... Vamos, ya estás satisfecha.

—Nada más. Te has portado, has sido amable. Así es como te quiero yo.

Pasado un ratito, dormía como un ángel... dormían los dos.

V

«¿Sabes lo que se me ha ocurrido? —dijo Santa Cruz a su mujer dos días después en la estación de Valencia—. Me parece una tontería que vayamos tan pronto a Madrid. Nos plantaremos en Sevilla. Pondré un parte a casa».

Al pronto Jacinta se entristeció. Ya tenía deseos de ver a sus hermanas, a su papá y a sus tíos y suegros. Pero la idea de prolongar un poco aquel viaje tan divertido, conquistó en breve su alma. ¡Andar así, llevados en las alas del tren, que algo tiene siempre, para las almas jóvenes, de dragón de fábula, era tan dulce, tan entretenido...!

Vieron la opulenta ribera del Júcar, pasaron por Alcira, cubierta de azahares, por Játiva la risueña; después vino Montesa, de feudal aspecto, y luego Almansa en territorio frío y desnudo. Los campos de viñas eran cada vez más raros, hasta que la severidad del suelo les dijo que estaban en la adusta Castilla. El tren se lanzaba por aquel campo triste, como inmenso lebrel, olfateando la vía y ladrando a la noche tarda, que iba cayendo lentamente sobre el llano sin fin. Igualdad, palos de telégrafo, cabras, charcos, matorrales, tierra gris, inmensidad horizontal sobre la cual parecen haber corrido los mares poco ha; el humo de la máquina alejándose en bocanadas majestuosas hacia el horizonte; las guardesas con la bandera verde señalando el paso libre, que parece el camino de lo infinito; bandadas de aves que vuelan bajo, y las estaciones haciéndose esperar mucho, como si tuvieran algo bueno... Jacinta se durmió y Juanito también. Aquella dichosa Mancha era un narcótico. Por fin bajaron en Alcázar de San Juan, a media noche, muertos de frío. Allí esperaron el tren de Andalucía, tomaron chocolate, y vuelta a rodar por otra zona manchega, la más ilustre de todas, la Argamasillesca.

Pasaron los esposos una mala noche por aquella estepa, matando el frío muy juntitos bajo los pliegues de una sola manta, y por fin llegaron a Córdoba, donde descansaron y vieron la Mezquita, no bastándoles un día para ambas cosas. Ardían en deseos de verse en la sin par Sevilla... Otra vez al tren. Serían las nueve de la noche cuando se encontraron dentro de la romántica y alegre ciudad, en medio de aquel idioma ceceoso y de los donaires y chuscadas de la gente andaluza. Pasaron allí creo que ocho o diez días, encantados, sin aburrirse ni un solo momento, viendo los portentos de la arquitectura y de la Naturaleza, participando del buen humor que allí se respira con el aire y se recoge de las miradas de los transeúntes. Una de las cosas que más cautivaban a Jacinta era aquella costumbre de los patios amueblados y ajardinados, en los cuales se ve que las ramas de una azalea bajan hasta acariciar las teclas del piano, como si quisieran tocar. También le gustaba a Jacinta ver que todas las mujeres, aun las viejas que piden limosna, llevan su flor en la cabeza. La que no tiene flor se pone entre los pelos cualquier hoja verde y va por aquellas calles vendiendo vidas.

Una tarde fueron a comer a un bodegón de Triana, porque decía Juanito que era preciso conocer todo de cerca y codearse con aquel originalísimo pueblo, artista nato, poeta que parece pintar lo que habla, y que recibió del Cielo el don de una filosofía muy socorrida, que consiste en tomar todas las cosas por el lado humorístico, y así la vida, una vez convertida en broma, se hace más llevadera. Bebió el Delfín muchas cañas, porque opinaba con gran sentido práctico que para asimilarse a Andalucía y sentirla bien en sí, es preciso introducir en el cuerpo toda la manzanilla que este pueda contener. Jacinta no hacía más que probarla y la encontraba áspera y acídula, sin conseguir apreciar el olorcillo a *pero de Ronda* que dicen que tiene aquella bebida.

Retiráronse de muy buen humor a la fonda, y al llegar a ella vieron que en el comedor había mucha gente. Era un banquete de boda. Los novios eran españoles anglicanizados de Gibraltar. Los esposos Santa Cruz fueron invitados a tomar algo, pero lo rehusaron; únicamente bebieron un poco de Champagne, por que no dijeran. Después un inglés muy pesado, que chapurraba el castellano con la boca fruncida y los dientes apretados, como si quisiera mordiscar las palabras, se empeñó en que habían de tomar unas cañas.

«De ninguna manera... muchas gracias».

—«¡Ooooh!, sí»... El comedor era un hervidero de alegría y de chistes, entre los cuales empezaban a sonar algunos de gusto dudoso. No tuvo Santa Cruz más remedio que ceder a la exigencia de aquel maldito inglés, y tomando de sus manos la copa, decía a media voz: «Valiente *curdela* tienes tú». Pero el inglés no entendía... Jacinta vio que aquello se iba poniendo malo. El inglés llamaba al orden, diciendo a los más jóvenes con su boquita cerrada que tuvieran *fundamenta*. Nadie necesitaba tanto como él que se le llamase al orden, y sobre todo, lo que más falta le hacía era que le recortaran la bebida, porque aquello no era ya boca, era un embudo. Jacinta presintió la jarana, y tomando una resolución súbita, tiró del brazo a su marido y se lo llevó, a punto que este empezaba a tomarle el pelo al inglés.

«Me alegro —dijo el Delfín, cuando su mujer le conducía por las escaleras arriba—; me alegro de que me hubieras sacado de allí, porque no puedes figurarte lo que me iba cargando el tal inglés, con sus dientes blancos y apretados, con su amabilidad y su zapatito bajo... Si sigo un minuto más, le pego un par de trompadas... Ya se me subía la sangre a la cabeza...».

Entraron en su cuarto, y sentados uno frente a otro, pasaron un rato recordando los graciosos tipos que en el comedor estaban y los equívocos que allí se decían. Juan hablaba poco y parecía algo inquieto. De repente le entraron ganas de volver abajo. Su mujer se oponía. Disputaron. Por fin Jacinta tuvo que echar la llave a la puerta.

«Tienes razón —dijo Santa Cruz dejándose caer a plomo sobre la silla.

—Más vale que me quede aquí... porque si bajo, y vuelve el *mister* con sus finuras, le pego... Yo también sé *boxear*».

Hizo el ademán del *box*, y ya entonces su mujer le miró muy seria.

—Debes acostarte —le dijo.

—Es temprano... Nos estaremos aquí de tertulia... sí... ¿tú no tienes sueño? Yo tampoco. Acompañaré a mi cara mitad. Ese es mi deber, y sabré cumplirlo, sí señora. Porque yo soy esclavo del deber...

Jacinta se había quitado el sombrero y el abrigo. Juanito la sentó sobre sus rodillas y empezó a saltarla como a los niños cuando se les hace el caballo. Y dale con la tarabilla de que él era esclavo de su deber, y de que lo primero de todo es la familia. El trote largo en que la llevaba su marido empezó a molestar a Jacinta, que se desmontó y se fue a la silla en que antes estaba. Él entonces se puso a dar paseos rápidos por la habitación.

—Mi mayor gusto es estar al lado de mi adorada *nena* —decía sin mirarla—. *Te amo con delirio* como se dice en los dramas. Bendita sea mi madrecita... que me casó contigo...

Hincósele delante y le besó las manos. Jacinta le observaba con atención recelosa, sin pestañear, queriendo reírse y sin poderlo conseguir. Santa Cruz tomó un tono muy plañidero para decirle:

«¡Y yo tan estúpido que no conocí tu mérito!, ¡yo que te estaba mirando todos los días, como mira el burro la flor sin atreverse a comérsela! ¡Y me comí el cardo!... ¡Oh!, perdón, perdón... Estaba ciego, encanallado; era yo muy *cañí*... esto quiere decir *gitano*, vida mía. El vicio y la grosería habían puesto una costra en mi corazón... llamémosle *garlochín*... Jacintilla, no me mires así. Esto que te digo es la pura verdad. Si te miento, que me quede muerto ahora mismo. Todas mis faltas las veo claras esta noche. No sé lo que me pasa; estoy como inspirado... tengo más espíritu, créetelo... te quiero más, cielito, paloma, y te voy a hacer un altar de oro para adorarte».

«¡Jesús, qué fino está el tiempo! —exclamó la esposa que ya no podía ocultar su disgusto—. ¿Por qué no te acuestas?».

—Acostarme yo, yo... cuando tengo que contarte tantas cosas, *chavala*! —añadió Santa Cruz, que cansado ya de estar de rodillas, había cogido una banqueta para sentarse a los pies de su mujer—. Perdona que no haya sido franco contigo. Me daba vergüenza de revelarte ciertas cosas. Pero ya no puedo más: mi conciencia se vuelca como una urna llena que se cae... así, así; y afuera todo... Tú me absolverás cuando me oigas, ¿verdad? Di que sí... Hay momentos en la vida de los pueblos, quiero decir, en la vida del hombre, momentos terribles, alma mía. Tú lo comprendes... Yo no te conocía entonces. Estaba como la humanidad antes de la venida del Mesías, a oscuras, apagado el gas... sí. No me condenes, no, no, no me condenes sin oírme...

Jacinta no sabía qué hacer. Uno y otro se estuvieron mirando breve rato, los ojos clavados en los ojos, hasta que Juan dijo en voz queda:

«¡Si la hubieras visto...! Fortunata tenía los ojos como dos estrellas, muy semejantes a los de la Virgen del Carmen que antes estaba en Santo Tomás y ahora en San Ginés. Pregúntaselo a Estupiñá, pregúntaselo si lo dudas... a ver... Fortunata tenía las manos bastas de tanto trabajar, el corazón lleno de inocencia...

Fortunata no tenía educación; aquella boca tan linda se comía muchas letras y otras las equivocaba. Decía *indilugencias, golver, asín*. Pasó su niñez cuidando el *ganado*. ¿Sabes lo que es el ganado? Las gallinas. Después criaba los palomos a sus pechos. Como los palomos no comen sino del pico de la madre, Fortunata se los metía en el seno, ¡y si vieras tú qué seno tan bonito!, solo que tenía muchos rasguños que le hacían los palomos con los garfios de sus patas. Después cogía en la boca un buche de agua y algunos granos de algarroba, y metiéndose el pico en la boca... les daba de comer... Era la paloma madre de los tiernos pichoncitos... Luego les daba su calor natural... les arrullaba, les hacía *rorrooó*... les cantaba canciones de nodriza... ¡Pobre Fortunata, pobre *Pitusa*!... ¿Te he dicho que la llamaban la *Pitusa*? ¿No?... pues te lo digo ahora. Que conste... Yo la perdí... sí... que conste también; es preciso que cada cual cargue con su responsabilidad... Yo la perdí, la engañé, le dije mil mentiras, le hice creer que me iba a casar con ella. ¿Has visto?... ¡Si seré pillín!... Déjame que me ría un poco... Sí, todas las papas que yo le decía, se las tragaba... El pueblo es muy inocente, es tonto de remate, todo se lo cree con tal que se lo digan con palabras finas... La engañé, le *garfiñé* su honor, y tan tranquilo. Los hombres, digo, los señoritos, somos unos miserables; creemos que el honor de las hijas del pueblo es cosa de juego... No me pongas esa cara, vida mía. Comprendo que tienes razón; soy un infame, merezco tu desprecio; porque... lo que tú dirás, una mujer es siempre una criatura de Dios, ¿verdad?... y yo, después que me divertí con ella, la dejé abandonada en medio de las calles... justo... su destino es el destino de las perras... Di que sí».

VI

Jacinta estaba alarmadísima, medio muerta de miedo y de dolor. No sabía qué hacer ni qué decir.

«Hijo mío —exclamó limpiando el sudor de la frente de su marido—, ¡cómo estás...! Cálmate, por María Santísima. Estás delirando».

—No, no; esto no es delirio, es arrepentimiento —añadió Santa Cruz, quien, al moverse, por poco se cae, y tuvo que apoyar las manos en el suelo—. ¿Crees acaso que el vino...? ¡Oh! no, hija mía, no me hagas ese disfavor. Es que la conciencia se me ha subido aquí al cuello, a la cabeza, y me pesa tanto, que no puedo guardar bien el equilibrio... Déjame que me prosterne ante ti y ponga a tus pies todas mis culpas para que las perdones... No te muevas, no me dejes solo, por Dios... ¿A dónde vas? ¿No ves mi aflicción?

—Lo que veo... ¡Oh! Dios mío. Juan, por amor de Dios, sosiégate; no digas más disparates. Acuéstate. Yo te haré una taza de té.

—¡Y para qué quiero yo té, desventurada!... —dijo el otro en un tono tan descompuesto, que a Jacinta se le saltaron las lágrimas—. ¡Té...!, lo que quiero es tu perdón, el perdón de la humanidad, a quien he ofendido, a quien he ultrajado y pisoteado. Di que sí... Hay momentos en la vida de los pueblos, digo, en la vida de los hombres, en que uno debiera tener mil bocas para con todas ellas a la vez... expresar la, la, la... Sería uno un coro... eso, eso... Porque yo he sido malo, no me digas que no, no me lo digas...

Jacinta advirtió que su marido sollozaba. ¿Pero de veras sollozaba o era broma?

«Juan, ¡por Dios!, me estás atormentando».

—No, niña de mi alma —replicó él sentado en el suelo sin descubrir el rostro, que tenía entre las manos—. ¿No ves que lloro? Compadécete de este infeliz... He sido un perverso... Porque la *Pitusa* me idolatraba... Seamos francos.

Alzó entonces la cabeza, y tomó un aire más tranquilo.

—Seamos francos; la verdad ante todo... me idolatraba. Creía que yo no era como los demás, que era la caballerosidad, la hidalguía, la decencia, la nobleza en persona, el acabose de los hombres... ¡Nobleza, qué sarcasmo! Nobleza en la mentira; digo que no puede ser... y que no, y que no. ¡Decencia porque se lleva una ropa que llaman levita!... ¡Qué humanidad tan farsante! El pobre siempre debajo; el rico hace lo que le da la gana. Yo soy rico... di que soy inconstante... La ilusión de lo pintoresco se iba pasando. La grosería con gracia seduce algún tiempo, después marca... Cada día me pesaba más la carga que me había echado encima. El picor del ajo me repugnaba. Deseé, puedes creerlo, que la *Pitusa* fuera mala para darle una puntera... Pero, quia... ni por esas... ¿Mala ella? a buena parte... Si le mando echarse al fuego por mí, ¡al fuego de cabeza! Todos los días jarana en la casa. Hoy acababa en bien, mañana no... Cantos, guitarreo... José Izquierdo, a quien llaman *Platón* porque comía en un plato como un barreño, arrojaba chinitas al picador... Villalonga y yo les echábamos a pelear o les reconciliábamos cuando nos convenía... La *Pitusa* temblaba de verlos alegres y de verlos enfurruñados... ¿Sabes lo que se me ocurría? No volver a aportar más por aquella maldita casa... Por fin resolvimos Villalonga y yo largamos con viento fresco y no volver más. Una noche se armó tal gresca, que hasta las navajas salieron, y por poco nadamos todos en un lago de sangre... Me parece que oigo aquellas finuras: «¡indecente, cabrón, *najabao, randa, murcia*...! No era posible semejante vida. Di que no. El hastío era ya irresistible. La misma *Pitusa* me era odiosa, como las palabras inmundas... Un día dije *vuelvo*, y no volví más... Lo que decía Villalonga: cortar por lo sano... Yo tenía algo en mi conciencia, un hilito que me tiraba hacia allá... Lo corté... Fortunata me persiguió; tuve que jugar al escondite. Ella por aquí, yo por allá... Yo me escurría como una anguila. No me cogía, no. El último a quien vi fue Izquierdo; le encontré un día subiendo la escalera de mi casa. Me amenazó; díjome que la *Pitusa* estaba *cambrí* de cinco meses... ¡*Cambrí de cinco meses...!* Alcé los hombros... Dos palabras él, dos palabras yo... alargué este brazo, y plaf... Izquierdo bajó de golpe un tramo entero... Otro estirón, y plaf... de un brinco el segundo tramo... y con la cabeza para abajo...

Esto último lo dijo enteramente descompuesto. Continuaba sentado en el suelo, las piernas extendidas, apoyado un brazo en el asiento de la silla. Jacinta temblaba. Le había entrado mortal frío, y daba diente con diente. Permanecía en pie en medio de la habitación, como una estatua, contemplando la figura lastimosísima de su marido, sin atreverse a preguntarle nada ni a pedirle una aclaración sobre las extrañas cosas que revelaba.

«¡Por Dios y por tu madre! —dijo al fin movida del cariño y del miedo—, no me cuentes más. Es preciso que te acuestes y procures dormirte. Cállate ya».

—¡Que me calle!... ¡que me calle! ¡Ah!, esposa mía, esposa adorada, ángel de mi salvación... Mesías mío... ¿Verdad que me perdonas?... di que sí.

Se levantó de un salto y trató de andar... No podía. Dando una rápida vuelta fue a desplomarse sobre el sofá, poniéndose la mano sobre los ojos y diciendo con voz cavernosa: «¡Qué horrible pesadilla!». Jacinta fue hacia él, le echó los brazos al cuello y le arrulló como se arrulla a los niños cuando se les quiere dormir.

Vencido al cabo de su propia excitación, el cerebro del Delfín caía en estúpido embrutecimiento. Y sus nervios, que habían empezado a calmarse, luchaban con la sedación. De repente se movía, como si saltara algo en él y pronunciaba algunas sílabas. Pero la sedación vencía, y al fin se quedó profundamente dormido. A media noche pudo Jacinta con no poco trabajo llevarle hasta la cama y acostarle. Cayó en el sueño como en un pozo, y su mujer pasó muy mala noche, atormentada por el desagradable recuerdo de lo que había visto y oído.

Al día siguiente Santa Cruz estaba como avergonzado. Tenía conciencia vaga de los disparates que había hecho la noche anterior, y su amor propio padecía horriblemente con la idea de haber estado ridículo. No se atrevía a hablar a su mujer de lo ocurrido, y esta, que era la misma prudencia, además de no decir una palabra, mostrábase tan afable y cariñosa como de costumbre. Por último, no pudo mi hombre resistir el afán de explicarse, y preparando el terreno con un sin fin de zalamerías, le dijo:

«Chiquilla, es preciso que me perdones el mal rato que te di anoche... Debí ponerme muy pesadito... ¡Qué malo estaba! En mi vida me ha pasado otra igual. Cuéntame los disparates que te dije, porque yo no me acuerdo».

—¡Ay! fueron muchos; pero muchos... Gracias que no había más público que yo.

—Vamos, con franqueza... estuve inaguantable.

—Tú lo has dicho...

—Es que no sé... En mi vida, puedes creerlo, he cogido una turca como la que cogí anoche. El maldito inglés tuvo la culpa y me la ha de pagar. ¡Dios mío, cómo me puse!... ¿Y qué dije, qué dije?... No hagas caso, vida mía, porque seguramente dije mil cosas que no son verdad. ¡Qué bochorno! ¿Estás enfadada? No, si no hay para qué...

—Cierto. Como estabas... Jacinta no se atrevió a decir «borracho». La palabra horrible negábase a salir de su boca.

—Dilo, hija. Di *ajumao*, que es más bonito y atenúa un poco la gravedad de la falta.

—Pues como estabas *ajumaíto*, no eras responsable de lo que decías.

—Pero qué, ¿se me escapó alguna palabra que te pudiera ofender?

—No; solo una media docena de voces elegantes, de las que usa la alta sociedad. No las entendí bien. Lo demás bien clarito estaba, demasiado clarito. Lloraste por tu *Pitusa* de tu alma, y te llamabas miserable por haberla abandonado. Créelo, te pusiste que no había por dónde cogerte.

—Vaya, hija, pues ahora con la cabeza despejada, voy a decirte dos palabritas para que no me juzgues por peor de lo que soy.

Se fueron de paseo por las Delicias abajo, y sentados en solitario banco, vueltos de cara al río, charlaron un rato. Jacinta se quería comer con los ojos a su marido, adivinándole las palabras antes de que las dijera, y confrontándolas con la expresión de los ojos a ver si eran sinceras. ¿Habló Juan con verdad? De todo hubo. Sus declaraciones eran una verdad refundida como las comedias antiguas. El amor propio no le permitía la reproducción fiel de los hechos. Pues señor... al volver de Plencia ya comprometido a casarse y enamorado de su novia, quiso saber qué vuelta llevó Fortunata, de quien no había tenido noticias en tanto tiempo. No le movía ningún sentimiento de ternura, sino la compasión y el deseo de socorrerla si se veía en un mal paso. *Platón* estaba fuera de Madrid y su mujer en el otro mundo. No se sabía tampoco a dónde diantres había ido a parar el picador; pero Segunda había traspasado la huevería y tenía en la misma Cava un poco más abajo, cerca ya de la escalerilla, una covacha a que daba el nombre de *establecimiento*. En aquella caverna habitaba y hacía el café que vendía por la mañana a la gente del mercado. Cuatro cacharros, dos sillas y una mesa componían el ajuar. En el resto del día prestaba servicios en la taberna del *pulpitillo*. Había venido tan a menos en lo físico y en lo económico, que a su antiguo tertulio le costó trabajo reconocerla.

«¿Y la otra?...». porque esto era lo que importaba.

VII

Santa Cruz tardó algún tiempo en dar la debida respuesta. Hacía rayas en el suelo con el bastón. Por fin se expresó así:

«Supe que en efecto había...».

Jacinta tuvo la piedad de evitarle las últimas palabras de la oración, diciéndolas ella. Al Delfín se le quitó un peso de encima.

«Traté de verla..., la busqué por aquí y por allá... y nada... Pero qué, ¿no lo crees? Después no pude ocuparme de nada. Sobrevino la muerte de tu mamá. Transcurrió algún tiempo sin que yo pensara en semejante cosa, y no debo ocultarte que sentía cierto escozorcillo aquí, en la conciencia... Por enero de este año, cuando me preparaba a hacer diligencias, una amiga de Segunda me dijo que la *Pitusa* se había marchado de Madrid. ¿A dónde? ¿Con quién? Ni entonces lo supe ni lo he sabido después. Y ahora te juro que no la he vuelto a ver más ni he tenido noticias de ella».

La esposa dio un gran suspiro. No sabía por qué; pero tenía sobre su alma cierta pesadumbre, y en su rectitud tomaba para sí parte de la responsabilidad de su marido en aquella falta; porque falta había sin duda. Jacinta no podía considerar de otro modo el hecho del abandono, aunque este significara el triunfo del amor legítimo sobre el criminal, y del matrimonio sobre el amancebamiento... No podían entretenerse más en ociosas habladurías, porque pensaban irse a Cádiz aquella tarde y era preciso disponer el equipaje y comprar algunas chucherías. De cada población se habían de llevar a Madrid regalitos para todos. Con la actividad propia de un día de viaje, las compras y algunas despedidas, se distrajeron tan bien ambos de aquellos desagradables pensamientos, que por la tarde ya estos se habían desvanecido.

Hasta tres días después no volvió a rebullir en la mente de Jacinta el gusanillo aquel. Fue cosa repentina, provocada por no sé qué, por esas misteriosas iniciativas de la memoria que no sabemos de dónde salen. Se acuerda uno de las cosas contra toda lógica, y a veces el encadenamiento de las ideas es una extravagancia y hasta una ridiculez. ¿Quién creería que Jacinta se acordó de Fortunata al oír pregonar las *bocas de la Isla*? Porque dirá el curioso, y con razón, que qué tienen que ver las bocas con aquella mujer. Nada, absolutamente nada.

Volvían los esposos de Cádiz en el tren correo. No pensaban detenerse ya en ninguna parte, y llegarían a Madrid de un tirón. Iban muy gozosos, deseando ver a la familia, y darle a cada uno su regalo. Jacinta, aunque picada del gusanillo aquel, había resuelto no volver a hablar de tal asunto, dejándolo sepultado en la memoria, hasta que el tiempo lo borrara para siempre. Pero al llegar a la estación de Jerez, ocurrió algo que hizo revivir inesperadamente lo que ambos querían olvidar. Pues señor... de la cantina de la estación vieron salir al condenado inglés de la noche de marras, el cual les conoció al punto y fue a saludarles muy fino y galante, y a ofrecerles unas cañas. Cuando se vieron libres de él, Santa Cruz le echó mil pestes, y dijo que algún día había de tener ocasión de darle el *par de galletas* que se tenía ganadas.

«Este danzante tuvo la culpa de que yo me pusiera aquella noche como me puse y de que te contara aquellos horrores...».

Por aquí empezó a enredarse la conversación hasta recaer otra vez en el *punto negro*. Jacinta no quería que se le quedara en el alma una idea que tenía, y a la primera ocasión la echó fuera de sí.

«¡Pobres mujeres! —exclamó—. Siempre la peor parte para ellas».

—Hija mía, hay que juzgar las cosas con detenimiento, examinar las circunstancias... ver el medio ambiente... —dijo Santa Cruz preparando todos los chirimbolos de esa dialéctica convencional con la cual se prueba todo lo que se quiere.

Jacinta se dejó hacer caricias. No estaba enfadada. Pero en su espíritu ocurría un fenómeno muy nuevo para ella. Dos sentimientos diversos se barajaban en su alma, sobreponiéndose el uno al otro alternativamente. Como adoraba a su marido, sentíase orgullosa de que este hubiese despreciado a otra para tomarla a ella. Este orgullo es primordial, y existirá siempre aun en los seres más perfectos. El otro sentimiento procedía del fondo de rectitud que lastraba aquella noble alma y le inspiraba una protesta contra el ultraje y despiadado abandono de la desconocida. Por más que el Delfín lo atenuase, había ultrajado a la humanidad. Jacinta no podía ocultárselo a sí misma. Los triunfos de su amor propio no le impedían ver que debajo del trofeo de su victoria había una víctima aplastada. Quizás la víctima merecía serlo; pero la vencedora no tenía nada que ver con que lo mereciera o no, y en el altar de su alma le ponía a la tal víctima una lucecita de compasión.

Santa Cruz, en su perspicacia, lo comprendió, y trataba de librar a su esposa de la molestia de complacer a quien sin duda no lo merecía. Para esto ponía en funciones toda la maquinaria más brillante que sólida de su raciocinio, aprendido en el comercio de las liviandades humanas y en someras lecturas.

«Hija de mi alma, hay que ponerse en la realidad. Hay dos mundos, el que se ve y el que no se ve. La sociedad no se gobierna con las ideas puras. Buenos andaríamos... No soy tan culpable como parece a primera vista; fíjate bien. Las diferencias de educación y de clase establecen siempre una gran diferencia de procederes en las relaciones humanas. Esto no lo dice el Decálogo; lo dice la realidad. La conducta social tiene sus leyes que en ninguna parte están escritas; pero que se sienten y no se pueden conculcar. Faltas cometí, ¿quién lo duda?, pero imagínate que hubiera seguido entre aquella gente, que *hubiera cumplido mis compromisos* con la *Pitusa*... No te quiero decir más. Veo que te ríes. Eso me prueba que hubiera sido un absurdo, una locura recorrer lo que, visto de allá, parecía el camino derecho. Visto de acá, ya es otro distinto. En cosas de moral, lo recto y lo torcido son según de donde se mire. No había, pues, más remedio que hacer lo que hice, y salvarme... Caiga el que caiga. El mundo es así. Debía yo salvarme, ¿sí o no? Pues debiendo salvarme, no había más remedio que lanzarme fuera del barco que se sumergía. En los naufragios siempre hay alguien que se ahoga... Y en el caso concreto del abandono, hay también mucho que hablar. Ciertas palabras no significan nada por sí. Hay que ver los hechos... Yo la busqué para socorrerla; ella no quiso parecer. Cada cual tiene su destino. El de ella era ese: no parecer cuando yo la buscaba».

Nadie diría que el hombre que de este modo razonaba, con arte tan sutil y paradójico, era el mismo que noches antes, bajo la influencia de una bebida espirituosa, había vaciado toda su alma con esa sinceridad brutal y disparada que solo puede compararse al vómito físico, producido por un emético muy fuerte. Y después, cuando el despejo de su cerebro le hacía dueño de todas sus triquiñuelas de hombre leído y mundano, no volvió a salir de sus labios ni un solo vocablo soez, ni una sola espontaneidad de aquellas que existían dentro de él, como existen los trapos de colorines en algún rincón de la casa del que ha sido cómico, aunque solo lo haya sido de afición. Todo era convencionalismo y frase ingeniosa en aquel hombre que se había emperejilado intelectualmente, cortándose una levita para las ideas y planchándole los cuellos al lenguaje.

Jacinta, que aún tenía poco mundo, se dejaba alucinar por las dotes seductoras de su marido. Y le quería tanto, quizás por aquellas mismas dotes y por otras, que no necesitaba hacer ningún esfuerzo para creer cuanto le decía, si bien creía por fe, que es sentimiento, más que por convicción. Largo rato charlaron, mezclando las discusiones con los cariños discretos (por que en Sevilla entró gente en el coche y no había que pensar en la *besadera*), y cuando vino la noche sobre España, cuyo radio iban recorriendo, se durmieron allá por Despeñaperros, soñaron con lo mucho que se querían, y despertaron al fin en Alcázar con la idea placentera de llegar pronto a Madrid, de ver a la familia, de contar todas las peripecias del viaje (menos la escenita de la noche aquella) y de repartir los regalos.

A Estupiñá le llevaban un bastón que tenía por puño la cabeza de una cotorra.

VI. Más y más pormenores referentes a esta ilustre familia

I

Pasaban meses, pasaban años, y en aquella dichosa casa todo era paz y armonía. No se ha conocido en Madrid familia mejor avenida que la de Santa Cruz, compuesta de dos parejas; ni es posible imaginar una compatibilidad de caracteres como la que existía entre Barbarita y Jacinta. He visto juntas muchas veces a la suegra y a la nuera, y por Dios que se manifestaba muy poco en ellas la diferencia de edades. Barbarita conservaba a los cincuenta y tres años una frescura maravillosa, el talle perfecto y la dentadura sorprendente. Verdad que tenía el cabello casi enteramente blanco; el cual más parecía empolvado conforme al estilo Pompadour, que encanecido por la edad. Pero lo que la hacía más joven era su afabilidad constante, aquel sonreír gracioso y benévolo con que iluminaba su rostro.

De veras que no tenían por qué quejarse de su destino aquellas cuatro personas. Se dan casos de individuos y familias a quienes Dios no les debe nada; y sin embargo, piden y piden.

Es que hay en la naturaleza humana un vicio de mendicidad; eso no tiene duda. Ejemplo los de Santa Cruz, que gozaban de salud cabal, eran ricos, estimados de todo el mundo y se querían entrañablemente. ¿Qué les hacía falta? Parece que nada. Pues alguno de los cuatro pordioseaba. Es que cuando un conjunto de circunstancias favorables pone en las manos del hombre gran cantidad de bienes, privándole de uno solo, la fatalidad de nuestra naturaleza o el principio de descontento que existe en nuestro barro constitutivo le impulsan a desear precisamente lo poquito que no se le ha otorgado. Salud, amor, riqueza, paz y otras ventajas no satisfacían el alma de Jacinta; y al año de casada, más aún a los dos años, deseaba ardientemente lo que no tenía. ¡Pobre joven! Lo tenía todo, menos chiquillos.

Esta pena, que al principio fue desazón insignificante, impaciencia tan solo convirtiose pronto en dolorosa idea de vacío. Era poco cristiano, al decir de Barbarita, desesperarse por la falta de sucesión. Dios, que les diera tantos bienes, habíales privado de aquel. No había más remedio que resignarse, alabando la mano del que lo mismo muestra su omnipotencia dando que quitando.

De este modo consolaba a su nuera, que más le parecía hija; pero allá en sus adentros deseaba tanto como Jacinta la aparición de un muchacho que perpetuase la casta y les alegrase a todos. Se callaba este ardiente deseo por no aumentar la pena de la otra; mas atendía con ansia a todo lo que pudiera ser síntoma de esperanzas de sucesión. ¡Pero quia! Pasaba un año, dos, y nada; ni aun siquiera esas presunciones vagas que hacen palpitar el corazón de las que sueñan con la maternidad, y a veces les hacen decir y hacer muchas tonterías.

«No tengas prisa, hija —decía Barbarita a su sobrina—. Eres muy joven. No te apures por los chiquillos, que ya los tendrás, te cargarás de familia, y te aburrirás como se aburrió tu madre, y pedirás a Dios que no te dé más. ¿Sabes una cosa? Mejor estamos así. Los muchachos lo revuelven todo y no dan más que disgustos. El sarampión, el garrotillo... ¡Pues nada te quiero decir de las amas!... ¡qué calamidad!... Luego estás hecha una esclava... Que si comen, que si se indigestan, que si se caen y se abren la cabeza. Vienen después las inclinaciones que sacan. Si salen de mala índole... si no estudian... ¡qué sé yo!...».

Jacinta no se convencía. Quería canarios de alcoba a todo trance, aunque salieran raquíticos y feos; aunque luego fueran traviesos, enfermos y calaveras; aunque de hombres la mataran a disgustos. Sus dos hermanas mayores parían todos los años, como su madre. Y ella nada, ni esperanzas. Para mayor contrasentido, Candelaria, que estaba casada con un pobre, había tenido dos de un vientre. ¡Y ella, que era rica, no tenía ni siquiera medio!... Dios estaba ya chocho sin duda.

Vamos ahora a otra cosa. Los de Santa Cruz, como familia respetabilísima y rica, estaban muy bien relacionados y tenían amigos en todas las esferas, desde la más alta a la más baja. Es curioso observar cómo nuestra edad, por otros conceptos infeliz, nos presenta una dichosa confusión de todas las clases, mejor dicho, la concordia y reconciliación de todas ellas. En esto aventaja nuestro país a otros, donde están pendientes de sentencia los graves pleitos históricos de la igualdad. Aquí se ha resuelto el problema sencilla y pacíficamente, gracias al temple democrático de los españoles y a la escasa vehemencia de las preocupaciones nobiliarias. Un gran defecto nacional, la empleomanía, tiene también su parte en esta gran conquista.

Las oficinas han sido el tronco en que se han injertado las ramas históricas, y de ellas han salido amigos el noble tronado y el plebeyo ensoberbecido por un título universitario; y de amigos, pronto han pasado a parientes. Esta confusión es un bien, y gracias a ella no nos aterra el contagio de la guerra social, porque tenemos ya en la masa de la sangre un socialismo atenuado e inofensivo. Insensiblemente, con la ayuda de la burocracia, de la pobreza y de la educación académica que todos los españoles reciben, se han ido compenetrando las clases todas, y sus miembros se introducen de una en otra, tejiendo una red espesa que amarra y solidifica la masa nacional. El nacimiento no significa nada entre nosotros, y todo cuanto se dice de los pergaminos es conversación. No hay más diferencias que las esenciales, las que se fundan en la buena o mala educación, en ser tonto o discreto, en las desigualdades del espíritu, eternas como los atributos del espíritu mismo. La otra determinación positiva de clases, el dinero, está fundada en principios económicos tan inmutables como las leyes físicas, y querer impedirla viene a ser lo mismo que intentar beberse la mar.

Las amistades y parentescos de las familias de Santa Cruz y Arnaiz pueden ser ejemplo de aquel feliz revoltijo de las clases sociales; mas, ¿quién es el guapo que se atreve a formar estadística de las ramas de tan dilatado y laberíntico árbol, que más bien parece enredadera, cuyos vástagos se cruzan, suben, bajan y se pierden en los huecos de un follaje densísimo? Solo se puede intentar tal empresa con la ayuda de Estupiñá, que sabe al dedillo la historia de todas las familias comerciales de Madrid, y todos los enlaces que se han hecho en medio siglo. Arnaiz el gordo también se pirra por hablar de linajes y por buscar parentescos, averiguando orígenes humildes de fortunas orgullosas, y haciendo hincapié en la desigualdad de ciertos matrimonios, a los cuales, en rigor de verdad, se debe la formación del terreno democrático sobre que se asienta la sociedad española. De una conversación entre Arnaiz y Estupiñá han salido las siguientes noticias:

II

Ya sabemos que la madre de don Baldomero Santa Cruz y la de Gumersindo y Barbarita Arnaiz eran parientes y venían del Trujillo extremeño y albardero. La actual casa de banca *Trujillo* y *Fernández*, de una respetabilidad y solidez intachables, procede del mismo tronco. Barbarita es, pues, pariente del jefe de aquella casa, aunque su parentesco resulta algo lejano. El primer conde de Trujillo está casado con una de las hijas del famoso negociante Casarredonda, que hizo colosal fortuna vendiendo fardos de *Coruñas* y *Viveros* para vestir a la tropa y a la Milicia Nacional. Otra de las hijas del marqués de Casarredonda era duquesa de Gravelinas. Ya tenemos aquí, perfectamente enganchadas, a la aristocracia antigua y al comercio moderno.

Pero existe en Cádiz una antigua y opulenta familia comercial que sirvió como ninguna para enredar más la madeja social. Las hijas del famoso Bonilla, importador de pañolería y después banquero y extractor de vinos, casaron: la una con Sánchez Botín, propietario, de quien vino la generala Minio, la marquesa de Tellería y Alejandro Sánchez Botín, la otra con uno de los Morenos de Madrid, co-fundador de los Cinco Gremios y del Banco de San Fernando, y la tercera con el duque de Trastamara, de donde vino Pepito Trastamara. El hijo único de Bonilla casó con una Trujillo.

Pasemos ahora a los Morenos, procedentes del valle de Mena, una de las familias más dilatadas y que ofrecen más desigualdades y contrastes en sus infinitos y desparramados miembros. Arnaiz y Estupiñá disputan, sin llegar a entenderse, sobre si el tronco de los Morenos estuvo en una droguería o en una peletería. En esto reina cierta oscuridad, que no se disipará mientras no venga uno de estos averiguadores fanáticos que son capaces de contarle a Noé los pelos que tenía en la cabeza y el número de *eses* que hizo cuando cogió la primera *pítima* de que la historia tiene noticia. Lo que sí se sabe es que un Moreno casó con una Isla-Bonilla a principios del siglo, viniendo de aquí la Casa de giro que del 19 al 35 estuvo en la subida de Santa Cruz junto a la iglesia, y después en la plazuela de Pontejos. Por la misma época hallamos un Moreno en la Magistratura, otro en la Armada, otro en el Ejército y otro en la Iglesia. La Casa de banca no era ya *Moreno* en 1870, sino *Ruiz-Ochoa* y *Compañía*, aunque uno de sus principales socios era don Manuel Moreno-Isla. Tenemos diferentes estirpes del tronco remotísimo de los Morenos. Hay los Moreno-Isla, los Moreno-Vallejo y los Moreno-Rubio, o sea los Morenos ricos y los Morenos pobres, ya tan distantes unos de otros que muchos ni se tratan ni se consideran afines. Castita Moreno, aquella presumida amiga de Barbarita en la escuela de la calle Imperial, había nacido en los Morenos ricos y fue a parar, con los vaivenes de la vida, a los Morenos pobres. Se casó con un farmacéutico de la interminable familia de los Samaniegos, que también tienen su puesto aquí. Una joven perteneciente a los Morenos ricos casó con un Pacheco, aristócrata segundón, hermano del duque de Gravelinas, y de esta unión vino Guillermina Pacheco a quien conoceremos luego. Ved ahora cómo una rama de los Morenos se mete entre el follaje de los Gravelinas, donde ya se engancha también el ramojo de los Trujillos, el cual venía ya trabado con los Arnaiz de Madrid y con los Bonillas de Cádiz, formando una maraña cuyos hilos no es posible seguir con la vista.

Aún hay más. Don Pascual Muñoz, dueño de un acreditadísimo establecimiento de hierros en la calle de Tintoreros, progresista de inmenso prestigio en los barrios del Sur, verdadera potencia electoral y política en Madrid, casó con una Moreno de no sé qué rama, emparentada con Mendizábal y con Bonilla, de Cádiz. Su hijo, que después fue marqués de Casa-Muñoz, casó con la hija de Albert, el que daba la cara en las contratas de paños y lienzos con el Gobierno. Eulalia Moreno, hija también del don Pascual y hermana del actual marqués, se unió a don Cayetano Villuendas, rico propietario de casas, progresista rancio. Dejamos sueltos estos cabos para tomarlos más adelante.

Los Samaniegos, oriundos, como los Morenos, del país de Mena también son ciento y la madre. Ya sabemos que la hija segunda de Gumersindo Arnaiz, hermana de Jacinta, casó con Pepe Samaniego, hijo de un droguista arruinado de la Concepción Jerónima... Hay muchos Samaniegos en el comercio menudo, y leyendo el instructivo libro de los rótulos de tiendas, se encuentra la *Farmacia de Samaniego* en la calle del Ave María (cuyo dueño era el marido de Castita Moreno), y la *Carnicería de Samaniego* en la de las Maldonadas. Sin rótulo hay un Samaniego prestamista y medio curial, otro cobrador del Banco, otro que tiene tienda de sedas en la calle de Botoneras y, por fin, varios que son horteras en diferentes tiendas. El Samaniego agente de Bolsa es primo de estos.

La hija mayor de Gumersindo Arnaiz se casó con Ramón Villuendas, ya viudo con dos hijos, célebre cambiante de la calle de Toledo, la casa de Madrid que más trabaja en el negocio de moneda. Un hermano de este casó con la hija de la viuda de Aparisi, dueño de la camisería en que fue depen-

113

diente Pepe Samaniego. El tío de ambos, don Cayetano Villuendas, progresistón y riquísimo casero, era el esposo de Eulalia Muñoz, y su gran fortuna procedía del negocio de curtidos en una época anterior a la de Céspedes. Ya se ató el cabo que quedara pendiente poco ha.

Ahora se nos presentan algunos ramos que parecen sueltos y no lo están. ¿Pero quién podrá descubrir su misterioso enlace con los revueltos y cruzados vástagos de esta colosal enredadera? ¿Quién puede indagar si Dámaso Trujillo, el que puso en la Plaza Mayor la zapatería *Al ramo de azucenas*, pertenece al genuino linaje de los Trujillos antes mencionados? ¿Cuál será el averiguador que se lance a poner en claro si el dueño de *El Buen gusto*, un tenducho de mantas de la calle de la Encomienda, es pariente indudable de los Villuendas ricos? Hay quien dice que Pepe Moreno Vallejo, el cordelero de la Concepción Jerónima, es primo hermano de don Manuel Moreno-Isla, uno de los Morenos que atan perros con longaniza; y se dice que un Arnaiz, empleado de poco sueldo, es pariente de Barbarita. Hay un Muñoz y Aparisi, tripicallero en las inmediaciones del Rastro, que se supone primo segundo del marqués de Casa-Muñoz y de su hermana la viuda de Aparisi; y por fin, es preciso hacer constar que un cierto Trujillo, jesuita, reclama un lugar en nuestra enredadera, y también hay que dársele al Ilustrísimo Obispo de Plasencia, fray Luis Moreno-Isla y Bonilla. Asimismo lleva en su árbol el nombre de Trujillo, la mujer de Zalamero, subsecretario de Gobernación; pero su primer apellido es Ruiz Ochoa y es hija de la distinguida persona que hoy está al frente de la banca de Moreno.

Barbarita no se trataba con todos los individuos que aparecen en esta complicada enredadera. A muchos les esquivaba por hallarse demasiado altos; a otros apenas les distinguía por hallarse muy bajos. Sus amistades verdaderas, como los parentescos reconocidos, no eran en gran número, aunque sí abarcaban un círculo muy extenso, en el cual se entremezclaban todas las jerarquías. En un mismo día, al salir de paseo o de compras, cambiaba saludos más o menos afectuosos con la de Ruiz Ochoa, con la generala Minio, con Adela Trujillo, con un Villuendas rico, con un Villuendas pobre, con el pescadero pariente de Samaniego, con la duquesa de Gravelinas, con un Moreno Vallejo magistrado, con un Moreno Rubio médico, con un Moreno Jáuregui sombrerero, con un Aparisi canónigo, con varios horteras, con tan diversa gente, en fin, que otra persona de menos tino habría trocado los nombres y tratamientos.

La mente más segura no es capaz de seguir en su laberíntico enredo las direcciones de los vástagos de este colosal árbol de linajes matritenses. Los hilos se cruzan, se pierden y reaparecen donde menos se piensa. Al cabo de mil vueltas para arriba y otras tantas para abajo, se juntan, se separan, y de su empalme o bifurcación salen nuevos enlaces, madejas y marañas nuevas. Cómo se tocan los extremos del inmenso ramaje es curioso de ver; por ejemplo, cuando Pepito Trastamara, que lleva el nombre de los bastardos de don Alfonso XI, va a pedir dinero a Cándido Samaniego, prestamista usurero, individuo de la *Sociedad protectora de señoritos necesitados*.

III

Los de Santa Cruz vivían en su casa propia de la calle de Pontejos, dando frente a la plazuela del mismo nombre; finca comprada al difunto Aparisi, uno de los socios de la Compañía de Filipinas. Ocupaban los dueños el principal, que era inmenso, con doce balcones a la calle y mucha comodidad interior. No lo cambiara Barbarita por ninguno de los modernos hoteles, donde todo se vuelve escaleras y están además abiertos a los cuatro vientos. Allí tenía número sobrado de habitaciones, todas en un solo andar desde el salón a la cocina. Ni trocara tampoco su barrio, aquel *riñón de Madrid* en que había nacido, por ninguno de los caseríos flamantes que gozan fama de más ventilados y alegres. Por más que dijeran, el barrio de Salamanca es *campo*... Tan apegada era la buena señora al terruño de su arrabal nativo, que para ella no vivía en Madrid quien no oyera por las mañanas el ruido cóncavo de las cubas de los aguadores en la fuente de Pontejos; quien no sintiera por mañana y tarde la batahola que arman los coches correos; quien no recibiera a todas horas el hálito tenderil de la calle de Postas, y no escuchara por Navidad los zambombazos y panderetazos de la plazuela de Santa Cruz; quien no oyera las campanadas del reloj de la Casa de Correos tan claras como si estuvieran dentro de la casa; quien no viera pasar a los cobradores del Banco cargados de dinero y a los carteros salir en procesión. Barbarita se había acostumbrado a los ruidos de la vecindad, cual si fueran amigos, y no podía vivir sin ellos.

La casa era tan grande, que los dos matrimonios vivían en ella holgadamente y les sobraba espacio. Tenían un salón algo anticuado, con tres balcones. Seguía por la izquierda el gabinete de Barbarita, luego otro aposento, después la alcoba. A la derecha del salón estaba el despacho de Juanito, así llamado no porque este tuviese nada que despachar allí, sino porque había mesa con tintero y dos hermosas librerías. Era una habitación muy bien puesta y cómoda. El gabinetito de Jacinta, inmediato a esta pieza, era la estancia más bonita y elegante de la casa y la única tapizada con tela; todas las demás lo estaban con colgadura de papel, de un arte dudoso, dominando los grises y tórtola con oro. Veíanse en esta pieza algunas acuarelas muy lindas compradas por Juanito, y dos o tres óleos ligeros, todo selecto y de regulares firmas, porque Santa Cruz tenía buen gusto dentro del gusto vigente. Los muebles eran de raso o de felpa y seda combinadas con arreglo a la moda, siendo de notar que lo que allí se veía no chocaba por original ni tampoco por rutinario. Seguía luego la alcoba del matrimonio joven, la cual se distinguía principalmente de la paterna en que en esta había lecho común y los jóvenes los tenían separados. Sus dos camas de palosanto eran muy elegantes, con pabellones de seda azul. La de los padres parecía un andamiaje de caoba con cabecera de morrión y columnas como las de un sagrario de Jueves Santo. La alcoba *de los pollos* se comunicaba con habitaciones de servicio, y le seguían dos grandes piezas que Jacinta destinaba a los niños... cuando Dios se los diera. Hallábanse amuebladas con lo que iba sobrando de los aposentos que se ponían de nuevo, y su aspecto era por demás heterogéneo. Pero el arreglo definitivo de estas habitaciones vacantes existía completo en la imaginación de Jacinta, quien ya tenía previstos hasta los últimos detalles de todo lo que se había de poner allí cuando el caso llegara.

El comedor era interior, con tres ventanas al patio, su gran mesa y aparadores de nogal llenos de finísima loza de China, la consabida sillería de cuero claveteado, y en las paredes papel imitando roble, listones claveteados también, y los bodegones al óleo, no malos, con la invariable raja de sandía, el conejo muerto y unas ruedas de merluza que de tan bien pintadas parecía que olían mal. Asimismo era interior el despacho de don Baldomero.

Estaban abonados los de Santa Cruz a un landó. Se les veía en los paseos; pero su tren era de los que *no llaman la atención.* Juan solía tener por temporadas un faetón o un tílburi, que guiaba muy bien, y también tenía caballo de silla; mas le picaba tanto la comezón de la variedad que a poco de montar un caballo, ya empezaba a encontrarle defectos y quería venderlo para comprar otro. Los dos matrimonios se daban buena vida; pero sin presumir, huyendo siempre de señalarse y de que los periódicos les llamaran *anfitriones.* Comían bien; en su casa había muy poca etiqueta y cierto patriar-calismo, porque a veces se sentaban a la mesa personas de clase humilde y otras muy decentes que habían venido a menos. No tenían cocinero de estos de gorro blanco, sino una cocinera antigua muy bien amañada, que podía medir sus talentos con cualquier *jefe*; y la ayudaban dos *pinchas*, que más bien eran alumnas.

Todos los primeros de mes recibía Barbarita de su esposo mil duretes. Don Baldomero disfrutaba una renta de veinticinco mil pesos, parte de alqui-leres de sus casas, parte de acciones del Banco de España y lo demás de la participación que conservaba en su antiguo almacén. Daba además a su hijo dos mil duros cada semestre para sus gastos particulares, y en diferentes ocasiones le ofreció un pequeño capital para que emprendiera negocios por sí; pero al chico le iba bien con su dorada indolencia y no quería quebraderos de cabeza. El resto de su renta lo capitalizaba don Baldomero, bien adquiriendo más acciones cada año, bien amasando para hacerse con una casa más. De aquellos mil duros que la señora cogía cada mes, daba al Delfín dos o tres mil reales, que con esto y lo que del papá recibía estaba como en la gloria; y los diez y siete mil reales restantes eran para el gasto diario de la casa y para los de ambas damas, que allá se las arreglaban muy bien en la distribución, sin que jamás hubiese entre ellas el más ligero pique por un duro de más o de menos. Del gobierno doméstico cuidaban las dos, pero más particularmente la suegra, que mostraba ciertas tendencias al despotismo ilustrado. La nuera tenía el delicado talento de respetar esto, y cuando veía que alguna disposición suya era derogada por la autócrata, mostrábase conforme. Barbarita era administradora general de puertas adentro, y su marido mismo, después que religiosamente le entre-gaba el dinero, no tenía que pensar en nada de la casa, como no fuese en los viajes de verano. La señora lo pagaba todo, desde el alquiler del coche a la peseta de *El Imparcial*, sin que necesitara llevar cuentas para tan complicada distribución, ni apuntar cifra alguna. Era tan admirable su tino aritmético, que ni una sola vez pasó más allá de la indecisa raya que tan fácilmente traspasan los ricos; llegaba el fin de mes y siempre había un *superávit* con el cual ayudaba a ciertas empresas caritativas de que se hablará más adelante. Jacinta gastaba siempre mucho menos de lo que su suegra le daba para menudencias; no era aficionada a estrenar a menudo, ni a enriquecer a las modistas. Los hábitos de economía adquiridos en su niñez estaban tan arraigados que, aunque nunca le faltó dinero, traía a casa una costurera para hacer trabajillos de ropa y arreglos de trajes que otras señoras menos ricas suelen encargar fuera. Y por dicha suya, no tenía que calentarse la cabeza para discurrir el empleo de sus sobrantes, pues allí estaba su hermana Candelaria, que era pobre y se iba cargando de familia. Sus hermanitas solteras también recibían de ella frecuentes dádivas; ya los sombreritos de moda, ya el *fichú* o la manteleta, y hasta vestidos completos acabados de venir de París.

El abono que tomaron en el Real a un turno de palco principal fue idea de don Baldomero quien no tenía malditas ganas de oír óperas, pero quería que Barbarita fuera a ellas para que le contase, al acostarse o después de acostados, todo lo que había visto en el *Regio coliseo*. Resultó que a Barbarita no la llamaba mucho el Real; mas aceptó con gozo para que fuera Jacinta. Esta, a su vez, no tenía verdaderamente muchas ganas de teatro; pero alegrose mucho de poder llevar al Real a sus hermanitas solteras, porque las pobrecillas, si no fuera así, no lo catarían nunca. Juan, que era muy aficionado a la música, estaba abonado a diario, con seis amigos, a un palco alto de proscenio.

Las de Santa Cruz no llamaban la atención en el teatro, y si alguna mirada caía sobre el palco era para las pollas colocadas en primer término con simetría de escaparate. Barbarita solía ponerse en primera fila para echar los gemelos en redondo y poder contarle a Baldomero algo más que cosas de decoraciones y del argumento de la ópera. Las dos hermanas casadas, Candelaria y Benigna, iban alguna vez, Jacinta casi siempre; pero se divertía muy poco. Aquella mujer mimada por Dios, que la puso rodeada de ternura y bienandanzas en el lugar más sano, hermoso y tranquilo de este valle de lágrimas, solía decir en tono quejumbroso que *no tenía gusto para nada.* La envidiada de todos, envidiaba a cualquier mujer pobre y descalza que pasase por la calle con un mamón en brazos liado en trapos. Se le iban los ojos tras de la infancia en cualquier forma que se le presentara, ya fuesen los niños ricos, vestidos de marineros y conducidos por la institutriz inglesa, ya los mocosos pobres, envueltos en bayeta amarilla, sucios, con caspa en la cabeza y en la mano un pedazo de pan lamido. No aspiraba ella a tener uno solo, sino que quería verse rodeada de una *serie*, desde el pillín de cinco años, hablador y travieso, hasta el rorró de meses que no hace más que reír como un bobo, tragar leche y apretar los puños. Su desconsuelo se manifestaba a cada instante, ya cuando encontraba una bandada que iba al colegio, con sus pizarras al hombro y el lío de libros llenos de mugre, ya cuando le salía al paso algún precoz mendigo cubierto de andrajos, mostrando para excitar la compasión sus carnes sin abrigo y los pies descalzos, llenos de sabañones. Pues como viera los alumnos de la Escuela Pía, con su uniforme galonado y sus guantes, tan limpios y bien puestos que parecían caballeros chiquitos, se los comía con los ojos. Las niñas vestidas de rosa o celeste que juegan a la rueda en el Prado y que parecen flores vivas que se han caído de los árboles; las pobrecitas que envuelven su cabeza en una toquilla agujereada; los que hacen sus primeros pinitos en la puerta de una tienda agarrándose a la pared; los que chupan el seno de sus madres mirando por el rabo del ojo a la persona que se acerca a curiosear; los pilletes que enredan en las calles o en el solar vacío arrojándose piedras y rompiéndose la ropa para desesperación de las madres; las nenas que en Carnaval se visten de chulas y se contonean con la mano clavada en la cintura; las que piden para la Cruz de mayo; los talluditos que usan ya bastón y ganan premios en los colegios, y los que en las funciones de teatro por la tarde sueltan el grito en la escena más interesante, distrayendo a los actores y enfureciendo al público... todos, en una palabra, le interesaban igualmente.

IV

Y de tal modo se iba enseñoreando de su alma el afán de la maternidad, que pronto empezó a embotarse en ella la facultad de apreciar las ventajas que disfrutaba. Estas llegaron a ser para ella invisibles, como lo es para todos los seres el fundamental medio de nuestra vida, la atmósfera. ¿Pero qué hacía Dios que no mandaba uno siquiera de los chiquillos que en número infinito tiene por allá? ¿En qué estaba pensando su Divina Majestad? Y Candelaria, que apenas tenía con qué vivir, ¡uno cada año!... Y que vinieran diciendo que hay equidad en el Cielo... Sí; no está mala justicia la de arriba... sí... ya lo estamos viendo... De tanto pensar en esto, parecía en ocasiones monomaniaca, y tenía que apelar a su buen juicio para no dar a conocer el desatino de su espíritu, que casi casi iba tocando en la ridiculez. ¡Y le ocurrían cosas tan raras...! Su pena tenía las intermitencias más extrañas, y después de largos periodos de sosiego se presentaba impetuosa y aguda, como un mal crónico que está siempre en acecho para acometer cuando menos se le espera. A veces, una palabra insignificante que en la calle o en su casa oyera o la vista de cualquier objeto le encendían de súbito en la mente la llama de aquel tema, produciéndole opresiones en el pecho y un sobresalto inexplicable.

Se distraía cuidando y mimando a los niños de sus hermanas, a los cuales quería entrañablemente; pero siempre había entre ella y sus sobrinitos una distancia que no podía llenar. No eran suyos, no los había *tenido* ella, no se los sentía unidos a sí por un hilo misterioso. Los verdaderamente unidos no existían más que en su pensamiento, y tenía que encender y avivar este, como una fragua, para forjarse las alegrías verdaderas de la maternidad. Una noche salió de la casa de Candelaria para volverse a la suya poco antes de la hora de comer. Ella y su hermana se habían puesto de puntas por una tontería, porque Jacinta mimaba demasiado a Pepito, nene de tres años, el primogénito de Samaniego. Le compraba juguetes caros, le ponía en la mano, para que las rompiera, las figuras de china de la sala y le permitía comer mil golosinas.

«¡Ah!, si fueras madre de verdad no harías esto...».

—«Pues si no lo soy, mejor... ¿A ti qué te importa?».

—«A mí nada. Dispensa, hija, ¡qué genio!».

—«Si no me enfado...».

—«¡Vaya, que estás mimadita!».

Estas y otras tonterías no tenían consecuencias, y al cuarto de hora se echaban a reír, y en paz. Pero aquella noche, al retirarse, sentía la Delfina ganas de llorar. Nunca se había mostrado en su alma de un modo tan imperioso el deseo de tener hijos. Su hermana la había humillado, su hermana se enfadaba de que quisiera tanto al sobrinito. ¿Y aquello qué era sino celos?... Pues cuando ella tuviera un chico, no permitiría a nadie ni siquiera mirarle... Recorrió el espacio desde la calle de las Hileras a la de Pontejos, extraordinariamente excitada, sin ver a nadie. Llovía un poco y ni siquiera se acordó de abrir su paraguas. El gas de los escaparates estaba ya encendido, pero Jacinta, que acostumbraba pararse a ver las novedades, no se detuvo en ninguna parte. Al llegar a la esquina de la plazuela de Pontejos y cuando iba a atravesar la calle para entrar en el portal de su casa, que estaba enfrente, oyó algo que la detuvo. Corriole un frío cortante por todo el cuerpo; quedose parada, el oído atento a un rumor que al parecer venía del suelo, de entre las mismas piedras de la calle. Era un gemido, una voz de la naturaleza animal pidiendo auxilio y defensa contra el abandono y la muerte. Y el lamento era tan penetrante, tan afilado y agudo, que más que voz de un ser viviente parecía el sonido de la prima de un violín herida tenuemente en lo más alto de la escala. Sonaba de esta manera: *miiii*... Jacinta miraba al suelo; porque sin duda el quejido aquel venía de lo profundo de la tierra. En sus desconsoladas entrañas lo sentía ella penetrar, traspasándole como una aguja el corazón.

Busca por aquí, busca por allá, vio al fin junto a la acera por la parte de la plaza una de esas hendiduras practicadas en el encintado, que se llaman *absorbederos* en el lenguaje municipal, y que sirven para dar entrada en la alcantarilla al agua de las calles. De allí, sí, de allí venían aquellos lamentos que trastornaban el alma de la Delfina, produciéndole un dolor, una efusión de piedad que a nada pueden compararse. Todo lo que en ella existía de presunción materna, toda la ternura que los éxtasis de madre soñadora habían ido acumulando en su alma se hicieron fuerza activa para responder al *miiiii* subterráneo con otro *miiii* dicho a su manera.

¿A quién pediría socorro? «Deogracias» gritó llamando al portero. Felizmente, el portero estaba en la esquina de la calle de la Paz hablando con un conductor del coche-correo, y al punto oyó la voz de su señorita. En cuatro trancos se puso a su lado.

«Deogracias... eso... que ahí suena... mira a ver...» dijo la señorita temblando y pálida.

El portero prestó atención; después se puso de cuatro pies, mirando a su ama con semblante de marrullería y jovialidad.

«Pues... esto... ¡Ah!, son unos gatitos que han tirado a la alcantarilla».

—¡Gatitos!... ¿estás seguro... pero estás seguro de que son gatitos?

—Sí, señorita; y deben ser de la gata de la librería de ahí enfrente, que parió anoche y no los puede criar todos...

Jacinta se inclinó para oír mejor. El *miiii* sonaba ya tan profundo que apenas se percibía.

«Sácalos» dijo la dama con voz de autoridad indiscutible.

Deogracias se volvió a poner en cuatro pies, se arremangó el brazo y lo metió por aquel hueco. Jacinta no podía advertir en su rostro la expresión de incredulidad, casi de burla. Llovía más, y por el absorbedero empezaba a entrar agua, chorreando dentro con un ruido de freidera que apenas permitía ya oír el ahilado *miiii.* No obstante, la Delfina lo oía siempre bien claro. El portero volvió hacia arriba, como quien invoca al Cielo, su cara estúpida, y dijo sonriendo:

«Señorita, no se puede. Están muy hondos... pero muy hondos».

—¿Y no se puede levantar esta baldosa? —indicó ella, pisando fuerte en ella.

—¿Esta baldosa? —repitió Deogracias, poniéndose de pie y mirando a su ama como se mira a la persona de cuya razón se duda—. Por poderse... avisando al Ayuntamiento... El teniente alcalde señor Aparisi, es vecino de casa... Pero...

Ambos aguzaban su oído.

«Ya no se oye nada —observó Deogracias, poniéndose más estúpido—. Se han ahogado...».

No sabía el muy bruto la puñalada que daba a su ama con estas palabras. Jacinta, sin embargo, creía oír el gemido en lo profundo. Pero aquello no podía continuar. Empezó a ver la inmensa desproporción que había entre la grandeza de su piedad y la pequeñez del objeto a que la consagraba.

Arreció la lluvia, y el absorbedero deglutaba ya una onda gruesa que hacía gargarismos y bascas al chocar con las paredes de aquel gaznate... Jacinta echó a correr hacia la casa y subió. Los nervios se le pusieron tan alborotados y el corazón tan oprimido, que sus suegros y su marido la creyeron enferma; y sufrió toda la noche la molestia indecible de oír constantemente el *miiii* del absorbedero. En verdad que aquello era una tontería, quizás desorden nervioso; pero no lo podía remediar. ¡Ah! Si su suegra sabía por Deogracias lo ocurrido en la calle ¡cuánto se había de burlar! Jacinta se avergonzaba de antemano, poniéndose colorada, solo de considerar que entraba Barbarita diciéndole con su maleante estilo: «Pero hija, ¿conque es cierto que mandaste a Deogracias meterse en las alcantarillas para salvar unos niños abandonados...?».

Solo a su marido, *bajo palabra de secreto*, contó el lance de los gatitos. Jacinta no podía ocultarle nada, y tenía un gusto particular en hacerle confianza hasta de las más vanas tonterías que por su cabeza pasaban referentes a aquel tema de la maternidad. Y Juan, que tenía talento, era indulgente con estos desvaríos del cariño vacante o de la maternidad sin hijo. Aventurábase ella a contarle cuanto le pasaba, y muchas cosas que a la luz del día no osara decir, decíalas en la intimidad y soledad conyugales, porque allí venían como de molde, porque allí se decían sin esfuerzo cual si se dijeran por sí solas, porque, en fin, los comentarios sobre la sucesión tenían como una base en la renovación de las probabilidades de ella.

V

Hacía mal Barbarita, pero muy mal, en burlarse de la manía de su hija. ¡Como si ella no tuviera también su manía, y buena! Por cierto que llevaba a Jacinta la gran ventaja de poder satisfacerse y dar realidad a su pensamiento. Era una viciosa que se hartaba de los goces ansiados, mientras que la nuera padecía horriblemente por no poseer nunca lo que anhelaba. La satisfacción del deseo *chiflaba* a la una tanto como a la otra la privación del mismo.

Barbarita tenía la *chifladura* de las compras. Cultivaba el arte por el arte, es decir, la compra por la compra. Adquiría por el simple placer de adquirir, y para ella no había mayor gusto que hacer una excursión de tiendas y entrar luego en la casa cargada de cosas que, aunque no estaban demás, no eran de una necesidad absoluta. Pero no se salía nunca del límite que le marcaban sus medios de fortuna, y en esto precisamente estaba su magistral arte de marchante rica.

El vicio aquel tenía sus depravaciones, porque la señora de Santa Cruz no solo iba a las tiendas de lujo, sino a los mercados, y recorría de punta a punta los cajones de la plazuela de San Miguel, las pollerías de la calle de la Caza y los puestos de la ternera fina en la costanilla de Santiago. Era tan conocida *doña Barbarita* en aquella zona, que las placeras se la disputaban y armaban entre sí grandes ciscos por la preferencia de una tan ilustre parroquiana.

Lo mismo en los mercados que en las tiendas tenía un auxiliar inestimable, un ojeador que tomaba aquellas cosas cual si en ello le fuera la salvación del alma. Este era Plácido Estupiñá. Como vivía en la Cava de San Miguel, desde que se levantaba, a la primera luz del día, echaba una mirada de águila sobre los cajones de la plaza. Bajaba cuando todavía estaba la gente tomando la mañana en las tabernas y en los cafés ambulantes, y daba un vistazo a los puestos, enterándose del cariz del mercado y de las cotizaciones. Después, bien embozado en la pañosa, se iba a San Ginés, a donde llegaba algunas veces antes de que el sacristán abriera la puerta. Echaba un párrafo con las beatas que le habían cogido la delantera, alguna de las cuales llevaba su chocolatera y cocinilla, y hacía su desayuno en el mismo pórtico de la iglesia. Abierta esta, se metían todos dentro con tanta prisa como si fueran a coger puesto en una función de gran lleno, y empezaban las misas. Hasta la tercera o la cuarta no llegaba Barbarita, y en cuanto la veía entrar, Estupiñá se corría despacito hasta ella, deslizándose de banco en banco como una sombra, y se le ponía al lado. La señora rezaba en voz baja moviendo los labios. Plácido tenía que decirle muchas cosas, y entrecortaba su rezo para irlas desembuchando.

«Va a salir la de don Germán en la capilla de los Dolores... Hoy reciben congrio en la casa de Martínez; me han enseñado los despachos de Laredo... llena eres de gracia; el Señor es contigo... coliflor no hay, porque no han venido los arrieros de Villaviciosa por estar perdidos los caminos... ¡Con estas malditas aguas...!, y bendito es el fruto de tu vientre, Jesús...».

Pasaba tiempo a veces sin que ninguno de los dos chistara, ella a un extremo del banco, él a cierta distancia, detrás, ora de rodillas, ora sentados. Estupiñá se aburría algunas veces por más que no lo declarase, y le gustaba que alguna beata rezagada o beato sobón le preguntara por la misa: «¿Se alcanza esta?». Estupiñá respondía que sí o que no de la manera más cortés, añadiendo siempre en el caso negativo algo que consolara al interrogador: «Pero esté usted tranquilo; va a salir enseguida la del padre Quesada, que es una pólvora...». Lo que él quería era ver si saltaba conversación.

Después de un gran rato de silencio, consagrado a las devociones, Barbarita se volvía a él diciéndole con altanería impropia de aquel santo lugar: «Vaya, que tu amigo el Sordo nos la ha jugado buena».

—¿Por qué, señora?

—Porque te dije que le encargaras medio solomillo, y ¿sabes lo que me mandó?, un pedazo enorme de contrafalda o babilla y un trozo de espaldilla, lleno de piltrafas y tendones... Vaya un modo de portarse con los parroquianos. Nunca más se le compra nada. La culpa la tienes tú... Ahí tienes lo que son tus *protegidos*...

Dicho esto, Barbarita seguía rezando y Plácido se ponía a echar pestes mentalmente contra el Sordo, un tablajero a quien él... No le protegía; era que *le había recomendado*. Pero ya se las cantaría él muy claras al tal Sordo. Otras familias a quienes le recomendara, quejáronse de que les había dado *tapa del cencerro*, es decir, pescuezo, que es la carne peor, en vez de tapa verdadera. En estos tiempos tan desmoralizados no se puede recomendar a nadie. Otras mañanas iba con esta monserga: «¡Cómo está hoy el mercado de caza! ¡Qué perdices, señora! Divinidades, verdaderas divinidades».

—No más perdiz. Hoy hemos de ver si Pantaleón tiene buenos cabritos. También quisiera una buena lengua de vaca, *cargada*, y ver si hay ternera fina.

—La hay tan fina, señora, que parece *talmente* merluza.

—Bueno, pues que me manden un buen solomillo y chuletas riñonadas. Ya sabes; no vayas a descolgarte con las agujas cortas del otro día. Conmigo no se juega.

—Descuide usted... ¿Tiene la señora convidados mañana?

—Sí; y de pescados ¿qué hay?

—He *apalabrado* el salmón por si viene mañana... Lo que tenemos hoy es peste de langosta.

Y concluidas las misas, se iban por la calle Mayor adelante en busca de emociones puras, inocentes, logradas con la oficiosidad amable del uno y el dinero copioso de la otra. No siempre se ocupaban de cosas de comer. Repetidas veces llevó Estupiñá cuentos como este:

«Señora, señora, no deje de ver las cretonas que han recibido los *chicos* de Sobrino... ¡Qué divinidad!».

Barbarita interrumpía un *Padrenuestro* para decir, todavía con la expresión de la religiosidad en el rostro: «¿Rameaditas?, sí, y con golpes de oro. Eso es lo que se estila ahora».

Y en el pórtico, donde ya estaba Plácido esperándola, decía: «Vamos a casa de los *chicos* de Sobrino».

Los cuales enseñaban a Barbarita, a más de las cretonas, unos satenes de algodón floreados que eran la gran novedad del día; y a la viciosa le faltaba tiempo para comprarle un vestido a su nuera, quien solía pasarlo a alguna de sus hermanas.

Otra embajada: «Señora, señora, esta ya no se alcanza; pero pronto va a salir la del sobrino del señor cura, que es otro padre Fuguilla por lo pronto que la despacha. Ya recibió Pla los quesitos aquellos... no recuerdo cómo se llaman».

—Ahora y en la hora de nuestra muerte... sí, ya... ¡Si son como las rosquillas inglesas que me hiciste comprar el otro día y que olían a viejo...! Parecían de la boda de San Isidro.

A pesar de este regaño, al salir iban a casa de Pla con ánimo de no comprar más que dos libras de pasas de Corinto para hacer un pastel inglés, y la señora se iba enredando, enredando, hasta dejarse en la tienda obra de ochocientos o novecientos reales. Mientras Estupiñá admiraba, de mostrador adentro, las grandes novedades de aquel Museo universal de comestibles, dando su opinión pericial sobre todo, probando ya una galleta de almendra y coco, que parecía *talmente* mazapán de Toledo, ya apreciando por el olor la superioridad del té o de las especias, la dama se tomaba por su cuenta a uno de los dependientes, que era un Samaniego, y... adiós mi dinero. A cada instante decía Barbarita que no más, y tras de la colección de purés para sopas, iban las *perlas del Nizán*, el *gluten de la estrella*, las salsas inglesas, el *caldo de carne de tortuga de mar*, la docena de botellas de Saint-Emilion, que tanto le gustaba a Juanito, el bote de *champignons extra*, que agradaban a don Baldomero, la lata de anchoas, las trufas y otras menudencias. Del portamonedas de Barbarita, siempre bien provisto, salía el importe, y como hubiera un pico en la suma, tomábase la libertad de suprimirlo *por pronto pago*.

—Ea, chicos, que lo mandéis todo al momento *a casa* —decía con despotismo Estupiñá al despedirse, señalando las compras.

—Vaya, quedaos con Dios —decía doña Barbarita, levantándose de la silla a punto que aparecía el principal por la puerta de la trastienda, y saludaba con mil afectos a su parroquiana, quitándose la gorra de seda.

—Vamos pasando hijo... ¡Ay, que *ladronicio* el de esta casa!... No vuelvo a entrar más aquí... Abur, abur.

—*Hasta mañana*, señora. A los pies de usted... Tantas cosas a don Baldomero... Plácido, Dios le guarde.

—Maestro... que haya salud. Ciertos artículos se compraban siempre al por mayor, y si era posible de primera mano. Barbarita tenía en la médula de los huesos la fibra de comerciante, y se pirraba por sacar el género *arreglado*. Pero, ¡cuán distantes de la realidad habrían quedado estos intentos sin la ayuda del espejo de los corredores, Estupiñá el Grande! ¡Lo que aquel santo hombre andaba para encontrar huevos frescos en gran cantidad...! Todos los polleros de la Cava le traían en palmitas, y él se daba no poca importancia, diciéndoles: «o tenemos formalidad o no tenemos formalidad. Examinemos el artículo, y después se discutirá... calma, hombre, calma». Y allí era el mirar huevo por huevo al trasluz, el sopesarlos y el hacer mil comentarios sobre su probable antigüedad. Como alguno de aquellos tíos le engañase, ya podía encomendarse a Dios, porque llegaba Estupiñá como una fiera amenazándole con el teniente alcalde, con la inspección municipal y hasta con la horca.

Para el vino, Plácido se entendía con los vinateros de la Cava Baja, que van a hacer sus compras a Arganda, Tarancón o a la Sagra, y se ponía de acuerdo con un medidor para que le tomase una partida de tantos o cuantos cascos, y la remitiese por conducto de un carromatero ya conocido. Ello había de ser género de confianza, *talmente* moro. El chocolate era una de las cosas en que más actividad y celo desplegaba Plácido, porque en cuanto Barbarita le daba órdenes ya no vivía el hombre. Compraba el cacao superior, el azúcar y la canela en casa de Gallo, y lo llevaba todo a hombros de un mozo, sin perderlo de vista, a la casa del que hacía las tareas. Los de Santa Cruz no transigían con los chocolates industriales, y el que tomaban había de ser hecho a brazo. Mientras el chocolatero trabajaba, Estupiñá se convertía en mosca, quiero decir que estaba todo el día dando vueltas alrededor de la tarea para ver si se hacía *a toda conciencia*, porque en estas cosas hay que andar con mucho ojo.

Había días de compras grandes y otros de menudencias; pero días sin comprar no los hubo nunca. A falta de cosa mayor, la viciosa no entraba nunca en su casa sin el par de guantes, el imperdible, los polvos para limpiar metales, el paquete de horquillas o cualquier chuchería de los bazares de *todo a real*. A su hijo le llevaba regalitos sin fin, corbatas que no usaba, botonaduras que no se ponía nunca. Jacinta recibía con gozo lo que su suegra llevaba para ella, y lo iba trasmitiendo a sus hermanas solteras y casadas, menos ciertas cosas cuyo traspaso no le permitían. Por la ropa blanca y por la mantelería tenía la señora de Santa Cruz verdadera pasión. De la tienda de su hermano traía piezas enteras de holanda finísima, de batistas y madapolanes. Don Baldomero II y don Juan I tenían ropa para un siglo.

A entrambos les surtía de cigarros la propia Barbarita. El primero fumaba puros, el segundo papel. Estupiñá se encargaba de traer estos peligrosos artículos de la casa de un truchimán que los vendía de *ocultis*, y cuando atravesaba las calles de Madrid con las cajas debajo de su capa verde, el corazón le palpitaba de gozo, considerando la trastada que le jugaba a la Hacienda pública y recordando sus hermosos tiempos juveniles. Pero en los liberalescos años de 71 y 72 ya era otra cosa... La policía fiscal no se metía en muchos dibujos. El temerario contrabandista, no obstante, hubiera deseado tener un mal encuentro para probar al mundo entero que era hombre capaz de arruinar la *Renta* si se lo proponía. Barbarita examinaba las cajas y sus marcas, las regateaba, olía el tabaco, escogía lo que le parecía mejor y pagaba muy bien. Siempre tenía don Baldomero un surtido tan variado como excelente, y el buen señor conservaba, entre ciertos hábitos tenaces del antiguo hortera, el de reservar los cigarros mejores para los domingos.

VII. Guillermina, virgen y fundadora

I

De cuantas personas entraban en aquella casa, la más agasajada por toda la familia de Santa Cruz era Guillermina Pacheco, que vivía en la inmediata, tía de Moreno Isla y prima de Ruiz-Ochoa, los dos socios principales de la antigua banca de Moreno. Los miradores de las dos casas estaban tan próximos, que por ellos se comunicaba doña Bárbara con su amiga, y un toquecito en los cristales era suficiente para establecer la correspondencia.

Guillermina entraba en aquella casa como en la suya, sin etiqueta ni cumplimiento alguno. Ya tenía su lugar fijo en el gabinete de Barbarita, una silla baja; y lo mismo era sentarse que empezar a hacer media o a coser. Llevaba siempre consigo un gran lío o cesto de labor, calábase los anteojos, cogía las herramientas, y ya no paraba en toda la noche. Hubiera o no en las otras habitaciones gente de cumplido, ella no se movía de allí ni tenía que ver con nadie. Los amigos asiduos de la casa, como el marqués de Casa-Muñoz, Aparisi o Federico Ruiz, la miraban ya como se mira lo que está siempre en un mismo sitio y no puede estar en otro. Los de fuera y los de dentro trataban con respeto, casi con veneración, a la ilustre señora, que era como una figurita de nacimiento, menuda y agraciada, la cabellera con bastantes canas, aunque no tantas como la de Barbarita, las mejillas sonrosadas, la boca risueña, el habla tranquila y graciosa, y el vestido humildísimo.

Algunos días iba a comer allí, es decir, a sentarse a la mesa. Tomaba un poco de sopa, y en lo demás no hacía más que picar. Don Baldomero solía enfadarse y le decía: «Hija de mi alma, cuando quieras hacer penitencia no vengas a mi casa. Observo que no pruebas aquello que más te gusta. No me vengas a mí con cuentos. Yo tengo buena memoria. Te oí decir muchas veces en casa de mi padre que te gustaban las codornices, y ahora las tienes aquí y no las pruebas. ¡Que no tienes gana!... Para esto siempre hay gana. Y veo que no tocas el pan... Vamos, Guillermina, que perdemos las amistades...».

Barbarita, que conocía bien a su amiga, no machacaba como don Baldomero, dejándola comer lo que quisiese o no comer nada. Si por acaso estaba en la mesa el gordo Arnaiz, se permitía algunas cuchufletas de buen género sobre aquellos antiquísimos estilos de santidad, consistentes en no comer.

«Lo que entra por la boca no daña al alma. Lo ha dicho San Francisco de Sales nada menos». La de Pacheco, que tenía buenas despachaderas, no se quedaba callada, y respondía con donaire a todas las bromas sin enojarse nunca. Concluida la comida, se diseminaban los comensales, unos a tomar café al despacho y a jugar al tresillo, otros a formar grupos más o menos animados y chismosos, y Guillermina a su sillita baja y al teje maneje de las agujas. Jacinta se le ponía al lado y tomaba muy a menudo parte en aquellas tareas, tan simpáticas a su corazón. Guillermina hacía camisolas, calzones y chambritas para sus ciento y pico de hijos de ambos sexos.

Lo referente a esta insigne dama lo sabe mejor que nadie Zalamero, que está casado con una de las chicas de Ruiz-Ochoa. Nos ha prometido escribir la biografía de su excelsa pariente cuando se muera, y entretanto no tiene reparo en dar cuantos datos se le pidan, ni en rectificar a ciencia cierta las versiones que el criterio vulgar ha hecho correr sobre las causas que determinaron en Guillermina, hace veinticinco años, la pasión de la beneficencia. Alguien ha dicho que amores desgraciados la empujaron a la devoción primero, a la caridad propagandista y militante después. Mas Zalamero asegura que esta opinión es tan tonta como falsa. Guillermina, que fue bonita y aun un poquillo presumida, no tuvo nunca amores, y si los tuvo no se sabe absolutamente nada de ellos. Es un secreto guardado con sepulcral reserva en su corazón. Lo que la familia admite es que la muerte de su madre la impresionó tan vivamente, que hubo de proponerse, como el otro, *no servir a más señores que se le pudieran morir*. No nació aquella sin igual mujer para la vida contemplativa. Era un temperamento soñador, activo y emprendedor; un espíritu con ideas propias y con iniciativas varoniles. No se le hacía cuesta arriba la disciplina en el terreno espiritual; pero en el material sí, por lo cual no pensó nunca en afiliarse a ninguna de las órdenes religiosas más o menos severas que hay en el orbe católico. No se reconocía con bastante paciencia para encerrarse y estar todo el santo día bostezando el *gori gori*, ni para ser soldado en los valientes escuadrones de Hermanas de la Caridad. La llama vivísima que en su pecho ardía no le inspiraba la sumisión pasiva, sino actividades iniciadoras que debían desarrollarse en la libertad. Tenía un carácter inflexible y un tesoro de dotes de mando y de facultades de organización que ya quisieran para sí algunos de los hombres que dirigen los destinos del mundo. Era mujer que cuando se proponía algo iba a su fin derecha como una bala, con perseverancia grandiosa sin torcerse nunca ni desmayar un momento, inflexible y serena. Si en este camino recto encontraba espinas, las pisaba y adelante, con los pies ensangrentados.

Empezó por unirse a unas cuantas señoras nobles amigas suyas que habían establecido asociaciones para socorros domiciliarios, y al poco tiempo Guillermina sobrepujó a sus compañeras. Estas lo hacían por vanidad, a veces de mala gana; aquella trabajaba con ardiente energía, y en esto se le fue la mitad de su legítima. A los dos años de vivir así, se la vio renunciar por completo a vestirse y ataviarse como manda la moda que se atavíen las señoras. Adoptó el traje liso de merino negro, el manto, pañolón oscuro cuando hacía frío, y unos zapatones de paño holgados y feos. Tal había de ser su empaque en todo el resto de sus días.

La asociación benéfica a que pertenecía no se acomodaba al ánimo emprendedor de Guillermina, pues quería ella picar más alto, intentando cosas verdaderamente difíciles y tenidas por imposibles. Sus talentos de fundadora se revelaron entonces, asustando a todo aquel señorío que no sabía salir de ciertas rutinas. Algunas amigas suyas aseguraron que estaba loca, porque demencia era pensar en la fundación de un asilo para huerfanitos, y mayor locura dotarle de recursos permanentes. Pero la infatigable iniciadora no desmayaba, y el asilo *fue hecho*, sosteniéndose en los tres primeros años de su difícil existencia con parte de la renta que le quedaba a Guillermina y con los donativos de sus parientes ricos. Pero de pronto la institución empezó a crecer; se hinchaba y cundía como las miserias humanas, y sus necesidades subían en proporciones aterradoras. La dama pignoró los restos de su legítima; después tuvo que venderlos. Gracias a sus parientes, no se vio en el trance fatal de tener que mandar a la calle a los asilados a que pidieran limosna para sí y para la fundadora. Y al propio tiempo repartía periódicamente cuantiosas limosnas entre la gente pobre de los distritos de la Inclusa y Hospital; vestía muchos niños, daba ropa a los viejos, medicinas a los enfermos, alimentos y socorros diversos a todos. Para no suspender estos auxilios y seguir sosteniendo el asilo era forzoso buscar nuevos recursos. ¿Dónde y cómo? Ya las amistades y parentescos estaban tan explotados, que si se tiraba un poco más de la cuerda, era fácil que se rompiera. Los más generosos empezaban a poner mala cara, y los cicateros, cuando se les iba a cobrar la cuota, decían que no estaban en casa.

«Llegó un día —dijo Guillermina, suspendiendo su labor, para contar el caso a varios amigos de Barbarita—, en que las cosas se pusieron muy feas. Amaneció aquel día, y los veintitrés pequeñuelos de Dios que yo había recogido y que estaban en una casucha baja y húmeda de la calle de Zarzal, aposentados como conejos, no tenían qué comer. Tirando de aquí y de allá, podían pasar aquel día; pero ¿y el siguiente? Yo no tenía ya ni dinero ni quien me lo diera. Debía no sé cuántas fanegas de judías, doce docenas de alpargatas, tantísimas arrobas de aceite; no me quedaba que empeñar o que vender más que el rosario. Los primos, que me sacaban de tantos apuros, ya habían hecho los imposibles... Me daba vergüenza de volver a pedirles. Mi sobrino Manolo, que solía ser mi paño de lágrimas, estaba en Londres. Y suponiendo que mi primo Valeriano me tapase mis veintitrés bocas (y la mía veinticuatro) por unos cuantos días, ¿cómo me arreglaría después? Nada, nada, era indispensable arañar la tierra y buscar cuartos de otra manera y por otros medios.

»El día aquel fue día de pruebas para mí. Era un viernes de Dolores, y las siete espadas, señores míos, estaban clavadas aquí... Me pasaban como unos rayos por la frente. Una idea era lo que yo necesitaba, y más que una idea, valor, sí, valor para lanzarme... De repente noté que aquel valor tan deseado entraba en mí, pero un valor tremendo, como el de los soldados cuando se arrojan sobre los cañones enemigos... Trinqué la mantilla y me eché a la calle. Ya estaba decidida, y no crean, alegre como unas Pascuas, porque sabía lo que tenía que hacer. Hasta entonces yo había pedido a los amigos; desde aquel momento pediría a todo bicho viviente, iría de puerta en puerta con la mano así... Del primer tirón me planté en casa de una duquesa extranjera, a quien no había visto en mi vida. Recibiome con cierto recelo; me tomó por una trapisondista; pero a mí, ¿qué me importaba? Diome la limosna y, enseguida, para alentarme y apurar el cáliz de una vez, estuve dos días sin parar subiendo escaleras y tirando de las campanillas. Una familia me recomendaba a otra, y no quiero decir a ustedes las humillaciones, los portazos y los desaires que recibí. Pero el dichoso maná iba cayendo a gotitas a gotitas... Al poco tiempo vi que el negocio iba mejor de lo que yo esperaba. Algunos me recibían casi con palio; pero la mayor parte se quedaban fríos, mascullando excusas y buscando pretextos para no darme un céntimo. «Ya ve usted, hay tantas atenciones... no se cobra... el Gobierno se lo lleva todo con las contribuciones...» Yo les tranquilizaba. «Un *perro chico*, un *perro chico* es lo que me hace falta.» Y aquí me daban el *perro*, allá el duro, en otra parte el billetito de cinco o de diez... o nada. Pero yo tan campante. ¡Ah!, señores, este oficio tiene muchas quiebras. Un día subí a un cuarto segundo, que me había recomendado no sé quién. La tal recomendación fue una broma estúpida. Pues señor, llamo, entro, y me salen tres o cuatro tarascas... ¡Ay, Dios mío, eran mujeres de mala vida!... Yo, que veo aquello... lo primero que me ocurrió fue echar a correr. "Pero no —me dije—, no me voy. Veremos si les saco algo." Hija, me llenaron de injurias, y una de ellas se fue hacia dentro y volvió con una escoba para pegarme. ¿Qué creen ustedes que hice? ¿Acobardarme? Quia. Me metí más adentro y les dije cuatro frescas... pero bien dichas... ¡bonito genio tengo yo...! ¡Pues creerán ustedes que les saqué dinero! Pásmense, pásmense... la más desvergonzada, la que me salió con la escoba fue a los dos días a mi casa a llevarme un napoleón.

»Bueno... pues verán ustedes. La costumbre de pedir me ha ido dando esta bendita cara de vaqueta que tengo ahora. Conmigo no valen desaires ni sé ya lo que son sonrojos. He perdido la vergüenza. Mi piel no sabe ya lo que es ruborizarse, ni mis oídos se escandalizan por una palabra más o menos fina. Ya me pueden llamar *perra judía*; lo mismo que si me llamaran *la perla de Oriente*; todo me suena igual... No veo más que mi objeto, y me voy derechita a él sin hacer caso de nada. Esto me da tantos ánimos que me atrevo con todo. Lo mismo le pido al Rey que al último de los obreros. Oigan ustedes este golpe: Un día dije: "Voy a ver a don Amadeo". Pido mi audiencia, llego, entro, me recibe muy serio. Yo imperturbable, le hablé de mi asilo y le dije que esperaba algún auxilio de su real munificencia. "¿Un asilo de ancianos?" —me preguntó. "No señor, de niños."

—"¿Son muchos?" Y no dijo más. Me miraba con afabilidad. ¡Qué hombre!, ¡qué bocaza! Mandó que me dieran seis mil *gueales*... Luego vi a doña María Victoria, ¡qué excelente señora! Hízome sentar a su lado; tratábame como su igual; tuve que darle mil noticias del asilo, explicarle todo... Quería saber lo que comen los pequeños, qué ropa les pongo... En fin, que nos hicimos amigas... Empeñada en que fuera yo allá todos los días... A la semana siguiente me mandó montones de ropa, piezas de tela y suscribió a sus niños por una cantidad mensual.

»Con que ya ven ustedes cómo así, a·lo tonto a lo tonto, ha venido sobre mi asilo el pan de cada día. La suscripción fija creció tanto que al año pude tomar la casa de la calle de Alburquerque, que tiene un gran patio y mucho desahogo. He puesto una zapatería para que los muchachos grandecitos trabajen, y dos escuelas para que aprendan. El año pasado eran sesenta y ya llegan a ciento diez. Se pasan apuros; pero vamos viviendo. Un día andamos mal y al otro llueven provisiones. Cuando veo la despensa vacía, *me echo a la calle*, como dicen los revolucionarios, y por la noche ya llevo a casa la libreta para tantas bocas. Y hay días en que no les falta su extraordinario, ¿qué creían ustedes? Hoy les he dado un arroz con leche, que no lo comen mejor los que me oyen. Veremos si al fin me salgo con la mía, que es un grano de anís, nada menos que levantarles un edificio de nueva planta, un verdadero palacio con la holgura y la distribución convenientes, todo muy propio, con departamento de esto, departamento de lo otro, de modo que me quepan allí doscientos o trescientos huérfanos, y puedan vivir bien y educarse y ser buenos cristianos».

II

«Un edificio *ad hoc*» dijo con incredulidad el marqués de Casa-Muñoz, que era uno de los presentes.

—Ad... *hoc*, sí señor —replicó Guillermina, acentuando las dos palabras latinas—. Pues está usted adelantado de noticias. ¿No sabe que tengo el terreno y los planos, y que ya me están haciendo el vaciado? ¿Sabe usted el sitio? Más abajo del que ocupan las *Micaelas*, esas que recogen y corrigen las mujeres pérdidas. El arquitecto y los delineantes me trabajan gratis. Ahora no pido solo dinero, sino ladrillo recocho y pintón. Con que a ver...

—¿Tiene usted ya la memoria de cantería?

—preguntó con vivo interés Aparisi, que era hombre fuerte en negocio de berroqueña.

—Sí, señor. ¿Me quiere usted dar algo?

—Le doy a usted —dijo Aparisi, acompañando su generosidad de un gesto imperial—, la friolera de sesenta metros cúbicos de piedra sillar que tengo en la Guindalera.

—¿A cómo? —preguntó Guillermina, mirándole con los ojos guiñados y apuntándole con la aguja de media.

—A nada... La piedra es de usted.

—Gracias, Dios se lo pague. Y el marqués, ¿qué me da?

—Pues yo... ¿Quiere usted dos vigas de hierro de doble T que me sobraron de la casa de la Carrera?

—¿Pues no las he de querer? Yo lo tomo todo, hasta una llave vieja, para cuando se acabe el edificio. ¿Saben ustedes lo que me llevé ayer a casa? Cuatro azulejos de cocina, un grifo y tres paquetitos de argollas. Todo sirve, amigos. Si en algún tejar me dan cuatro ladrillos, los acepto y a la obra con ellos. ¿Ven ustedes cómo hacen los pájaros sus nidos? Pues yo construiré mi palacio de huérfanos cogiendo aquí una pajita y allá otra. Ya se lo he dicho a Bárbara, no ha de tirar ni un clavo, aunque esté torcido, ni una tabla, aunque esté rota. Los sellos de correo se venden, las cajas de cerillas también... ¿Con qué creen ustedes que he comprado yo el gran lavabo que tenemos en el asilo? Pues juntando cabos de vela y vendiéndolos al peso. El otro día me ofrecieron una petaca de cuero de Rusia.

«¿Para qué le sirve eso?» dirán estos señores. Pues me sirvió para hacer un regalo a uno de los delineantes que trabajan en el proyecto... ¿Ven ustedes a este marqués de Casa-Muñoz, que me está oyendo y me ha ofrecido dos vigas de doble T? Bueno: ¿cuánto apuestan a que le saco algo más? ¿Pues qué, creen ustedes que el señor marqués tiene sus grandes yeserías de Vallecas para ver estos apuros míos y no acudir a ellos?

—Guillermina —dijo Casa-Muñoz algo conmovido—, cuente usted con doscientos quintales, y del blanco, que es a nueve reales.

—¿Qué dije yo? Bueno. Y este señor de Ruiz ¿qué hará por mí?

—Hija de mi alma, yo no tengo ni un clavo ni una astilla, pero le juro a usted por mi salvación que un domingo me salgo por las afueras y robo una teja para llevársela a usted... robaré dos, tres, una docena de tejas... Y hay más. Si quiere usted mis dos comedias, mis folletos sobre la *Unión ibérica* y sobre la *Organización de los bomberos en Suiza*, mi obra de los *Castillos*, todo está a su disposición. Diez ejemplares de cada cosa para que hagan lotes en una *tómbola*.

—¿Lo ven ustedes? Cae el maná, cae. Si en estas cosas no hay más que ponerse a ello... Mi amigo Baldomero también dará algo.

—Las campanas —dijo el insigne comerciante—, y si me apuran, el pararrayos y las veletas. Quiero concluir el edificio, ya que el amigo Aparisi lo quiere empezar.

—La primera piedra no hay quien me la quite —expresó Aparisi con toda la hinchazón de su amor propio.

—Algo más daremos, ¿verdad Baldomero? —apuntó Barbarita—, por ejemplo, toda la capilla, con su órgano, altares, imágenes...

—Todo lo que tú quieras, hija. Y eso que las *Micaelas* nos han llevado un pico. Les hemos hecho casi la mitad del edificio. Pero ahora le toca a Guillermina. Ya sabe ella dónde estamos.

El grupo que rodeaba a la fundadora se fue disolviendo. Algunos, creyendo sin duda que lo que allí se trataba más era broma que otra cosa, se fueron al salón a hablar *seriamente* de política y negocios. Don Baldomero, que deseaba echar aquella noche una partida de mus, el juego clásico y tradicional de los comerciantes de Madrid, esperó a que entrase Pepe Samaniego, que era maestro consumado, para armar la partida. Durante un largo rato no se oía en el salón más que *envido a la chica... envido a los pares... órdago*.

Las tres señoras estuvieron un momento solas, hablando de aquel proyecto de Guillermina, que seguía cose que te cose, ayudada por Jacinta. Hacía algún tiempo que a esta se le había despertado vivo entusiasmo por las empresas de la Pacheco, y a más de reservarle todo el dinero que podía, se picaba los dedos cosiendo para ella durante largas horas. Es que sentía un cierto consuelo en confeccionar ropas de niño y en suponer que aquellas mangas iban a abrigar bracitos desnudos. Ya había hecho dos visitas al asilo de la calle de Alburquerque y acompañado una vez a Guillermina en sus excursiones a las miserables zahúrdas donde viven los pobres de la Inclusa y Hospital.

Había que oírla cuando volvió a aquella su primera visita a los barrios del Sur.

«¡Qué desigualdades! —decía, desflorando sin saberlo el problema social—. Unos tanto y otros tan poco. Falta equilibrio y el mundo parece que se cae. Todo se arreglaría si los que tienen mucho dieran lo que les sobra a los que no poseen nada. ¿Pero qué cosa sobra?... Vaya usted a saber». Guillermina aseguraba que se necesita mucha fe para no acobardarse ante los espectáculos que la miseria ofrece.

«Porque se encuentran almas buenas, sí —decía—; pero también mucha ingratitud. La falta de educación es para el pobre una desventaja mayor que la pobreza. Luego la propia miseria les ataca el corazón a muchos y se lo corrompe. A mí me han insultado; me han arrojado puñados de estiércol y tronchos de berza; me han llamado *tía bruja*...».

A Barbarita le daba aquella noche por hablar de arquitectura y no perdía ripio. Entró a la sazón Moreno Isla, y le recibieron con exclamaciones de alegría. Llamole la señora y le dijo: «¿Tiene usted cascote?».

Las tres se reían viendo la sorpresa y confusión de Moreno, que era una excelente persona, como de cuarenta y cinco años, célibe y riquísimo, de aficiones tan inglesas que se pasaba en Londres la mayor parte del año; alto, delgado y de muy mal color porque estaba muy delicado de salud.

«Que si tengo cascote. ¿Es para usted?».

—Usted conteste y no sea como los gallegos, que cuando se les hace una pregunta hacen otra. Puesto que está usted de derribo, ¿tiene cascote, sí o no?

—Sí que lo tengo... y pedernal magnífico. A sesenta reales el carro, todo lo que usted quiera. El cascote a ocho reales... ¡Ah, tonto de mí! Ya sé de qué se trata. La santurrona les está embaucando con las fantasmagorías del asilo que va a edificar... Cuidado, mucho cuidado con los timos. Antes de que ponga la primera piedra, nos llevará a todos a San Bernardino.

—Cállate, que ya saben todos lo avariento que eres. Si no te pido nada, roñoso, cicatero.

Guárdate tus carros de pedernal, que ya te los pondrán en la balanza el día del gran saldo final, ya sabes, cuando suenen las trompetas aquellas, sí, y entonces, cuando veas que la balanza se te cae del lado de la avaricia, dirás: «Señor, quítame estos carros de piedra y cascote que me hunden en el Infierno», y todos diremos: «no, no, no... échenle carga, que es muy malo».

—Con poner en el otro platillo los perros grandes y chicos que me has sacado, me salvo —díjole Moreno riendo y manoseándole la cara.

—No me hagas carantoñas, sobrinillo. Si crees que eso te vale, gran miserable, usurero, recocho en dinero —repitió Guillermina con tono y sonrisa de chanza benévola—. ¡Qué hombres estos! Todavía quieres más, y estás derribando una manzana de casas viejas para hacer casas domingueras y sacarles las entrañas a los pobres.

—No hagan ustedes caso de esta *rata eclesiástica* —indicó Moreno, sentándose entre Barbarita y Jacinta—. Me está arruinando. Voy a tener que irme a un pueblo porque no me deja vivir. Es que no me puedo descuidar. Estoy en casa vistiéndome... siento un susurro, algo así como paso de ladrones; miro, veo un bulto, doy un grito... Es ella, la rata que ha entrado y se va escurriendo por entre los muebles. Nada; por pronto que acudo, ya mi querida tía me ha registrado la ropa que está en el perchero y se ha llevado todo lo que había en el bolsillo del chaleco.

La fundadora, atacada de una hilaridad convulsiva, se reía con toda su alma.

—Pero ven acá, pillo —dijo secándose las lágrimas que la risa había hecho brotar de sus ojos—, si contigo no valen buenos medios. Anda, hijo, el que te roba a ti..., ya sabes el refrán... el que te roba a ti se va al Cielo derecho.

—A donde vas tú a ir es al *Modelo*...

—Cállate la boca, bobón, y no me denuncies, que te traerá peor cuenta...

No siguió este diálogo, que prometía dar mucho juego, porque del salón llamaron a Moreno con enérgica insistencia. Oíase desde el gabinete rumor de un hablar vivo, y la mezclada agitación de varias voces, entre las cuales se distinguían claramente las de Juan, Villalonga y Zalamero, que acababan de entrar.

Moreno fue allá, y Guillermina, que aún no había acabado de reír, decía a sus amigas.

«Es un angelón... No tenéis idea de la pasta celestial de que está formado el corazón de este hombre».

Barbarita no tenía sosiego hasta no enterarse del por qué de aquel tumulto que en el salón había. Fue a ver y volvió con el cuento:

«Hijas, que el rey se marcha».

—¡Qué dices, mujer!

—Que don Amadeo, cansado de bregar con esta gente, tira la corona por la ventana y dice: «Vayan ustedes a marcar al Demonio».

—¡Todo sea por Dios! —exclamó Guillermina dando un suspiro y volviendo imperturbable a su trabajo.

Jacinta pasó al salón, más que por enterarse de las noticias, por ver a su marido que aquel día no había comido en casa.

«Oye —le dijo en secreto Guillermina, deteniéndola, y ambas se miraban con picardía;—con veinte duros que le sonsaques hay bastante».

III

«En Bolsa no se supo nada. Yo lo supe en el Bolsín a las diez —dijo Villalonga—. Fui al Casino a llevar la noticia. Cuando volví al Bolsín, se estaba haciendo el consolidado a 20.

—Lo hemos de ver a 10, señores —dijo el marqués de Casa-Muñoz en tono de Hamlet.

—¡El Banco a 175...! —exclamó don Baldomero pasándose la mano por la cabeza, y arrojando hacia el suelo una mirada fúnebre.

—Perdone usted, amigo —rectificó Moreno Isla—. Está a 172, y si usted quiere comprarme las mías a 170, ahora mismo las largo. No quiero más papel de la querida patria. Mañana me vuelvo a Londres.

—Sí —dijo Aparisi poniendo semblante profético—; porque la que se va a armar ahora aquí, será de órdago.

—Señores, no seamos impresionables —indicó el marqués de Casa-Muñoz, que gustaba de dominar las situaciones con mirada alta—. Ese buen señor se ha cansado; no era para menos; ha dicho: «ahí queda eso». Yo en su caso habría hecho lo mismo. Tendremos algún trastorno; habrá su poco de República; pero ya saben ustedes que las naciones no mueren...

—El golpe viene de fuera —manifestó Aparisi—. Esto lo veía yo venir. Francia...

—No *involucremos* las cuestiones, señores —dijo Casa-Muñoz poniendo una cara muy parlamentaria—. Y si he de hablar ingenuamente, diré a ustedes que a mí no me asusta la República, lo que me asusta es el republicanismo. Miró a todos para ver qué tal había caído esta frase. No podía dudarse de que el murmullo aquel con que fue acogida era laudatorio.

«Señor Marqués —declaró Aparisi picado de rivalidad—, el pueblo español es un pueblo digno... que en los momentos de peligro, sabe ponerse...».

—¿Y qué tiene que ver una cosa con otra?... —saltó el marqués incómodo, anonadando a su contrario con una mirada—. No *involucre* usted las cuestiones.

Aparisi, propietario y concejal de oficio, era un hombre que se preciaba de *poner los puntos sobre las íes*; pero con el marqués de Casa-Muñoz no le valía su suficiencia, porque este no toleraba imposiciones y era capaz de poner puntos sobre las haches. Había entre los dos una rivalidad tácita, que se manifestaba en la emulación para lanzar observaciones sintéticas sobre todas las cosas. Una mirada de profunda antipatía era lo único que a veces dejaba entrever el pugilato espiritual de aquellos dos atletas del pensamiento. Villalonga, que era observador muy picaresco, aseguraba haber descubierto entre Aparisi y Casa-Muñoz un antagonismo o competencia en la emisión de palabras escogidas. Se desafiaban a cuál hablaba más por lo fino, y si el marqués daba muchas vueltas al *involucrar*, al *ad hoc*, al *sui generis* y otros términos latinos, enseguida se veía al otro poniendo en prensa el cerebro para obtener frases tan selectas como *la concatenación de las ideas*. A veces parecía triunfante Aparisi, diciendo que tal o cual cosa era el *bello ideal* de los pueblos; pero Casa-Muñoz tomaba arranque y diciendo *el desiderátum*, hacía polvo a su contrario.

Cuenta Villalonga que hace años hablaba Casa-Muñoz disparatadamente, y sostiene y jura haberle oído decir, cuando aún no era marqués, que las *puertas estaban herméticamente abiertas*; pero esto no ha llegado a comprobarse. Dejando a un lado las bromas, conviene decir que era el marqués persona apreciabilísima, muy corriente, muy afable en su trato, excelente para su familia y amigos. Tenía la misma edad que don Baldomero; mas no llevaba tan bien los años. Su dentadura era artificial y sus patillas teñidas tenían un viso carminoso, contrastando con la cabeza sin pintar.

Aparisi era mucho más joven, hombre que presumía de pie pequeño y de manos bonitas, la cara arrebolada, el bigote castaño cayendo a lo chino, los ojos grandes, y en la cabeza una de esas calvas que son para sus poseedores un diploma de talento. Lo más característico en el concejal perpetuo era la expresión de su rostro, semejante a la de una persona que está oliendo algo muy desagradable, lo que provenía de cierta contracción de los músculos nasales y del labio superior. Por lo demás, buena persona, que no debía nada a nadie. Había tenido almacén de maderas, y se contaba que en cierta época les puso los puntos sobre las íes a los pinares de Balsain. Era hombre sin instrucción, y... lo que pasa... por lo mismo que no la tenía gustaba de aparentarla. Cuenta el tunante de Villalonga que hace años usaba Aparisi el *e pur si muove* de Galileo; pero el pobrecito no le daba la interpretación verdadera, y creía que aquel célebre dicho significaba *por si acaso*.

Así, se le oyó decir más de una vez: «Parece que no lloverá; pero sacaré el paraguas *e pur si muove*».

Jacinta trincó a su marido por el brazo y le llevó un poquito aparte:

«Y qué, *nene*, ¿hay barricadas?».

—No, hija, no hay nada. Tranquilízate.

—¿No volverás a salir esta noche?... Mira que me asustaré mucho si sales.

—Pues no saldré... ¿Qué... qué buscas?

Jacinta, riendo, deslizaba su mano por el forro de la levita, buscando el bolsillo del pecho.

—¡Ay!, yo iba a ver si te sacaba la cartera sin que me sintieses...

—Vaya con la descuidera...

—¡Quia!, si no sé... Esto quien lo hace bien es Guillermina, que le saca a Manolo Moreno las pesetas del bolsillo del chaleco sin que él lo sienta... A ver...

Jacinta, dueña ya de la cartera, la abrió.

—¿Te enfadarías si te quito este billete de veinte duros? ¿Te hace falta?

—No por cierto. Toma lo que quieras.

—Es para Guillermina. Mamá le dio dos, y le falta un pico para poder pagar mañana el trimestre del alquiler del asilo.

Contestole el Delfín apretándole con mucha efusión las dos manos y arrugando el billete que estaba en ellas.

En cuanto Guillermina pescó lo que le faltaba para completar su cantidad, dejó la costura y se puso el manto. Despidiéndose brevemente de las dos señoras, atravesó el salón a prisa.

«¡A esa, a esa! —gritó Moreno—, sin duda se lleva algo. Caballeros, vean ustedes si les falta el reloj. Bárbara, que debajo de la mantilla de *la rata eclesiástica* veo un bulto... ¿No había aquí candeleros de plata?».

En medio de la jovial algazara que estas bromas producían, salió Guillermina, esparciendo sobre todos una sonrisa inefable que parecía una bendición.

Enseguida, cebáronse todos con furia en el tema suculento de la partida del Rey, y cada cual exponía sus opiniones con ínfulas de profecía, como si en su vida hubieran hecho otra cosa que vaticinar acertando. Villalonga estaba ya viendo a don Carlos entrar en Madrid, y el marqués de Casa-Muñoz hablaba de

las exageraciones liberticidas de la demagogia roja y de la demagogia blanca como si las estuviera mirando pintadas en la pared de enfrente; el ex-subsecretario de Gobernación, Zalamero, leía clarito en el porvenir el nombre del Rey Alfonso, y el concejal decía que *el alfonsismo estaba aún en la nebulosa de lo desconocido*. El mismo Aparisi y Federico Ruiz profetizaron luego en una sola cuerda... ¡Qué demonio! Ellos no se asustaban de la República. Como si lo vieran... no iba a pasar nada. Es que aquí somos muy impresionables, y por cualquier contratiempo nos parece que se nos cae el Cielo encima.

«Yo les aseguro a ustedes —decía Aparisi, puesta la mano sobre el pecho—, que no pasará nada, pero nada. Aquí no se tiene idea de lo que es el pueblo español... Yo respondo de él, me atrevo a responder con la cabeza, vaya...». Moreno no vaticinaba; no hacía más que decir: «Por si vienen mal dadas, me voy mañana para Londres». Aquel ricacho soltero alardeaba de carecer en absoluto del sentimiento de la patria, y estaba tan extranjerizado que nada español le parecía bueno. Los autores dramáticos lo mismo que las comidas, los ferrocarriles lo mismo que las industrias menudas, todo le parecía de una inferioridad lamentable. Solía decir que aquí los tenderos no saben envolver en un papel una libra de cualquier cosa.

«Compra usted algo, y después que le miden mal y le cobran caro, el envoltorio de papel que le dan a usted se le deshace por el camino. No hay que darle vueltas; somos una raza inhábil hasta no poder más».

Don Baldomero decía con acento de tristeza una cosa muy sensata: «¡Si don Juan Prim viviera...!». Juan y Samaniego se apartaron del corrillo y charlaban con Jacinta y doña Bárbara, tratando de quitarles el miedo. No habría tiros, ni jarana... no sería preciso hacer provisiones... ¡Ah! Barbarita soñaba ya con hacer provisiones. A la mañana siguiente, si no había barricadas, ella y Estupiñá se ocuparían de eso.

Poco a poco fueron desfilando. Eran las doce. Aparisi y Casa-Muñoz se fueron al Bolsín a saber noticias, no sin que antes de partir dieran una nueva muestra de su rivalidad. El concejal de oficio estaba tan excitado, que la contracción de su hocico se acentuaba, como si el olor aquel imaginario fuera el de la aza fétida. Zalamero, que iba a Gobernación, quiso llevarse al Delfín; pero este, a quien su mujer tenía cogido del brazo, se negó a salir...

«Mi mujer no me deja».

—Mi tocaya —dijo Villalonga—, se está volviendo muy anticonstitucional.

Por fin se quedaron solos los de casa. Don Baldomero y Barbarita besaron a sus hijos y se fueron a acostar. Esto mismo hicieron Jacinta y su marido.

VIII. Escenas de la vida íntima

I

A poco de acostarse notó Jacinta que su marido dormía profundamente. Observábale desvelada, tendiendo una mirada tenaz de cama a cama. Creyó que hablaba en sueños... pero no; era simplemente quejido sin articulación que acostumbraba a lanzar cuando dormía, quizá por causa de una mala postura. Los pensamientos políticos nacidos de las conversaciones de aquella noche, huyeron pronto de la mente de Jacinta. ¿Qué le importaba a ella que hubiese República o Monarquía, ni que don Amadeo se fuera o se quedase? Más le importaba la conducta de aquel ingrato que a su lado dormía tan tranquilo. Porque no tenía duda de que Juan andaba algo distraído, y esto no lo podían notar sus padres por la sencilla razón de que no le veían nunca tan cerca como su mujer. El pérfido guardaba tan bien las apariencias, que nada hacía ni decía *en familia* que no revelara una conducta regular y correctísima. Trataba a su mujer con un cariño tal, que... vamos, se le tomaría por enamorado. Solo allí, de aquella puerta para adentro, se descubrían las trastadas; solo ella, fundándose en datos negativos, podía destruir la aureola que el público y la familia ponían al glorioso Delfín. Decía su mamá que era el marido modelo. ¡Valiente pillo! Y la esposa no podía contestar a su suegra cuando le venía con aquellas historias... Con qué cara le diría: «Pues no hay tal modelo, no señora, no hay tal modelo, y cuando yo lo digo, bien sabido me lo tendré».

Pensando en esto, pasó Jacinta parte de aquella noche, atando cabos, como ella decía, para ver si de los hechos aislados lograba sacar alguna afirmación. Estos hechos, valga la verdad, no arrojaban mucha luz que digamos sobre lo que se quería demostrar. Tal día y a tal hora Juan había salido bruscamente, después de estar un rato muy pensativo, pero muy pensativo. Tal día y a tal hora Juan había recibido una carta, que le había puesto de mal humor. Por más que ella hizo, no la había podido encontrar. Tal día y a tal hora, yendo ella y Barbarita por la calle de Preciados, se encontraron a Juan que venía deprisa y muy abstraído. Al verlas, quedose algo cortado; pero sabía dominarse pronto. Ninguno de estos datos probaba nada; pero no cabía duda: su marido se la estaba pegando.

De vez en cuando estas cavilaciones cesaban, porque Juan sabía arreglarse de modo que su mujer no llegase a cargarse de razón para estar descontenta. Como la herida a que se pone bálsamo fresco, la pena de Jacinta se calmaba. Pero los días y las noches, sin saber cómo, traíanla lentamente otra vez a la misma situación penosa. Y era muy particular; estaba tan tranquila, sin pensar en semejante cosa, y por cualquier incidente, por una palabra sin interés o referencia trivial, le asaltaba la idea como un dardo arrojado de lejos por desconocida mano y que venía a clavársele en el cerebro. Era Jacinta observadora, prudente y sagaz. Los más insignificantes gestos de su esposo, las inflexiones de su voz, todo lo observaba con disimulo, sonriendo cuando más atenta estaba, escondiendo con mil zalamerías su vigilancia, como los naturalistas esconden y disimulan el lente con que examinan el trabajo de las abejas. Sabía hacer preguntas capciosas, verdaderas trampas cubiertas de follaje. ¡Pero bueno era el otro para dejarse coger!

Y para todo tenía el ingenioso culpable palabras bonitas: «La Luna de miel perpetua es un contrasentido, es... hasta ridícula. El entusiasmo es un estado infantil impropio de personas normales. El marido piensa en sus negocios, la mujer en las cosas de su casa, y uno y otro se tratan más como amigos que como amantes. Hasta las palomas, hija mía, hasta las palomas cuando pasan de cierta edad, se hacen cariños así... de una manera sesuda». Jacinta se reía con esto; pero no admitía tales componendas. Lo más gracioso era que él se las echaba de hombre ocupado. ¡Valiente truhán! ¡Si no tenía absolutamente nada que hacer más que pasear y divertirse...! Su padre había trabajado toda la vida como un negro para asegurar la holgazanería dichosa del príncipe de la casa... En fin, fuese lo que fuese, Jacinta se proponía no abandonar jamás su actitud de humildad y discreción. Creía firmemente que Juan no daría nunca escándalos, y no habiendo escándalo, las cosas irían pasando así. No hay existencia sin gusanillo, un parásito interior que la roe y a sus expensas vive, y ella tenía dos: los apartamientos de su marido y el desconsuelo de no ser madre. Llevaría ambas penas con paciencia, con tal que no saltara algo más fuerte.

Por respeto a sí misma, nunca había hablado de esto a nadie, ni al mismo Delfín. Pero una noche estaba este tan comunicativo, tan bromista, tan pillín, que a Jacinta se le llenó la boca de sinceridad, y palabra tras palabra, dio salida a todo lo que pensaba.

«Tú me estás engañando, y no es de ahora, es de hace tiempo. Si creerás que soy tonta... El tonto eres tú».

La primera contestación de Santa Cruz fue romper a reír. Su mujer le tapaba la boca para que no alborotase. Después el muy tunante empezó a razonar sus explicaciones, revistiéndolas de formas seductoras. ¡Pero qué huecas le parecieron a Jacinta, que en las dialécticas del corazón era más maestra que él por saber amar de veras! Y a ella le tocó reír después y desmenuzar tan livianos argumentos... El sueño, un sueño dulce y mutuo les cogió, y se durmieron felices... Y ved lo que son las cosas, Juan se enmendó, o al menos pareció enmendarse.

Tenía Santa Cruz en altísimo grado las triquiñuelas del artista de la vida, que sabe disponer las cosas del mejor modo posible para sistematizar y refinar sus dichas. Sacaba partido de todo, distribuyendo los goces y ajustándolos a esas misteriosas mareas del humano apetito que, cuando se acentúan, significan una organización viciosa. En el fondo de la naturaleza humana hay también, como en la superficie social, una sucesión de modas, periodos en que es de rigor cambiar de apetitos. Juan tenía temporadas. En épocas periódicas y casi fijas se hastiaba de sus correrías, y entonces su mujer, tan mona y cariñosa, le ilusionaba como si fuera la mujer de otro. Así lo muy antiguo y conocido se convierte en nuevo. Un texto desdeñado de puro sabido vuelve a interesar cuando la memoria principia a perderle y la curiosidad se estimula. Ayudaba a esto el tiernísimo amor que Jacinta le tenía, pues allí sí que no había farsa, ni vil interés ni estudio. Era, pues, para el Delfín una dicha verdadera y casi nueva volver a su puerto después de mil borrascas. Parecía que se restauraba con un cariño tan puro, tan leal y tan suyo, pues nadie en el mundo podía disputárselo.

En honor de la verdad, se ha de decir que Santa Cruz amaba a su mujer. Ni aun en los días que más viva estaba la marea de la infidelidad, dejó de haber para Jacinta un hueco de preferencia en aquel corazón que tenía tantos rincones y callejuelas. Ni la variedad de aficiones y caprichos excluía un sentimiento inamovible hacia su compañera por la ley y la religión. Conociendo perfectamente su valer moral, admiraba en ella las virtudes que él no tenía y que según su criterio, tampoco le hacían mucha falta. Por esta última razón no incurría en la humildad de confesarse indigno de tal joya, pues su amor propio iba siempre por delante de todo, y teníase por merecedor de cuantos bienes disfrutaba o pudiera disfrutar en este bajo mundo. Vicioso y discreto, sibarita y hombre de talento, aspirando a la erudición de todos los goces y con bastante buen gusto para espiritualizar las cosas materiales, no podía contentarse con gustar la belleza comprada o conquistada, la gracia, el donaire, la extravagancia; quería gustar también la virtud, no precisamente vencida, que deja de serlo, sino la pura, que en su pureza misma tenía para él su picante.

II

Por lo dicho se habrá comprendido que el Delfín era un hombre enteramente desocupado. Cuando se casó, hízole proposiciones don Baldomero para que tomase algunos miles y negociara con ellos, ya jugando a la Bolsa, ya en otra especulación cualquiera. Aceptó el joven, mas no le satisfizo el ensayo, y renunció en absoluto a meterse en negocios que traen muchas incertidumbres y desvelos. Don Baldomero no había podido sustraerse a esa preocupación tan española de que los padres trabajen para que los hijos descansen y gocen. Recreábase aquel buen señor en la ociosidad de su hijo como un artesano se recrea en su obra, y más la admira cuanto más doloridas y fatigadas se le quedan las manos con que la ha hecho.

Conviene decir también que el joven aquel no era derrochador. Gastaba, sí, pero con pulso y medida, y sus placeres dejaban de serlo cuando empezaban a exigirle algo de disipación. En tales casos era cuando la virtud le mostraba su rostro apacible y seductor. Tenía cierto respeto ingénito al bolsillo, y si podía comprar una cosa con dos pesetas, no era él seguramente quien daba tres. En todas las ocasiones, el desprenderse de una cantidad fuerte le costaba siempre algún trabajo, al contrario de los dadivosos que cuando dan parece que se les quita un peso de encima. Y como conocía tan bien el valor de la moneda, sabía emplearla en la adquisición de sus goces de una manera prudente y casi mercantil. Ninguno sabía como él *sacar el jugo* a un billete de cinco duros o de veinte. De la cantidad con que cualquier manirroto se proporciona un placer, Juanito Santa Cruz sacaba siempre dos.

A fuer de hábil financiero, sabía pasar por generoso cuando el caso lo exigía. Jamás hizo locuras, y si alguna vez sus apetitos le llevaron a ciertas pendientes, supo agarrarse a tiempo para evitar un resbalón. Una de las más puras satisfacciones de los señores de Santa Cruz era saber a ciencia cierta que su hijo no tenía trampas, como la mayoría de los hijos de familia en estos depravados tiempos.

Algo le habría gustado a don Baldomero que el Delfín diera a conocer sus eximios talentos en la política. ¡Oh!, si él se lanzara, seguramente descollaría. Pero Barbarita le desanimaba.

«¡La política, la política! ¿Pues no estamos viendo lo que es? Una comedia. Todo se vuelve habladurías y no hacer nada de provecho...». Lo que hacía cavilar algo a don Baldomero II era que su hijo no tuviese la firmeza de ideas que él tenía, pues él pensaba el 73 lo mismo que había pensado el 45; es decir, que debe haber mucha libertad y mucho palo, que la libertad hace muy buenas migas con la religión, y que conviene perseguir y escarmentar a todos los que van a la política a hacer chanchullos.

Porque Juan era la inconsecuencia misma. En los tiempos de Prim, manifestose entusiasta por la candidatura del duque de Montpensier.

«Es el hombre que conviene, desengañaos, un hombre que lleva al dedillo las cuentas de su casa, un modelo de padre de familia». Vino don Amadeo, y el Delfín se hizo tan republicano que daba miedo oírle.

«La Monarquía es imposible; hay que convencerse de ello. Dicen que el país no está preparado para la República; pues que lo preparen. Es como si se pretendiera que un hombre supiera nadar sin decidirse a entrar en el agua. No hay más remedio que pasar algún mal trago... La desgracia enseña... y si no, vean esa Francia, esa prosperidad, esa inteligencia, ese patriotismo... esa manera de pagar los cinco mil millones...». Pues señor, vino el 11 de febrero y al principio le pareció a Juan que todo iba a qué quieres boca.

«Es admirable. La Europa está atónita. Digan lo que quieran, el pueblo español tiene un gran sentido». Pero a los dos meses, las ideas pesimistas habían ganado ya por completo su ánimo.

«Esto es una pillería, esto es una vergüenza. Cada país tiene el Gobierno que merece, y aquí no puede gobernar más que un hombre que esté siempre con una estaca en la mano». Por gradaciones lentas, Juanito llegó a defender con calor la idea alfonsina.

«Por Dios, hijo —decía don Baldomero con inocencia—, si eso no puede ser» y sacaba a relucir los *jamases* de Prim. Poníase Barbarita de parte del desterrado príncipe, y como el sentimiento tiene tanta parte en la suerte de los pueblos, todas las mujeres apoyaban al príncipe y le defendían con argumentos sacados del corazón. Jacinta dejaba muy atrás a las más entusiastas por don Alfonso.

«¡Es un niño!»... Y no daba más razón.

Teníase a sí mismo el heredero de Santa Cruz por una gran persona. Estaba satisfecho, cual si se hubiera creado y visto que era bueno.

«Porque yo —decía esforzándose en aliar la verdad con la modestia—, no soy de lo peorcito de la humanidad. Reconozco que hay seres superiores a mí, por ejemplo, mi mujer; pero ¡cuántos hay inferiores, cuántos!». Sus atractivos físicos eran realmente grandes, y él mismo lo declaraba en sus soliloquios íntimos: «¡Qué guapo soy! Bien dice mi mujer que no hay otro más salado. La pobrecilla me quiere con delirio... y yo a ella lo mismo, como es justo. Tengo la gran figura, visto bien, y en modales y en trato me parece... que somos algo». En la casa no había más opinión que la suya; era el oráculo de la familia y les cautivaba a todos no solo por lo mucho que le querían y mimaban, sino por el sortilegio de su imaginación, por aquella bendita labia suya y su manera de insinuarse. La más subyugada era Jacinta, quien no se hubiera atrevido a sostener delante de la familia que lo blanco es blanco, si su querido esposo sostenía que es negro. Amábale con verdadera pasión, no teniendo poca parte en este sentimiento la buena facha de él y sus relumbrones intelectuales. Respecto a las perfecciones morales que toda la familia declaraba en Juan, Jacinta tenía sus dudas. Vaya si las tenía. Pero viéndose sola en aquel terreno de la incertidumbre, llenábase de tristeza y decía: «¿Me estaré quejando de vicio? ¿Seré yo, como aseguran, la más feliz de las mujeres, y no habré caído en ello?».

Con estas consideraciones azotaba y mortificaba su inquietud para aplacarla como los penitentes vapulean la carne para reducirla a la obediencia del espíritu. Con lo que no se conformaba era con no tener chiquillos, «porque todo se puede ir conllevando —decía—, menos eso. Si yo tuviera un niño, me entretendría mucho con él, y no pensaría en ciertas cosas». De tanto cavilar en esto, su mente padecía alucinaciones y desvaríos. Algunas noches, en el primer periodo del sueño, sentía sobre su seno un contacto caliente y una boca que la chupaba. Los lengüetazos la despertaban sobresaltada, y con la tristísima impresión de que todo aquello era mentira, lanzaba un ¡ay!, y su marido le decía desde la otra cama: «¿Qué es eso, nenita?... ¿pesadilla?».

—«Sí, hijo, un sueño muy malo». Pero no quería decir la verdad por temor de que Juan lo tomara a risa.

Los pasillos de su gran casa le parecían lúgubres, solo porque no sonaba en ellos el estrépito de las paraditas infantiles. Las habitaciones inservibles destinadas a la chiquillería, *cuando la hubiera*, infundíanle tal tristeza, que los días en que se sentía muy tocada de la manía, no pasaba por ellas. Cuando por las noches veía entrar de la calle a don Baldomero, tan bondadoso y jovial, siempre con su cara de Pascua, vestido de finísimo paño negro y tan limpio y sonrosado, no podía menos de pensar en los nietos que aquel señor debía tener para que hubiera lógica en el mundo, y decía para sí: «¡Qué abuelito se están perdiendo!».

Una noche fue al teatro Real de muy mala gana. Había estado todo el día y la noche anterior en casa de Candelaria que tenía enferma a la niña pequeña. Mal humorada y soñolienta, deseaba que la ópera se acabase pronto; pero desgraciadamente la obra, como de Wagner, era muy larga, música excelente según Juan y todas las personas de gusto, pero que a ella no le hacía maldita gracia. No lo entendía, vamos. Para ella no había más música que la italiana, mientras más clarita y más de organillo mejor. Puso su muestrario en primera fila, y se colocó en la última silla de atrás. Las tres pollas, Barbarita II, Isabel y Andrea, estaban muy gozosas, sintiéndose flechadas por mozalbetes del paraíso y de palcos por asiento. También de butacas venía algún anteojazo bueno. Doña Bárbara no estaba. Al llegar al cuarto acto, Jacinta sintió aburrimiento. Miraba mucho al palco de su marido y no le veía. ¿En dónde estaba? Pensando en esto, hizo una cortesía de respeto al gran Wagner, inclinando suavemente la graciosa cabeza sobre el pecho. Lo último que oyó fue un trozo descriptivo en que la orquesta hacía un rumor semejante al de las trompetillas con que los mosquitos divierten al hombre en las noches de verano. Al arrullo de esta música, cayó la dama en sueño profundísimo, uno de esos sueños intensos y breves en que el cerebro finge la realidad como un relieve y un histrionismo admirables. La impresión que estos letargos dejan suele ser más honda que la que nos queda de muchos fenómenos externos y apreciados por los sentidos. Hallábase Jacinta en un sitio que era su casa y no era su casa... Todo estaba forrado de un satén blanco con flores que el día anterior había visto ella y Barbarita en casa de Sobrino... Estaba sentada en un *puff* y por las rodillas se le subía un muchacho lindísimo, que primero le cogía la cara, después le metía la mano en el pecho.

«Quita, quita... eso es caca... ¡qué asco!... cosa fea, es para el gato...». Pero el muchacho no se daba a partido. No tenía más que la camisa de finísima holanda, y sus carnes finas resbalaban sobre la seda de la bata de su mamá. Era una bata color *azul gendarme* que semanas antes había regalado a su hermana Candelaria...

«No, no, eso no... quita... caca...». Y él insistiendo siempre, pesadito, monísimo. Quería desabotonar la bata, y meter mano. Después dio cabezadas contra el seno. Viendo que nada conseguía, se puso serio, tan extraordinariamente serio que parecía un hombre. La miraba con sus ojazos vivos y húmedos, expresando en ellos y en la boca todo el desconsuelo que en la humanidad cabe. Adán, echado del paraíso, no miraría de otro modo el bien que perdía. Jacinta quería reírse; pero no podía porque el pequeño le clavaba su inflamado mirar en el alma. Pasaba mucho tiempo así, el niño-hombre mirando a su madre, y derritiendo lentamente la entereza de ella con el rayo de sus ojos. Jacinta sentía que se le desgajaba algo en sus entrañas. Sin saber lo que hacía soltó un botón... Luego otro. Pero la cara del chico no perdía su seriedad. La madre se alarmaba y... fuera el tercer botón... Nada, la cara y la mirada del nene siempre adustas, con una gravedad hermosa, que iba siendo terrible... El cuarto botón, el quinto, todos los botones salieron de los ojales haciendo gemir la tela. Perdió la cuenta de los botones que soltaba. Fueron ciento, puede que mil... Ni por esas... La cara iba tomando una inmovilidad sospechosa. Jacinta, al fin, metió la mano en su seno, sacó lo que el muchacho deseaba, y le miró segura de que se desenojaría cuando viera una cosa tan rica y tan bonita... Nada; cogió entonces la cabeza del muchacho, la atrajo a sí, y que quieras que no le metió en la boca... Pero la boca era insensible, y los labios no se movían. Toda la cara parecía de una estatua. El contacto que Jacinta sintió en parte tan delicada de su epidermis, era el roce espeluznante del yeso, roce de superficie áspera y polvorosa. El estremecimiento que aquel contacto le produjo dejola por un rato atónita, después abrió los ojos, y se hizo cargo de que estaban allí sus hermanas; vio los cortinones pintados de la boca del teatro, la apretada concurrencia de los costados del paraíso. Tardó un rato en darse cuenta de dónde estaba y de los disparates que había soñado, y se echó mano al pecho con un movimiento de pudor y miedo. Oyó la orquesta, que seguía imitando a los mosquitos, y al mirar al palco de su marido, vio a Federico Ruiz, el gran melómano, con la cabeza echada hacia atrás, la boca entreabierta, oyendo y gustando con fruición inmensa la deliciosa música de los violines con sordina. Parecía que le caía dentro de la boca un hilo del clarificado más fino y dulce que se pudiera imaginar. Estaba el hombre en un puro éxtasis. Otros melómanos furiosos vio la dama en el palco; pero ya había concluido el cuarto acto y Juan no parecía.

III

Si todo lo que les pasa a las personas superiores mereciera una efeméride, es fácil que en una hoja de calendario americano, correspondiente a diciembre del 73, se encontrara este parrafito: «Día *tantos*: fuerte catarro de Juanito Santa Cruz. La imposibilidad de salir de casa le pone de un humor de doscientos mil diablos». Estaba sentado junto a la chimenea, envuelto de la cintura abajo en una manta que parecía la piel de un tigre, gorro calado hasta las orejas, en la mano un periódico, en la silla inmediata tres, cuatro, muchos periódicos. Jacinta le daba bromas por su forzada esclavitud, y él, hallando distracción en aquellas guasitas, hizo como que le pegaba, la cogió por un brazo, le atenazó la barba con los dedos, le sacudió la cabeza, después le dio bofetadas, terribles bofetadas, y luego muchísimos porrazos en diferentes partes del cuerpo, y grandes pinchazos o estocadas con el dedo índice muy tieso. Después de bien cosida a puñaladas, le cortó la cabeza segándole el pescuezo, y como si aún no fuera bastante sevicia, la acribilló con cruelísimas e inhumanas cosquillas, acompañando sus golpes de estas feroces palabras: «¡Qué *guasoncita* se me ha vuelto mi nena!... Voy yo a enseñar a mi payasa a dar bromitas, y le voy a dar una solfa buena para que no le queden ganas de...».

Jacinta se desbarataba de risa, y el Delfín hablando con un poco de seriedad, prosiguió: «Bien sabes que no soy callejero... A fe que te puedes quejar. Maridos conozco que cuando ponen el pie en la calle, del tirón se están tres días sin parecer por la casa. Estos podrían tomarme a mí por modelo».

—Mariquita date tono —replicó Jacinta secándose las lágrimas que la risa y las cosquillas le habían hecho derramar—. Ya sé que hay otros peores; pero no pongo yo mi mano en el fuego porque seas el número uno.

Juan meneó la cabeza en señal de amenaza. Jacinta se puso lejos de su alcance, por si se repetían las bárbaras cosquillas.

«Es que tú exiges demasiado» dijo el marido, deplorando que su mujer no le tuviese por el más perfecto de los seres creados.

Jacinta hizo un mohín gracioso con fruncimiento de cejas y labios, el cual quería decir: «No me quiero meter en discusiones contigo, porque saldría con las manos en la cabeza». Y era verdad, porque el Delfín hacía las presti-digitaciones del razonamiento con muchísima habilidad.

«Bueno —indicó ella—. Dejémonos de tonterías. ¿Qué quieres almorzar?».

—Eso mismo venía yo a saber —dijo doña Bárbara apareciendo en la puerta—. Almorzarás lo que quieras; pero pongo en tu conocimiento, para tu gobierno, que he traído unas calandrias riquísimas. *Divinidades*, como dice Estupiñá.

—Tráiganme lo que quieran, que tengo más hambre que un maestro de escuela.

Cuando salieron las dos damas, Santa Cruz pensó un ratito en su mujer, formulando un panegírico mental. ¡Qué ángel! Todavía no había acabado él de cometer una falta, y ya estaba ella perdonándosela. En los días precursores del catarro, hallábase mi hombre en una de aquellas etapas o mareas de su inconstante naturaleza, las cuales, alejándole de las aventuras, le aproximaban a su mujer. Las personas más hechas a la vida ilegal sienten en ocasiones vivo anhelo de ponerse bajo la ley por poco tiempo. La ley las tienta como puede tentar el capricho. Cuando Juan se hallaba en esta situación, llegaba hasta desear permanecer en ella; aún más, llegaba a creer que seguiría. Y la Delfina estaba contenta.

«Otra vez ganado —pensaba—. ¡Si la buena durara!... ¡si yo pudiera ganarle de una vez para siempre y derrotar en toda la línea a las *cantonales*...!».

Don Baldomero entró a ver a su hijo antes de pasar al comedor.

«¿Qué es eso, chico? Lo que yo digo: no te abrigas. ¡Qué cosas tenéis tú y Villalonga! ¡Pararse a hablar a las diez de la noche en la esquina del Ministerio de la Gobernación, que es otra punta del diamante! Te vi. Venía yo con Cantero de la Junta del Banco. Por cierto que estamos desorientados. No se sabe a dónde irá a parar esta anarquía. ¡Las acciones a 138!... Pase usted, Aparisi... Es Aparisi que viene a almorzar con nosotros».

El concejal entró y saludó a los dos Santa Cruz.

—¿Qué periódicos has leído? —preguntó el papá calándose los quevedos, que solo usaba para leer—. Toma *La Época* y dame *El Imparcial*... Bueno, bueno va esto. ¡Pobre España! Las acciones a 138... el consolidado a 13.

—¿Qué 13?... Eso quisiera usted —observó el eterno concejal—. Anoche lo ofrecían a 11 en el Bolsín y no lo quería nadie. Esto es el diluvio.

Y acentuando de una manera notabilísima aquella expresión de oler una cosa muy mala, añadió que todo lo que estaba pasando lo había previsto él, y que los sucesos no discrepaban ni tanto así de lo que *día por día* había venido él profetizando. Sin hacer mucho caso de su amigo, don Baldomero leyó en voz alta la noticia o estribillo de todos los días.

«La partida tal entró en tal pueblo, quemó el archivo municipal, se racionó, y volvió a salir... La columna tal perseguía activamente al cabecilla cual, y después de racionarse...».

«Ea —dijo sin acabar de leer—, vamos a racionarnos nosotros. El marqués no viene. Ya no se le espera más».

En esto entró Blas, el criado de Juan con la mesita, ya puesta, en que había de almorzar el enfermo. Poco después apareció Jacinta trayendo platos. Después de saludarla, Aparisi le dijo:

«Guillermina me ha dado un recado para usted... Hoy no hay *odisea filantrópica* a la *parroquia de la chinche*, porque anda en busca de ladrillo portero para cimientos. Ya tiene hecho todo el vaciado del edificio... y por poco dinero. Unos carros trabajando a destajo, otros de limosna, aquel que ayuda medio día, el otro que va un par de horas, ello es que no le sale el metro cúbico ni a cinco reales. Y no sé qué tiene esa mujer. Cuando va a examinar las obras, parece que hasta las mulas de los carros la conocen y tiran más fuerte para darle gusto... Francamente, yo que siempre creí que el tal edificio no era *factible*, voy viendo...

«Milagro, milagro» apuntó don Baldomero en marcha hacia el comedor.

—¿Y tú? —preguntó Juan a su consorte al quedarse solos—. ¿Almuerzas aquí o allá?

—¿Quieres que aquí? Almorzaré en las dos partes. Dice tu mamá que te estoy mimando mucho.

—Toma, golosa —le dijo él alargándole un pedazo de tortilla en el tenedor.

Después de comérselo, la Delfina corrió al comedor. Al poco rato volvió riendo.

«Aquí te tengo reservada esta pechuga de calandria. Toma, abre la boquita, nena».

La nena cogió el tenedor, y después de comerse la pechuga, volvió a reír.

—¡Qué alegre está el tiempo!

—Es que ha llegado el marqués, y desde que se sentó en la mesa empezaron Aparisi y él a tirotearse.

—¿Qué han dicho? —Aparisi afirmó que la Monarquía no era *factible*, y después largó un *ipso facto*, y otras cosas muy finas.

Juan soltó la carcajada.

«El marqués estará furioso».

—Come en silencio, meditando una venganza. Te contaré lo que ocurra. ¿Quieres pescadilla?, ¿quieres bistec?

—Tráeme lo que quieras con tal que vengas pronto.

Y no tardó en volver, trayendo un plato de pescado.

«Hijo de mi vida, le mató».

—¿Quién?

—El marqués a Aparisi... le dejó en el sitio.

—Cuenta, cuenta.

—Pues de primera intención soltole a su enemigo un *delirium tremens* a boca de jarro, y después, sin darle tiempo de respirar, un *mane tegel fare*. El otro se ha quedado como atontado por el golpe. Veremos con lo que sale.

—¡Qué célebre! Tomaremos café juntos —dijo Santa Cruz—. Vente pronto para acá. ¡Qué coloradita estás!

—Es de tanto reírme.

—Cuando digo que me estás haciendo tilín...

—Al momento vuelvo... Voy a ver lo que salta por allá. Aparisi está indignado con Castelar, y dice que lo que le pasa a Salmerón es porque no ha seguido sus consejos...

—¡Los consejos de Aparisi! —Sí, y al marqués lo que le tiene con el alma en un hilo es que se levante *la masa obrera*.

Volvió Jacinta al comedor, y el último cuento que trajo fue este:

«Chico, si estás allí te mueres de risa. ¡Pobre Muñoz! El otro se ha rehecho y le está soltando unos primores... Figúrate. Ahora está contando que ha visto un proyectil de los que tiran los carcas, y el fusil Berdan... No dice agujeros, sino *orificios*. Todo se vuelve *orificios*, y el marqués no sabe lo que le pasa...».

No pudo seguir, porque entró Muñoz, fumando un gran puro, a saludar al enfermo.

«Hola, Juanín... ¿Estamos *exclaustrados*?... ¿Y qué es?... ¿coriza? Eso es bueno, y cuando la mucosa necesita eliminar, que elimine... En fin, yo me...». Iba a decir *me largo*; pero al ver entrar a Aparisi (tal creyeron Jacinta y su marido), dijo: «me ausento».

A eso de las tres, marido y mujer estaban solos en el despacho, él en el sillón leyendo periódicos, ella arreglando la habitación que estaba algo desordenada. Barbarita había salido a comprar. El criado anunció a un hombre que quería hablar con el *señor joven*.

—Ya sabes que no recibe —dijo la señorita, y tomando de manos de Blas una tarjeta que este traía leyó: *José Ido del Sagrario, corredor de publicaciones nacionales y extranjeras.*

—Que entre, que entre al instante —ordenó Santa Cruz, saltando en su asiento—. Es el loco más divertido que puedes imaginar. Verás cómo nos reímos... Cuando nos cansemos de oírle, le echamos. ¡Tipo más célebre...! Le vi hace días en casa de Pez, y nos hizo morir de risa.

Al poco rato entró en el despacho un hombre muy flaco, de cara enfermiza y toda llena de lóbulos y carúnculas, los pelos bermejos y muy tiesos, como crines de escobillón, la ropa prehistórica y muy raída, corbata roja y deshilachada, las botas muertas de risa. En una mano traía el sombrero que era un *claque* del año en que esta prenda se inventó, el primogénito de los *claques* sin género de duda, y en la otra un lío de carteras-prospectos para hacer suscriciones a libros de lujo, las cuales estaban tan sobadas, que la mugre no permitía ver los dorados de la pasta. Impresionó penosamente a la compasiva Jacinta aquella estampa de miseria en traje de persona decente, y más lástima tuvo cuando le vio saludar con urbanidad y sin encogimiento, como hombre muy hecho al trato social.

«Hola, señor de Ido... ¡cuánto gusto de verle! —le dijo Santa Cruz con fingida seriedad—. Siéntese, y dígame qué le trae por aquí».

—Con permiso... ¿Quiere usted *Mujeres célebres*?

Jacinta y su marido se miraron.

—O *Mujeres de la Biblia* —prosiguió Ido, enseñando carteras—. Como el señor de Santa Cruz me dijo el otro día en casa del señor de Pez que deseaba conocer las publicaciones de las casas de Barcelona que tengo el honor de representar... ¿O quiere usted *Cortesanas célebres, Persecuciones religiosas, Hijos del Trabajo, Grandes inventos, Dioses del Paganismo...?*

IV

Basta, basta, no cite usted más obras ni me enseñe más carteras. Ya le dije que no me gustan libros por suscrición. Se extravían las entregas, y es volverse loco... Prefiero tomar alguna obra completa. Pero no tenga prisa. Estará usted cansado de tanto correr por ahí. ¿Quiere tomar una copita?

—Muchísimas gracias. Nunca bebo.

—¿No?, pues el otro día, cuando nos vimos en casa de Joaquín, decía este que estaba usted algo peneque... se entiende, un poco alegre...

—Perdone usted, señor de Santa Cruz —replicó Ido avergonzado—. Yo no me embriago; no me he embriagado jamás. Algunas veces, sin saber cómo ni por qué, me entra cierta excitación, y me pongo así, nervioso y como echando chispas... me pongo eléctrico. ¿Ven ustedes?... ya lo estoy. Fíjese usted, señor don Juan, y observe cómo se me mueve el párpado izquierdo y el músculo este de la quijada en el mismo lado. ¿Lo ve usted...?, ya está la función armada. Francamente, así no se puede vivir. Los médicos me dicen que coma carne. Como carne y me pongo peor. Ea, ya estoy como un muelle de reloj... Si usted me da su permiso me retiro...

—Hombre, no, descanse usted. Eso se le pasará. ¿Quiere usted un vaso de agua?

Jacinta sintió que no le dejase marchar, porque la idea de que el hombre aquel iba a caer allí con una pataleta le inspiraba repugnancia y miedo. Como Juan insistiese en lo del vaso de agua, díjole a su esposa por lo bajo: «Este infeliz lo que tiene es hambre».

—A ver, señor de Ido —indicó la dama—, ¿se comería usted una chuletita?

Don José respondió tácitamente, con la expresión de una incredulidad profunda. Cada vez parecía más extraño su mirar y más acentuado el temblor del párpado y la mejilla.

—Perdóneme usted, señora... Como la cabeza se me va, no puedo hacerme cargo de nada. Usted ha dicho que si me comería yo una...

—Una chuletita.

—Mi cabeza no puede apreciar bien... Padezco de olvidos de nombres y cosas. ¿A qué llama usted una chuleta? —añadió llevándose la mano a las erizadas crines, por donde se le escapaba la memoria y le entraba la electricidad—. ¿Por ventura, lo que usted llama... no sé cómo, es un pedazo de carne con un rabito que es de hueso?

—Justo. Llamaré para que se la traigan.

—No se moleste, señora. Yo llamaré.

—Que le traigan dos —dijo el señorito gozando con la idea de ver comer a un hambriento.

Jacinta salió, y mientras estuvo fuera Ido hablaba de su mala suerte.

«En este país, señor don Juanito, no se protege a las letras. Yo que he sido profesor de primera enseñanza, yo que he escrito obras de amena literatura tengo que dedicarme a correr publicaciones para llevar un pedazo de pan a mis hijos... Todos me lo dicen: si yo hubiera nacido en Francia, ya tendría hotel...».

—Eso es indudable. ¿No ve usted que aquí no hay quien lea, y los pocos que leen no tienen dinero?...

—Naturalmente —decía Ido a cada instante, echando ansiosas miradas en redondo por ver si aparecía la chuleta.

Jacinta entró con un plato en la mano. Tras ella vino Blas con el mismo velador en que había almorzado el señorito, un cubierto, servilleta, panecillo, copa y botella de vino. Miró estas cosas Ido con estupor famélico, no bien disimulado por la cortesía, y le entró una risa nerviosa, señal de hallarse próximo a la plenitud de aquel estado que llamaba eléctrico. La Delfina se volvió a sentar junto a su marido y miraba entre espantada y compasiva al desgraciado don José. Este dejó en el suelo las carteras y el *claque*, que no se cerraba nunca, y cayó sobre las chuletas como un tigre... Entre los mascullones salían de su boca palabras y frases desordenadas: «Agradecidísimo... Francamente, habría sido falta de educación desairar... No es que tenga apetito, naturalmente... He almorzado fuerte... ¿pero cómo desairar? Agradecidísimo...».

—Observo una cosa, querido don José —dijo Santa Cruz.

—¿Qué? —Que no masca usted lo que come.

—¡Oh!, ¿le interesa a usted que masque?

—No, a mí no.

—Es que no tengo muelas... Como como los pavos. Naturalmente... así me sienta mejor.

—¿Y no bebe usted?

—Media copita nada más... El vino no me hace provecho; pero muy agradecido, muy agradecido... —y a medida que iba comiendo, le bailaban más el párpado y el músculo, que parecían ya completamente declarados en huelga. Notábase en sus brazos y cuerpo estremecimientos muy bruscos, como si le estuvieran haciendo cosquillas.

«Aquí donde le ves —dijo Santa Cruz—, se tiene una de las mujeres más guapas de Madrid».

Hizo un signo a Jacinta que quería decir: «Espérate, que ahora viene lo bueno».

—¿Es de veras? —Sí. No se la merece. Ya ves que él es feo adrede.

—Mi mujer... Nicanora... —murmuró Ido sordamente, ya en el último bocado—, la Venus de Médicis... carnes de raso...

—¡Tengo unas ganas de conocer a esa célebre hermosura...! —afirmó Juan.

Don José no había dejado nada en el plato más que el hueso. Después exhaló un hondísimo suspiro, y llevándose la mano al pecho, dejó escapar con bronca voz estas palabras:

—La hermosura exterior nada más... sepulcro blanqueado... corazón lleno de víboras.

Su mirada infundió tanto terror a Jacinta, que dijo por señas a su marido que le dejara salir. Pero el otro, queriendo divertirse un rato, hostigó la demencia de aquel pobre hombre para que saltara.

«Venga acá, querido don José. ¿Qué tiene usted que decir de su esposa, si es una santa?».

—¡Una santa!, ¡una santa! —repitió Ido, con la barba pegada al pecho y echando al Delfín una mirada que en otra cara habría sido feroz—. Muy bien, señor mío. ¿Y usted en qué se funda para asegurarlo sin pruebas?

—La voz pública lo dice.

—Pues la voz pública se engaña —gritó Ido alargando el cuello y accionando con energía—. La voz pública no sabe lo que se pesca.

—Pero cálmese usted, pobre hombre —se atrevió a expresar Jacinta—. A nosotros no nos importa que su mujer de usted sea lo que quiera.

—¡Que no les importa!... —replicó Ido con entonación trágica de actor de la legua—. Ya sé que estas cosas a nadie le importan más que a mí, al esposo ultrajado, al hombre que sabe poner su honor por encima de todas las cosas.

—Es claro que a él le importa principalmente —dijo Santa Cruz hostigándole más—. Y que tiene el genio blando este señor Ido.

—Y para que usted, señora —añadió el desgraciado mirando a Jacinta de un modo que la hizo estremecer—, pueda apreciar la justa indignación de un hombre de honor, sepa que mi esposa es... ¡adúuultera!

Dijo esta palabra con un alarido espantoso, levantándose del asiento y extendiendo ambos brazos como suelen hacer los bajos de ópera cuando echan una maldición. Jacinta se llevó las manos a la cabeza. Ya no podía resistir más aquel desagradable espectáculo. Llamó al criado para que acompañara al desventurado corredor de obras literarias. Pero Juan, queriendo divertirse más, procuraba calmarle.

«Siéntese, señor don José, y no se excite tanto. Hay que llevar estas cosas con paciencia».

—¡Con paciencia, con paciencia! —exclamó Ido, que en su estado eléctrico repetía siempre la última frase que se le decía, como si la mascase, a pesar de no tener muelas.

—Sí, hombre; estos tragos no hay más remedio que irlos pasando. Amargan un poco; pero al fin el hombre, como dijo el otro, se va *jaciendo*.

—¡Se va *jaciendo*! ¿Y el honor, señor de Santa Cruz?...

Y otra vez hincaba la barba en el pecho, mirando con los ojos medio escondidos en el casco, y cerrándolos de súbito, como los toros que bajan el testuz para acometer. Las carúnculas del cuello se le inyectaban de tal modo, que casi eclipsaban el rojo de la corbata. Parecía un pavo cuando la excitación de la pelea con otro pavo le convierte en animal feroz.

—El honor —expresó Juan—. ¡Bah!, el honor es un sentimiento convencional...

Ido se acercó paso a paso a Santa Cruz y le tocó en el hombro muy suavemente, clavándole sus ojos de pavo espantado. Después de una larga pausa, durante la cual Jacinta se pegó a su marido como para defenderle de una agresión, el infeliz dijo esto, empezando muy bajito como si secreteara, y elevando gradualmente la voz hasta terminar de una manera estentórea: «Y si usted descubre que su mujer, la Venus de Médicis, la de las carnes de raso, la del cuello de cisne, la de los ojos cual estrellas... si usted descubre que esa divinidad, a quien usted ama con frenesí, esa dama que fue tan pura; si usted descubre, repito, que falta a sus deberes y acude a misteriosas citas con un duque, con un grande de España, sí señor, con el mismísimo duque de Tal».

—Hombre, eso es muy grave, pero muy grave —afirmó Juan, poniéndose más serio que un juez—. ¿Está usted seguro de lo que dice?

—¡Que si estoy seguro!... Lo he visto, lo he visto.

Pronunció esto con oprimido acento, como quien va a romper en llanto.

—Y usted, señor don José de mi alma —dijo Santa Cruz fingiéndose, no ya serio sino consternado—, ¿qué hace que no pide una satisfacción al duque?

—¡Duelos... duelitos a mí! —replicó Ido con sarcasmo—. Eso es para los tontos. Esas cosas se arreglan de otro modo.

Y vuelta a empezar bajito, para concluir a gritos:

«Yo haré justicia, se lo juro a usted... Espero cogerlos *in fraganti* otra vez, *in fraganti*, señor don Juan. Entonces aparecerán los dos cadáveres atravesados por una sola espada... Esta es la venganza, esta es la ley... por una sola espada... Y me quedaré tan fresco, como si tal cosa. Y podré salir por ahí mostrando mis manos manchadas con la sangre de los adúlteros y decir a gritos: 'Aprended de mí, maridos, a defender vuestro honor. Ved estas manos justicieras, vedlas y besadlas...'. Y vendrán todos... toditos a besarme las manos. Y será un besamanos, porque hay tantos, tantísimos...».

Al llegar a este grado de su lastimoso acceso, el infeliz Ido ya no tenía atadero. Gesticulaba en medio de la habitación, iba de un lado para otro, parábase delante de los esposos sin ninguna muestra de respeto, daba rápidas vueltas sobre un tacón y tenía todas las trazas de un hombre completamente irresponsable de lo que dice y hace. El criado estaba en la puerta riendo, esperando que sus amos le mandasen poner a aquel adefesio en la calle. Por fin, Juan hizo una seña a Blas; y a su mujer le dijo por lo bajo: «dale un par de duros». Dejose conducir hasta la puerta el pobre don José sin decir una palabra, ni despedirse. Blas le puso en la cabeza el primogénito de todos los *claques*, en una mano las mugrientas carteras, en otra los dos duros que para el caso le dio la señorita; la puerta se cerró y oyose el pesado, inseguro paso del hombre eléctrico por las escaleras abajo.

—A mí no me divierte esto —opinó Jacinta—. Me da miedo. ¡Pobre hombre! La miseria, el no comer le habrán puesto así.

—Es lo más inofensivo que te puedes figurar. Siempre que va a casa de Joaquín, le pinchamos para que hable de la adúuultera. Su demencia es que su mujer se la pega con un grande de España. Fuera de eso, es razonable y muy veraz en cuanto habla. ¿De qué provendrá esto, Dios mío? Lo que tú dices, el no comer. Este hombre ha sido también autor de novelas, y de escribir tanto adulterio, no comiendo más que judías, se le reblandeció el cerebro.

Y no se habló más del loco. Por la noche fue Guillermina, y Jacinta, que conservaba la mugrienta tarjeta con las señas de Ido, se la dio a su amiga para que en sus excursiones le socorriese. En efecto, la familia del corredor de obras (Mira el Río 12), merecía que alguien se interesara por ella. Guillermina conocía la casa y tenía en ella muchos parroquianos. Después de visitarla, hizo a su amiguita una pintura muy patética de la miseria que en la madriguera de los Idos reinaba. La esposa era una infeliz mujer, mártir del trabajo y de la inanición, humilde, estropeadísima, fea de encargo, mal pergeñada. Él ganaba poco, casi nada. Vivía la familia de lo que ganaban el hijo mayor, cajista, y la hija, polluela de buen ver que aprendía para peinadora.

Una mañana, dos días después de la visita de Ido, Blas avisó que en el recibimiento estaba el hombre aquel de los pelos tiesos. Quería hablar con la señorita. Venía muy pacífico. Jacinta fue allí, y antes de llegar ya estaba abriendo su portamonedas.

—Señora —le dijo Ido al tomar lo que se le daba—, estoy agradecidísimo a sus bondades; pero ¡ay!, la señora no sabe que estoy desnudo... quiero decir, que esta ropa que llevo se me está deshaciendo sobre las carnes... Y naturalmente, si la señora tuviera unos pantaloncitos desechados del señor don Juan...

—¡Ah! Sí... buscaré. Vuelva usted.

—Porque la señora doña Guillermina, que es tan buena, nos socorrió con bonos de carne y pan, y a Nicanora le dio una manta, que nos viene como bendición de Dios, porque en la cama nos abrigábamos con toda mi ropa y la suya puesta sobre las sábanas...

—Descuide usted, señor del Sagrario; yo le procuraré alguna prenda en buen uso. Tiene usted la misma estatura de mi marido.

—Y a mucha honra... Agradecidísimo, señora; pero créame la señora, se lo digo con la mano puesta en el corazón: más me convendría ropa de niños que ropa de hombre, porque no me importa estar desnudo con tal que mis chicos estén vestidos. No tengo más que una camisa, que Nicanora, naturalmente, me lava ciertas y determinadas noches mientras duermo, para ponérmela por la mañana... pero no me importa. Anden mis niños abrigados, y a mí que me parta una pulmonía.

—Yo no tengo niños —dijo la dama con tanta pena como el otro al decir «no tengo camisa».

Maravillábase Jacinta de lo muy razonable que estaba el corredor de obras. No advirtió en él ningún indicio de las extravagancias de marras.

«La señora no tiene hijos... ¡Qué lástima! —exclamó Ido—. Dios no sabe lo que se hace... Y yo pregunto: si la señora no tiene niños, ¿para quién son los niños? Lo que yo digo... ese señor Dios será todo lo sabio que quieran; pero yo no le paso ciertas cosas».

Esto le pareció a la Delfina tan discreto, que creyó tener delante al primer filósofo del mundo; y le dio más limosna.

«Yo no tengo niños —repitió—, pero ahora me acuerdo. Mis hermanas los tienen...».

—Mil y mil cuatrillones de gracias, señora. Algunas prendas de abrigo, como las que repartió el otro día doña Guillermina a los chicos de mis vecinos, no nos vendrían mal.

—¿Doña Guillermina repartió a los vecinos y a usted no?... ¡Ah!, descuide usted; ya le echaré yo un buen réspice.

Alentado por esta prueba de benevolencia, Ido empezó a tomar confianza. Avanzó algunos pasos dentro del recibimiento, y bajando la voz dijo a la señorita:

«Repartió doña Guillermina unos capuchoncitos de lana, medias y otras cosas; pero no nos tocó nada. Lo mejor fue para los hijos de la señá Joaquina y para el *Pitusín*, el niño ese... ¿no sabe la señora?, ese chiquillín que tiene consigo mi vecino Pepe Izquierdo... un hombre de bien, tan desgraciado como yo... No le quiero quitar al *Pitusín* la preferencia. Comprendo que lo mejor debe caerle a él por ser de la familia.

—¿Qué dice usted, hombre? ¿De quién habla usted? —indicó Jacinta sospechando que Ido se electrizaba. Y en efecto, creyó notar síntomas de temblor en el párpado.

«El *Pitusín* —prosiguió Ido tomándose más confianza y bajando más la voz—, es un nene de tres años, muy mono por cierto, hijo de una tal Fortunata, mala mujer, señora, muy mala... Yo la vi una vez, una vez sola. Guapetona; pero muy loca. Mi vecino me ha enterado de todo...

Pues como decía, el pobre *Pitusín* es muy salado... ¡más listo que Cachucha y más malo...! Trae al retortero a toda la vecindad. Yo le quiero como a mis hijos. El señor Pepe le recogió no sé dónde, porque su madre le quería tirar...».

Jacinta estaba aturdidísima, como si hubiera recibido un fuerte golpe en la cabeza. Oía las palabras de Ido sin acertar a hacerle preguntas terminantes. ¡Fortunata, el *Pitusín*!... ¿No sería esto una nueva extravagancia de aquel cerebro novelador?

«Pero, vamos a ver... —dijo la señorita al fin, comenzando a serenarse—. Todo eso que usted me cuenta, ¿es verdad o es locura de usted?... Porque a mí me han dicho que usted ha escrito novelas, y que por escribirlas comiendo mal, ha perdido la chaveta».

—Yo le juro a la señora que lo que le he dicho es el Santísimo Evangelio —replicó Ido poniéndose la mano sobre el pecho—. José Izquierdo es persona formal. No sé si la señora lo conocerá. Tuvo platería en la Concepción Jerónima, un gran establecimiento... especialidad en regalos para amas... No sé si fue allí donde nació el *Pitusín*; lo que sí sé es que, naturalmente, es hijo de su esposo de usted, el señor don Juanito de Santa Cruz.

—Usted está loco —exclamó la dama con arranque de enojo y despecho—. Usted es un embustero... Márchese usted.

Empujole hacia la puerta mirando a todos lados por si había en el recibimiento o en los pasillos alguien que tales despropósitos oyera. No había nadie. Don José se deshizo en reverencias; pero no se turbó porque le llamaran loco.

«Si la señora no me cree —se limitó a decir—, puede enterarse en la vecindad...».

Jacinta le retuvo entonces. Quería que hablase más.

«Dice usted que ese José Izquierdo... Pero no quiero saber nada. Váyase usted».

Ido había traspasado el hueco de la puerta, y Jacinta cerró de golpe, a punto que él abría la boca para añadir quizás algún pormenor interesante a sus revelaciones. Tuvo la dama intenciones de llamarle. Figurábase que al través de la madera, cual si esta fuera un cristal, veía el párpado tembloroso de Ido y su cara de pavo, que ya le era odiosa como la de un animal dañino.

«No, no abro... —pensó—. Es una serpiente... ¡Qué hombre! Se finge el loco para que le tengan lástima y le den dinero». Cuando le oyó bajar las escaleras volvió a sentir deseos de más explicaciones. En aquel mismo instante subían Barbarita y Estupiñá cargados de paquetes de compras. Jacinta les vio por el ventanillo y huyó despavorida hacia el interior de la casa, temerosa de que le conocieran en la cara el desquiciamiento que aquel condenado hombre había producido en su alma.

V

¡Cómo estuvo aquel día la pobrecita! No se enteraba de lo que le decían, no veía ni oía nada. Era como una ceguera y sordera moral, casi física. La culebra que se le había enroscado dentro, desde el pecho al cerebro, le comía todos los pensamientos y las sensaciones todas, y casi le estorbaba la vida exterior. Quería llorar; ¿pero qué diría la familia al verla hecha un mar de lágrimas? Habría que decir el motivo... Las reacciones fuertes y pasajeras de toda pena no le faltaban, y cuando aquella marca de consuelo venía, sentía breve alivio. ¡Si todo era un embuste, si aquel hombre estaba loco...! Era autor de novelas de brocha gorda y no pudiendo ya escribirlas para el público, intentaba llevar a la vida real los productos de su imaginación llena de tuberculosis. Sí, sí, sí: no podía ser otra cosa: tisis de la fantasía. Solo en las novelas malas se ven esos hijos de sorpresa que salen cuando hace falta para complicar el argumento. Pero si lo revelado podía ser una papa, también podía no serlo, y he aquí concluida la reacción de alivio. La culebra entonces, en vez de desenroscarse, apretaba más sus duros anillos.

Aquel día, el demonio lo hizo, estaba Juan mucho peor de su catarro. Era el enfermo más impertinente y dengoso que se pudiera imaginar. Pretendía que su mujer no se apartara de él, y notando en ella una tristeza que no le era habitual, decíale con enojo: «¿Pero qué tienes, qué te pasa, hija? Vaya, pues me gusta... Estoy yo aquí hecho una plasta, aburrido y pasando las de Caín, y te me vienes tú ahora con esa cara de juez. Ríete, por amor de Dios». Y Jacinta era tan buena, que al fin hacía un esfuerzo para aparecer contenta. El Delfín no tenía paciencia para soportar las molestias de un simple catarro, y se desesperaba cuando le venía uno de esos rosarios de estornudos que no se acaban nunca. Empeñábase en despejar su cabeza de la pesada fluxión sonándose con estrépito y cólera.

«Ten paciencia, hijo —le decía su madre—. Si fuera una enfermedad grave, ¿qué harías?».

—Pues pegarme un tiro, mamá. Yo no puedo aguantar esto. Mientras más me sueno, más abrumada tengo la cabeza. Estoy harto de beber aguas. ¡Demonio con las aguas! No quiero más brebajes. Tengo el estómago como una charca. ¡Y me dicen que tenga paciencia! Cualquier día tengo yo paciencia. Mañana me echo a la calle.

—Falta que te dejemos.

—Al menos ríanse, cuéntenme algo, distráiganme. Jacinta, siéntate a mi lado. Mírame.

—Si ya te estoy mirando. Estás muy guapito con tu pañuelo liado en la cabeza, la nariz colorada, los ojos como tomates...

—Búrlate; mejor. Eso me gusta... Ya te daría yo mi constipado. No, si no quiero más caramelos. Con tus caramelos me has puesto el cuerpo como una confitería. Mamá...

—¿Qué? —¿Estaré bueno mañana? Por Dios, tengan compasión de mí, háganme llevadera esta vida. Estoy en un potro. Me carga el sudar. Si me desabrigo, toso; si me abrigo, echo el quilo... Mamá, Jacinta, distraedme; tráiganme a Estupiñá para reírme un rato con él.

Jacinta, al quedarse otra vez sola con su marido, volvió a sus pensamientos. Le miró por detrás de la butaca en que sentado estaba.

«¡Ah, cómo me has engañado!...». Porque empezaba a creer que el loco, con serlo tan rematado, había dicho verdades. Las inequívocas adivinaciones del corazón humano decíanle que la desagradable historia del *Pitusín* era cierta. Hay cosas que forzosamente son ciertas, sobre todo siendo cosas malas. ¡Entrole de improviso a la pobrecita esposa una rabia...! Era como la cólera de las palomas cuando se ponen a pelear. Viendo muy cerca de sí la cabeza de su marido, sintió deseos de tirarle del cabello que por entre las vueltas del pañuelo de seda salía.

«¡Qué rabia tengo! —pensó Jacinta apretando sus bonitísimos dientes—, por haberme ocultado una cosa tan grave... ¡Tener un hijo y abandonarlo así!»... Se cegó; vio todo negro. Parecía que le entraban convulsiones. Aquel *Pitusín* desconocido y misterioso, aquella hechura de su marido, sin que fuese, como debía, hechura suya también, era la verdadera culebra que se enroscaba en su interior...

«¿Pero qué culpa tiene el pobre niño...? —pensó después transformándose por la piedad—. ¡Este, este tunante...!». Miraba la cabeza, ¡y qué ganas tenía de arrancarle una mecha de pelo, de pegarle un coscorrón!... ¿Quién dice uno?... dos, tres, cuatro coscorrones muy fuertes para que aprendiera a no engañar a las personas.

«Pero mujer, ¿qué haces ahí detrás de mí? —murmuró él sin volver la cabeza—. Lo que digo, hoy parece que estás lela. Ven acá, hija».

—¿Qué quieres? —Niña de mi vida, hazme un favorcito.

Con aquellas ternuras se le pasó a la Delfina todo su furor de coscorrones. Aflojó los dientes y dio la vuelta hasta ponérsele delante.

«Hazme el favorcito de ponerme otra manta. Creo que me he enfriado algo».

Jacinta fue a buscar la manta. Por el camino decía: «En Sevilla me contó que había hecho diligencias por socorrerla. Quiso verla y no pudo. Murió mamá, pasó tiempo; no supo más de ella... Como Dios es mi padre, yo he de saber lo que hay de verdad en esto, y si... (se ahogaba al llegar a esta parte de su pensamiento) si es verdad que los hijos que no le nacen en mí le nacen en otra...».

Al ponerle la manta le dijo: «Abrígate bien, infame»; y a Juanito no se le ocultó la seriedad con que lo decía. Al poco rato volvió a tomar el acento mimoso:

«Jacintilla, niña de mi corazón, ángel de mi vida, llégate acá. Ya no haces caso del sinvergüenza de tu maridillo».

—Celebro que te conozcas. ¿Qué quieres?

—Que me quieras y me hagas muchos mimos. Yo soy así. Reconozco que no se me puede aguantar. Mira, tráeme agua azucarada... templadita, ¿sabes? Tengo sed.

Al darle el agua, Jacinta le tocó la frente y las manos.

«¿Crees que tengo calentura?».

—De pollo asado. No tienes más que impertinencias. Eres peor que los chiquillos.

—Mira, hijita, cordera; cuando venga *La Correspondencia*, me la leerás. Tengo ganas de saber cómo se desenvuelve Salmerón. Luego me leerás *La Época*. ¡Qué buena eres! Te estoy mirando y me parece mentira que tenga yo por mujer a un serafín como tú. Y que no hay quien me quite esta ganga... ¡Qué sería de mí sin ti... enfermo, postrado...!

—¡Vaya una enfermedad! Sí; lo que es por quejarte no quedará...

Doña Bárbara entró diciendo con autoridad: «A la cama, niño, a la cama. Ya es de noche y te enfriarás en ese sillón».

—Bueno, mamá; a la cama me voy. Si yo no chisto, si no hago más que obedecer a mis tiranas... Si soy una malva. Blas, Blas..., ¿pero dónde se mete este condenado hombre?

María Santísima, lo que bregaron para acostarle. La suerte de ellas era que lo tomaban a broma.

«Jacinta, ponme un pañuelo de seda en la garganta... Chica, no aprietes tanto que me ahogas... Quita, quita, tú no sabes. Mamá, ponme tú el pañuelo... No, quitádmelo; ninguna de las dos sabe liar un pañuelo. ¡Pero qué gente más inútil!».

Pasa un ratito.

«Mamá, ¿ha venido *La Correspondencia*?».

—No, hijo. No te desabrigues. Mete estos brazos. Jacinta, cúbrele los brazos.

—Bueno, bueno, ya están metidos los brazos. ¿Los meto más? Eso es, se empeñan en que me ahogue. Me han puesto un baúl mundo encima. Jacinta, quita *jierro*, que el peso me agobia... Pero, chica, no tanto; sube más arribita el edredón... tengo el pescuezo helado. Mamá... lo que digo, hacen las cosas de mala gana. Así no me pongo nunca bueno. Y ahora se van a comer. ¿Y me voy a quedar solo con Blas?

—No, tonto, Jacinta comerá aquí contigo.

Mientras su mujer comía, ni un momento dejó de importunarla: «Tú no comes, tú estás desganada; a ti te pasa algo; tú disimulas algo... A mí no me la das tú. Francamente, nunca está uno tranquilo... pensando siempre si te nos pondrás mala. Pues es preciso comer; haz un esfuerzo... ¿Es que no comes para hacerme rabiar?... Ven acá, tontuela, echa la cabecita aquí. Si no me enfado, si te quiero más que a mi vida, si por verte contenta, firmaba yo ahora un contrato de catarro vitalicio... Dame un poquito de esa camuesa... ¡Qué buena está! Déjame que te chupe el dedo...».

Iban llegando los amigos de la casa que solían ir algunas noches.

«Mamá, por las llagas y por todos los clavos de Cristo, no me traigas acá a Aparisi... Ahora le da porque todo ha de ser *obvio... obvio* por arriba, *obvio* por abajo. Si me le traes le echo a cajas destempladas».

—Vaya, no digas tonterías. Puede que entre a saludarte; pero saldrá enseguida. ¿Quién ha entrado ahora?... ¡Ah!, me parece que es Guillermina.

—Tampoco la quiero ver. Me va a aburrir con su edificio. ¡Valiente chifladura! Esa mujer está loca. Anoche me dio la gran jaqueca, con que si sacó las maderas de *seis* a treinta y ocho reales, y las *carreras de pie y cuarto* a diez y seis reales pie. Me armó un triquitraque de pies que me dejó la cabeza pateada. No me la entren aquí. No me importa saber a cómo valen el ladrillo pintón y las alfargías... Mamá, ponte de centinela y aquí no me entra más que Estupiñá. Que venga Placidito, para que me cuente sus glorias, cuando iba al portillo de Gilimón a meter contrabando, y a la bóveda de San Ginés a abrirse las carnes con el zurriago... Que venga para decirle: «lorito, daca la pata».

—¡Pero, qué impertinente! Ya sabes que el pobre Plácido se acuesta entre nueve y diez. Tiene que estar en planta a las cinco de la mañana. Como que va a despertar al sacristán de San Ginés, que tiene un sueño muy pesado.

—Y porque el sacristán de San Ginés sea un dormilón, ¿me he de fastidiar yo? Que entre Estupiñá y me dé tertulia. Es la única persona que me divierte.

—Hijo, por amor de Dios, mete esos brazos.

—Ea, pues si no viene Rossini, no los meto y saco todo el cuerpo fuera.

Y entraba Plácido y le contaba mil cosas divertidas, que siento no poder reproducir aquí. No contento con esto, quería divertirse a costa de él, y recordando un pasaje de la vida de Estupiñá que le habían contado, decíale:

«A ver, Plácido, cuéntanos aquel lance tuyo cuando te arrodillaste delante del sereno, creyendo que era el Viático...».

Al oír esto, el bondadoso y parlanchín anciano se desconcertaba. Respondía torpemente, balbuciendo negativas y «¿quién te ha contado esa paparrucha?». A lo mejor, saltaba Juan con esto: «¿Pero di, Plácido, tú no has tenido nunca novia?».

—Vaya, vaya, este Juanito —decía Estupiñá levantándose para marcharse—, tiene hoy ganas de comedia.

Barbarita, que tanto apreciaba a su buen amigo, estaba, como suele decirse, al quite de estas bromas que tanto le molestaban.

«Hijo, no te pongas tan pesado... deja marchar a Plácido. Tú, como te estás durmiendo hasta las once de la mañana, no te acuerdas del que madruga».

Jacinta, entre tanto, había salido un rato de la alcoba. En el salón vio a varias personas, Casa-Muñoz, Ramón Villuendas, don Valeriano Ruiz-Ochoa y alguien más, hablando de política con tal expresión de terror, que más bien parecían conspiradores. En el gabinete de Barbarita y en el rincón de costumbre halló a Guillermina haciendo obra de media con hilo crudo. En el ratito que estuvo sola con ella, la enteró del plan que tenía para la mañana siguiente. Irían juntas a la calle de Mira el Río, porque Jacinta tenía un interés particular en socorrer a la familia de aquel pasmarote que hace las suscriciones.

«Ya le contaré a usted; tenemos que hablar largo». Ambas estuvieron de cuchicheo un buen cuarto de hora, hasta que vieron aparecer a Barbarita.

«Hija, por Dios, ve allá. Hace un rato que te está llamando. No te separes de él. Hay que tratarle como a los chiquillos».

«Pero mujer, te marchas y me dejas así... ¡qué alma tienes! —gritó el Delfín cuando vio entrar a su esposa—. Vaya una manera de cuidarle a uno. Nada... Lo mismo que a un perro».

—Hijo de mi alma, si te dejé con Plácido y tu mamá... Perdóname, ya estoy aquí.

Jacinta parecía alegre, Dios sabría por qué... Inclinose sobre el lecho y empezó a hacerle mimos a su marido, como podría hacérselos a un niño de tres años.

—¡Ay, qué mañosito se me ha vuelto este nene!... Le voy a dar azotes... Toma, este por tu mamá, este por tu papá y este grande... por tu parienta...

—¡Rica!

—Si no me quieres nada.

—Anda, zalamera... quien no me quiere nada eres tú.

—Nada en gracia de Dios.

—¿Cuánto me quieres?

—Tanto así.

—Es poco.

—Pues como de aquí a la Cibeles... no al Cielo... ¿Estás satisfecho?

—*Chí.*

Jacinta se puso seria.

«Arréglame esta almohada».

—¿Así?

—No, más alta.

—¿Estás bien?

—No, más bajita... Magnífico. Ahora, ráscame aquí, en la paletilla.

—¿Aquí?

—Más abajito... más arribita... ahí... fuerte... ¡Ay, niña de mi vida, eres la gloria eterna!... ¡Qué dicha la mía en poseerte!...

«Cuando estás malo es cuando me dices esas cosas... Ya me las pagarás todas juntas».

—Sí, soy un pillo... Pégame.

—Toma, toma.

—Cómeme...

—Sí, que te como, y te arranco un bocado...

—¡Ay! ¡ay!, no tanto, caramba. ¡Si alguien nos viera!...

—Creería que nos habíamos vuelto tontos rematados —observó Jacinta riéndose con cierta melancolía.

—Estas simplezas no son para que las vea nadie...

—¿Cierras los ojos? Duérmete, a... rorró...

—Eso es, quieres que me duerma para echar a correr a darle cuerda a esa maniática de Guillermina. Tú eres responsable de que se chifle por completo, porque le fomentas el tema del edificio... Ya estás deseando que cierre yo los ojos para irte. Más que estar conmigo te gusta el palique. ¿Sabes lo que te digo? Que si me duermo, te tienes que estar aquí, de centinela, para cuidar de que no me destape.

—Bueno, hombre, bueno; me estaré.

Quedose aletargado; pero enseguida abrió los ojos, y lo primero que vieron fue los de Jacinta, fijos en él con atención amante. Cuando se durmió de veras, la centinela abandonó su puesto para correr al lado de Guillermina con quien tenía pendiente una interesantísima conferencia.

IX. Una visita al Cuarto Estado

I

Al día siguiente, el Delfín estaba poco más o menos lo mismo. Por la mañana, mientras Barbarita y Plácido andaban por esas calles de tienda en tienda, entregados al deleite de las compras precursoras de Navidad, Jacinta salió acompañada de Guillermina. Había dejado a su esposo con Villalonga, después de enjaretarle la mentirilla de que iba a la Virgen de la Paloma a oír una misa que había prometido. El atavío de las dos damas era tan distinto, que parecían ama y criada. Jacinta se puso su abrigo, sayo o *pardessus* color de pasa, y Guillermina llevaba el traje modestísimo de costumbre.

Iba Jacinta tan pensativa, que la bulla de la calle de Toledo no la distrajo de la atención que a su propio interior prestaba. Los puestos a medio armar en toda la acera desde los portales a San Isidro, las baratijas, las panderetas, la loza ordinaria, las puntillas, el cobre de Alcaraz y los veinte mil cachivaches que aparecían dentro de aquellos nichos de mal clavadas tablas y de lienzos peor dispuestos, pasaban ante su vista sin determinar una apreciación exacta de lo que eran. Recibía tan solo la imagen borrosa de los objetivos diversos que iban pasando, y lo digo así, porque era como si ella estuviese parada y la pintoresca vía se corriese delante de ella como un telón. En aquel telón había racimos de dátiles colgados de una percha; puntillas blancas que caían de un palo largo, en ondas, como los vástagos de una trepadora, pelmazos de higos pasados, en bloques, turrón en trozos como sillares que parecían acabados de traer de una cantera; aceitunas en barriles rezumados; una mujer puesta sobre una silla y delante de una jaula, mostrando dos pajarillos amaestrados, y luego montones de oro, naranjas en seretas o hacinadas en el arroyo. El suelo intransitable ponía obstáculos sin fin, pilas de cántaros y vasijas, ante los pies del gentío presuroso, y la vibración de los adoquines al paso de los carros parecía hacer bailar a personas y cacharros. Hombres con sartas de pañuelos de diferentes colores se ponían delante del transeúnte como si fueran a capearlo. Mujeres chillonas taladraban el oído con pregones enfáticos, acosando al público y poniéndole en la alternativa de comprar o morir. Jacinta veía las piezas de tela desenvueltas en ondas a lo largo de todas las paredes, percales azules, rojos y verdes, tendidos de puerta en puerta, y su mareada vista le exageraba las curvas de aquellas rúbricas de trapo. De ellas colgaban, prendidas con alfileres, toquillas de los colores vivos y elementales que agradan a los salvajes. En algunos huecos brillaba el naranjado que chilla como los ejes sin grasa; el bermellón nativo, que parece rasguñar los ojos; el carmín, que tiene la acidez del vinagre; el cobalto, que infunde ideas de envenenamiento; el verde de panza de lagarto, y ese amarillo tila, que tiene cierto aire de poesía mezclado con la tisis, como en la *Traviatta*. Las bocas de las tiendas, abiertas entre tanto colgajo, dejaban ver el interior de ellas tan abigarrado como la parte externa, los horteras de bruces en el mostrador, o vareando telas, o charlando. Algunos braceaban, como si nadasen en un mar de pañuelos. El sentimiento pintoresco de aquellos tenderos se revela en todo. Si hay una columna en la tienda la revisten de corsés encarnados, negros y blancos, y con los refajos hacen graciosas combinaciones decorativas.

Dio Jacinta de cara a diferentes personas muy ceremoniosas. Eran maniquís vestidos de señora con tremendos *polisones*, o de caballero con terno completo de lanilla. Después gorras muchas gorras, posadas y alineadas en percheros del largo de toda una casa; chaquetas ahuecadas con un palo, zamarras y otras prendas que algo, sí, algo tenían de seres humanos sin piernas ni cabeza. Jacinta, al fin, no miraba nada; únicamente se fijó en unos hombres amarillos, completamente amarillos, que colgados de unas horcas se balanceaban a impulsos del aire. Eran juegos de calzón y camisa de bayeta, cosidas una pieza a otra, y que así, al pronto, parecían personajes de azufre. Los había también encarnados. ¡Oh!, el rojo abundaba tanto, que aquello parecía un pueblo que tiene la religión de la sangre. Telas rojas, arneses rojos, collarines y frontiles rojos con madroñaje arabesco. Las puertas de las tabernas también de color de sangre. Y que no son ni tina ni dos. Jacinta se asustaba de ver tantas, y Guillermina no pudo menos de exclamar: «¡Cuánta perdición!, una puerta sí y otra no, taberna. De aquí salen todos los crímenes».

Cuando se halló cerca del fin de su viaje, la Delfina fijaba exclusivamente su atención en los chicos que iba encontrando. Pasmábase la señora de Santa Cruz de que hubiera tantísima madre por aquellos barrios, pues a cada paso tropezaba con una, con su crío en brazos, muy bien agasajado bajo el ala del mantón. A todos estos ciudadanos del porvenir no se les veía más que la cabeza por encima del hombro de su madre. Algunos iban vueltos hacia atrás, mostrando la carita redonda dentro del círculo del gorro y los ojuelos vivos, y se reían con los transeúntes. Otros tenían el semblante mal humorado, como personas que se llaman a engaño en los comienzos de la vida humana. También vio Jacinta no uno, sino dos y hasta tres, camino del cementerio. Suponíales muy tranquilos y de color de cera dentro de aquella caja que llevaba un tío cualquiera al hombro, como se lleva una escopeta.

«Aquí es» dijo Guillermina, después de andar un trecho por la calle del Bastero y de doblar una esquina. No tardaron en encontrarse dentro de un patio cuadrilongo. Jacinta miró hacia arriba y vio dos filas de corredores con antepechos de fábrica y pilastrones de madera pintada de ocre, mucha ropa tendida, mucho refajo amarillo, mucha zalea puesta a secar, y oyó un zumbido como de enjambre. En el patio, que era casi todo de tierra, empedrado solo a trechos, había chiquillos de ambos sexos y de diferentes edades. Una zagalona tenía en la cabeza toquilla roja con agujeros, o con *orificios*, como diría Aparisi; otra, toquilla blanca, y otra estaba con las greñas al aire. Esta llevaba zapatillas de orillo, y aquella botitas finas de caña blanca, pero ajadas ya y con el tacón torcido. Los chicos eran de diversos tipos. Estaba el que va para la escuela con su cartera de estudio, y el pillete descalzo que no hace más que vagar. Por el vestido se diferenciaban poco, y menos aún por el lenguaje, que era duro y con inflexiones dejosas.

«Chicooo... mia éste... Que te rompo la cara... ¿sabeees...?».

—¿Ves esa farolona? —dijo Guillermina a su amiga—, es una de las hijas de Ido... Esa, esa que está dando brincos como un saltamontes... ¡Eh!, chiquilla... No oyen... venid acá.

Todos los chicos, varones y hembras, se pusieron a mirar a las dos señoras, y callaban entre burlones y respetuosos, sin atreverse a acercarse. Las que se acercaban paso a paso eran seis u ocho palomas pardas, con reflejos irisados en el cuello; lindísimas, gordas. Venían muy confiadas meneando el cuerpo como las chulas, picoteando en el suelo lo que encontraban, y eran tan mansas, que llegaron sin asustarse hasta muy cerca de las señoras. De pronto levantaron el vuelo y se plantaron en el tejado. En algunas puertas había mujeres que sacaban esteras a que se orearan, y sillas y mesas. Por otras salía como una humareda: era el polvo del barrido. Había vecinas que se estaban peinando las trenzas negras y aceitosas, o las guedejas rubias, y tenían todo aquel matorral echado sobre la cara como un velo. Otras salían arrastrando zapatos en chancleta por aquellos empedrados de Dios, y al ver a las forasteras corrían a sus guaridas a llamar a otras vecinas, y la noticia cundía, y aparecían por las enrejadas ventanas cabezas peinadas o a medio peinar.

«¡Eh!, chiquillos, venid acá» repitió Guillermina; y se fueron acercando escalonados por secciones, como cuando se va a dar un ataque. Algunos, más resueltos, las manos a la espalda, miraron a las dos damas del modo más insolente. Pero uno de ellos, que sin duda tenía instintos de caballero, se quitó de la cabeza un andrajo que hacía el papel de gorra y les preguntó que a quién buscaban.

«¿Eres tú del señor de Ido?». El rapaz respondió que no, y al punto destacose del grupo la niña de las zancas largas, de las greñas sueltas y de los zapatos de orillo, apartando a manotadas a todos los demás muchachos que se enracimaban ya en derredor de las señoras.

«¿Está tu padre arriba?». La chica respondió que sí, y desde entonces convirtiose en individuo de Orden Público. No dejaba acercar a nadie; quería que todos los granujas se retiraran y ser ella sola la que guiase a las dos damas hasta arriba.

«¡Qué pesados, qué sobones!... En todo quieren meter las narices... Atrás, gateras, atrás... Quitarvos de en medio; dejar paso».

Su anhelo era marchar delante. Habría deseado tener una campanilla para ir tocando por aquellos corredores a fin de que supieran todos qué gran visita venía a la casa.

«Niña, no es preciso que nos acompañes —dijo Guillermina que no gustaba de que nadie se sofocase tanto por ella—. Nos basta con saber que están en casa».

Pero la zancuda no hacía caso. En el primer peldaño de la escalera estaba sentada una mujer que vendía higos pasados en una sereta, y por poco no la planta el zapato de orillo en mitad de la cara. Y todo porque no se apartaba de un salto para dejar el paso libre...

«¡Vaya dónde se va usted a poner, tía bruja!... Afuera o la reviento de una patada...».

Subieron, no sin que a Jacinta le quedaran ganas de examinar bien toda la pillería que en el patio quedaba. Allá en el fondo había divisado dos niños y una niña. Uno de ellos era rubio y como de tres años. Estaban jugando con el fango, que es el juguete más barato que se conoce. Amasábanlo para hacer tortas del tamaño de *perros grandes*. La niña, que era de más edad, había construido un hornito con pedazos de ladrillo, y a la derecha de ella había un montón de panes, bollos y tortas, todo de la misma masa que tanto abundaba allí. La señora de Santa Cruz observó este grupo desde lejos. ¿Sería alguno de aquellos? El corazón le saltaba en el pecho y no se atrevía a preguntar a la zancuda. En el último peldaño de la escalera encontraron otro obstáculo: dos muchachuelas y tres nenes, uno de estos en mantillas, interceptaban el paso. Estaban jugando con arena *fina* de fregar. El mamón estaba fajado y en el suelo, con las patas y las manos al aire, berreando, sin que nadie le hiciera caso. Las dos niñas habían extendido la arena sobre el piso, y de trecho en trecho habían puesto diferentes palitos con cuerdas y trapos. Era el secadero de ropa de las Injurias, propiamente imitado.

«¡Qué tropa, Dios! —exclamó la zancuda con indignación de celador de ornato público, que no causó efecto—. Cuidado donde se van a poner... ¡Fuera, fuera!... y tú, *pitoja*, recoge a tu hermanillo, que le vamos a espachurrar». Estas amonestaciones de una autoridad tan celosa fueron oídas con el más insolente desdén. Uno de los mocosos arrastraba su panza por el suelo, abierto de las cuatro patas; el otro cogía puñados de arena y se lavaba la cara con ella, acción muy lógica, puesto que la arena representaba el agua.

«Vamos, hijos, quitaos de en medio —les dijo Guillermina a punto que la zancuda destruía con el pie el lavadero, gritando—: Sinvergüenzonas, ¿no tenéis otro sitio donde jugar? ¡Vaya con la canalla esta...!» y echó adelante resuelta a destruir cualquier obstáculo que se pusiera al paso. Las otras chiquillas cogieron a los mocosos, como habrían cogido una muñeca, y poniéndoselos al cuadril, volaron por aquellos corredores.

«Vamos —dijo Guillermina a su guía—, no las riñas tanto, que también tú eres buena...».

II

Avanzaron por el corredor, y a cada paso un estorbo. Bien era un brasero que se estaba encendiendo, con el tubo de hierro sobre las brasas para hacer tiro; bien el montón de zaleas o de ruedos, ya una banasta de ropa; ya un cántaro de agua. De todas las puertas abiertas y de las ventanillas salían voces o de disputa, o de algazara festiva. Veían las cocinas con los pucheros armados sobre las ascuas, las artesas de lavar junto a la puerta, y allá en el testero de las breves estancias la indispensable cómoda con su hule, el velón con pantalla verde y en la pared una especie de altarucho formado por diferentes estampas, alguna lámina al cromo de prospectos o periódicos satíricos, y muchas fotografías. Pasaban por un domicilio que era taller de zapatería, y los golpazos que los zapateros daban a la suela, unidos a sus cantorrios, hacían una algazara de mil demonios. Más allá sonaba el convulsivo tiquitique de una máquina de coser, y acudían a las ventanas bustos y caras de mujeres curiosas. Por aquí se veía un enfermo tendido en un camastro, más allá un matrimonio que disputaba a gritos. Algunas vecinas conocieron a doña Guillermina y la saludaban con respeto. En otros círculos causaba admiración el empaque elegante de Jacinta. Poco más allá cruzáronse de una puerta a otra observaciones picantes e irrespetuosas.

«Señá Mariana, ¿ha visto que nos hemos traído el sofá en la rabadilla? ¡Ja, ja, ja!».

Guillermina se paró, mirando a su amiga: «Esas chafalditas no van conmigo. No puedes figurarte el odio que esta gente tiene a los *polisones*, en lo cual demuestran un sentido... ¿cómo se dice?, un sentido *estético* superior al de esos haraganes franceses que inventan tanto pegote estúpido».

Jacinta estaba algo corrida; pero también se reía, Guillermina dio dos pasos atrás, diciendo: «Ea, señoras, cada una a su trabajo, y dejen en paz a quien no se mete con ustedes».

Luego se detuvo junto a una de las puertas y tocó en ella con los nudillos.

«La señá Severiana no está —dijo una de las vecinas—. ¿Quiere la señora dejar recado?...».

—No; la veré otro día.

Después de recorrer dos lados del corredor principal, penetraron en una especie de túnel en que también había puertas numeradas; subieron como unos seis peldaños, precedidas siempre de la zancuda, y se encontraron en el corredor de otro patio, mucho más feo, sucio y triste que el anterior. Comparado con el segundo, el primero tenía algo de aristocrático y podría pasar por albergue de familias *distinguidas*.

Entre uno y otro patio, que pertenecían a un mismo dueño y por eso estaban unidos, había un escalón social, la distancia entre eso que se llama *capas*. Las viviendas, en aquella segunda *capa*, eran más estrechas y miserables que en la primera; el revoco se caía a pedazos, y los rasguños trazados con un clavo en las paredes parecían hechos con más saña, los versos escritos con lápiz en algunas puertas más necios y groseros, las maderas más despintadas y roñosas, el aire más viciado, el vaho que salía por puertas y ventanas más espeso y repugnante. Jacinta, que había visitado algunas casas de corredor, no había visto ninguna tan tétrica y mal oliente.

«¿Qué, te asustas, niña bonita? —le dijo Guillermina—. ¿Pues qué te creías tú, que esto era el Teatro Real o la casa de Fernán-Núñez? Ánimo. Para venir aquí se necesitan dos cosas: caridad y estómago».

Echando una mirada a lo alto del tejado, vio la Delfina que por encima de este asomaba un tenderete en que había muchos cueros, tripas u otros despojos, puestos a secar. De aquella región venía, arrastrado por las ondas del aire, un olor nauseabundo. Por los desiguales tejados paseábanse gatos de feroz aspecto, flacos, con las quijadas angulosas, los ojos dormilones, el pelo erizado. Otros bajaban a los corredores y se tendían al Sol; pero los propiamente salvajes, vivían y aun se criaban arriba, persiguiendo el sabroso ratón de los secaderos.

Pasaron junto a las dos damas figuras andrajosas, ciegos que iban dando palos en el suelo, lisiados con montera de pelo, pantalón de soldado, horribles caras. Jacinta se apretaba contra la pared para dejar paso franco. Encontraban mujeres con pañuelo a la cabeza y mantón pardo, tapándose la boca con la mano envuelta en un pliegue del mismo mantón. Parecían moras; no se les veía más que un ojo y parte de la nariz. Algunas eran agraciadas; pero la mayor parte eran flacas, pálidas, tripudas y envejecidas antes de tiempo.

Por los ventanuchos abiertos salía, con el olor a fritangas y el ambiente chinchoso, murmullo de conversaciones dejosas, arrastrando toscamente las sílabas finales. Este modo de hablar de la tierra ha nacido en Madrid de una mixtura entre el deje andaluz, puesto de moda por los soldados, y el dejo aragonés, que se asimilan todos los que quieren darse aires varoniles.

Nueva barricada de chiquillos les cortó el paso. Al verles, Jacinta y aun Guillermina, a pesar de su costumbre de ver cosas raras, quedáronse pasmadas, y hubiérales dado espanto lo que miraban, si las risas de ellos no disiparan toda impresión terrorífica. Era una manada de salvajes, compuesta de dos tagarotes como de diez y doce años, una niña más chica, y otros dos *chavales*, cuya edad y sexo no se podía saber. Tenían todos ellos la cara y las manos llenas de chafarrinones negros, hechos con algo que debía de ser betún o barniz japonés del más fuerte. Uno se había pintado rayas en el rostro, otro anteojos, aquél bigotes, cejas y patillas con tan mala maña, que toda la cara parecía revuelta en heces de tintero. Los pequeñuelos no parecían pertenecer a la raza humana, y con aquel maldito tizne extendido y resobado por la cara y las manos semejaban micos, diablillos o engendros infernales.

«Malditos seáis... —gritó la zancuda, cuando vio aquellas fachas horrorosas—. ¡Pero cómo os habéis puesto así, sinvergüenzones, indecentes, puercos, marranos...!».

—En el nombre del Padre... —exclamó Guillermina persignándose—. ¿Pero has visto...?

Contemplaban ellos a las damas, mudos y con grandísima emoción, gozando íntimamente en la sorpresa y terror que sus espantables cataduras producían en aquellas señoritas tan requetefinas. Uno de los pequeños intentó echar la zarpa al abrigo de Jacinta; pero la zancuda empezó a dar chillidos: «Quitarvos allá, desapartaísos, gorrinos asquerosos... que mancháis a estas señoras con esas manazas».

«¡Bendito Dios!... Si parecen caníbales... No nos toquéis... La culpa no tenéis vosotros, sino vuestras madres, que tal os consienten...

Y si no me engaño, estos dos gandulones son tus hermanos, niña».

Los dos aludidos, mostrando al sonreír sus dientes blancos como la leche y sus labios más rojos que cerezas entre el negro que los rodeaba, contes-

taron que sí con sus cabezas de salvaje. Empezaban a sentirse avergon-
zados y no sabían por dónde tirar. En el mismo instante salió una mujeraza
de la puerta más próxima, y agarrando a una de las niñas embadurnadas,
le levantó las enaguas y empezó a darle tal solfa en salva la parte, que los
castañetazos se oían desde el primer patio. No tardó en aparecer otra madre
furiosa, que más que mujer parecía una loba, y la emprendió con otro de los
mandingas a bofetada sucia, sin miedo a mancharse ella también.

«Canallas, cafres, ¡cómo se han puesto!». Y al punto fueron saliendo más
madres irritadas. ¡La que se armó! Pronto se vieron lágrimas resbalando
sobre el betún, llanto que al punto se volvía negro.

«Te voy a matar, grandísimo pillo, ladrón...». Estos son los condenados
charoles que usa la señá Nicanora. Pero, ¡re-Dios!, señá Nicanora, ¿para qué
deja usté que las criaturas...?».

Una de las mujeres que más alborotaban se aplacó al ver a las dos damas.
Era la señora de Ido del Sagrario, que tenía en la cara sombrajos y manchu-
rrones de aquel mismo betún de los caribes, y las manos enteramente
negras.

Turbose un poco ante la visita: «Pasen las señoras... Me encuentran hecha
una compasión».

Guillermina y Jacinta entraron en la mansión de Ido, que se componía de
una salita angosta y de dos alcobas interiores más oprimidas y lóbregas aún,
las cuales daban el *quién vive* al que a ellas se asomaba. No faltaban allí la
cómoda y la lámina del Cristo del *Gran Poder*, ni las fotografías descoloridas
de individuos de la familia y de niños muertos. La cocina era un cubil frío
donde había mucha ceniza, pucheros volcados, tinajas rotas y el artesón
de lavar lleno de trapos secos y de polvo. En la salita, los ladrillos tecleaban
bajo los pies. Las paredes eran como de carbonería, y en ciertos puntos
habían recibido bofetadas de cal, por lo que resultaba un claro-oscuro muy
fantástico. Creeríase que andaban espectros por allí, o al menos sombras de
linterna mágica. El sofá de Vitoria era uno de los muebles más alarmantes
que se pueden imaginar. No había más que verle para comprender que
no respondía de la seguridad de quien en él se sentase. Las dos o tres
sillas eran también muy sospechosas. La que parecía mejor, seguramente
la pegaba. Vio Jacinta, salteados por aquellos fantásticos muros, carteles de

publicaciones ilustradas, de librillos de papel de fumar y cartones de almanaques americanos que ya no tenían hojas. Eran años muertos.

Pero lo que mayormente excitó la curiosidad de ambas señoras fue un gran tablero que en el centro de la estancia había, cogiéndola casi toda; una mesa armada sobre bancos como la que usan los papelistas, y encima de ella grandes paquetes o manos de pliegos de papel fino de escribir. A un extremo los cuadernillos apilados formaban compactas resmas blancas; a otro las mismas resmas ya con bordes negros, convertidas en papel de luto.

Ido extendía sobre el tablero los pliegos de papel abiertos. Una muchacha, que debía de ser Rosita, contaba los pliegos ya enlutados y formaba los cuadernillos. Nicanora pidió permiso a las señoras para seguir trabajando. Era una mujer más envejecida que vieja, y bien se conocía que nunca había sido hermosa. Debió de tener en otro tiempo buenas carnes, pero ya su cuerpo estaba lleno de pliegues y abolladuras como un zurrón vacío. Allí, valga la verdad, no se sabía lo que era pecho, ni lo que era barriga. La cara era hocicuda y desagradable. Si algo expresaba era un genio muy malo y un carácter de vinagre; pero en esto engañaba aquel rostro como otros muchos que hacen creer lo que no es. Era Nicanora una infeliz mujer, de más bondad que entendimiento, probada en las luchas de la vida, que había sido para ella una batalla sin victorias ni respiro alguno. Ya no se defendía más que con la paciencia, y de tanto mirarle la cara a la adversidad debía de provenirle aquel alargamiento de morros que la afeaba considerablemente. La *Venus de Médicis* tenía los párpados enfermos, rojos y siempre húmedos, privados de pestañas, por lo cual decían de ella que *con un ojo lloraba a su padre y con otro a su madre*.

Jacinta no sabía a quién compadecer más, si a Nicanora por ser como era, o a su marido por creerla Venus cuando se *electrizaba*. Ido estaba muy cohibido delante de las dos damas. Como la silla en que doña Guillermina se sentó empezase a exhalar ciertos quejidos y a hacer desperezos, anunciando quizás que se iba a deshacer, don José salió corriendo a traer una de la vecindad. Rosita era graciosa, pero desmedrada y clorótica, de color de marfil. Llamaba la atención su peinado en sortijillas, batido, engomado y puesto con muchísimo aquel.

«¿Pero qué hace usted, mujer, con esa pintura?» preguntó Guillermina a Nicanora.

—*Soy lutera.*

—Somos *luteranos* —dijo Ido sonriendo, muy satisfecho por tener ocasión de soltar aquel chiste que era viejo y había sido soltado sin número de veces.

—¡Qué dice este hombre! —exclamó la fundadora horrorizada.

—Cállate tú y no disparates —replicó Nicanora—. Yo soy *lutera*, vamos al decir, pinto papel de luto. Cuando no tengo otro trabajo, me traigo a casa unas cuantas resmas, y las enluto mismamente como las señoras ven. El almacenista paga un real por resma. Yo pongo el tinte, y trabajando todo el día, me quedan seis o siete reales. Pero los tiempos están malos, y hay poco papel que teñir. Todas las luteras están paradas, señora... porque, naturalmente, o se muere poca gente, o no les echan papeletas... Hombre —dijo a su marido, haciéndole estremecer—, ¿qué haces ahí con la boca abierta? *Desmiente.*

Ido, que estaba oyendo a su mujer, como se oye a un orador brillante, despertó de su éxtasis y se puso a *desmentir.* Llaman así al acto de colocar los pliegos de papel unos sobre otros, escalonados, dejando descubierta en todos una fajita igual, que es lo que se tiñe. Como Jacinta observaba atentamente el trabajo de don José, este se esmeró en hacerlo con desusada perfección y ligereza. Daba gusto ver aquellos bordes, que por lo iguales parecían hechos a compás. Rosita apilaba pliegos y resmas sin decir una palabra. Nicanora hizo a Jacinta, mirando a su marido, una seña que quería decir: «Hoy está bueno». Después empezó a pasar rápidamente la brocha sobre el papel, como se hace con los estarcidos.

—Y las suscriciones de entregas —preguntó Guillermina—, ¿dan algo que comer?

Ido abrió la boca para emitir pronta y juiciosa respuesta a esta pregunta; pero su mujer tomó rápidamente la palabra, quedándose él un buen rato con la boca abierta.

—Las suscripciones —declaró la *Venus de Médicis*—, son una calamidad. Aquí José tiene poca suerte... es muy honrado y le engaña cualisquiera. El público es cosa mala, señoras, y suscritor hay que no paga ni aunque le arrastren. Luego, como el mes pasado perdió *aquí* (este *aquí* era don

José) un billete de cuatrocientos reales, el encargado de las obras se lo va cobrando, descontándole de las primas que le tocan. Por eso, naturalmente, nos hemos atrasado tanto, y lo poco que se apaña se lo birla el casero.

Ido, desde que se dijo aquello del billete perdido, no volvió a levantar los ojos de su trabajo. Aquel descuido que tuvo le avergonzaba como si hubiera sido un delito.

«Pues lo primero que tienen ustedes que hacer —indicó la Pacheco—, es poner una escuela a esos dos tagarotes y a la berganta de su niña pequeña».

—No los mando, porque me da vergüenza de que salgan a la calle con tanto pingajo.

—No importa. Además, esta amiguita y yo daremos a ustedes alguna ropa para los muchachos. Y el mayor, ¿gana algo?

—Me gana cinco reales en una imprenta.

Pero no tiene formalidad. Cuando le parece deja el trabajo, y se va a las becerradas de Getafe o de Leganés, y no parece en tres días. Quiere ser torero y nos trae crucificados. Se va al matadero por las tardes, cuando degüellan, y en casa, dormido, habla de que si puso las banderillas a *porta-gayola*...

—Y usted —preguntó Jacinta a Rosita—, ¿en qué se ocupa?

Rosita se puso muy encarnada. Iba a contestar; pero su madre, que llevaba la palabra por toda la familia, respondió:

«Es peinadora... Está aprendiendo con una vecina maestra. Ya tiene algunas parroquianas. Pero no le pagan, naturalmente... Es una sosona, y como no le pongan los cuartos en la mano, no hay de qué. Yo le digo que no sea *panoli* y que tenga genio; pero... ya usted la ve. Como su padre, que el día que no le engaña uno le engañan dos».

Guillermina, después de sacar varios bonos, como billetes de teatro, y dar a la infeliz familia los que necesitaba para proveerse de garbanzos, pan y carne por media semana, dijo que se marchaba. Pero Jacinta no se conformó con salir tan pronto. Había ido allí con determinado fin, y por nada del mundo se retiraría sin intentar al menos realizarlo. Varias veces tuvo la palabra en la boca para hacer una pregunta a don José, y este la miraba como diciendo: «estoy rabiando porque me pregunte usted por el *Pituso*». Por fin, decidiose la dama a romper el silencio sobre punto tan capital, y levantándose dio algunos pasos hacia donde Ido estaba. Este no necesitó más que verla venir; y saliendo rápidamente del cuarto, volvió al poco con una criatura de la mano.

III

«¡El Dulce Nombre!...» exclamó la Pacheco viendo entrar aquel adefesio, y todos los demás lanzaron una exclamación parecida al mirar al niño, con la cara tan completamente pintada de negro que no se veía el color de su carne por parte alguna. Sus manos chorreaban betún, y en el traje se habían limpiado las suyas asquerosísimas los otros muchachos. El *Pitusín* tenía el cabello negro. Sus labios rojos sobre aquel chapapote superaban al coral más puro. Los dientecillos le brillaban cual si fueran de cristal. La lengua que sacaba, por tener la creencia de que todo negrito, para ser tal negrito, debe estirar la lengua todo lo más posible, parecía una hoja de rosa.

«¡Qué horror!... ¡Ah!, tunantes... ¡Bendito Dios!, ¡cómo le han puesto!... Anda, ¡que apañado estás!...». Las vecinas se enracimaban en las puertas riendo y alborotando. Jacinta estaba atónita y apenada. Pasáronle por la mente ideas extrañas; la mancha del pecado era tal, que aun a la misma inocencia extendía su sombra; y el maldito se reía detrás de su infernal careta, gozoso de ver que todos se ocupaban de él, aunque fuera para escarnecerle. Nicarona dejó sus pinturas para correr detrás de los bergantes y de la zancuda, que también debía de tener alguna parte en aquel desaguisado. La osadía del negrito no conocía límites, y extendió sus manos pringadas hacia aquella señora tan maja que le miraba tanto.

«Quita allá, demonio... quita allá esas manos» le gritaron. Viendo que no le dejaban tocar a nadie, y que su facha causaba risa, el chico daba patadas en medio del corro, sacando la lengua y presentando sus diez dedos como garras. De este modo tenía, a su parecer, el aspecto de un bicho muy malo que se comía a la gente, o por lo menos que se la quería comer.

Oyose el pie de paliza que Nicarona, hecha una veneno, estaba dando a sus hijos, y el gemir de ellos. El *Pituso* empezó a cansarse pronto de su papel de mico, porque eso de no poder pegarse a nadie tenía poca gracia. Lo mejor que podía hacer en su situación desairada, era meterse los dedos en la boca; pero sabía tan mal aquel endiablo potaje negro, que pronto los hubo de retirar.

«¿Será veneno eso? —observó Jacinta, alarmada—. Que lo laven, ¿por qué no lo lavan?».

—Pues estás bonito, Juanín —díjole Ido—. ¡Y esta señora que te quería dar un beso!

Ávida de tocarle, la Delfina le agarró un mechón de cabello, lo único en que no había pintura.

«¡Pobrecito, cómo está!...». De repente le entraron a Juanín ganas de llorar. Ya no enseñaba la lengua; lo que hacía era dar suspiros.

«¿Pero ese señor Izquierdo, no está? —preguntó a Ido Jacinta llevándole aparte—. Yo tengo que hablar con él. ¿Dónde vive?».

—Señora —replicó don José con finura—, la puerta de su domicilio está cerrada... herméticamente, muy herméticamente.

—Pues quiero verle, quiero hablar con él.

—Yo lo pondré en su conocimiento —repuso el corredor de obras, que gustaba de emplear formas burocráticas cuando la ocasión lo pedía.

—Ea, vámonos, que es tarde —dijo impaciente Guillermina—. Otro día volveremos.

—Sí, volveremos... Pero que lo laven... ¡pobre niño! Debe de estar en un martirio horrible con ese emplasto en la cara. Di, tontín, ¿quieres que te laven?

El *Pituso* dijo que sí con la cabeza. Su aflicción crecía, y poco le faltaba para romper a llorar. Todas las vecinas reconocieron la necesidad de lavarle; pero unas no tenían agua y otras no querían gastarla en tal objeto. Por fin una mujer agitanada y con faldas de percal rameado, el talle muy bajo, un pañuelo caído por los hombros, el pelo lacio y la tez crasa y de color de *terra-cotta*, se pareció por allí de repente, y quiso dar una lección a las vecinas delante de las señoras, diciendo que ella tenía agua de sobra para *despercudir* y *chovelar* a aquel ángel. Se le llevaron en burlesca procesión, él delante, aislado por su propio tizne, y ya con la dignidad tan por los suelos, que empezaba a dar *jipíos*; los chicos detrás haciendo una bulla infernal, y la tarasca aquella del moño lacio amenazándolos con *endiñarles* si no se quitaban de en medio. Desapareció la comparsa por una puerquísima y angosta escalera que del ángulo del corredor partía. Jacinta hubiera querido subir también; pero Guillermina la sofocaba con sus prisas.

«¿Hija, sabes tú la hora que es?».

«Sí, nos iremos... Lo que es por mí, ya estamos andando» decía la otra sin moverse del corredor, mirando a la techumbre, en la cual no veía otra cosa que el horrible tinglado donde colgaban los cueros puestos a secar. Entre tanto, la fundadora, a pesar de su mucha prisa, entablaba una rápida conversación con don José.

«¿No tiene usted ya nada que hacer en casa?»

—Absolutamente nada, señora. Ya están *desmentidas* las últimas resmas. Pensaba yo ahora irme a dar una vuelta y a tomar el aire.

—Le conviene a usted el ejercicio... perfectamente. Pues oiga usted, al mismo tiempo que se orea un poco, me va a hacer un servicio.

—Estoy a disposición de la señora.

—Se sale usted a la Ronda... tira usted para abajo, dejando a la izquierda la fábrica del gas. ¿Entiende usted?... ¿Sabe usted la estación de las Pulgas? Bueno, pues antes de llegar a ella hay una casa en construcción... Está concluida la obra de fábrica y ahora están armando una chimenea muy larga, porque va a ser *sierra mecánica*... ¿Se va usted enterando? No tiene pérdida. Pues entra usted y pregunta por el guarda de la obra, que se llama Pacheco... lo mismito que yo. Usted le dice: «Vengo por los ladrillos de doña Guillermina». Ido repitió, como los chicos que aprenden una lección:

«Vengo por los ladrillos, etc.».

—El dueño de esa fábrica me ha dado unos setenta ladrillos, lo único que le sobra... poca cosa, pero a mí todo me sirve... Bueno; coge usted los ladrillos y me los lleva a la obra... son para mi obra.

—¿A la obra?... ¿Qué obra?

—Hombre, en Chamberí... mi asilo... ¿Está usted lelo?

—¡Ah! perdone la señora... cuando oí la obra, creí al pronto que era una obra literaria.

—Si no puede usted de un viaje, emplee dos.

—O tres, o cuatro... tantísimo gusto en ello... Si necesario fuese, naturalmente, tantos viajes como ladrillos...

—Y si me hace bien el recado, cuente con un hongo casi nuevo... Me lo han dado ayer en una casa, y lo reservo para los amigos que me ayudan... ¿Con que lo hará usted? Hoy por ti y mañana por mí. Vaya, abur, abur.

Ido y su mujer se deshacían en cumplidos y fueron escoltando a las señoras hasta la puerta de la calle. En la calle de Toledo tomaron ellas un simón para ganar tiempo, y el bendito Ido se fue a cumplir el encargo que la fundadora le había hecho. No era una misión *delicada* ciertamente, como él deseara; pero el principio de caridad que entrañaba aquel acto lo trocaba de vulgar en sublime. Toda la santa tarde estuvo mi hombre ocupado en el transporte de los ladrillos, y tuvo la satisfacción de que ni uno solo de los setenta se le rompiera por el camino. El contento que inundaba su alma le quitaba el cansancio, y provenía su gozo casi exclusivamente de que Jacinta, en aquel ratito en que le llevó aparte, le había dado un duro. No puso él la moneda en el bolsillo de su chaleco, donde la habría descubierto Nicanora, sino en la cintura, muy bien escondida en una faja que usaba pegada a la carne para abrigarse la boca del estómago. Porque conviene fijar bien las cosas... aquel duro, dado aparte, lejos de las miradas famélicas del resto de la familia, era exclusivamente para él. Tal había sido la intención de la señorita, y don José habría creído ofender a su bienhechora interpretándola de otro modo. Guardaría, pues, su tesoro, y se valdría de todas las trazas de su ingenio para defenderlo de las miradas y de las uñas de Nicanora... porque si esta lo descubría, ¡Santo Cristo de los Guardias...!

Pasó la noche en grandísima intranquilidad. Temía que su mujer descubriese con ojo perspicaz el matute que él encerraba en su cintura. La maldita parecía que olía la plata. Por eso estaba tan azorado y no se daba por seguro en ninguna posición, creyendo que al través de la ropa se le iba a ver la moneda. Durante la cena estuvieron todos muy alegres; tiempo hacía que no habían cenado tan bien. Pero al acostarse volvió Ido a ser atormentado por sus temores, y no tuvo más remedio que estar toda la noche hecho un ovillo, con las manos cruzadas en la cintura, porque si en una de las revueltas que ambos daban sobre los accidentados jergones la mano de su mujer llegaba a tocar el duro, se lo quitaba, tan fijo como tres y dos son cinco. Durmió, pues, tan mal que en realidad dormía con un ojo y velaba con el otro, atento siempre a defender su contrabando. Lo peor fue que viéndole su mujer tan retortijado y hecho todo una *ese*, creyó que tenía el dolor espasmódico que le solía dar; y como el mejor remedio para eso eran las friegas, Nicanora le propuso dárselas, y al oír tal proposición, tembláronle a Ido las carnes, viéndose descubierto y perdido.

«Ahora sí que la hemos hecho buena» pensó. Pero su talento le sugirió la respuesta, y dijo que no tenía ni pizca de dolor, sino frío, y sin más explicaciones se volvió contra la pared, pegándose a ella como un engrudo, y haciéndose el dormido. Llegó por fin el día y con él la calma al corazón de Ido, quien se acicaló y se lavó casi toda la cara, poniéndose la corbata encarnada con cierta presunción.

Eran ya las diez de la mañana, porque con aquello de lavarse *bien* se había ido bastante tiempo. Rosita tardó mucho en traer el agua, y Nicanora se había dado la inmensa satisfacción de ir a la compra. Todos los individuos de la familia, cuando se encontraban uno frente a otro, se echaban a reír, y el más risueño era don José, porque... ¡si supieran!...

IV

Echose mi hombre a la calle, y tiró por la de Mira el Río baja, cuya cuesta es tan empinada que se necesita hacer algo de volatines para no ir rodando de cabeza por aquellos pedernales. Ido la bajó, casi como la bajan los chiquillos, de un aliento, y una vez en la explanada que llaman el *Mundo Nuevo*, su espíritu se espació, como pájaro lanzado a los aires. Empezó a dar resoplidos, cual si quisiera meter en sus pulmones más aire del que cabía, y sacudió el cuerpo como las gallinas. El picorcillo del Sol le agradaba, y la contemplación de aquel cielo azul, de incomparable limpieza y diafanidad, daba alas a su alma voladora. Candoroso e impresionable, don José era como los niños o los poetas de verdad, y las sensaciones eran siempre en él vivísimas, las imágenes de un relieve extraordinario. Todo lo veía agrandado hiperbólicamente o empequeñecido, según los casos. Cuando estaba alegre, los objetos se revestían a sus ojos de maravillosa hermosura; todo le *sonreía*, según la expresión común que le gustaba mucho usar. En cambio cuando estaba afligido, que era lo más frecuente, las cosas más bellas se afeaban volviéndose negras, y se cubrían de un velo... parecíale más propio decir *de un sudario*. Aquel día estaba el hombre de buenas, y la excitación de la dicha hacíale más niño y más poeta que otras veces. Por eso el campo del *Mundo Nuevo*, que es el sitio más desamparado y más feo del globo terráqueo, le pareció una bonita plaza. Salió a la Ronda y echó miradas de artista a una parte y otra. Allí la puerta de Toledo ¡qué soberbia arquitectura! A la otra parte la fábrica del gas... ¡oh prodigios de la industria!... Luego el cielo espléndido y aquellos lejos de Carabanchel, perdiéndose en la inmensidad, con remedos y aun con murmullos de Océano... ¡sublimidades de la Naturaleza!... Andando, andando, le entró de improviso un celo tan vehemente por la instrucción pública, que le faltó poco para caerse de espaldas ante los estólidos letreros que veía por todas partes.

No se premite tender rropa, y ni clabar clabos, decía en una pared, y don José exclamó: «¡Vaya una barbaridad!... ¡Ignorantes!... ¡emplear dos conjunciones copulativas! Pero pedazos de animales, ¿no veis que la primera, naturalmente, junta las voces o cláusulas en concepto afirmativo y la segunda en concepto negativo?... ¡Y que no tenga qué comer un hombre que podría enseñar la Gramática a todo Madrid y corregir estos delitos del lenguaje!... ¿Por qué no me había de dar el Gobierno, vamos a ver, por qué no me había de dar el encargo, mediante proporcionales emolumentos, de vigilar los rótulos?... ¡Zoquetes, qué multas os pondría!... Pues también tú estás bueno: *Se alquilan qartos*... muy bien, señor mío. ¿Le gustan a usted tanto las *úes* que se las come con arroz? ¡Ah!, si el Gobierno me nombrara *ortógrafo de la vía pública*, ya veríais... Vamos, otro que tal: *se proive*... Se prohíbe rebuznar, digo yo».

Hallábase en lo más entretenido de aquella crítica literaria, tan propia de su oficio, cuando vio que hacia él iban tres individuos de calzón ajustado, botas de caña, chaqueta corta, gorra, el pelo echadito *palante*, caras de poca vergüenza.

Eran los tales tipos muy madrileños y pertenecían al gremio de los *randas*. El uno era *descuidero*, el otro *tomador*, y el tercero hacía a pelo y a pluma. Ido les conocía, porque vivían en su patio, siempre que no eran inquilinos de los del Saladero, y no gustaba de tratarse con semejante gentuza. De buena gana les habría dado una puntera en salva la parte; pero no se atrevía. Una cosa es reformar la ortografía pública, y otra aplicar ciertos correctivos a la especie humana.

«Allá van los buenos días» le dijeron los chulos alegremente, y a Ido se le puso la carne como la de las gallinas, porque se acordó del duro y temió que se lo *garfiñaran* si entraba en parola con ellos. Pasando de largo, les dijo con mucha cortesía: «Dios les guarde, caballeros... Conservarse» y apretó a correr. No le volvió el alma al cuerpo hasta que les hubo perdido de vista.

«Es preciso que me convide a algo» pensaba el pendolista; y hacía la crítica mental de los manjares que más le gustaban. Cerca de la puerta de Toledo se encontró con un mielero alcarreño que paraba en su misma casa. Estaban hablando, cuando pasó un pintor de panderetas, también vecino, y ambos le convidaron a unas copas.

«Váyanse al rábano, ordinariotes...» pensó Ido, y les dio las gracias, separándose al punto de ellos. Andando más vio un ventorro en la acera derecha de la Ronda...

«¡Comer de fonda!». Esta idea se le clavó en el cerebro. Un rato estuvo Ido del Sagrario ante el establecimiento de *El Tartera*, que así se llamaba, mirando los dos tiestos de *bónibus* llenos de polvo, las insignias de los bolos y la rayuela, la mano negra con el dedo tieso señalando la puerta, y no se decidía a obedecer la indicación de aquel dedo. ¡Le sentaba tan mal la carne...! Desde que la comía le entraba aquel mal tan extraño y daba en la gracia estúpida de creer que Nicanora era la Venus de Médicis. Acordose, no obstante, de que el médico le recetaba siempre comer carne, y cuanto más cruda mejor. De lo más hondo de su naturaleza salía un bramido que le pedía ¡carne, carne, carne! Era una voz, un prurito irresistible, una imperiosa necesidad orgánica, como la que sienten los borrachos cuando están privados del fuego y de la picazón del alcohol.

Por fin no pudo resistir; colose dentro del ventorrillo, y tomando asiento junto a una de aquellas despintadas mesas, empezó a palmotear para que viniera el mozo, que era el mismo *Tartera*, un hombre gordísimo, con chaleco de Bayona y mandil de lanilla verde rayado de negro. No lejos de donde estaba Ido había un rescoldo dentro de enorme braserón, y encima una parrilla casi tan grande como la reja de una ventana. Allí se asaban las chuletas de ternera, que con la chamusquina en tan viva lumbre, despedían un olor apetitoso.

«Chuletas» dijo don José, y a punto vio entrar a un amigo, el cual le había visto a él y por eso sin duda entraba.

«Hola, amigo Izquierdo... Dios le guarde».

—Le vi pasar, maestro y dije, digo: A cuenta que voy a echar un espotrique con mi tocayo...

Sentose sin ceremonia el tal, y poniendo los codos sobre la mesa, miró fijamente a su tocayo. O las miradas no expresaban nada, o la de aquel sujeto era un memorial pidiendo que se le convidara. Ido era tan caballero que le faltó tiempo para hacer la invitación, añadiendo una frase muy prudente.

«Pero, tocayo, sepa que no tengo más que un duro... Con que no se corra mucho...». Hizo el otro un gesto tranquilizador y cuando el *Tartera* puso el servicio, si servicio puede llamarse un par de cuchillos con mango de cuerno, servilleta sucia y salero, y pidió órdenes acerca del vino, le dijo, dice: «¿Pardillo yo?... pa chasco... Tráete de la tierra».

A todo esto asintió Ido del Sagrario, y siguió contemplando a su amigo, el cual parecía un grande hombre aburrido, carácter agriado por la continuidad de las luchas humanas. José Izquierdo representaba cincuenta años, y era de arrogante estatura. Pocas veces se ve una cabeza tan hermosa como la suya y una mirada tan noble y varonil. Parecía más bien italiano que español, y no es maravilla que haya sido, en época posterior al 73, en plena Restauración, el modelo predilecto de nuestros pintores más afanados.

«Me alegro de verle a usted tocayo —le dijo Ido, a punto que las chuletas eran puestas sobre la mesa—, porque tenía que comunicarle cosas de importancia. Es que ayer estuvo en casa doña Jacinta, la esposa del señor don Juanito Santa Cruz, y preguntó por el chico y le vio... quiero decir, no le vio porque estaba todito dado de negro... y luego dijo que dónde estaba usted, y como usted no estaba, quedó en volver...».

Izquierdo debía de tener hambre atrasada, porque al ver las chuletas, les echó una mirada guerrera que quería decir: «¡Santiago y a ellas!» y sin responder nada a lo que el otro hablaba, les embistió con furia. Ido empezó a engullir comiéndose grandes pedazos sin masticarlos. Durante un rato, ambos guardaron silencio. Izquierdo lo rompió dando fuerte golpe en la mesa con el mango del cuchillo, y diciendo:

«¡Re-hostia con la Repóblica!... ¡Vaya una porquería!».

Ido asintió con una cabezada.

«¡Repoblicanos de chanfaina... pillos, buleros, piores que serviles, mode-raos, piores que moderaos! —prosiguió Izquierdo con fiera exaltación—. No colocarme a mí, a mí, que soy el endivido que más bregó por la Repó-blica en esta judía tierra... Es la que se dice: cría cuervos... ¡Ah! Señor de Martos, señor de Figueras, señor de Pi... a cuenta que ahora no conocen a este pobrete de Izquierdo, porque lo ven maltrajeao... pero antes, cuando Izquierdo tenía por sí las afloencias de la Inclusa y cuando Bicerra le venía a ver pal cuento de echarnos a la calle, entonces... ¡Hostia! Hamos venido a menos. Pero si por un es caso golviésemos a más, yo les juro a esos figu-rones que tendremos una *yeción*.

V

Ido seguía corroborando, aunque no había entendido aquello de la *yeción*, ni lo entendiera nadie. Con tal palabra Izquierdo expresaba una colisión san-grienta, una marimorena o cosa así. Bebía vaso tras vaso sin que su cabeza se afectase, por ser muy resistente.

«Porque mirosté, maestro, lo que les atufa es el aquel de haber estado mi endivido en Cartagena... Y yo digo que a mucha honra, ¡re-hostia! Allí está-bamos los verídicos liberales. Y a cuenta que yo, tocayo, toda mi vida no he hecho más que derramar mi sangre por la judía libertad. El 54, ¿qué hice?, batirme en las barricadas como una presona decente. Que se lo pregunten al difunto don Pascual Muñoz el de la tienda de jierros, padre del marqués de Casa-Muñoz, que era el hombre de más afloencias en estos arrabales, y me dijo mismamente aquel día: «Amigo Platón, vengan esos cinco». Y aluego jui con el propio don Pascual a Palacio, y don Pascual subió a pleticar con la Reina, y pronto bajó con aquel papé firmado por la Reina en que les daba la gran patá a los moderaos. Don Pascual me dijo que pusiera un pañuelo branco en la punta de un palo y que malchara delante diciendo: «cese er fuego, cese er fuego...». El 56, era yo teniente de melicianos, y O»Donnell me cogió miedo, y cuando pleticó a la tropa dijo: «si no hay quien me coja a Izquierdo, no hamos hecho na». El 66, cuando la de los artilleros, mi compare Socorro y yo estuvimos pegando tiros en la esquina de la calle de Laga-nitos... El 68, cuando la santísima, estuve haciendo la guardia en el Banco, pa que no robaran, y le digo asté que si por un es caso llega a paicerse por allí algún randa, lo suicido... Pues tocan luego a la recompensa, y a Pucheta me le hacen guarda de la Casa de Campo, a Mochila del Pardo... y a mí una patá. A cuenta que yo no pido más que un triste destino pa portear el correo a cualsiquiera parte, y na... Voy a ver a Bicerra, ¿y piensasté que me conoce?, ¡pa chasco!... Le digo que soy Izquierdo, por mote *Platón*, y menea la cabeza. Es la que se dice: 'no se acuerdan del judío escalón dimpués que están parriba...'. Dimpués me casé y juimos viviendo tal cual. Pero cuando vino la judía Repóblica, se me había muerto mi Dimetria, y yo no tenía que comer; me jui a ver al señor de Pi, y le dije, digo: 'Señor de Pi, aquí vengo sobre una colocación...'. ¡Pa chasco! A cuenta de que el hombre me debía de tener tirria, porque se remontó y dijo que él no tenía colocaciones. ¡Y un judío portero me puso en la calle! ¡Re-contra-hostia!, ¡si viviera Calvo Asensio!, aquel sí era un endivido que sabía las comenencias, y el tratamiento de las personas verídicas. ¡Vaya un amigo que me perdí! Toda la Inclusa era nuestra, y en tiempo leitoral, ni Dios nos tosía, ni Dios, ¡hostia!... ¡Aquél sí, aquél sí!... A cuenta que me cogía del brazo y nos entrábamos en un café, o en la taberna a tomar una angelita... porque era muy llano y más liberal que la Virgen Santísima. ¿Pero estos de ahora?... es la que dice; ni liberales ni repoblicanos, ni na. Mirosté a ese Pi... un mequetrefe. ¿Y Castelar?, otro mequetrefe. ¿Y Salmerón?, otro mequetrefe. ¿Roque Barcia?, mismamente. Luego, si es caso, vendrán a pedir que les ayudemos, ¿pero yo...? No me pienso menear; basta de *yeciones*. Si se junde la Repóblica que se junda, y si se junde el judío pueblo, que se junda también».

Apuró de nuevo el vaso, y el otro José admiraba igualmente su facundia y su receptividad de bebedor. Izquierdo soltó luego una risa sarcástica, prosiguiendo así:

«Dicen que les van a traer a Alifonso... ¡Pa chasco! Por mí que lo traigan. A cuenta de que es como si verídicamente trajeran al Terso. Es la que se dice: pa mí lo mismo es blanco que negro. Óigame lo bueno: El año pasado, estando en Alcoy, los carcas me jonjabaron. Me corrí a la partida de Callosa de Ensarriá y tiré montón de tiros a la Guardia Cevil. ¡Qué *yeción*! Salta por aquí, salta por allá. Pero pronto me llamé andana porque me habían hecho contrata de medio duro diario, y los rumbeles solutamente no paicían. Yo dije: 'José mío, güélvete liberal, que lo de carca no tercia'. Una nochecita me escurrí, y del tirón me jui a Barcelona, donde la carpanta fue tan grande, maestro, que por poco doy las boqueás. ¡Ay!, tocayo, si no es porque se me terció encontrarme allí con mi sobrina Fortunata, no la cuento. Socorriome... es buena chica, y con los cuartos que me dio, trinqué el judío tren, y a Madriz...».

—Entonces —dijo Ido, fatigado de aquel relato incoherente, y de aquel vocabulario grotesco—, recogió usted a ese precioso niño...

Buscaba Ido la novela dentro de aquella gárrula página contemporánea; pero Izquierdo, como hombre de más seso, despreciaba la novela para volver a la grave historia.

«Allego y me aboco con los comiteles y les canto claro: «¿Pero señores, nos acantonamos o no nos acantonamos?... porque si no va a haber aquí una *yeción*. ¡Se reían de mí!... ¡pillos! ¡Como que estaban vendidos al moderaísmo!... Sabusté tocayo, ¿con qué me motejaban aquellos mequetrefes? Pues na; con que yo no sé leer ni escribir: No es todo lo verídico, ¡hostia!, porque leer ya sé, aunque no del todo lo seguío que se debe. Como escribir, no escribo porque se me corre la tinta por el dedo... ¡Bah!, es la que se dice: los escribidores, los periodiqueros, y los publicantones son los que han perdío con sus tiologías a esta judía tierra, maestro».

Ido tardó mucho tiempo en apoyar esto, por ser quien era; pero Izquierdo le apretó el brazo con tanta fuerza, que al fin no tuvo más remedio que asentir con una cabezada, haciendo la reserva mental de que solo por la violencia daba su autorizado voto a tal barbaridad.

«Entonces, tocayo de mi arma, viendo que me querían meter en el estaribel y enredarme con los guras, tomé el olivo y no juimos a Cartagena. ¡Ay, qué vida aquella! ¡Re-hostia! A mí me querían hacer ministro de la Gubernación; pero dije que nones. No me gustan suponeres. A cuenta que salimos con las freatas por aquellos mares de mi arma. Y entonces, que quieras que no, me ensalzaron a tiniente de navío, y estaba mismamente a las órdenes del general Contreras, que me trataba de tú. ¡Ay qué hombre y qué buen avío el suyo! Parecía verídicamente el gran turco con su gorro colorao. Aquello era una gloria. ¡Alicante, Águilas! Pelotazo va, pelotazo viene. Si por un es caso nos dejan, tocayo, nos comemos el santísimo mundo y lo acantonamos toíto... ¡Orán! ¡Ay qué mala sombra tiene Orán y aquel judío *vu* de los franceses que no hay cristiano que lo pase!... Me najo de allí, güelvo a mi Españita, entro en Madriz mu callaíto, tan fresco... ¿a mí qué?... y me presento a estos tiólogos, mequetrefes y les digo: 'Aquí me tenéis, aquí tenéis a la personalidá del endivido verídico que se pasó la santísima vida peleando como un gato tripa arriba por las judías libertades... Matarme, hostia, matarme; a cuenta que no me queréis colocar...'. ¿Usté me hizo caso? Pues ellos tampoco. Espotrica que te espotricarás en las Cortes, y el santísimo pueblo que reviente. Y yo digo que es menester acantonar a Madriz, pegarte fuego a las Cortes, al Palacio Real, y a lo judíos ministerios, al Monte de Piedad, al cuartel de la Guardia Cevil y al Dipósito de las Aguas, y luego hacer un racimo de horca con Castelar, Pi, Figueras, Martos, Bicerra y los demás, por moderaos, por moderaos...».

VI

Dijo el *por moderaos* hasta seis veces, subiendo gradualmente de tono, y la última repetición debió de oírse en el puente de Toledo. El otro José estaba muy aturdido con la bárbara charla del grande hombre, el más desgraciado de los héroes y el más desconocido de los mártires. Su máscara de misantropía y aquella displicencia de genio perseguido eran natural consecuencia de haber llegado al medio siglo sin encontrar su asiento, pues treinta años de tentativas y de fracasos son para abatir el ánimo más entero. Izquierdo había sido chalán, tratante en trigos, revolucionario, jefe de partidas, industrial, fabricante de velas, punto figurado en una casa de juego y dueño de una *chirlata*; había casado dos veces con mujeres ricas, y en ninguno de estos diferentes estados y ocasiones obtuvo los favores de la voluble suerte. De una manera y otra, casado y soltero, trabajando por su cuenta y por la ajena, siempre mal, siempre mal, ¡hostia!

La vida inquieta, las súbitas apariciones y desapariciones que hacía, y el haber estado en *gurapas* algunas temporadillas rodearon de misterio su vida, dándole una reputación deplorable. Se contaban de él horrores. Decían que había matado a Demetria, su segunda mujer, y cometido otros nefandos crímenes, violencias y atropellos. Todo era falso. Hay que declarar que parte de su mala reputación la debía a sus fanfarronadas y a toda aquella humareda revolucionaria que tenía en la cabeza. La mayor parte de sus empresas políticas eran soñadas, y solo las creían ya poquísimos oyentes, entre los cuales Ido del Sagrario era el de mayores tragaderas. Para completar su retrato, sépase que no había estado en Cartagena. De tanto pensar en el dichoso cantón, llegó sin duda a figurarse que había estado en él, hablando por los codos de aquellas tremendas *yeciones* y dando detalles que engañaban a muchos bobos. Lo de la partida de Callosa sí parece cierto.

También se puede asegurar, sin temor de que ningún dato histórico pruebe lo contrario, que *Platón* no era valiente, y que, a pesar de tanta baladronada, su reputación de braveza empezaba a decaer como todas las glorias de fundamento inseguro. En los tiempos a que me refiero, el descrédito era tal que la propia vanidad *platónica* estaba ya por los suelos. Principiaba a creerse una nulidad, y allá en sus soliloquios desesperados, cuando le salía mal alguna de las bajezas con que se procuraba dinero, se escarnecía sinceramente, diciéndose: «soy pior que una caballería; soy más tonto que un cerrojo; no sirvo absolutamente para nada». El considerar que había llegado a los cincuenta años sin saber *plumear* y leyendo solo a trangullones, le hacía formar de su *endivido* la idea más desventajosa. No ocultaba su dolor por esto, y aquel día se lo expresó a su tocayo con sentida ingenuidad:

«Es una gaita esto de no saber escribir... ¡Hostia!, si yo supiera... Créalo: ese es el por qué de la tirria que me tiene Pi».

Don José no le contestó. Estaba doblado por la cintura, porque el digerir las dos enormes chuletas que se había atizado, no se presentaba como un problema de fácil solución. Izquierdo no reparó que a su amigo le temblaba horriblemente el párpado, y que las carúnculas del cuello y los berrugones de la cara, inyectados y turgentes, parecían próximos a reventar. Tampoco se fijó en la inquietud de don José, que se movía en el asiento como si este tuviese espinas; y volviendo a lamentarse de su destino, se dejó decir: «Porque no hacen solutamente estimación de los verídicos hombres del mérito. Tanto mequetrefe colocao, y a nosotros, tocayo, a estos dos hombres de calidá nadie les ensalza. A cuenta de ellos se lo pierden; porque usted, ¡hostia!, sería un lince para la Destrución pública, y yo... yo».

La vanidad de *Platón* cayó de golpe cuando más se remontaba, y no encontrando aplicación adecuada a su personalidad, se estrelló en la conciencia de su estolidez.

«Yo... para tirar de un carromato —pensó—. Después dejó caer la varonil y gallarda cabeza sobre el pecho y estuvo meditando un rato sobre *el por qué* de su perra suerte. Ido permaneció completamente insensible a la lisonja que le soltara su amigo, y tenía la imaginación sumergida en sombrío lago de tristezas, dudas, temores y desconfianzas. A Izquierdo le roía el pesimismo. La carga de la bebida en su estómago no tuvo poca parte en aquel desaliento horrible, durante el cual vio desfilar ante su mente los treinta años de fracasos que formaban su historia activa... Lo más singular fue que en su tristeza sentía una dulce voz silbándole en el oído: «Tú sirves para algo... no te amontones...». Mas no se convencía, no.

«Al que me dijera —pensaba—, cuál es la judía cosa pa que sirve este piazo de hombre, le querría, si es caso, más que a mi padre». Aquel desventurado era como otros muchos seres que se pasan la mayor parte de la vida fuera de su sitio, rodando, rodando, sin llegar a fijarse en la casilla que su destino les ha marcado. Algunos se mueren y no llegan nunca; Izquierdo debía llegar, a los cincuenta y un años, al puesto que la Providencia le asignara en el mundo, y que bien podríamos llamar glorioso. Un año después de lo que ahora se narra estaba ya aquel planeta errante, puedo dar fe de ello, en su sitio cósmico. *Platón* descubrió al fin la ley de su sino, aquello para que exclusiva y *solutamente* servía. Y tuvo sosiego y pan, fue útil y desempeñó un gran papel, y hasta se hizo célebre y se lo disputaban y le traían en palmitas. No hay ser humano, por despreciable que parezca, que no pueda ser eminencia en algo, y aquel buscón sin suerte, después de medio siglo de equivocaciones, ha venido a ser, por su hermosísimo talante, el gran *modelo* de la pintura histórica contemporánea. Hay que ver la nobleza y arrogancia de su figura cuando me lo encasquetan una armadura fina, o ropillas y balandranes de raso, y me lo ponen *haciendo* el duque de Gandía, al sentir la corazonada de hacerse santo, o el marqués de Bedmar ante el Consejo de Venecia, o Juan de Lanuza en el patíbulo, o el gran Alba poniéndoles las peras a cuarto a los flamencos. Lo más peregrino es que aquella caballería, toda ignorancia y rudeza, tenía un notable instinto de la postura, sentía hondamente la facha del personaje, y sabía traducirla con el gesto y la expresión de su admirable rostro.

Pero en aquella sazón, todo esto era futuro y solo se presentaba a la mente embrutecida de *Platón* como presentimiento indeciso de glorias y bienandanza. El héroe dio un suspiro, a que contestó el poeta con otro suspiro más tempestuoso. Mirando cara a cara a su amigo, Ido tosió dos o tres veces, y con una vocecilla que sonaba metálicamente, le dijo, poniéndole la mano en el hombro:

«Usted es desgraciado porque no le hacen justicia; pero yo lo soy más, tocayo, porque no hay mayor desdicha que el deshonor».

—¡República puerca, república cochina! —rebuznó *Platón*, dando en la mesa un porrazo tan recio, que todo el ventorro tembló.

—Porque todo se puede conllevar —dijo Ido bajando la voz lúgubremente—, menos la infidelidad conyugal. Terrible cosa es hablar de esto, querido tocayo, y que esta deshonrada boca pregone mi propia ignominia... pero hay momentos, francamente, naturalmente, en que no puede uno callar. El silencio es delito, sí señor... ¿Por qué ha de echar sobre mí la sociedad esta befa, no siendo yo culpable? ¿No soy modelo de esposos y padres de familia? ¿Pues cuándo he sido yo adúltero?, ¿cuándo?... que me lo digan.

De repente, y saltando cual si fuera de goma, el hombre eléctrico se levantó... Sentía una ansiedad que le ahogaba, un furor que le ponía los pelos de punta. En este excepcional desconcierto no se olvidó de pagar, y dando su duro al *Tartera*, recogió la vuelta.

«Noble amigo —díjole a Izquierdo al oído—, no me acompañe usted... Estimo en lo que valen sus ofrecimientos de ayuda. Pero debo ir solo, enteramente solo, sí señor; les cogeré *in fraganti*... ¡Silencio...!, ¡chis!... La ley me autoriza a hacer un escarmiento... pero horrible, tremendo... ¡Silencio digo!».

Y salió de estampía, como una saeta. Viéndole correr, se reían Izquierdo y el *Tartera*. El infeliz Ido iba derecho a su camino sin reparar en ningún tropiezo. Por poco tumba a un ciego, y le volcó a una mujer la cesta de los cacahuetes y piñones. Atravesó la Ronda, el Mundo Nuevo y entró en la calle de Mira el Río baja, cuya cuesta se echó a pechos sin tomar aliento. Iba desatinado, gesticulando, los ojos fulminantes, el labio inferior muy echado para fuera. Sin reparar en nadie ni en nada, entró en la casa, subió las escaleras, y pasando de un corredor a otro, llegó pronto a su puerta. Estaba cerrada sin llave. Púsose en acecho, el oído en el agujero de la llave, y empujando de improviso la abrió con estrépito, y echó un vocerrón muy tremendo: ¡Adúuultera!

«¡Cristo!, ya le tenemos otra vez con el dichoso *dengue*... —chilló Nicanora, reponiéndose al instante de aquel gran susto—. Pobrecito mío, hoy viene perdido...».

Don José entró a pasos largos y marcados, con desplantes de cómico de la legua; los ojos saltándosele del casco; y repetía con un tono cavernoso la terrorífica palabra: ¡adúuultera!

—Hombre de Dios —dijo la infeliz mujer, dejando a un lado el trabajo, que aquel día no era pintura, sino costura—, tú has comido, ¿verdad?... Buena la hemos hecho...

Le miraba con más lástima que enojo, y con cierta tranquilidad relativa, como se miran los males ya muy añejos y conocidos.

«—Fuertecillo es el ataque... Corazón, ¡cómo estás hoy! Algún indino te ha convidado... Si le cojo... Mira, José, debes acostarte...».

—Por Dios, papá —dijo Rosita, que había entrado detrás de su padre—, no nos asustes... Quítate de la cabeza esas andróminas.

Apártola él lejos de sí con enérgico ademán, y siguió dando aquellos pasos tragicómicos sin orden ni concierto. Parecía registrar la casa; se asomaba a las fétidas alcobas, daba vueltas sobre un tacón, palpaba las paredes, miraba debajo de las sillas, revolviendo los ojos con fiereza y haciendo unos aspavientos que harían reír grandemente si la compasión no lo impidiera. La vecindad, que se divertía mucho con el *dengue* del buen ido, empezó a congregarse en el corredor. Nicanora salió a la puerta: «Hoy está atroz... Si yo cogiera al lipendi que le convidó a magras...».

—¡Venga usted acá, dama infiel! —le dijo el frenético esposo, cogiéndola por un brazo.

Hay que advertir que ni en lo más fuerte del acceso era brutal. O porque tuviera muy poca fuerza o porque su natural blando no fuese nunca vencido de la fiebre de aquella increíble desazón, ello es que sus manos apenas causaban ofensa. Nicanora le sujetó por ambos brazos, y él, sacudiéndose y pateando, descargaba su ira con estas palabras roncas: «No me lo negarás ahora... Le he visto, le he visto yo».

—¿A quién has visto, corazón?... ¡Ah!, sí, al duque. Sí, aquí le tengo... No me acordaba... ¡Pícaro duque, que te quiere quitar esa recondenada prenda tuya!

Desprendido de las manos de su mujer, que como tenazas le sujetaban, Ido volvió a sus mímicas, y Nicanora, sabiendo que no había más medio de aplacarle que dar rienda suelta a su insana manía para que el ataque pasara más pronto, le puso en la mano un palillo de tambor que allí habían dejado los chicos, y empujándole por la espalda...

«Ya puedes escabecharnos —le dijo—, anda, anda; estamos allí, en el camarín, tan agasajaditos... Fuerte, hijo; dale firme y sácanos el mondongo...».

Dando trompicones, entró Ido en una de las alcobas, y apoyando la rodilla en el camastro que allí había empezó a dar golpes con el palillo, pronunciando torpemente estas palabras: «Adúlteros, expiad vuestro crimen». Los que desde el corredor le oían, reíanse a todo trapo, y Nicanora arengaba al público diciendo: «pronto se le pasará; cuanto más fuerte, menos le dura».

«Así, así... muertos los dos... charco de sangre... yo vengado, mi honra la... la... vadita» murmuraba él dando golpes cada vez más flojos, y al fin se desplomó sobre el jergón boca abajo. Las piernas colgaban fuera, la cara se oprimía contra la almohada, y en tal postura rumiaba expresiones oscuras que se apagaban resolviéndose en ronquidos. Nicanora le volvió cara arriba para que respirase bien, le puso las piernas dentro de la cama, manejándole como a un muerto, y le quitó de la mano el palo. Arreglole las almohadas y le aflojó la ropa. Había entrado en el segundo periodo, que era el comático, y aunque seguía delirando, no movía ni un dedo, y apretaba fuertemente los párpados, temeroso de la luz. Dormía la mona de carne.

Cuando la *Venus de Médicis* salió del cubil, vio que entre las personas que miraban por la ventana, estaba Jacinta, acompañada de su doncella.

VII

Había presenciado parte de la escena y estaba aterrada.

«Ya le pasó lo peor —dijo Nicanora saliendo a recibirla—. Ataque muy fuerte... Pero no hace daño. ¡Pobre ángel! Se pone de esta conformidad cuando come».

—¡Cosa más rara! —expresó Jacinta entrando.

—Cuando come carne... Sí señora. Dice el médico que tiene el cerebro como pasmado, porque durante mucho tiempo estuvo escribiendo cosas de mujeres malas, sin comer nada más que las condenadas judías... La miseria, señora, esta vida de perros. ¡Y si supiera usted qué buen hombre es!... Cuando está tranquilo no hace cosa mala ni dice una mentira... Incapaz de matar una pulga. Se estará dos años sin probar el pan, con tal que sus hijos lo coman. Ya ve la señora si soy desgraciada. Dos años hace que José empezó con estas incumbencias. ¡Se pasaba las noches en vela, sacando de su cabeza unas fábulas...!, todo tocante a damas infieles, guapetonas, que se iban de picos pardos con unos duques muy adúlteros... y los maridos trinando... ¡Qué cosas inventaba! Y por la mañana las ponía en limpio en papel de marquilla con una letra que daba gusto verla. Luego le dio el tifus, y se puso tan malo que estuvo *suministrado* y creíamos que se iba. Sanó y le quedaron estas calenturas de la sesera, este *dengue* que le da siempre que toma sustancia. Tiene temporadas, señora; a veces el ataque es muy ligero, y otras se pone tan encalabrinado que solo de pasar por delante del Matadero le baila el párpado y empieza a decir disparates. Bien dicen, señora, que la carne es uno de los enemigos del alma... Cuidado con lo que saca... ¡Que yo me adultere, y que se la pego con un duque!... Miren que yo con esta facha...

No interesaba a Jacinta aquel triste relato tanto como creía Nicanora, y viendo que esta no ponía punto, tuvo la dama que ponerlo.

«Perdone usted —dijo dulcificando su acento todo lo posible—, pero dispongo de poco tiempo. Quisiera hablar con ese señor que llaman *Don...* José Izquierdo».

—Para servir a vuecencia —dijo una voz en la puerta, y al mirar, encaró Jacinta con la arrogantísima figura de *Platón*, quien no le pareció tan fiero como se lo habían pintado.

Díjole la Delfina que deseaba hablarle, y él la invitó con toda la cortesía de que era capaz a pasar a su habitación. Ama y criada se pusieron en marcha hacia el 17, que era la vivienda de Izquierdo.

«¿En dónde está el *Pituso*?» preguntó Jacinta a mitad del camino.

Izquierdo miró al patio donde jugaban varios chicos, y no viéndole por ninguna parte, soltó un gruñido. Cerca del 17, en uno de los ángulos del corredor había un grupo de cinco o seis personas entre grandes y chicos, en el centro del cual estaba un niño como de diez años, ciego, sentado en una banqueta y tocando la guitarra. Su brazo era muy pequeño para alcanzar el extremo del mango. Tocaba al revés, pisando las cuerdas con la derecha y rasgueando con la izquierda, puesta la guitarra sobre las rodillas, boca y cuerdas hacia arriba.

La mano pequeña y bonita del ceguezuelo hería con gracia las cuerdas, sacando de ellas arpegios dulcísimos y esos punteados graves que tan bien expresan el sentir hondo y rudo de la plebe. La cabeza del músico oscilaba como la de esos muñecos que tienen por pescuezo una espiral de acero, y revolvía de un lado para otro los globos muertos de sus ojos cuajados, sin descansar un punto. Después de mucho y mucho puntear y rasguear, rompió con chillona voz el canto:

A Pepa la gitani... i... i...

Aquel *iiii* no se acababa nunca, daba vueltas para arriba y para abajo como una rúbrica trazada con el sonido. Ya les faltaba el aliento a los oyentes cuando el ciego se determinó a posarse en el final de la frase:

lla-cuando la parió su madre...

Expectación, mientras el músico echaba de lo hondo del pecho unos ayes y gruñidos como de un perrillo al que le están pellizcando el rabo. *¡Ay, ay, ay!...* Por fin concluyó:

solo para las narices
le dieron siete calambres.

Risas, algazara, pataleos... Junto al niño cantor había otro ciego, viejo y curtido, la cara como un corcho, montera de pelo encasquetada y el cuerpo envuelto en capa parda con más remiendos que tela. Su risilla de suficiencia le denunciaba como autor de la celebrada estrofa. Era también maestro, padre quizás, del ciego chico y le estaba enseñando el oficio. Jacinta echó un vistazo a todo aquel conjunto, y entre las respetables personas que formaban el corro, distinguió una cuya presencia la hizo estremecer. Era el *Pituso*, que asomando por entre el ciego grande y el chico, atendía con toda su alma a la música, puesta una mano en la cintura y la otra en la boca.

«Ahí está» dijo al señor Izquierdo, que al punto le sacó del grupo para llevarle consigo. Lo más particular fue que si cuando la fisonomía del *Pituso* estaba embadurnada creyó Jacinta advertir en ella un gran parecido con Juanito Santa Cruz, al mirarla en su natural ser, aunque no efectivamente limpia, el parecido se había desvanecido.

«No se parece» pensaba entre alegre y desalentada, cuando Izquierdo le señaló la puerta para que entrase.

Cuentan Jacinta y su criada que al verse dentro de la reducida, inmunda y desamparada celda, y al observar que el llamado *Platón* cerraba la puerta, les entró un miedo tan grande que a entrambas se les ocurrió salir a la ventanilla a pedir socorro. Miró la señora de soslayo a la criada, por ver si esta mostraba entereza de ánimo; pero Rafaela estaba más muerta que viva.

«Este bandido —pensó Jacinta—, nos va a retorcer el pescuezo sin dejarnos chistar.» Algo se tranquilizaba oyendo muy cerca el guitarreo y el rum rum de la multitud que rodeaba a los dos ciegos. Izquierdo les ofreció las dos sillas que en la estancia había, y él se sentó sobre un baúl, poniendo al *Pituso* sobre sus rodillas.

Rafaela cuenta que en aquel momento se le ocurrió un plan infalible para defenderse del monstruo, si por acaso las atacaba. Desde el punto en que le viera hacer un ademán hostil, ella se le colgaría de las barbas. Si en el mismo instante y muy de sopetón su señorita tenía la destreza suficiente para coger un asador que muy cerca de su mano estaba y metérselo por los ojos, la cosa era hecha.

No había allí más muebles que las dos sillas y el baúl. Ni cómoda, ni cama, ni nada. En la oscura alcoba debía de haber algún camastro. De la pared colgaba una grande y hermosa lámina detrás de cuyo cristal se veían dos trenzas negras de pelo, hermosísimas, enroscadas al modo de culebras, y entre ellas una cinta de seda con este letrero: *¡Hija mía!* «¿De quién es ese pelo?» preguntó Jacinta vivamente, y la curiosidad le alivió por un instante el miedo.

—De la hija de mi mujer —replicó *Platón* con gravedad, echando una mirada de desdén al cuadro de las trenzas.

—Yo creí que eran de... —balbució la dama sin atreverse a acabar la frase—. Y la joven a quien pertenecía ese pelo, ¿dónde está?

—En el cementerio —gruñó Izquierdo con acento más propio de bestia que de hombre.

Jacinta examinó al *Pituso* chico y... cosa rara, volvió a advertir parecido con el gran *Pituso*. Le miró más, y mientras más le miraba más semejanza. ¡Santo Dios! Llamole, y el señor Izquierdo dijo al niño con cierta aspereza atenuada que en él podía pasar por dulzura: «Anda, piojín, y da un beso a esta señora». El nene, en pie, se resistía a dar un paso hacia adelante. Estaba como asustado y clavaba en la señora las estrellas de sus ojos. Jacinta había visto ojos lindos, pero como aquellos no los había visto nunca. Eran como los del Niño Dios pintado por Murillo.

«Ven, ven» le dijo llamándole con ese movimiento de las dos manos que había aprendido de las madres. Y él tan serio, con las mejillas encendidas por la vergüenza infantil, que tan fácilmente se resuelve en descaro.

«A cuenta que no es corto de genio; pero se espanta de las personas finas» dijo Izquierdo empujándole hasta que Jacinta pudo cogerle.

—Si es todo un caballero formal —declaró la señorita dándole un beso en su cara sucia que aún olía a la endiablada pintura—. ¿Cómo estás hoy tan serio y ayer te reías tanto y me enseñabas tu lengüecita?

Estas palabras rompieron el sello a la seriedad de Juanín, porque lo mismo fue oírlas que desplegar su boca en una sonrisa angelical. Riose también Jacinta; pero su corazón sintió como un repentino golpe, y se le nublaron los ojos. Con la risa del gracioso chiquillo resurgía de un modo extraordinario el parecido que la dama creía encontrar en él. Figurose que la raza de Santa Cruz le salía a la cara como poco antes le había salido el carmín del rubor infantil.

«Es, es...» pensó con profunda convicción, comiéndose a miradas la cara del rapazuelo. Vela en ella las facciones que amaba; pero allí había además otras desconocidas. Entrole entonces una de aquellas rabietinas que de tarde en tarde turbaban la placidez de su alma, y sus ojos, iluminados por aquel rencorcillo, querían interpretar en el rostro inocente del niño las aborrecidas y culpables bellezas de la madre. Habló, y su metal de voz había cambiado completamente. Sonaba de un modo semejante a los bajos de la guitarra: «Señor Izquierdo, ¿tiene usted ahí por casualidad el retrato de su sobrina?».

Si Izquierdo hubiera respondido que sí, ¡cómo se habría lanzado Jacinta sobre él! Pero no había tal retrato, y más valía así. Durante un rato estuvo la dama silenciosa, sintiendo que se le hacía en la garganta el nudo aquel, síntoma infalible de las grandes penas. En tanto, el Pituso adelantaba rápidamente en el camino de la confianza. Empezó por tocar con los dedos tímidamente una pulsera de monedas antiguas que Jacinta llevaba, y viendo que no le reñían por este desacato, sino que la señora aquella tan guapa le apretaba contra sí, se decidió a examinar el imperdible, los flecos del mantón y principalmente el manguito, aquella cosa de pelos suaves con un agujero, donde se metía la mano y estaba tan calentito.

Jacinta le sentó sobre sus rodillas y trató de ahogar su desconsuelo, estimulando en su alma la piedad y el cariño que el desvalido niño le inspiraba. Un examen rápido sobre el vestido de él le reprodujo la pena. ¡Que el hijo de su marido estuviese con las carnecitas al aire, los pies casi desnudos...! Le pasó la mano por la cabeza rizosa, haciendo voto en su noble conciencia de querer al hijo de otra como si fuera suyo. El rapaz fijaba su atención de salvaje en los guantes de la señora. No tenía él ni idea remota de que existieran aquellas manos de mentira, dentro de las cuales estaban las manos verdaderas.

«¡Pobrecito! —exclamó con vivo dolor Jacinta, observando que el mísero traje del *Pituso* era todo agujeros. Tenía un hombro al aire, y una de las nalgas estaba también a la intemperie. ¡Con cuánto amor pasó la mano por aquellas finísimas carnes, de las cuales pensó que nunca habían conocido el calor de una mano materna, y que estaban tan heladas de noche como de día!

«Toca, toca —dijo a la criada—; muertecito de frío».

Y al señor Izquierdo: «Pero ¿por qué tiene usted a este pobre niño tan desabrigado?».

—Soy pobre, señora —refunfuñó Izquierdo con la sequedad de siempre—. No me quieren colocar... por decente...

Iba a seguir espetando el relato de sus cuitas políticas; pero Jacinta no le hizo caso. Juanín, cuya audacia crecía por momentos, atrevíase ya nada menos que a posarle la mano en la cara, con muchísimo respeto, eso sí.

«Te voy a traer unas botas muy bonitas» le dijo la que quería ser madre adoptiva, echándole las palabras con un beso en su oído sucio.

El muchacho levantó un pie. ¡Y qué pie! Más valía que ningún cristiano lo viera. Era una masa de informe esparto y de trapo asqueroso, llena de lodo y con un gran agujero, por el cual asomaba la fila de deditos rosados.

«¡Bendito Dios! —exclamó Rafaela rompiendo a reír—. ¿Pero señor Izquierdo, tan pobre es usted que no tiene para...?».

—Solutamente...

—¡Te voy a poner más majo...!, verás. Te voy a poner un vestido muy precioso, tu sombrero, tus botas de charol.

Comprendiendo aquello, el muy tuno ¡abría cada ojo...! De todas las flaquezas humanas, la primera que apunta en el niño, anunciando el hombre, es la presunción. Juanín entendió que le iban a poner guapo y soltó una carcajada. Pero las ideas y las sensaciones cambian rápidamente en esta edad, y de improviso el *Pituso* dio una palmada y echó un gran suspiro. Es una manera especial que tienen los chicos de decir: «Esto me aburre; de buena gana me marcharía». Jacinta le retuvo a la fuerza.

—Vamos a ver, señor de Izquierdo —dijo la dama, planteando decididamente la cuestión—. Ya sé por su vecino de usted quién es la mamá de este niño. Está visto que usted no lo puede criar ni educar. Yo me lo llevo.

Izquierdo se preparó a la respuesta.

—Diré a la señora... yo... verídicamente, le tengo ley. Le quiero, si a mano viene, como hijo... Socórrale la señora, por ser de la casta que es; colóqueme a mí, y yo lo criaré.

—No, estos tratos no me convienen. Seremos amigos; pero con la condición de que me llevo este pobre ángel a mi casa. ¿Para qué le quiere usted? ¿Para que se críe en esos patios malsanos entre pilletes?... Yo le protegeré a usted, ¿qué quiere?, ¿un destino?, ¿una cantidad?

—Si la señora —insinuó Izquierdo torvamente, soltando las palabras después de rumiarlas mucho—, me logra una cosa...

—A ver qué cosa...

—La señora se aboca con Castelar... que me tiene tanta tirria... o con el señor de Pi.

—Déjeme usted a mí de *pi* y de *pa*... Yo no le puedo dar a usted ningún destino.

—Pues si no me dan la ministración del Pardo, el hijo se queda aquí... ¡hostia! —declaró Izquierdo con la mayor aspereza, levantándose. Parecía responder con la exhibición de su gallarda estatura más que con las palabras.

—La administración del Pardo nada menos. Sí, para usted estaba. Hablaré a mi esposo, el cual reconocerá a Juanín y le reclamará por la justicia, puesto que su madre le ha abandonado.

Rafaela cuenta que al oír esto, se desconcertó un tanto *Platón*. Pero no se dio a partido, y cogiendo en brazos al niño le hizo caricias a su modo: «¿Quién te quiere a ti, churumbé?... ¿A quién quieres tú, piojín mío?».

El chico le echó los brazos al cuello.

«Yo no le impido ni le impediré a usted que le siga queriendo, ni aun que le vea alguna vez —dijo la señora, contemplando a Juanín como una tonta—. Volveré mañana y espero convencerle... y en cuanto a la administración del Pardo, no crea usted que digo que no. Podría ser... no sé...».

Izquierdo se dulcificó un poco.

«Nada, nada —pensó Jacinta—, este hombre es un chalán. No sé tratar con esta clase de gente. Mañana vuelvo con Guillermina y entonces... aquí te quiero ver. Para usted —dijo luego en voz alta—, lo mejor sería una cantidad. Me parece que está la patria oprimida.»

Izquierdo dio un suspiro y puso al chico en el suelo.

«Un endivido, que se pasó su santísima vida bregando porque los españoles sean libres...»

—Pero, hombre de Dios, ¿todavía les quiere usted más libres?

—No... es la que se dice... cría cuervos... Sepa usté que Bicerra, Castelar y otros mequetrefes, todo lo que son me lo deben a mí.

—Cosa más particular. El ruido de la guitarra y de los cantos de los ciegos arreció considerablemente, uniéndose al estrépito de tambores de Navidad.

«¿Y tú no tienes tambor?» preguntó Jacinta al pequeñuelo, que apenas oída la pregunta ya estaba diciendo que no con la cabeza.

—¡Que barbaridad! ¡Miren que no tener tú un tambor...! Te lo voy a comprar hoy mismo, ahora mismo. ¿Me das un beso?

No se hacía de rogar el *Pituso*. Empezaba a ser descarado. Jacinta sacó un paquetito de caramelos, y él, con ese instinto de los golosos, se abalanzó a ver lo que la señora sacaba de aquellos papeles. Cuando Jacinta le puso un caramelo dentro de la boca, Juanín se reía de gusto.

«¿Cómo se dice?» le preguntó Izquierdo.

Inútil pregunta, porque él no sabía que cuando se recibe algo se dan las gracias.

Jacinta le volvió a coger en brazos y a mirarle. Otra vez le pareció que el parecido se borraba. ¡Si no sería...! Era conveniente averiguarlo y no proceder con precipitación. Guillermina se encargaría de esto. De repente el muy pillo la miró, y sacándose el caramelo de la boca, se lo ofreció para que chupase ella.

«No, tonto, si tengo más».

Después, viendo que su galantería no era estimada, le enseñó la lengua.

«¡Grandísimo tuno, me haces burla, a mí!...».

Y él, entusiasmándose, volvió a sacar la lengua, y habló por primera vez en aquella conferencia, diciendo muy claro: «Putona».

Ama y criada rompieron a reír, y Juanín lanzó una carcajada graciosísima, repitiendo la expresión, y dando palmadas como para aplaudirse.

—¡Qué cosas le enseña usted!...

—Vaya, hijo, no digas exprisiones...

—¿Me quieres? —le dijo la Delfina apretándole contra sí.

El chico clavó sus ojos en Izquierdo.

«Dile que sí pero a cuenta que no te vas con ella... ¿sabes?... que no te vas con ella, porque quieres más a tu papá Pepe, piojín..., y que a tu papá le tien que dar la ministración».

Volvió el bárbaro a cogerle, y Jacinta se despidió, haciendo propósito firme de volver con el refuerzo de su amiga.

«Adiós, adiós, Juanín. Hasta mañana»; y le besó la mano, pues la cara era imposible por tenerla toda untada de caramelo.

—Adiós, rico —dijo Rafaela pellizcándole los dedos de un pie que asomaban por las claraboyas del calzado.

Y salieron. Izquierdo, que aunque se tenía por caballería, preciábase de ser caballero, salió a despedirlas a la puerta de la calle, con el pequeño en brazos. Y le movía la manecita para hacerle saludar a las dos mujeres hasta que doblaron la esquina de la calle del Bastero.

VIII

A las nueve del día siguiente ya estaban allí otra vez ama y doncella, esperando a Guillermina, que convino en unirse con su amiga en cuanto despachara ciertos quehaceres que tenía en la estación de las Pulgas. Había recibido dos vagones de sillares y obtenido del director de la Compañía del Norte que le hicieran la descarga gratis con las grúas de la empresa... ¡los pasos que tuvo que dar para esto! Pero al fin se salió con la suya, y además quería que del transporte se encargara la misma empresa, que bastante dinero ganaba, y bien podía dar a los huérfanos desvalidos unos cuantos viajes de camiones.

En cuanto entraron Jacinta y Rafaela vieron a Juanín jugando en el patio. Llamáronle y no quiso venir. Las miraba desde lejos, riendo, con media mano metida dentro de la boca; pero en cuanto le enseñaron el tambor que le traían, como se enseñan al toro, azuzándole, las banderillas que se le han de clavar, vino corriendo como exhalación. Su contento era tal que parecía que le iba a dar una pataleta, y estaba tan inquieto, que a Jacinta le costó trabajo colgarle el tambor. Cogidos los palillos uno en cada mano, empezó a dar porrazos sobre el parche, corriendo por aquellos muladares, envidiado de los demás, y sin ocuparse de otra cosa que de meter toda la bulla posible.

Jacinta y Rafaela subieron. La criada llevaba un lío de cosas, dádivas que la señora traía a los menesterosos de aquella pobrísima vecindad. Las mujeres salían a sus puertas movidas de la curiosidad; empezaba el chismorreo, y poco después, en los murmurantes corros que se formaron, circulaban noticias y comentos: «A la señá Nicanora le ha traído un mantón borrego, al tío *Dido* un sombrero y un chaleco de Bayona, y a Rosa le ha puesto en la mano cinco duros como cinco soles...».

—«A la baldada del número 9 le ha traído una manta de cama, y a la señá Encarnación un aquel de franela para la reuma, y al tío Manjavacas un ungüento en un tarro largo que lo llaman *pitofufito*... sabe, lo que le di yo a mi niña el año pasado, lo cual no le quitó de morírseme...».

—«Ya estoy viendo a Manjavacas empeñando el tarro o cambiándolo por gotas de aguardiente...».

—«Oí que le quiere comprar el niño a señó Pepe, y que le da treinta mil duros... y le hace gobernaor...».

—«¿Gobernaor de qué?...».

—«Paicen bobas... pues tiene que ser de las caballerizas repoblicanas...».

Jacinta empezaba a impacientarse porque no llegaba su amiga, y en tanto tres o cuatro mujeres, hablando a un tiempo, le exponían sus necesidades con hiperbólico estilo. Esta tenía a sus dos niños descalcitos; la otra no los tenía descalzos ni calzados, porque se le morían todos, y a ella le había quedado una angustia en el pecho que decían era una *eroísma*. La de más allá tenía cinco hijos y vísperas, de lo que daba fe el promontorio que le alzaba las faldas media vara del suelo. No podía ir en tal estado a la Fábrica de Tabacos, por lo cual estaba pasando la familia una *crujida* buena. El pariente de estotra no trabajaba, porque se había caído de un andamio y hacía tres meses que estaba en el catre con un tolondrón en el pecho y muchos dolores, echando sangre por la boca. Tantas y tantas lástimas oprimían el corazón de Jacinta, llevando a su mente ideas muy latas sobre la extensión de la miseria humana. En el seno de la prosperidad en que ella vivía, no pudo darse nunca cuenta de lo grande que es el imperio de la pobreza, y ahora veía que, por mucho que se explore, no se llega nunca a los confines de este dilatado continente. A todos les daba alientos y prometía ampararles en la medida de sus alcances, que, si bien no cortos, eran quizás insuficientes para acudir a tanta y tanta necesidad. El círculo que la rodeaba se iba estrechando, y la dama empezaba a sofocarse. Dio algunos pasos; pero de cada una de sus pisadas brotaba una compasión nueva; delante de su caridad luminosa íbanse levantando las desdichas humanas, y reclamando el derecho a la misericordia. Después de visitar varias casas, saliendo de ellas con el corazón desgarrado, hallábase otra vez en el corredor, ya muy intranquila por la tardanza de su amiga, cuando sintió que le tiraban suavemente de la cachemira. Volviose y vio una niña como de cinco o seis años, lindísima, muy limpia, con una hoja de *bónibus* en el pelo.

«Señora —le dijo la niña con voz dulce y tímida, pronunciando con la más pura corrección—, ¿ha visto usted mi delantal?».

Cogiendo por los bordes el delantal, que era de cretona azul, recién planchado y sin una mota, lo mostraba a la señorita.

«Sí... ya lo veo —dijo ésta admirada de tanta gracia y coquetería—. Estás muy guapa y el delantal es... magnífico».

—Lo he estrenado hoy... no lo ensuciaré, porque no bajo al patio —añadió la pequeña, hinchando de gozo y vanidad sus naricillas.

—¿De quién eres? ¿Cómo te llamas?

—Adoración.

—¡Qué mona eres... y qué simpática!

—Esta niña —dijo una de las vecinas—, es hija de una mujer muy mala que la llaman *Mauricia la Dura*. Ha vivido aquí dos veces, porque la pusieron en las *Arrecogidas*, y se escapó, y ahora no se sabe dónde anda.

—¡Pobre niña!... su mamá no la quiere.

—Pero tiene por mamá a su tía Severiana, que la ampara como si fuera hija y la va criando. ¿No conoce la señorita a Severiana?

—He oído hablar de ella a mi amiga.

—Sí, la señorita Guillermina la quiere mucho... Como que ella y Mauricia son hijas de la planchadora de la casa... ¡Severiana!... ¿Dónde está esa mujer?

—En la compra —replicó Adoración.

—Vaya, que eres muy señorita.

La otra, que se oyó llamar señorita, no cabía en sí de satisfacción.

«Señora —dijo, encantando a Jacinta con su metal de voz argentino y su pronunciación celestial—. Yo no me pinté la cara el otro día...».

—¡Tú no...!, ya lo sabía. Eres muy aseada.

—No, no me pinté —repitió acentuando tan fuertemente el no con la cabeza, que parecía que se le rompía el pescuezo—. Esos puercachones me querían pintar, pero no me dejé.

Jacinta y Rafaela estaban embelesadas. No habían visto una niña tan bonita, tan modosa y que se metiera por los ojos como aquella. Daba gusto ver la limpieza de su ropa. La falda la tenía remendada, pero aseadísima; los zapatos eran viejos, pero bien defendidos, y el delantal una obra maestra de pulcritud.

En esto llegó la tía y madre adoptiva de Adoración. Era guapetona, alta y garbosa, mujer de un papelista, y la inquilina más ordenada, o si se quiere, más pudiente de aquella colmena. Vivía en una de las habitaciones mejores del primer patio y no tenía hijos propios, razón más para que Jacinta simpatizase con ella. En cuanto se vieron se comprendieron. Severiana estimó en lo que valían las bondades de la dama para con la pequeña; hízola entrar en su casa, y le ofreció una silla de las que llaman de Viena, mueble que en aquellos tugurios pareciole a Jacinta el colmo de la opulencia.

«¿Y mi ama doña Guillermina? —preguntó Severiana—. Ya sé que viene ahora todos los días. ¿Usted no me conoce? Mi madre fue planchadora en casa de los señores de Pacheco... allí nos criamos mi hermana Mauricia y yo».

—He oído hablar de ustedes a Guillermina...

Severiana dejó el cesto de la compra, que bien repleto traía, arrojó mantón y pañuelo, y no pudo resistir un impulso de vanidad. Entre las habitantes de las casas domingueras es muy común que la que viene de la plaza con abundante compra la exponga a la admiración y a la envidia de las vecinas. Severiana empezó a sacar su repuesto, y alargando la mano lo mostraba de la puerta afuera...

«Vean ustedes... una brecolera... un cuarterón de carne de falda... un pico de carnero con carrilladas... escarola...» y por último salió la gran sensación. Severiana la enseñó como un trofeo, reventando de orgullo.

«¡Un conejo!» clamaron media docena de voces...

«¡Hija, cómo te has corrido!».

—«Hija, porque se puede, y lo he sacado por siete riales». Jacinta creyó que la cortesía la obligaba a lisonjear a la dueña de la casa, mirando con muchísimo interés las provisiones y elogiando su bondad y baratura.

Hablose luego de Adoración, que se había cosido a las faldas de Jacinta, y Severiana empezó a referir:

«Esta niña es de mi hermana Mauricia... La señora metió en las Micaelas a mi hermana, pero esta se fugó, encaramándose por una tapia; y ahora la estamos buscando para volverla a encerrar allá».

—Conozco mucho esa Orden —dijo la de Santa Cruz—, y soy muy amiga de las madres Micaelas.

Allí la enderezarán... Crea usted que hacen milagros...

—Pero si es muy mala... Señora, muy mala —replicó Severiana dando un suspiro—. Aquí me dejó esta escritura, y no nos pesa, porque me tira el alma como si la hubiera parido... lo cual que todos los míos me han nacido muertos; y mi Juan Antonio le ha tomado tal ley a la chica, que no se puede pasar sin ella. Es una pinturera, eso sí, y me enreda mucho. Como que nació y se crió entre mujeres malas, que la enseñaron a fantasiar y a ponerse polvos en la cara. Cuando va por la calle, hace unos meneos con el cuerpo que... ya le digo que la deslomo, si no se le quita esa maña... ¡Ah!, ¡verás tú, verás, bribonaza! Lo bueno que tiene es que no me empuerca la ropa y le gusta lavarse manos, brazos, hocico, y hasta el cuerpo, señora, hasta el cuerpo. Como coja un pedazo de jabón de olor, pronto da cuenta de él. ¿Pues el peinarse? Ya me ha roto tres espejos, y un día... ¿que creerá la señora que estaba haciendo?... pues pintándose las cejas con un corcho quemado.

Adoración púsose como la grana, avergonzada de las perrerías que se contaban de ella.

«No lo hará más —dijo la dama sin hartarse de acariciar aquella cara tan tersa y tan bonita; y variando la conversación, lo que agradeció mucho la pequeña, se puso a mirar y alabar el buen arreglo de la salita».

«Tiene usted una casa muy mona».

—Para menestrales, talcualita. Ya sabe la señorita que está a su disposición. Es muy grande para nosotros; pero tengo aquí una amiga que vive en compañía, doña Fuensanta, viuda de un señor comandante. Mi marido es bueno como los panes de Dios. Me gana catorce riales y no tiene ningún vicio. Vivimos tan ricamente.

Jacinta admiró la cómoda, bruñida de tanto fregoteo, y el altar que sobre ella formaban mil baratijas, y las fotografías de gente de tropa, con los pantalones pintados de rojo y los botones de amarillo. El Cristo del Gran Poder y la Virgen de la Paloma, eran allí dos hermosos cuadros; había un gran cromo con la *Numancia*, navegando en un mar de musgo, y otro cuadrito bordado con *dos corazones amantes*, hechos a estilo de dechado, unidos con una cinta.

Se hacía tarde, y Jacinta no tenía sosiego. Por fin, saliendo al corredor, vio venir a su amiga presurosa, acalorada...

«No me riñas, hija; no sabes cómo me han marcado esos badulaques en la estación de las Pulgas. Que no pueden hacer nada sin orden expresa del Consejo. No han hecho caso de la tarjeta que llevé, y tengo que volver esta tarde, y los sillares allí muertos de risa y la obra parada... Pero en fin, vamos a nuestro asunto. ¿En dónde está ese que se come la gente? Adiós, Severiana... Ahora no me puedo entretener contigo. Luego hablaremos».

Avanzaron en busca de la guarida de Izquierdo, siempre rodeadas de vecinas. Adoración iba detrás, cogida a la falda de Jacinta, como los pajes que llevan la cola de los reyes, y delante abriendo calle, como un batidor, la zancuda, que aquel día parecía tener las canillas más desarrolladas y las greñas más sueltas. Jacinta le había llevado unas botas, y estaba la chica muy incomodada porque su madre no se las dejaba poner hasta el domingo.

Vieron entornada la puerta del 17, y Guillermina la empujó. Grande fue su sorpresa al encarar, no con el señor *Platón* a quien esperaba encontrar allí, sino con una mujerona muy altona y muy feona, vestida de colorines, el talle muy bajo, la cara como teñida de ferruje, el pelo engrasado y de un negro que azuleaba. Echose a reír aquel vestiglo, enseñando unos dientes cuya blancura con la nieve se podría comparar, y dijo a las señoras que *Don* Pepe no estaba, pero que al momentico vendría. Era la vecina del bohardillón, llamada comúnmente la *gallinejera*, por tener puesto de gallineja y fritanga en la esquina de la Arganzuela. Solía prestar servicios domésticos al decadente señor de aquel domicilio, barrerle el cuarto una vez al mes, apalearle el jergón, y darle una mano de refregones al *Pituso*, cuando la porquería le ponía una costra demasiado espesa en su angelical rostro. También solía preparar para el grande hombre algunos platos exquisitos, como dos cuartos de molleja, dos cuartos de sangre frita y a veces una ensalada de escarola, bien cargada de ajo y comino.

No tardó en venir Izquierdo, y echose fuera la estantigua aquella gitanesca, a quien Rafaela miraba con verdadero espanto, rezando mentalmente un Padre-nuestro porque se marchara pronto. Venía el bárbaro dando resoplidos, cual si le rindiera la fatiga de tanto negocio como entre manos traía, y arrojando su pavero en el rincón y limpiándose con un pañuelo en forma de pelota el sudor de la nobilísima frente, soltó este gruñido: «Vengo de en ca Bicerra... ¿Ustés me recibieron? Pues él tampoco... ¡el muy soplao, el muy...! La culpa tengo yo que me rebajo a endividos tan... disinificantes».

—Cálmese usted, señor Pepe —indicó Jacinta, sintiéndose fuerte en compañía de su amiga.

Como no había más que dos sillas, Rafaela tuvo que sentarse en el baúl y el grande hombre no comprendido quedose en pie; mas luego tomó una cesta vacía que allí estaba, la puso boca abajo y acomodó su respetable persona en ella.

IX

Desde que se cruzaron las primeras palabras de aquella conferencia, que no dudo en llamar memorable, cayó Izquierdo en la cuenta de que tenía que habérselas con un diplomático mucho más fuerte que él. La tal doña Guillermina, con toda su opinión de santa y su carita de Pascua, se le atravesaba. Ya estaba seguro de que le volvería tarumba con sus *tiologías* porque aquella señora debía de ser muy nea, y él, la verdad, no sabía tratar con neos.

«Con que señor Izquierdo —propuso la fundadora sonriendo—, ya sabe usted... esta amiga mía quiere recoger a ese pobre niño, que tan mal se cría al lado de usted... Son dos obras de caridad, porque a usted le socorreremos también, siempre que no sea muy exigente...»

—¡Hostia, con la tía bruja esta! —dijo para sí *Platón*, revolviendo las palabras con mugidos; y luego en voz alta—: Pues como dije a la señora, si la señora quiere al *Pituso*, que se aboque con Castelar...

—Eso sí; para que le hagan a usted ministro... Señor Izquierdo, no nos venga usted con sandeces. ¿Cree que somos tontas? A buena parte viene... Usted no puede desempeñar ningún destino, porque no sabe leer.

Recibió Izquierdo tan tremendo golpe en su vanidad, que no supo qué contestar. Tomando una actitud noble, puesta la mano en el pecho, repuso:

«Señora, eso de no saber no es todo lo verídico... digo que no es todo lo verídico... verbi gracia: que es mentira. A cuenta que nos moteja porque semos probes. La probeza no es deshonra».

—No lo es, cierto, pero sí; pero tampoco es honra, ¿estamos? Conozco pobres muy honrados; pero también los hay que son buenos pájaros.

—Yo soy todo lo decente... ¿estamos?

—¡Ah!, sí... Todos nos llamamos personas decentes; pero facilillo es probarlo. Vamos a ver. ¿Cómo se ha pasado usted la vida? Vendiendo burros y caballos, después conspirando y armando barricadas...

—¡Y a mucha honra, y a mucha honra!... ¡re-hostia! —gritó fuera de sí el chalán, levantándose encolerizado—. ¡Vaya con las tías estas...!

Jacinta daba diente con diente. Rafaela quiso salir a llamar; pero su propio temor le había paralizado las piernas.

«Ja, ja, ja... nos llama *tías*... —exclamó Guillermina echándose a reír cual si hubiera oído un inocente chiste—. Vaya con el excelentísimo señor... ¿Y piensa que nos vamos a enfadar por la flor que nos echa? Quia; yo estoy muy acostumbrada a estas finuras. Peores cosas le dijeron a Cristo.

—Señora... Señora... no me saque la dinidá; mire que me estoy aguantando... aguantando...

—Más aguantamos nosotras.

—Yo soy un endivido... tal y como...

—Lo que es usted, bien lo sabemos: un holgazanote y un bruto... Sí hombre, no me desdigo... ¿Piensa usted que le tengo miedo? A ver; saque pronto esa navaja...

—No la gasto pa mujeres...

—Ni para hombres... Si creerá este fantasmón que nos va a acoquinar porque tiene esa fachada... Siéntese usted y no haga visajes, que eso servirá para asustar a chicos, pero no a mí. Además de bruto es usted un embustero, porque ni ha estado en Cartagena ni ese es el camino, y todo lo que cuenta de las revoluciones es gana de hablar. A mí me ha enterado quien le conoce a usted bien... ¡Ah!, pobre hombre, ¿sabe usted lo que nos inspira? Pues lástima, una lástima que no puede ponderarle, por lo grande que es...

Completamente aturdido, cual si le hubieran descargado una maza sobre el cuello, Izquierdo se sentó sobre la cesta, y esparció sus miradas por el suelo. Rafaela y Jacinta respiraron, pasmadas del valor de su amiga, a quien veían como una criatura sobrenatural.

—Con que vamos a ver —prosiguió esta guiñando los ojos, como siempre que exponía un asunto importante—. Nosotras nos llevamos al niñito, y le damos a usted una cantidad para que se remedie...

—¿Y qué hago yo con un triste estipendio? ¿Cree que yo me vendo?

—¡Ay, qué delicados están los tiempos!... Usted, ¿qué se ha de vender? Falta que haya quien le compre. Y esto no es compra, sino socorro. No me dirá usted que no lo necesita...

—En fin, pa no cansar... —replicó bruscamente José—, si me dan la ministración...

—Una cantidad y punto concluido...

—¡Que no me da la gana, que no me da la santísima gana!

—Bueno, bueno, no grite usted tanto, que no somos sordas. Y no sea usted tan fino, que tales finuras son impropias de un señor revolucionario tan... feroz.

—Usted me quema la sangre...

—¿Con que destino, y si no no? Tijeretas han de ser. A fe que está el hombre cortadito para administrador. Señor Izquierdo, dejemos las bromas a un lado; me da mucha lástima de usted; porque, lo digo con sinceridad, no me parece tan mala persona como cree la gente. ¿Quiere usted que le diga la verdad? Pues usted es un infelizote que no ha tenido parte en ningún crimen ni en la invención de la pólvora.

Izquierdo alzó la vista del suelo y miró a Guillermina sin ningún rencor. Parecía confirmar con una mirada de sinceridad lo que la fundadora declaraba.

«Y lo sostengo, este hijo de Dios no es un hombre malo. Dicen por ahí que usted asesinó a su segunda mujer... ¡Patraña! Dicen que usted ha robado en los caminos... ¡Mentira! Dicen por ahí que usted ha dado muchos trabucazos en las barricadas... ¡Paparrucha!».

—Parola, parola, parola —murmuró Izquierdo con amargura.

—Usted se ha pasado la vida luchando por el pienso y no sabiendo nunca vencer. No ha tenido arreglo... La verdad, este vendehumos es hombre de poca disposición: no sabe nada, no trabaja, no tiene pesquis más que para echar fanfarronadas y decir que se come los niños crudos. Mucho hablar de la República y de los cantones, y el hombre no sirve ni para los oficios más toscos... ¿Qué tal?, ¿me equivoco? ¿Es este el retrato de usted, sí o no?...

Platón no decía nada, y pasó y repasó su hermosa mirada por los ladrillos del piso, como si los quisiera barrer con ella. Las palabras de Guillermina resonaban en su alma con el acento de esas verdades eternas contra las cuales nada pueden las argucias humanas.

«Después —añadió la santa—, el pobre hombre ha tenido que valerse de mil arbitrios no muy limpios para poder vivir, porque es preciso vivir... Hay que ser indulgente con la miseria, y otorgarle un poquitín de licencia para el mal».

Durante la breve pausa que siguió a los últimos conceptos de Guillermina, el infeliz hombre cayó en su conciencia como en un pozo, y allí se vio tal cual era realmente, despojado de los trapos de oropel en que su amor propio le envolvía; pensó lo que otras veces había pensado, y se dijo en sustancia: «Si soy un verídico mulo, un buen Juan que no sabe matar un mosquito; y esta diabla de santa tiene dentro el cuerpo al Pae Eterno».

Guillermina no le quitaba los ojos, que con los guiños se volvían picarescos. Era una maravilla cómo le adivinaba los pensamientos. Parece mentira, pero no lo es, que después de otra pausa solemne, dijo la Pacheco estas palabras:

«Porque eso de que Castelar le coloque es cosa de labios afuera. Usted mismo no lo cree ni en sueños. Lo dice por embobar a Ido y otros tontos como él... Ni ¿qué destino le van a dar a un hombre que firma con una cruz? Usted que alardea de haber hecho tantas revoluciones y de que nos ha traído la dichosa República, y de que ha fundado el cantón de Cartagena... ¡así ha salido él!... Usted que se las echa de hombre perseguido y nos llama neas con desprecio y publica por ahí que le van a hacer archipámpano, se contentará... dígalo con franqueza, se contentará con que le den una portería...».

A Izquierdo le vibró el corazón, y este movimiento del ánimo fue tan claramente advertido por Guillermina, que se echó a reír, y tocándole la rodilla con la mano, repitió:

«¿No es verdad que se contentará?... Vamos, hijo mío, confíeselo por la pasión y muerte de nuestro Redentor, en quien todos creemos».

Los ojos del chalán se iluminaron. Se le escapó una sonrisilla y dijo con viveza:

«¿Portería de ministerio?».

—No, hijo, no tanto... Español había de ser. Siempre picando alto y queriendo servir al Estado... Hablo de portería de casa particular.

Izquierdo frunció el ceño. Lo que él quería era ponerse uniforme con galones. Volvió a sumergirse de una zambullida en su conciencia, y allí dio volteretas alrededor de la portería de casa particular. Él, lo dicho dicho, estaba ya harto de tanto bregar por la perra existencia. ¿Qué mejor descanso podía apetecer que lo que le ofrecía aquella *tía*, que debía de ser sobrina de la Virgen Santísima?... Porque ya empezaba a ser viejo y no estaba para muchas bromas. La oferta significaba pitanza segura, poco trabajo; y si la portería era de casa grande, el uniforme no se lo quitaba nadie... Ya tenía la boca abierta para soltar un *conforme* más grande que la casa de que debía ser portero, cuando el amor propio, que era su mayor enemigo, se le amotinó, y la fanfarronería cultivada en su mente armole una gritería espantosa. Hombre perdido. Empezó a menear la cabeza con displicencia, y echando miradas de desdén a una parte y otra, dijo: «¡Una portería!... es poco».

—Ya se ve... no puede olvidar que ha sido ministro de la Gobernación, es decir, que lo quisieron nombrar... aunque me parece que se convino en que todo ello fue invención de esa gran cabeza. Veo que entre usted y don José Ido, otro que tal, podrían inventar lindas novelas. ¡Ah!, la miseria, el mal comer, ¡cómo hacen desvariar estos pobres cerebros!... En resumidas cuentas, señor Izquierdo...

Este se había levantado, y poniéndose a dar paseos por la habitación con las manos en los bolsillos, expresó sus magnánimos pensamientos de esta manera:

«Mi dinidá y sinificancia no me premiten... Es la que se dice: quisiera, pero no pué ser, no pué ser. Si quieren solutamente socorrerme por que me quitan a mi piojín de mi arma, me atengo al honorario».

—¡Alabado sea Dios! Al fin caemos en la cantidad...

Jacinta veía el cielo abierto... pero este cielo se nubló cuando el bárbaro desde un rincón, donde su voz hacía ecos siniestros, soltó estas fatídicas palabras:

«Ea... pues... mil duros, y trato hecho».

—¡Mil duros! —dijo Guillermina—. ¡La Virgen nos acompañe!, ya los quisiéramos para nosotros. Siempre será un poquito menos.

—No bajo ni un chavo.

—¿A que sí? Porque si usted es chalán también yo soy chalana.

Jacinta discurría ya cómo se las compondría para juntar los mil duros, que al principio le parecieron suma muy grande, después pequeña, y así estuvo un rato apreciando con diversos criterios de cantidad la cifra.

«Que no rebajo ni tanto así. Lo mismo me da monea metálica que pápiros del Banco. Pero ojo al guarismo, que no rebajo na».

—Eso, eso, tengamos carácter... ¡Pues no tiene pocas pretensiones! Ni usted con toda su casta vale mil cuartos, cuanto más mil duros... Vaya, ¿quiere dos mil reales?

Izquierdo hizo un gesto de desprecio.

«¿Qué, se nos enfada?... Pues nada, quédese usted con su angelito. ¿Pues qué se ha creído el muy majadero, que nos tragábamos la bola de que el *Pituso* es hijo del esposo de esta señora? ¿Cómo se prueba eso?...».

—Yo na tengo que ver... pues bien claro está que es pae natural —replicó Izquierdo de mal talante—, pae natural del hijo de mi sobrina, verbo y gracia, Juanín.

—¿Tiene usted la partida de bautismo?

—La tengo —dijo el salvaje mirando al cofre sobre el que se sentaba Rafaela.

—No, no saque usted papeles, que tampoco prueban nada. En cuanto a la paternidad *natural*, como usted dice, será o no será. Pediremos informes a quien pueda darlos.

Izquierdo se rascaba la frente, como escarbando para extraer de ella una idea. La alusión a Juanito hízole recordar sin duda cuando rodó ignominiosamente por la escalera de la casa de Santa Cruz. Jacinta, en tanto, quería llegar a un arreglo ofreciendo la mitad; mas Guillermina, que le adivinó en el semblante sus deseos de conciliación, le impuso silencio, y levantándose, dijo:

«Señor Izquierdo; guárdese usted su *churumbé*, que lo que es este timo no le ha salido».

—Señora... ¡Hostia!, yo soy un hombre de bien, y conmigo no se queda ninguna nea, ¿estamos? —replicó él con aquella rabia superficial que no pasaba de las palabras.

—Es usted muy amable... Con las finuras que usted gasta no es posible que nos entendamos. ¡Si habrá usted creído que esta señora tenía un gran interés en apropiarse del niño! Es un capricho, nada más que un capricho. Esta simple se ha empeñado en tener chiquillos... manía tonta, porque cuando Dios no quiere darlos, Él se sabrá por qué... Vio al *Pituso*, le dio lástima, le gustó... pero es muy caro el animalito. En estos dos patios los dan por nada, a escoger... por nada, sí, alma de Dios, y con agradecimiento encima... ¿Qué te creías, que no hay más que tu piojín?... Ahí está esa niña preciosísima que llaman Adoración... Pues nos la llevaremos cuando queramos, porque la voluntad de Severiana es la mía... Con que abur... ¿Qué tienes que contestar?

Ya te veo venir: que el *Pituso* es de la propia sangre de los señores de Santa Cruz. Podrá ser, y podrá no ser... Ahora mismo nos vamos a contarle el caso al marido de mi amiga, que es hombre de mucha influencia y se tutea con Pi y almuerza con Castelar y es hermano de leche de Salmerón... Él verá lo que hace. Si el niño es suyo, te lo quitará; y si no lo es, ayúdame a sentir. En este caso, pedazo de bárbaro, ni dinero, ni portería, ni nada.

Izquierdo estaba como aturdido con esta rociada de palabras vivas y contundentes. Guillermina, en aquellas grandes crisis oratorias, tuteaba a todo el mundo... Después de empujar hacia la puerta a Jacinta y a Rafaela, volviose al desgraciado, que no acertaba a decir palabra, y echándose a reír con angélica bondad, le habló en estos términos:

«Perdóname que te haya tratado duramente como mereces... Yo soy así. Y no te vayas a creer que me he enfadado. Pero no quiero irme sin darte una limosna y un consejo. La limosna en esta. Toma, para ayuda de un panecillo».

Alargó la mano ofreciéndole dos duros, y viendo que el otro no los tomaba, púsolos sobre una de las sillas.

«El consejo allá va. Tú no vales absolutamente para nada. No sabes ningún oficio, ni siquiera el de peón, porque eres haragán y no te gusta cargar pesos. No sirves ni para barrendero de las calles, ni siquiera para llevar un cartel con anuncios... Y sin embargo, desventurado, no hay hechura de Dios que no tenga su *para qué* en este taller admirable del trabajo universal; tú has nacido para un gran oficio, en el cual puedes alcanzar mucha gloria y el pan de cada día. Bobalicón, ¿no has caído en ello?... ¡Eres tan bruto!... ¿Pero di, no te has mirado al espejo alguna vez? ¿No se te ha ocurrido?... Pareces lelo... Pues te lo diré: para lo que tú sirves es para modelo de pintores... ¿no entiendes? Pues ellos te ponen vestido de santo, o de caballero, o de Padre Eterno, y te sacan el retrato... porque tienes la gran figura. Cara, cuerpo, expresión, todo lo que no es del alma es en ti noble y hermoso; llevas en tu persona un tesoro, un verdadero tesoro de líneas... Vamos, apuesto a que no lo entiendes».

La vanidad aumentó la turbación en que el bueno de Izquierdo estaba. Presunciones de gloria le pasaron con ráfagas de hoguera por la frente... Entrevió un porvenir brillante... ¡Él, retratado por los pintores!... ¡Y eso se pagaba! Y se ganaban cuartos por vestirse, ponerse y ¡ah!... *Platón* se miró en el vidrio del cuadro de las trenzas; pero no se veía bien...

«Con que no lo olvides... Preséntate en cualquier estudio, y eres un hombre. Con tu piojín a cuestas, serías el San Cristóbal más hermoso que se podría ver. Adiós, adiós...».

X. Más escenas de la vida íntima

I

Saliendo por los corredores, decía Guillermina a su amiga: «Eres una inocentona... tú no sabes tratar con esta gente. Déjame a mí, y estate tranquila, que el *Pituso* es tuyo. Yo me entiendo. Si ese bribón te coge por su cuenta, te saca más de lo que valen todos los chicos de la Inclusa juntos con sus padres respectivos. ¿Qué pensabas tú ofrecerle? ¿Diez mil reales? Pues me los das, y si lo saco por menos, la diferencia es para mi obra».

Después de platicar un rato con Severiana en la salita de esta, salieron escoltadas por diferentes cuerpos y secciones de la granujería de los dos patios. A Juanín, por más que Jacinta y Rafaela se desojaban buscándole, no le vieron por ninguna parte.

Aquel día, que era el 22, empeoró el Delfín a causa de su impaciencia y por aquel afán de querer anticiparse a la naturaleza, quitándole a esta los medios de su propia reparación. A poco de levantarse tuvo que volverse a la cama, quejándose de molestias y dolores puramente ilusorios. Su familia, que ya conocía bien sus mañas, no se alarmaba, y Barbarita recetábale sin cesar sábanas y resignación. Pasó la noche intranquilo; pero se estuvo durmiendo toda la mañana del 23, por lo que pudo Jacinta dar otro salto, acompañada de Rafaela, a la calle de Mira el Río. Esta visita fue de tan poca sustancia, que la dama volvió muy triste a su casa. No vio al *Pituso* ni al señor Izquierdo. Díjole Severiana que Guillermina había estado antes y echado un largo parlamento con el *endivido*, quien tenía al chico montado en el hombro, ensayándose sin duda para *hacer* el San Cristóbal. Lo único que sacó Jacinta en limpio de la excursión de aquel día fue un nuevo testimonio de la popularidad que empezaba a alcanzar en aquellas casas. Hombres y mujeres la rodeaban y poco faltó para que la llevaran en volandas. Oyose una voz que gritaba: «¡viva la simpatía!» y le echaron coplas de gusto dudoso, pero de muy buena intención. Los de Ido llevaban la voz cantante en este concierto de alabanzas, y daba gozo ver a don José tan elegante, con las prendas en buen uso que Jacinta le había dado, y su hongo casi nuevo de color café. El primogénito de los *claques* fue objeto de una serie de transacciones y reventas chalanescas, hasta que lo adquirió por dos cuartos un cierto vecino de la casa, que tenía la especialidad de hacer el *higuí* en los Carnavales.

Adoración se pegaba a doña Jacinta desde que la veía entrar. Era como una idolatría el cariño de aquella chicuela. Quedábase estática y lela delante de la señorita, devorándola con sus ojos, y si esta le cogía la cara o le daba un beso, la pobre niña temblaba de emoción y parecía que le entraba fiebre. Su manera de expresar lo que sentía era dar de cabezadas contra el cuerpo de su ídolo, metiendo la cabeza entre los pliegues del mantón y apretando como si quisiera abrir con ella un hueco. Ver partir a *doña* Jacinta era quedarse Adoración sin alma, y Severiana tenía que ponerse seria para hacerla entrar en razón. Aquel día le llevó la dama unas botitas muy lindas, y prometió llevarle otras prendas, pendientes y una sortija con un diamante fino del tamaño de un garbanzo; más grande todavía, del tamaño de una avellana.

Al volver a su casa, tenía la Delfina vivos deseos de saber si Guillermina había hecho algo. Llamola por el balcón; pero la fundadora no estaba. Probablemente, según dijo la criada, no regresaría hasta la noche porque había tenido que ir por tercera vez a la estación de las Pulgas, a la obra y al asilo de la calle de Alburquerque.

Aquel día ocurrió en casa de Santa Cruz un suceso feliz. Entró don Baldomero de la calle cuando ya se iban a sentar a la mesa, y dijo con la mayor naturalidad del mundo que le había caído la lotería. Oyó Barbarita la noticia con calma, casi con tristeza, pues el capricho de la suerte loca no le hacía mucha gracia. La Providencia no había andado en aquello muy lista que digamos, porque ellos no necesitaban de la lotería para nada, y aun parecía que les estorbaba un premio que, en buena lógica, debía de ser para los infelices que juegan por mejorar de fortuna. ¡Y había tantas personas aquel día dadas a Barrabás por no haber sacado ni un triste reintegro! El 23, a la hora de la lista grande, Madrid parecía el país de las desilusiones, porque... ¡cosa más particular!, a nadie le tocaba. Es preciso que a uno le toque para creer que hay agraciados.

Don Baldomero estaba muy sereno, y el golpe de suerte no le daba calor ni frío. Todos los años compraba un billete entero, por rutina o vicio, quizás por obligación, como se toma la cédula de vecindad u otro documento que acredite la condición de español neto, sin que nunca sacase más que fruslerías, algún reintegro o premios muy pequeños. Aquel año le tocaron doscientos cincuenta mil reales. Había dado, como siempre, muchas participaciones, por lo cual los doce mil quinientos duros se repartían entre la multitud de personas de diferente posición y fortuna; pues si algunos ricos cogían buena breva, también muchos pobres pellizcaban algo. Santa Cruz llevó la lista al comedor, y la iba leyendo mientras comía, haciendo la cuenta de lo que a cada cual tocaba. Se le oía como se oye a los niños del Colegio de San Ildefonso que sacan y cantan los números en el acto de la extracción.

«*Los Chicos* jugaron dos décimos y se calzan cincuenta mil reales. Villalonga un décimo: veinticinco mil. Samaniego la mitad».

Pepe Samaniego apareció en la puerta a punto que don Baldomero pregonaba su nombre y su premio, y el favorecido no pudo contener su alegría y empezó a dar abrazos a todos los presentes, incluso a los criados.

«Eulalia Muñoz, un décimo: veinticinco mil reales. Benignita, medio décimo: doce mil quinientos reales. Federico Ruiz, dos duros: cinco mil reales. Ahora viene toda la morralla. Deogracias, Rafaela y Blas han jugado diez reales cada uno. Les tocan mil doscientos cincuenta».

«El carbonero, ¿a ver el carbonero?» dijo Barbarita que se interesaba por los jugadores de la última escala lotérica.

—El carbonero echó diez reales; Juana, nuestra insigne cocinera, veinte, el carnicero quince... A ver, a ver: Pepa la pincha cinco reales, y su hermana otros cinco. A estas les tocan seiscientos cincuenta reales.

—¡Qué miseria! —Hija, no lo digo yo, lo dice la aritmética.

Los partícipes iban llegando a la casa atraídos por el olor de la noticia, que se extendió rápidamente; y la cocinera, las pinchas y otras personas de la servidumbre se atrevían a quebrantar la etiqueta, llegándose a la puerta del comedor y asomando sus caras regocijadas para oír cantar al señor la cifra de aquellos dineros que les caían. La señorita Jacinta fue quien primero llevó los parabienes a la cocina, y la pincha perdió el conocimiento por figurarse que con los tristes cinco reales le habían caído lo menos tres millones. Estupiñá, en cuanto supo lo que pasaba, salió como un rayo por esas calles en busca de los agraciados para darles la noticia. Él fue quien dio las albricias a

Samaniego, y cuando ya no halló ningún interesado, daba la gran jaqueca a todos los conocidos que encontraba. ¡Y él no se había sacado nada!

Sobre esto habló Barbarita a su marido con toda la gravedad discreta que el caso requería.

«Hijo, el pobre Plácido está muy desconsolado. No puede disimular su pena, y eso de salir a dar la noticia es para que no le conozcamos en la cara la hiel que está tragando».

—Pues hija, yo no tengo la culpa... Te acordarás que estuvo con el medio duro en la mano, ofreciéndolo y retirándolo, hasta que al fin su avaricia pudo más que la ambición, y dijo: «Para lo que yo me he de sacar, más vale que emplee mi escudito en anises...». ¡Toma anises!

—¡Pobrecillo!... ponlo en la lista.

Don Baldomero miró a su esposa con cierta severidad. Aquella infracción de la aritmética parecíale una cosa muy grave.

«Ponlo, hombre, ¿qué más te da? Que estén todos contentos...».

Don Baldomero II se sonrió con aquella bondad patriarcal tan suya, y sacando otra vez lista y lápiz, dijo en alta voz: «Rossini, diez reales: le tocan mil doscientos cincuenta».

Todos los presentes se apresuraron a felicitar al favorecido, quedándose él tan parado y suspenso, que creyó que le tomaban el pelo.

«No, si yo no...» Pero Barbarita le echó unas miradas que le cortaron el hilo de su discurso. Cuando la señora miraba de aquel modo no había más remedio que callarse.

«¡Si habrá nacido de pie este bendito Plácido —dijo don Baldomero a su nuera—, que hasta se saca la lotería sin jugar!»

—Plácido —gritó Jacinta riéndose con mucha gana—, es el que nos ha traído la suerte.

—Pero si yo... —murmuró otra vez Estupiñá, en cuyo espíritu las nociones de la justicia eran siempre muy claras, como no se tratara de contrabando.

—Pero tonto... cómo tendrás esa cabeza —dijo Barbarita con mucho fuego—, que ni siquiera te acuerdas de que me diste medio duro para la lotería.

—Yo... cuando usted lo dice... En fin... la verdad, mi cabeza anda, *talmente*, así un poco ida...

Se me figura que Estupiñá llegó a creer a pie juntillas que había dado el escudo.

«¡Cuando yo decía que el número era de los más bonitos...! —manifestó don Baldomero con orgullo—. En cuanto el lotero me lo entregó, sentí la corazonada.»

—Como bonito... —agregó Estupiñá—, no hay duda que lo es.

—Si tenía que salir, eso bien lo veía yo —afirmó Samaniego con esa convicción que es resultado del gozo—. ¡Tres *cuatros* seguidos, después un *cero*, y acabar con un *ocho*...! Tenía que salir.

El mismo Samaniego fue quien discurrió celebrar con panderetazos y villancicos el fausto suceso, y Estupiñá propuso que fueran todos los agraciados a la cocina para hacer ruido con las cacerolas. Mas Barbarita prohibió todo lo que fuera barullo, y viendo entrar a Federico Ruiz, a Eulalia Muñoz y a uno de los *Chicos*, Ricardo Santa Cruz mandó destapar media docena de botellas de *champagne*.

Toda esta algazara llegaba a la alcoba de Juan, que se entretenía oyendo contar a su mujer y a su criado lo que pasaba, y singularmente el milagro del premio de Estupiñá. Lo que se rió con esto no hay para qué decirlo. La prisión en que tan a disgusto estaba volvíale pronto a su mal humor y poniéndose muy regañón decía a su mujer: «Eso, eso, déjame solo otra vez para ir a divertirte con la bullanga de esos idiotas. ¡La lotería!, ¡qué atraso tan grande! Es de las cosas que debieran suprimirse; mata el ahorro; es la Providencia de las haraganes. Con la lotería no puede haber prosperidad pública... ¿Qué?, te marchas otra vez. ¡Bonita manera de cuidar a un enfermo! Y vamos a ver, ¿qué demonios tienes tú que hacer por esas calles toda la mañana? A ver, explícame, quiero saberlo; porque es ya lo de todos los días».

Jacinta daba sus excusas risueña y sosegada. Pero le fue preciso soltar una mentirijilla. Había salido por la mañana a comprar nacimientos, velitas de color y otras chucherías para los niños de Candelaria.

«Pues entonces —replicó Juanito revolviéndose entre las sábanas—, yo quiero que me digan para qué sirven mamá y Estupiñá, que se pasan la vida mareando a los tenderos y se saben de memoria los puestos de Santa Cruz... A ver, que me expliquen esto...».

La algazara de los premiados, que iba cediendo algo, se aumentó con la llegada de Guillermina, la cual supo en su casa la nueva y entró diciendo a voces: «Cada uno me tiene que dar el veinticinco por ciento para mi obra... Si no, Dios y San José les amargarán el premio».

—El veinticinco por ciento es mucho para la gente menuda —dijo don Baldomero—. Consúltalo con San José y verás cómo me da la razón.

—¡Hereje!... —replicó la dama haciéndose la enfadada—, herejote... después que chupas el dinero de la Nación, que es el dinero de la Iglesia, ahora quieres negar tu auxilio a mi obra, a los pobres... El veinticinco por ciento y tú el cincuenta por ciento... Y punto en boca. Si no, lo gastarás en botica. Con que elige.

—No, hija mía; por mí te lo daré todo...

—Pues no harás nada de más, avariento. Se están poniendo bien las cosas, a fe mía... El ciento de *pintón*, que estaba la semana pasada a diez reales, ahora me lo quieren cobrar a once y medio, y el *pardo* a diez y medio. Estoy volada. Los materiales por las nubes...

Samaniego se empeñó en que la santa había de tomar una copa de *Champagne*.

«¿Pero tú qué has creído de mí, viciosote? ¡Yo beber esas porquerías!... ¿Cuándo cobras, mañana? Pues prepárate. Allí me tendrás como la maza de Fraga. No te dejaré vivir».

Poco después Guillermina y Jacinta hablaban a solas, lejos de todo oído indiscreto.

«Ya puedes vivir tranquila —le dijo la Pacheco—. El *Pituso* es tuyo. He cerrado el trato esta tarde. No puedes figurarte lo que bregué con aquel Iscariote. Perdí la cuenta de las hostias que me echó el muy blasfemo. Allá me sacó del cofre la partida de bautismo, un papelejo que apestaba. Este documento no prueba nada. El chico será o no será... ¡quién lo sabe! Pero pues tienes este capricho de ricacha mimosa, allá con Dios... Todo esto me parece irregular. Lo primero debió ser hablar del caso a tu marido. Pero tú buscas la sorpresita y el efecto teatral. Allá lo veremos... Ya sabes, hija, el trato es trato. Me ha costado Dios y ayuda hacer entrar en razón al señor Izquierdo. Por fin se contenta con seis mil quinientos reales. Lo que sobra de los diez mil reales es para mí, que bien me lo he sabido ganar... Con que mañana, yo iré después de medio día; ve tú también con los santos cuartos. Púsose Jacinta muy contenga. Había realizado su antojo; ya tenía su juguete. Aquello podría ser muy bien una niñería; pero ella tenía sus razones para obrar así. El plan que concibió para presentar al *Pituso* a la familia e introducirlo en ella, revelaba cierta astucia. Pensó que nada debía decir por el pronto al Delfín. Depositaría su hallazgo en casa de su hermana Candelaria hasta ponerle presentable. Después diría que era un huerfanito abandonado en las calles, recogido por ella... ni una palabra referente a quién pudiera ser la mamá ni menos el papá de tal muñeco. Todo el toque estaba en observar la cara que pondría Juan al verle. ¿Diríale algo la voz misteriosa de la sangre? ¿Reconocería en las facciones del pobre niño las de...? Al interés dramático de este lance sacrificaba Jacinta la conveniencia de los procedimientos propios de tal asunto. Imaginándose lo que iba a pasar, la turbación del infiel, el perdón suyo, y mil cosas y pormenores novelescos que barruntaba, producíase en su alma un goce semejante al del artista que crea o compone, y también un poco de venganza, tal y como en alma tan noble podía producirse esta pasión.

II

Cuando fue al cuarto del Delfín, Barbarita le hacía tomar a este un tazón de té con coñac. En el comedor continuaba la bulla; pero los ánimos estaban más serenos.

«Ahora —dijo la mamá—, han pegado la hebra con la política. Dice Samaniego que hasta que no corten doscientas o trescientas cabezas; no habrá paz. El marqués no está por el derramamiento de sangre, y Estupiñá le preguntaba por qué no había aceptado la diputación que le ofrecieron...

Se puso lo mismito que un pavo, y dijo que él no quería meterse en...

—No dijo eso —saltó Juanito, suspendiendo la bebida.

—Que sí, hijo; dijo que no quería meterse en estos... no sé qué.

—Que no dijo eso, mamá. No alteres tú también la verdad de los textos.

—Pero hijo, si lo he oído yo.

—Aunque lo hayas oído, te sostengo que no pudo decir eso... vaya.

—¿Pues qué?

—El marqués no pudo decir *meterse*... yo pongo mi cabeza a que dijo *inmiscuirse*... Si sabré yo cómo hablan las personas finas.

Barbarita soltó la carcajada.

—Pues sí... tienes razón, así, así fue... que no quería *inmiscuirse*...

—¿Lo ves?... Jacinta.

—¿Qué quieres, niño mimoso?

—Mándale un recado a Aparisi. Que venga al momento.

—¿Para qué? ¿Sabes la hora que es?

—En cuanto sepa el motivo, se planta aquí de un salto.

—¿Pero a qué? —¡Ahí es nada! ¿Crees que va a dejar pasar eso de *inmiscuirse*? Yo quiero saber cómo se sacude esa mosca...

Las dos damas celebraron aquella broma mientras le arreglaban la cama. Guillermina había salido de la casa sin despedirse, y poco a poco se fueron marchando los demás. Antes de las doce, todo estaba en silencio, y los papás se retiraron a su habitación, después de encargar a Jacinta que estuviese muy a la mira para que el Delfín no se desabrigara. Este parecía dormido profundamente, y su esposa se acostó sin sueño, con el ánimo más dispuesto a la centinela que al descanso. No había transcurrido una hora, cuando Juan despertó intranquilo, rompiendo a hablar de una manera algo descompuesta. Creyó Jacinta que deliraba, y se incorporó en su cama; mas no era delirio, sino inquietud con algo de impertinencia. Procuró calmarle con palabras cariñosas; pero él no se daba a partido.

«¿Quieres que llame?»

—«No; es tarde, y no quiero alarmar... Es que estoy nervioso. Se me ha espantado el sueño. Ya se ve; todo el día en este pozo del aburrimiento. Las sábanas arden y mi cuerpo está frío».

Jacinta se echó la bata, y corrió a sentarse al borde del lecho de su marido. Pareciole que tenía algo de calentura. Lo peor era que sacaba los brazos y retiraba las mantas. Temerosa de que se enfriara, apuró todas las razones para sosegarle, y viendo que no podía ser, quitose la bata y se metió con él en la cama, dispuesta a pasar la noche abrigándole por fuerza como a los niños, y arrullándole para que se durmiera. Y la verdad fue que con esto se sosegó un tanto, porque le gustaban los mimos, y que se molestaran por él, y que le dieran tertulia cuando estaba desvelado. ¡Y cómo se hacía el nene, cuando su mujer, con deliciosa gentileza materna, le cogía entre sus brazos y le apretaba contra sí para agasajarle, prestándole su propio calor! No tardó Juan en aletargarse con la virtud de estos melindres. Jacinta no quitaba sus ojos de los ojos de él, observando con atención sostenida si se dormía, si murmuraba alguna queja, si sudaba. En esta situación oyó claramente la una, la una y media, las dos, cantadas por la campana de la Puerta del Sol con tan claro timbre, que parecían sonar dentro de la casa. En la alcoba había una luz dulce, colada por pantalla de porcelana.

Y cuando pasaba un rato largo sin que él se moviera, Jacinta se entregaba a sus reflexiones. Sacaba sus ideas de la mente, como el avaro saca las monedas, cuando nadie le ve, y se ponía a contarlas y a examinarlas y a mirar si entre ellas había alguna falsa. De repente acordábase de la jugarreta que le tenía preparada a su marido, y su alma se estremecía con el placer de su pueril venganza. El *Pituso* se le metía al instante entre ceja y ceja. ¡Le estaba viendo! La contemplación ideal de lo que aquellas facciones tenían de desconocido, el trasunto de las facciones de la madre, era lo que más trastornaba a Jacinta, enturbiando su piadosa alegría. Entonces sentía las cosquillas, pues no merecen otro nombre, las cosquillas de aquella infantil rabia que solía acometerla, sintiendo además en sus brazos cierto prurito de apretar y apretar fuerte para hacerle sentir al infiel el furor de la paloma que la dominaba. Pero la verdad era que no apretaba ni pizca, por miedo de turbarle el sueño. Si creía notar que se estremecía con escalofríos, apretaba sí dulcemente, liándose a él para comunicarle todo el calor posible. Cuando él gemía o respiraba muy fuerte, le arrullaba dándole suaves palmadas en la espalda, y por no apartar sus manos de aquella obligación, siempre que quería saber si sudaba o no, acercaba su nariz o su mejilla a la frente de él.

Serían las tres cuando el Delfín abrió los ojos, despabilándose completamente, y miró a su mujer, cuya cara no distaba de la suya el espacio de dos o tres narices.

«¡Qué bien me encuentro ahora! —le dijo con dulzura—. Estoy sudando; ya no tengo frío. ¿Y tú no duermes? ¡Ah! La gran lotería es la que me ha tocada a mí. Tú eres mi premio gordo. ¡Qué buena eres!».

—¿Te duele la cabeza?

—No me duele nada. Estoy bien; pero me he desvelado; no tengo sueño. Si no lo tienes tú tampoco, cuéntame algo. A ver dime a dónde fuiste esta mañana.

—A contar los frailes, que se ha perdido uno. Así nos decía mamá cuando mis hermanas y yo le preguntábamos dónde había ido.

—Respóndeme al derecho. ¿A dónde fuiste?

Jacinta se reía, porque le ocurrió dar a su marido un bromazo muy chusco. «¡Qué alegre está el tiempo! ¿De qué te ríes?».

—Me río de ti... ¡Qué curiosos son estos hombres! ¡Virgen María!, todo lo quieren saber.

—Claro, y tenemos derecho a ello.

—No puede una salir a compras...

—Dale con las tiendas. Competencia con mamá y Estupiñá; eso no puede ser. Tú no has ido a compras.

—Que sí.

—¿Y qué has comprado?

—Tela.

—¿Para camisas mías? Si tengo... creo que son veintisiete docenas.

—Para camisas tuyas, sí; pero te las hago chiquititas.

—¡Chiquititas!

—Sí, y también te estoy haciendo unos baberos muy monos.

—¡A mí, baberos a mí!

—Sí, tonto; por si se te cae la baba.

—¡Jacinta!

—Anda... y se ríe el muy simple. ¡Verás qué camisas! Solo que las mangas son así... no te cabe más que un dedo en ellas.

—¿De veras que tú?... A ver ponte seria... Si te ríes no creo nada.

—¿Ves qué seria me pongo?... Es que me haces reír tú... Vaya, te hablaré con formalidad. Estoy haciendo un ajuar.

—Vamos, no quiero oírte... ¡Qué guasoncita!

—Que es verdad.

—Pero.

—¿Te lo digo? Di si te lo digo.

Pasó un ratito en que se estuvieron mirando. La sonrisa de ambos parecía una sola, saltando de boca a boca.

—¡Qué pesadez!... di pronto...

—Pues allá va... Voy a tener un niño.

—¡Jacinta! ¿Qué me cuentas?... Estas cosas no son para bromas —dijo Santa Cruz con tal alborozo, que su mujer tuvo que meterle en cintura.

—Eh, formalidad. Si te destapas me callo.

—Tú bromeas... Pues si fuera eso verdad, no lo habrías cantado poco... ¡con las ganitas que tú tienes! Ya se lo habrías dicho hasta a los sordos. Pero di, ¿y mamá lo sabe?

—No, no lo sabe nadie todavía.

—Pero mujer... Déjame, voy a tirar de la campanilla.

—Tonto... loco... estate quieto o te pego.

—Que se levanten todos en la casa para que sepan... Pero, ¿es farsa tuya? Sí, te lo conozco en los ojos.

—Si no te estás quieto, no te digo más...

—Bueno, pues me estaré quieto... Pero responde, ¿es presunción tuya o...?

—Es certeza.

—¿Estás segura? Tan segura como si le estuviera viendo, y le sintiera correr por los pasillos... ¡Es más salado, más pillín...!, bonito como un ángel, y tan granuja como su papá.

—¡Ave María Purísima, qué precocidad! Todavía no ha nacido y ya sabes que es varón, y que es tan granuja como yo.

La Delfina no podía tener la risa. Tan pegados estaban el uno al otro, que parecía que Jacinta se reía con los labios de su marido, y que este sudaba por los poros de las sienes de su mujer.

«¡Vaya con mi señora, lo que me tenía guardado!» añadió con incredulidad.

—¿Te alegras? —¿Pues no me he de alegrar? Si fuera cierto, ahora mismo ponía en planta a toda la familia para que lo supieran; de fijo que papá se encasquetaba el sombrero y se echaba a la calle, disparado, a comprar un nacimiento. Pero vamos a ver, explícate, ¿cuándo será eso?

—Pronto.

—¿Dentro de seis meses? ¿Dentro de cinco?

—Más pronto.

—¿Dentro de tres?

—Más prontísimo... está al caer, al caer.

—¡Bah!... Mira, esas bromas son impertinentes. ¿Con que fuera de cuenta? Pues nada, no se te conoce.

—Porque lo disimulo.

—Sí; para disimular estás tú. Lo que harías tú, con las ganas que tienes de chiquillos, sería salir para que todo el mundo te viera con tu bombo, y mandar a Rossini con un suelto a *La Correspondencia*.

—Pues te digo que ya no hay día seguro. Nada, hombre, cuando le veas te convencerás.

—¿Pero a quién he de ver?

—Al... a tu hijito, a tu nenín de tu alma.

—Te digo formalmente que me llenas de confusión, porque para chanza me parece mucha insistencia; y si fuera verdad, no lo habrías tenido tan guardado hasta ahora.

Comprendiendo Jacinta que no podía sostener más tiempo el bromazo, quiso recoger vela, y le incitó a que se durmiera, porque la conversación acalorada podía hacerle daño.

«Tiempo hay de que hablemos de esto —le dijo—; y ya... ya te irás convenciendo».

—*Güeno* —replicó él con puerilidad graciosa tomando el tono de un niño a quien arrullan.

—A ver si te duermes... Cierra esos ojitos. ¿Verdad que me quieres?

—Más que a mi vida. Pero, hija de mi alma, ¡qué fuerza tienes! ¡Cómo aprietas!

—Si me engañas te cojo y... así, así...

—¡Ay! —Te deshago como un bizcocho.

—¡Qué gusto!

—Y ahora, a *mimir*...

Este y otros términos que se dicen a los niños les hacían reír cada vez que los pronunciaban; pero la confianza y la soledad daban encanto a ciertas expresiones que habrían sido ridículas en pleno día y delante de gente. Pasado un ratito, Juan abrió los ojos, diciendo en tono de hombre:

«¿Pero de veras que vas a tener un chico?...».

—*Chí...* y a *mimir... ro... ro...*

Entre dientes le cantaba una canción de adormidera, dándole palmadas en la espalda.

«¡Qué gusto ser *bebé*! —murmuró el Delfín—, ¡sentirse en los brazos de la mamá, recibir el calor de su aliento y...!».

Pasó otro rato, y Juan, despabilándose y fingiendo el lloriqueo de un tierno infante en edad de lactancia, chilló así:

—Mama... mama...

—¿Qué?

—Teta. Jacinta sofocó una carcajada.

—*Ahola* no... teta caca... cosa fea...

Ambos se divertían con tales simplezas. Era un medio de entretener el tiempo y de expresar su cariño.

—Toma teta —díjole Jacinta metiéndole un dedo en la boca; y él se lo chupaba diciendo que estaba muy rica, con otras muchas tontadas, justificadas solo por la ocasión, la noche y la dulce intimidad.

—¡Si alguien nos oyera, cómo se reiría de nosotros!

—Pero como no nos oye nadie... Las cuatro: ¡qué tarde!

—Di qué temprano. Ya pronto se levantará Plácido para ir a despertar al sacristán de San Ginés. ¡Qué frío tendrá!...

—¡Cuánto mejor nosotros aquí, tan abrigaditos!

—Me parece que de esta me duermo, vida.

—Y yo también, corazón.

Se durmieron como dos ángeles, mejilla con mejilla.

III

24 de diciembre.

Por la mañana encargó Barbarita a Jacinta ciertos menesteres domésticos que la contrariaron; pero la misma retención en la casa ofreció coyuntura a la joven para dar un paso que siempre le había inspirado inquietud. Díjole Barbarita que no saliera en todo aquel día, y como tenía que salir forzosamente, no hubo más remedio que revelar a su suegra el lío que entre manos traía. Pidiole perdón por no haberle confiado aquel secreto, y advirtió con grandísima pena que su suegra no se entusiasmaba con la idea de poseer a Juanín.

«¿Pero tú sabes lo grave que es eso?... así, sin más ni más... un hijo llovido. ¿Y qué pruebas hay de que sea tal hijo?... ¿No será que te han querido estafar? ¿Y crees tú que se parece realmente? ¿No será ilusión tuya?... Porque todo eso es muy vago... Esos hallazgos de hijos parecen cosa de novela...».

La Delfina se descorazonó mucho. Esperaba una explosión de júbilo en su mamá política. Pero no fue así. Barbarita, cejijunta y preocupada, le dijo con frialdad: «No sé qué pensar de ti; pero en fin, tráetelo y escóndelo hasta ver... la cosa es muy grave. Diré a tu marido que Benigna está enferma y has ido a visitarla». Después de esta conversación, fue Jacinta a la casa de su hermana a quien también confió su secreto, concertando con ella el depositar el niño allí hasta que Juan y don Baldomero lo supieran.

«Veremos cómo lo toman» añadió dando un gran suspiro. Estaba Jacinta aquella tarde fuera de sí. Veía al *Pituso* como si lo hubiera parido, y se había acostumbrado tanto a la idea de poseerlo, que se indignaba de que su suegra no pensase lo mismo que ella.

Juntose Rafaela con su ama en la casa de Benigna, y helas aquí por la calle de Toledo abajo. Llevaban plata menuda para repartir a los pobres, y algunas chucherías, entre ellas la sortija que la señorita había prometido a Adoración. Era una soberbia alhaja, comprada aquella mañana por Rafaela en los bazares de *Liquidación por saldo, a real y medio la pieza*, y tenía un diamante tan grande y bien tallado, que al mismo Regente le dejaría bizco con el fulgor de sus luces. En la fabricación de esta soberbia piedra había sido empleado el casco más valioso de un fondo de vaso. Apenas llegaron a los corredores del primer patio, viéronse rodeadas por pelotones de mujeres y chicos, y para evitar piques y celos, Jacinta tuvo que poner algo en todas las manos. Quién cogía la peseta, quién el duro o el medio duro. Algunas, como Severiana, que, dicho sea entre paréntesis, tenía para aquella noche una magnífica lombarda, lomo adobado y el besugo correspondiente, se contentaban con un saludo afectuoso. Otros no se daban por satisfechos con lo que recibían. A todos preguntaba Jacinta que qué tenían para aquella noche. Algunas entraban con el besugo cogido por las agallas; otras no habían podido traer más que cascajo. Vio a muchas subir con el jarro de leche de almendras, que les dieran en el café de los Naranjeros, y de casi todas las cocinas salía tufo de fritangas y el campaneo de los almireces. Este besaba el duro que la señorita le daba, y el otro tirábalo al aire para cogerlo con algazara, diciendo: «¡Aire, aire, a la plaza!». Y salían por aquellas escaleras abajo camino de la tienda. Había quien preparaba su banquete con un *hocico con carrilleras*, una libra de *tapa del cencerro*, u otras despreciadas partes de la res vacuna, o bien con asadura, bofes de cerdo, sangre frita y desperdicios aún peores. Los más opulentos dábanse tono con su pedazo de turrón del que se parte con martillo, y la que había traído una granada tenía buen cuidado de que la vieran. Pero ningún habitante de aquellas regiones de miseria era tan feliz como Adoración, ni excitaba tanto la envidia entre las amigas, pues la rica alhaja que ceñía su dedo y que mostraba con el puño cerrado, era fina y de ley y había costado unos grandes dinerales. Aun las pequeñas que ostentaban zapatos nuevos, debidos a la caridad de *doña* Jacinta, los habrían cambiado por aquella monstruosa y relumbrante piedra. La poseedora de ella, después que recorrió ambos corredores enseñándola, se pegó otra vez a la señorita, frotándose el lomo contra ella como los gatos.

«No me olvidaré de ti, Adoración» le dijo la señorita, que con esta frase parecía anunciar que no volvería pronto.

En ambos patios había tal ruido de tambores, que era forzoso alzar la voz para hacerse oír. Cuando a los tamborazos se unía el estrépito de las latas de petróleo, parecía que se desplomaban las frágiles casas. En los breves momentos que la tocata cesaba, oíase el canto de un mirlo silbando la frase del himno de Riego, lo único que del tal himno queda ya. En la calle de Mira del Río tocaba un pianillo de manubrio, y en la calle del Bastero otro, armándose entre los dos una zaragata musical, como si las dos piezas se estuvieran arañando en feroz pelea con las uñas de sus notas. Eran una polka y un andante patético, enzarzados como dos gatos furibundos. Esto y los tambores, y los gritos de la vieja que vendía higos, y el clamor de toda aquella vecindad alborotada, y la risa de los chicos, y el ladrar de los perros pusiéronle a Jacinta la cabeza como una grillera.

Repartidas las limosnas, fue al 17, donde ya estaba Guillermina, impaciente por su tardanza. Izquierdo y el *Pituso* estaban también; el primero fingiéndose muy apenado de la separación del chico. Ya la fundadora había entregado el *triste estipendio*.

«Vaya, abreviemos» dijo esta cogiendo al muchacho que estaba como asustado.

—¿Quieres venirte conmigo?

—*Mela pa ti...* —replicó el *Pituso* con brío, y se echó a reír, alabando su propia gracia.

Las tres mujeres se rieron mucho también de aquella salida tan fina, e Izquierdo, rascándose la noble frente, dijo así:

«La señorita... a cuenta que ahora le enseñará a no soltar exprisiones».

—Buena falta le hace... En fin, vámonos.

Juanín hizo alguna resistencia; pero al fin se dejó llevar, seducido con la promesa de que le iban a comprar un nacimiento y muchas cosas buenas para que se las comiera todas.

«Ya le he prometido al señor de Izquierdo —dijo Guillermina—, que se le procurará una colocación, y por de pronto ya le he dado mi tarjeta para que vaya a ver con ella a uno de los artistas de más fama, que está pintando ahora un magnífico *Buen Ladrón*. Vaya... quédese con Dios».

Despidiose de ellas el futuro modelo con toda la urbanidad que en él era posible, y salieron. Rafaela llevaba en brazos el chico. Como a fines de diciembre son tan cortos los días, cuando salieron de la casa ya se echaba la noche encima. El frío era intenso, penetrante y traicionero como de helada, bajo un cielo bruñido, inmensamente desnudo y con las estrellas tan desamparadas, que los estremecimientos de su luz parecían escalofríos. En la calle del Bastero se insurreccionó el *Pituso*. Su bellísima frente ceñuda indicaba esta idea: «¿Pero a dónde me llevan estas tías?». Empezó a rascarse la cabeza, y dijo con sentimiento: «*Pae Pepe...*».

—¿Qué te importa a ti tu papá Pepe? ¿Quieres un rabel? Di lo que quieres.

—*Quelo citunas* —replicó alargando la jeta—. No, *citunas* no; un pez.

—¿Un pez?... ahora mismo —le dijo su futura mamá, que estaba nerviosísima, sintiendo toda aquella vibración glacial de las estrellas dentro de su alma.

En la calle de Toledo volvieron a sonar los cansados pianitos, y también allí se engarfiñaron las dos piezas, una tonadilla de la *Mascota* y la sinfonía de *Semíramis*. Estuvieron batiéndose con ferocidad, a distancia como de treinta pasos, tirándose de los pelos, dándose dentelladas y cayendo juntas en la mezcla inarmónica de sus propios sonidos. Al fin venció *Semíramis*, que resonaba orgullosa marcando sus nobles acentos, mientras se extinguían las notas de su rival, gimiendo cada vez más lejos, confundidas con el tumulto de la calle.

Érales difícil a las tres mujeres andar aprisa, por la mucha gente que venía calle abajo, caminando presurosa con la querencia del hogar próximo. Los obreros llevaban el saquito con el jornal; las mujeres algún comistrajo recién comprado; los chicos, con sus bufandas enroscadas en el cuello, cargaban rabeles, nacimientos de una tosquedad prehistórica o tambores que ya iban bien baqueteados antes de llegar a la casa. Las niñas iban en grupo de dos o de tres, envuelta la cabeza en toquillas, charlando cada una por siete. Cuál llevaba una botella de vino, cuál el jarrito con leche de almendra; otras salían de las tiendas de comestibles dando brincos o se paraban a ver los puestos de panderetas, dándoles con disimulo un par de golpecitos para que sonaran. En los puestos de pescado los maragatos limpiaban los besugos, arrojando las escamas sobre los transeúntes, mientras un ganapán vestido con los calzonazos negros y el mandil verde rayado berreaba fuera de la puerta: «¡Al vivo de hoy, al vivito!»... Enorme farolón con los cristales muy limpios alumbraba las pilas de lenguados, sardinas y pajeles, y las canastas de almejas. En las carnicerías sonaban los machetazos con sorda trepidación, y los platillos de las pesas, subiendo y bajando sin cesar, hacían contra el mármol del mostrador los ruidos más extraños, notas de misteriosa alegría. En aquellos barrios algunos tenderos hacen gala de poseer, además de géneros exquisitos, una imaginación exuberante, y para detener al que pasa y llamar compradores, se valen de recursos teatrales y fantásticos. Por eso vio Jacinta de puertas afuera pirámides de barriles de aceitunas que llegaban hasta el primer piso, altares hechos con cajas de mazapán, trofeos de pasas y arcos triunfales festoneados con escobones de dátiles. Por arriba y por abajo banderas españolas con poéticas inscripciones que decían: el *Diluvio en mazapán, o Turrón del Paraíso terrenal*... Más allá *Mantecadas de*

Astorga bendecidas por Su Santidad Pío IX. En la misma puerta uno o dos horteras vestidos ridículamente de frac, con chistera abollada, las manos sucias y la cara tiznada, gritaban desaforadamente ponderando el género y dándolo a probar a todo el que pasaba. Un vendedor ambulante de turrón había discurrido un rótulo peregrino para anonadar a sus competidores los orgullosos tenderos de establecimiento. ¿Qué pondría? Porque decir que el género era muy bueno no significaba nada. Mi hombre había clavado en el más gordo bloque de aquel almendrado una banderita que decía: *Turrón higiénico.* Con que ya lo veía el público... El otro turrón sería todo lo sabroso y dulce que quisieran; mas no era *higiénico.*

—*Quelo* un pez... —gruñó el *Pituso* frotándose con mal humor los ojos.

—Mira —le decía Rafaela—, tu mamá te va a comprar un pez de dulce.

—*Pae Pepe...* —repitió el chico llorando.

—¿Quieres una pandereta?... sí, una pandereta grande, que suene mucho.

Las tres hacían esfuerzos para acallarle, ofreciéndole cuanto había que ofrecer. Después de comprada la pandereta, el chico dijo que quería una naranja. Le compraron también naranjas. La noche avanzaba, y el tránsito se hacía difícil por la acera estrecha, resbaladiza y húmeda, tropezando a cada instante con la gente que la invadía.

«Verás, verás, ¡qué nacimiento tan bonito! —le decía Jacinta para calmarle—¡Y qué niños tan guapos! Y un pez grande, tremendo, todo de mazapán, para que te lo comas entero».

—¡*Gande, gande!* A ratos se tranquilizaba, pero de repente le entraba el berrinche y se ponía a dar patadas en el aire. Rafaela, que era una mujer de poquísimas fuerzas, ya no podía más. Guillermina se lo quitó de los brazos, diciendo:

«Dámele acá... no puedes ya con tu alma... Ea, caballerito; a callar se ha dicho...».

El *Pituso* le dio un porrazo en la cabeza.

«Mira que te estrello... Verás la azotaina que te vas a llevar... ¡Y qué gordo está el tunante!, parece mentira...».

—*Quelo un batón...* ¡hostia!

—¿Un bastón?... también te lo compramos, hijo, si te estás calladito... A ver, dónde encontraremos bastones ahora...

—Buena falta le hace —dijo Guillermina, y de los de acebuche, que escuecen bien, para enseñarle a no ser mañoso.

De esta manera llegaron a los portales y a la casa de Villuendas, ya cerrada la noche. Entraron por la tienda, y en la trastienda Jacinta se dejó caer fatigadísima sobre un saco lleno de monedas de cinco duros. Al *Pituso* le depositó Guillermina sobre un voluminoso fardo que contenía... ¡mil onzas!

IV

Los dependientes que estaban haciendo el recuento y balance, metían en las arcas de hierro los cartuchos de oro y los paquetes de billetes de Banco, sujetos con un elástico. Otro contaba sobre una mesa pesetas gastadas y las cogía después con una pala como si fueran lentejas. Manejaban el *género* con absoluta indiferencia, cual si los sacos de monedas lo fueran de patatas, y las resmas de billetes, papel de estraza. A Jacinta le daba miedo ver aquello, y entraba siempre allí con cierto respeto parecido al que le inspiraba la iglesia, pues el temor de llevarse algún billete de cuatro mil reales pegado a la ropa le ponía nerviosa.

Ramón Villuendas no estaba; pero Benigna bajó al momento, y lo primero que hizo fue observar atentamente la cara sucia de aquel aguinaldo que su hermana le traía.

«Qué, ¿no le encuentras parecido?» díjole Jacinta algo picada.

—La verdad, hija... no sé qué te diga...

—Es el vivo retrato —afirmó la otra, queriendo cerrar la puerta, con una opinión absoluta, a todas las dudas que pudieran surgir.

—Podrá ser... Guillermina se despidió rogando a los dependientes que le cambiaran por billetes tres monedas de oro que llevaba.

«Pero me habéis de dar premio —les dijo—. Tres reales por ciento. Si no, me voy a la Lonja del Almidón, donde tienen más caridad que vosotros.»

En esto entró el amo de la casa, y tomando las monedas, las miró sonriendo.

«Son falsas... tienen hoja.»

—Usted sí que tiene hoja —replicó la santa con gracia, y los demás se reían—. Una peseta de premio por cada una.

—¡Cómo va subiendo!... Usted nos tira al degüello.

—Lo que merecéis, publicanos.

Villuendas tomó de un cercano montón dos duros y los añadió a los billetes del cambio.

«Vaya... para que no diga...».

—Gracias... Ya sabía yo que usted...

—A ver, doña Guillermina, espere un ratito —añadió Ramón—. ¿Es cierto lo que me han contado, que usted, cuando no cae bastante dinero en la suscrición para la obra, le cuelga a San José un ladrillo del pescuezo para que busque cuartos?

—El señor San José no necesita de que le colguemos nada, pues hace siempre lo que nos conviene... Con que buenas noches; ahí les queda ese caballerito. Lo primero que deben hacer es ponerle a remojo para que se le ablande la mugre.

Ramón miró al *Pituso*. Su semblante no expresaba tampoco una convicción muy profunda respecto al parecido. Sonreía Benigna, y si no hubiera sido por consideración a su querida hermana, habría dicho del *Pituso* lo que de las monedas que no sonaban bien: *Es falso*, o por lo menos, *tiene hoja*.

«Lo primero es que le lavemos.»

—No se va a dejar —indicó Jacinta—. Este no ha visto nunca el agua. Vamos, arriba.

Subiéronle, y que quieras que no, le despojaron de los pingajos que vestía y trajeron un gran barreño de agua. Jacinta mojaba sus dedos en ella diciendo con temor: «¿estará muy fría?, ¿estará muy caliente? ¡Pobre ángel, qué mal rato va a pasar!». Benigna no se andaba en tantos reparos, y ¡pataplum!, le zambulló dentro, sujetándole brazos y piernas. ¡Cristo! Los chillidos del *Pituso* se oían desde la Plaza Mayor. Enjabonáronle y restregáronle sin miramiento alguno, haciendo tanto caso de sus berridos como si fueran expresiones de alegría. Solo Jacinta, más piadosa, agitaba el agua queriendo hacerle creer que aquello era muy divertido. Sacado al fin de aquel suplicio y bien envuelto en una sábana de baño, Jacinta le estrechó contra su seno diciéndole que ahora sí que estaba guapo. El calorcillo calmaba la irritación de sus chillidos, cambiándolos en sollozos, y la reacción, junto con la limpieza, le animó la cara, tiñéndosela de ese rosicler puro y celestial que tiene la infancia al salir del agua. Le frotaban para secarle y sus brazos torneados, su fina tez y hermosísimo cuerpo producían a cada instante exclamaciones de admiración.

«¡Es un niño Jesús... es una divinidad este muñeco!».

Después empezaron a vestirle. Una le ponía las medias, otra le entraba una camisa finísima. Al sentir la molestia del vestir volviole el mal humor, y trajéronle un espejo para que se mirara, a ver si el amor propio y la presunción acallaban su displicencia.

«Ahora, a cenar... ¿Tienes ganita?».

El *Pituso* abría una boca descomunal y daba unos bostezos que eran la medida aproximada de su gana de comer.

«Ay, ¡qué ganitas tiene el niño! Verás... Vas a comer cosas ricas...».

—¡Patata! —gritó con ardor famélico.

—¿Qué patatas, hombre? Mazapán, sopa de almendra...

—¡Patata, hostia! —repitió él pataleando.

—Bueno, patatitas, todo lo que tú quieras.

Ya estaba vestido. La buena ropa le caía tan bien que parecía haberla usado toda su vida. No fue algazara la que armaron los niños de Villuendas cuando le vieron entrar en el cuarto donde tenían su nacimiento. Primero se sorprendieron en masa, después parecía que se alegraban; por fin determináronse los sentimientos de recelo y suspicacia. La familia menuda de aquella casa se componía de cinco cabezas, dos niñas grandecitas, hijas de la primera mujer de Ramón, y los tres hijos de Benigna, dos de los cuales eran varones.

Juanín se quedó pasmado y lelo delante del nacimiento. La primera manifestación que hizo de sus ideas acerca de la libertad humana y de la propiedad colectiva consistió en meter mano a las velas de colores. Una de las niñas llevó tan a mal aquella falta de respeto, y dio unos chillidos tan fuertes que por poco se arma allí la de San Quintín.

«¡Ay Dios mío! —exclamó Benigna—. Vamos a tener un disgusto con este salvajito...».

—Yo le compraré a él muchas velas —afirmó Jacinta—. ¿Verdad, hijo, que tú quieres velas?

Lo que él quería principalmente era que le llenaran la barriga, porque volvió a dar aquellos bostezos que partían el alma.

«A comer, a comer» dijo Benigna, convocando a toda la tropa menuda. Y los llevó por delante como un hato de pavos. La comida estaba dispuesta para los niños, porque los papás cenarían aquella noche en casa del tío Cayetano.

Jacinta se había olvidado de todo, hasta de marcharse a su casa, y no supo apreciar el tiempo mientras duró la operación de lavar y vestir al *Pituso*. Al caer en la cuenta de lo tarde que era, púsose precipitadamente el manto, y se despidió del *Pituso*, a quien dio muchos besos.

«¡Qué fuerte te da, hija!» le dijo su hermana sonriendo. Y razón tenía hasta cierto punto, porque a Jacinta le faltaba poco para echarse a llorar.

Y Barbarita, ¿qué había hecho en la mañana de aquel día 24? Veámoslo. Desde que entró en San Ginés, corrió hacia ella Estupiñá como perro de presa que embiste, y le dijo frotándose las manos: «Llegaron las ostras gallegas. ¡Buen susto me ha dado el salmón! Anoche no he dormido. Pero con seguridad le tenemos. Viene en el tren de hoy».

Por más que el gran Rossini sostenga que aquel día oyó la misa con devoción, yo no lo creo. Es más; se puede asegurar que ni cuando el sacerdote alzaba en sus dedos al Dios sacramentado, estuvo Plácido tan edificante como otras veces, ni los golpes de pecho que se dio retumbaban tanto como otros días en la caja del tórax. El pensamiento se le escapaba hacia la liviandad de las compras, y la misa le pareció larga, tan larga, que se hubiera atrevido a decir al cura, en confianza, que se *menease* más. Por fin salieron la señora y su amigo. Él se esforzaba en dar a lo que era gusto las apariencias del cumplimiento de un deber penoso. Se afanaba por todo, exagerando las dificultades.

«Se me figura —dijo con el mismo tono que debe emplear Bismarck para decir al emperador Guillermo que desconfía de la Rusia—, que los pavos de la *escalerilla* no están todo lo bien cebados que debíamos suponer. Al salir hoy de casa les he tomado el peso uno por uno, y francamente, mi parecer es que se los compremos a González. Los capones de este son muy ricos... También les tomé el peso. En fin, usted lo verá».

Dos horas se llevaron en la calle de Cuchilleros, cogiendo y soltando animales, acosados por los vendedores, a quienes Plácido trataba a la baqueta. Echábaselas él de tener un pulso tan fino para apreciar el peso, que ni un adarme se le escapaba. Después de dejarse allí bastante dinero, tiraron para otro lado. Fueron a casa de Ranero para elegir algunas culebras del legítimo mazapán de Labrador, y aún tuvieron tela para una hora más.

«Lo que la señora debía haber hecho hoy —dijo Estupiñá sofocado, y fingiéndose más sofocado de lo que estaba—, es traerse una lista de cosas, y así no se nos olvidaba nada».

Volvieron a la casa a las diez y media, porque Barbarita quería enterarse de cómo había pasado su hijo la noche, y entonces fue cuando Jacinta reveló lo del *Pituso* a su mamá política, quedándose esta tan sorprendida como poco entusiasmada, según antes se ha dicho. Sin cuidado ya con respecto a Juan, que estaba aquel día mucho mejor, doña Bárbara volvió a echarse a la calle con su escudero y canciller. Aún faltaban algunas cosillas, la mayor parte de ellas para regalar a deudos y amigos de la familia. Del pensamiento de la gran señora no se apartaba lo que su nuera le había dicho. ¿Qué casta de nieto era aquel? Porque la cosa era grave... ¡Un hijo del Delfín! ¿Sería verdad? Virgen Santísima, ¡qué novedad tan estupenda! ¡Un nietecito por detrás de la Iglesia! ¡Ah!, las resultas de los devaneos de marras... Ella se lo temía... Pero ¿y si todo era hechura de la imaginación exaltada de Jacinta y de su angelical corazón? Nada, nada, aquella misma noche al acostarse, le había de contar todo a Baldomero.

Nuevas compras fueron realizadas en aquella segunda parte de la mañana, y cuando regresaban, cargados ambos de paquetes, Barbarita se detuvo en la plazuela de Santa Cruz, mirando con atención de compradora los nacimientos. Estupiñá se echaba a discurrir, y no comprendía por qué la señora examinaba con tanto interés los puestos, estando ya todos los chicos de la parentela de Santa Cruz *surtidos de aquel artículo*. Creció el asombro de Plácido cuando vio que la señora, después de tratar como en broma un portal de los más bonitos, lo compró. El respeto selló los labios del amigo, cuando ya se desplegaban para decir: «¿Y para quién es este Belén, señora?».

La confusión y curiosidad del anciano llegaron al colmo cuando Barbarita, al subir la escalera de la casa, le dijo con cierto misterio: «Dame esos paquetes, y métete este armatoste debajo de la capa. Que no lo vea nadie cuando entremos». ¿Qué significaban estos tapujos? ¡Introducir un Belén cual si fuera matute! Y como expertísimo contrabandista, hizo Plácido su alijo con admirable limpieza. La señora lo tomó de sus manos, y llevándolo a su alcoba con minuciosas precauciones para que de nadie fuera visto, lo escondió, bien cubierto con un pañuelo, en la tabla superior de su armario de Luna.

Todo el resto del día estuvo la insigne dama muy atareada, y Estupiñá saliendo y entrando, pues cuando se creía que no faltaba nada, salíamos con que se había olvidado lo más importante. Llegada la noche, inquietó a Barbarita la tardanza de Jacinta, y cuando la vio entrar fatigadísima, el vestido mojado y toda hecha una lástima, se encerró un instante con ella, mientras se mudaba, y le dijo con severidad:

«Hija, pareces loca... Vaya por dónde te ha dado... por traerme nietos a casa... Esta tarde tuve la palabra en la boca para contarle a Baldomero tu calaverada; pero no me atreví... Ya debes suponer si la cosa me parece grave...».

Era crueldad expresarse así, y debía mi señora doña Bárbara considerar que allá se iban compras con compras y manías con manías. Y no paró aquí el réspice, pues a renglón seguido vino esta observación, que dejó helada a la infeliz Jacinta: «Doy de barato que ese muñeco sea mi nieto. Pues bien: ¿no se te ocurre que el trasto de su madre puede reclamarlo y metemos en un pleitazo que nos vuelva locos?».

—¿Cómo lo ha de reclamar si lo abandonó? —contestó la otra sofocada, queriendo aparentar un gran desprecio de las dificultades.

—Sí, fíate de eso... Eres una inocente.

—Pues si lo reclama, no se lo daré —manifestó Jacinta con una resolución que tenía algo de fiereza—. Diré que es hijo mío, que le he parido yo, y que prueben lo contrario... a ver, que me lo prueben.

Exaltada y fuera de sí, Jacinta, que se estaba vistiendo a toda prisa, soltó la ropa para darse golpes en el pecho y en el vientre. Barbarita quiso ponerse seria; pero no pudo.

«No, tú eres la que tienes que probar que lo has parido... Pero no pienses locuras, y tranquilízate ahora, que mañana hablaremos».

—¡Ay, mamá! —dijo la nuera enterneciéndose—. ¡Si usted le viera...!

Barbarita, que ya tenía la mano en el llamador de la puerta para marcharse, volvió junto a su nuera para decirle: «¿Pero se parece?... ¿Estás segura de que se parece?...».

—¿Quiere usted verlo?, sí o no.

—Bueno, hija, le echaremos un vistazo... No es que yo crea... Necesito pruebas; pero pruebas muy claritas... No me fío yo de un parecido que puede ser ilusorio, y mientras Juan no me saque de dudas seguiré creyendo que a donde debe ir tu *Pituso* es a la Inclusa.

V

¡Excelente y alegre cena la de aquella noche en casa de los opulentos señores de Santa Cruz! Realmente no era cena sino comida retrasada, pues no gustaba la familia de trasnochar, y por tanto, caía dentro de la jurisdicción de la vigilia más rigurosa. Los pavos y capones eran para los días siguientes, y aquella noche cuanto se sirvió en la mesa pertenecía a los reinos de Neptuno. Solo se sirvió carne a Juan, que estaba ya mejor y pudo ir a la mesa. Fue verdadero festín de cardenales, con desmedida abundancia de peces, mariscos y de cuanto cría la mar, todo tan por lo fino y tan bien aderezado y servido que era una gloria. Veinticinco personas había en la mesa, siendo de notar que el conjunto de los convidados ofrecía perfecto muestrario de todas las clases sociales. La enredadera de que antes hablé había llevado allí sus vástagos más diversos. Estaba el marqués de Casa-Muñoz, de la aristocracia monetaria, y un Álvarez de Toledo, hermano del duque de Gravelinas, de la aristocracia antigua, casado con un Trujillo. Resultaba no sé qué irónica armonía de la conjunción aquella de los dos nobles, oriundo el uno del gran Alba, y el otro sucesor de don Pascual Muñoz, dignísimo ferretero de la calle de Tintoreros. Por otro lado nos encontramos con Samaniego, que era casi un hortera, muy cerca de Ruiz-Ochoa, o sea la alta banca. Villalonga representaba el Parlamento, Aparisi el Municipio, Joaquín Pez el Foro, y Federico Ruiz representaba muchas cosas a la vez: la Prensa, las Letras, la Filosofía, la Crítica musical, el Cuerpo de Bomberos, las Sociedades Económicas, la Arqueología y los Abonos químicos. Y Estupiñá, con su levita nueva de paño fino, ¿qué representaba? El comercio antiguo, sin duda, las tradiciones de la calle de Postas, el contrabando, quizás *la religión de nuestros mayores*, por ser hombre tan sinceramente piadoso. Don Manuel Moreno Isla no fue aquella noche; pero sí Arnaiz el gordo, y Gumersindo Arnaiz, con sus tres pollas, Barbarita II, Andrea e Isabel; mas a sus tres hermanas eclipsaba Jacinta, que estaba guapísima, con un vestido muy sencillo de rayas negras y blancas sobre fondo encarnado. También Barbarita tenía buen ver. Desde su asiento al extremo de la mesa, Estupiñá la flechaba con sus miradas, siempre que corrían de boca en boca elogios de aquellos platos tan ricos y de la variedad inaudita de pescados. El gran Rossini, cuando no miraba a su ídolo, charlaba sin tregua y en voz baja con sus vecinos, volviendo inquietamente a un lado y otro su perfil de cotorra.

Nada ocurrió en la cena digno de contarse. Todo fue alegría sin nubes, y buen apetito sin ninguna desazón. El pícaro del Delfín hacía beber a Aparisi y a Ruiz para que se alegraran, porque uno y otro tenían un vino muy divertido, y al fin consiguió con el *Champagne* lo que con el Jerez no había conseguido. Aparisi, siempre que se ponía peneque, mostraba un entusiasmo exaltado por las glorias nacionales. Sus *jumeras* eran siempre una fuerte emersión de lágrimas patrióticas, porque todo lo decía llorando. Allí brindó por *los héroes de Trafalgar*, por *los héroes del Callao* y por otros muchos héroes marítimos; pero tan conmovido el hombre y con los músculos olfatorios tan respingados, que se creería que Churruca y Méndez Núñez eran sus papás y que olían muy mal. A Ruiz también le daba por el patriotismo y por los héroes; pero inclinándose a lo terrestre y empleando un cierto tono de fiereza. Allí sacó a Tetuán y a Zaragoza poniendo al extranjero como chupa de dómine, diciendo, en fin, que *nuestro porvenir está en África*, y que el Estrecho es un arroyo español. De repente levantose Estupiñá el grande, copa en mano, y no puede formarse idea de la expectación y solemnísimo silencio que precedieron a su breve discurso. Conmovido y casi llorando, aunque no estaba *ajumao*, brindó por la noble compañía, por los nobles señores de la casa y por... aquí una pausa de emoción y una cariñosa mirada a Jacinta... y porque la noble familia tuviera pronto sucesión, como él esperaba... y sospechaba... y creía.

Jacinta se puso muy colorada, y todos, todos los presentes, incluso el Delfín, celebraron mucho la gracia. Después hubo gran tertulia en el salón; pero poco después de las doce se habían retirado todos. Durmió Jacinta sin sosiego, y a la mañana siguiente, cuando su marido no había despertado aún, salió para ir a misa. Oyola en San Ginés, y después fue a casa de Benigna, donde encontró escenas de desolación. Todos los sobrinitos estaban alborotados, inconsolables, y en cuanto la vieron entrar corrieron hacia ella pidiendo justicia. ¡Vaya con lo que había hecho Juanín!... ¡Ahí era nada en gracia de Dios! Empezó por arrancarles la cabeza a las figuras del nacimiento... y lo peor era que se reía al hacerlo, como si fuera una gracia. ¡Vaya una gracia! Era un sinvergüenza, un desalmado, un asesino. Así lo atestiguaban Isabel, Paquito y los demás, hablando confusa y atropelladamente, porque la indignación no les permitía expresarse con claridad. Disputábanse la palabra y se cogían a la tiita, empinándose sobre las puntas de los pies. Pero ¿dónde estaba el muy bribón? Jacinta vio aparecer su cara inteligente y socarrona. Cuando él la vio, quedose algo turbado, y se arrimó a la pared. Acercósele Jacinta, mostrándole severidad y conteniendo la risa... pidiole cuentas de sus horribles crímenes. ¡Arrancar la cabeza a las figuras!... Escondía el *Pituso* la cara muy avergonzado, y se metía el dedo en la nariz... La mamá adoptiva no había podido obtener de él una respuesta, y las acusaciones rayaban en frenesí. Se le echaban en cara los delitos más execrables, y se hacía burla de él y de sus hábitos groseros.

«Tiita, ¿no sabes? —decía Ramona riendo—. Se come las cáscaras de naranja...».

—¡Cochino! Otra voz infantil atestiguó con la mayor solemnidad que había visto más. Aquella mañana, Juanín estaba en la cocina royendo cáscaras de patata. Esto sí que era marranada.

Jacinta besó al delincuente, con gran estupefacción de los otros chicos.

«Pues tienes bonito el delantal». Juanín tenía el delantal como si hubiera estado fregando los suelos con él. Toda la ropa estaba igualmente sucia.

—Tiita —le dijo Isabelita haciéndose la ofendida—. Si vieras... No hace más que arrastrarse por los suelos y dar coces como los burros. Se va a la basura y coge los puñados de ceniza para echárnosla por la cara...

Entró Benigna, que venía de misa, y corroboró todas aquellas denuncias, aunque con tono indulgente.

«Hija, no he visto un salvaje igual. El pobrecito... bien se ve entre qué gentes se ha criado».

—Mejor... Así le domesticaremos.

—¡Qué palabrotas dice!... ¡Ramón se ha reído más...! No sabes la gracia que le hace su lengua de arriero. Anoche nos dio malos ratos, porque llamaba a su *Pae Pepe* y se acordaba de la pocilga en que ha vivido... ¡Pobrecito! Esta mañana se me orinó en la sala. Llegué yo y me lo encontré con las enaguas levantadas... Gracias que no se le antojó hacerlo sobre el *puff*... lo hizo en la coquera... He tenido que cerrar la sala, porque me destrozaba todo. ¿Has visto cómo ha puesto el nacimiento? A Ramón le hizo muchísima gracia... y salió a comprar más figuras; porque si no, ¿quién aguanta a esta patulea? No puedes figurarte la que se armó aquí anoche. Todos llorando en coro, y el otro cogiendo figuras y estrellándolas contra el suelo.

—¡Pobrecillo! —exclamó Jacinta prodigando caricias a su hijo adoptivo y a todos los demás, para evitar una tempestad de celos—. ¿Pero no veis que él se ha criado de otra manera que vosotros? Ya irá aprendiendo a ser fino. ¿Verdad, hijo mío? (Juan decía que sí con la cabeza y examinaba un pendiente de Jacinta)... Sí; pero no me arranques la oreja... Es preciso que todos seáis buenos amiguitos, y que os llevéis como hermanos. ¿Verdad, Juan, que tú no vuelves a romper las figuras?... ¿Verdad que no? Vaya, él es formal. Ramoncita, tú que eres la mayor, enséñale en vez de reñirle.

—Es muy fresco: también se quería comer una vela —dijo Ramoncita implacable.

—Las velas no se comen, no. Son para encenderlas... Veréis qué pronto aprende él todas las cosas... Si creeréis que no tiene talento.

—No hay medio de hacerle comer más que con las manos —apuntó Benigna riendo.

—Pero mujer, ¿cómo quieres que sepa...? Si en su vida ha visto él un tenedor... Pero ya aprenderá... ¿No observas lo listo que es?

Villuendas entró con las figuras.

«Vaya, a ver si estas se salvan de la guillotina».

Mirábalas el *Pituso* sonriendo con malicia, y los demás niños se apoderaron de ellas, tomando todo género de precauciones para librarlas de las manos destructoras del salvaje, que no se apartaba de su madre adoptiva. El instinto, fuerte y precoz en las criaturas como en los animalitos, le impulsaba a pegarse a Jacinta y a no apartarse de ella mientras en la casa estaba...

Era como un perrillo que prontamente distingue a su amo entre todas las personas que le rodean, y se adhiere a él y le mima y acaricia.

Creíase Jacinta madre, y sintiendo un placer indecible en sus entrañas, estaba dispuesta a amar a aquel pobre niño con toda su alma. Verdad que era hijo de otra. Pero esta idea, que se interponía entre su dicha y Juanín, iba perdiendo gradualmente su valor. ¿Qué le importaba que fuera hijo de otra? Esa otra quizá había muerto, y si vivía lo mismo daba, porque le había abandonado. Bastábale a Jacinta que fuera hijo de su marido para quererle ciegamente. ¿No quería Benigna a los hijos de la primera mujer de su marido como si fueran hijos suyos? Pues ella quería a Juanín como si le hubiera llevado en sus entrañas. ¡Y no había más que hablar! Olvido de todo, y nada de celos retrospectivos. En la excitación de su cariño, la dama acariciaba en su mente un plan algo atrevido.

«Con ayuda de Guillermina —pensaba—, voy a hacer la pamema de que he sacado este niño de la Inclusa, para que en ningún tiempo me lo puedan quitar. Ella lo arreglará, y se hará un documento en toda regla... Seremos falsarias y Dios bendecirá nuestro fraude».

Le dio muchos besos, recomendándole que fuera bueno, y no hiciese porquerías. Apenas se vio Juanín en el suelo, agarró el bastón de Villuendas y se fue derecho hacia el nacimiento en la actitud más alarmante. Villuendas se reía sin atajarle, gritando: «¡Adiós, mi dinero!, ¡eh!... ¡socorro!, ¡guardias...!».

Chillido unánime de espanto y desolación llenó la casa. Ramoncita pensaba seriamente en que debía llamarse a la Guardia Civil.

«Pillo, ven acá; eso no se hace» gritó Jacinta corriendo a sujetarle.

Una cosa agradaba mucho a la joven. Juanín no obedecía a nadie más que a ella. Pero la obedecía a medias, mirándola con malicia, y suspendiendo su movimiento de ataque.

«Ya me conoce —pensaba ella—. Ya sabe que soy su mamá, que lo seré de veras... Ya, ya le educaré yo como es debido.»

Lo más particular fue que cuando se despidió, el *Pituso* quería irse con ella.

«Volveré, hijo de mi alma, volveré... ¿Veis cómo me quiere?, ¿lo veis?... Con que portarse bien todos, y no regañar. Al que sea malo, no le quiero yo...».

VI

No se le cocía el pan a Barbarita hasta no aplacar su curiosidad viendo aquella alhaja que su hija le había comprado, un nieto. Fuera este apócrifo o verdadero, la señora quería conocerle y examinarle; y en cuanto tuvo Juan compañía, buscaron suegra y nuera un pretexto para salir, y se encaminaron a la morada de Benigna. Por el camino, Jacinta exploró otra vez el ánimo de su tía, esperando que se hubieran disipado sus prevenciones; pero vio con mucho disgusto que Barbarita continuaba tan severa y suspicaz como el día precedente.

«A Baldomero le ha sabido esto muy mal. Dice que es preciso garantías... y, francamente, yo creo que has obrado muy de ligero...».

Cuando entró en la casa y vio al *Pituso*, la severidad, lejos de disminuir, parecía más acentuada. Contempló Barbarita sin decir palabra al que le presentaban como nieto, y después miró a su nuera, que estaba en ascuas, con un nudo muy fuerte en la garganta. Mas de repente, y cuando Jacinta se disponía a oír denegaciones categóricas, la abuela lanzó una fuerte exclamación de alegría, diciendo así:

«¡Hijo de mi alma!... ¡amor mío!, ven, ven a mis brazos».

Y lo apretó contra sí tan enérgicamente, que el *Pituso* no pudo menos de protestar con un chillido.

«¡Hijo mío!... corazón... gloria, ¡qué guapo eres!... Rico, tesoro; un beso a tu abuelita».

—¿Se parece? —preguntó Jacinta no pudiendo expresarse bien, porque se le caía la baba, como vulgarmente se dice.

—¡Que si se parece! —observó Barbarita tragándole con los ojos—. Clavado, hija, clavado... ¿Pero qué duda tiene? Me parece que estoy mirando a Juan cuando tenía cuatro años.

Jacinta se echó a llorar.

«Y por lo que hace a esa fantasmona... —agregó la señora examinando más las facciones del chico—, bien se le conoce en este espejo que es guapa... Es una perfección este niño».

Y vuelta a abrazarle y a darle besos.

«Pues nada, hija —añadió después con resolución—, a casa con él».

Jacinta no deseaba otra cosa. Pero Barbarita corrigió al instante su propia espontaneidad, diciendo: «No... no nos precipitemos. Hay que hablar antes a tu marido. Esta noche sin falta se lo dices tú, y yo me encargo de volver a tantear a Baldomero... Si es clavado, pero clavado...».

—¡Y usted que dudaba!

—Qué quieres... Era preciso dudar, porque estas cosas son muy delicadas. Pero la procesión me andaba por dentro. ¿Creerás que anoche he soñado con este muñeco? Ayer, sin saber lo que hacía compré un nacimiento. Lo compré maquinalmente, por efecto de un no sé qué... mi resabio de compras movido del pensamiento que me dominaba.

—Bien sabía yo que usted cuando le viera...

—¡Dios mío! ¡Y las tiendas cerradas hoy! —exclamó Barbarita en tono de consternación—. Si estuvieran abiertas, ahora mismo le compraba un vestidito de marinero con su gorra en que diga: *Numancia*. ¡Qué bien le estará! Hijo de mi corazón, ven acá... No te me escapes; si te quiero mucho, ¡si soy tu abuelita...! Me dicen estos tontainas que has roto el camello del Rey negro. Bien, vida mía, bien roto está. Ya le compraré yo a mi niño una gruesa de camellos y de reyes negros, blancos y de todos los colores.

Jacinta tenía ya celos. Pero consolábase de ellos viendo que Juanín no quería estar en el regazo de su abuela y se deslizaba de los brazos de esta para buscar los de su mamá verdadera. En aquel punto de la escena que se describe, empezaron de nuevo las acusaciones y una serie de informes sobre los distintos actos de barbarie consumados por Juanín. Los cinco fiscales se enracimaban en torno a las dos damas, formulando cada cual su queja en los términos más difamatorios. ¡Válganos Dios lo que había hecho! Había cogido una bota de Isabelita y tirádola dentro de la jofaina llena de agua para que nadase como un pato.

«¡Ay, qué rico!» clamaba Barbarita comiéndosele a besos. Después se había quitado su propio calzado, porque era un marrano que gustaba de andar descalzo con las patas sobre el suelo.

«¡Ay, qué rico!...». Quitose también las medias y echó a correr detrás del gato, cogiéndolo por el rabo y dándole muchas vueltas... Por eso estaba tan mal humorado el pobre animalito... Luego se había subido a la mesa del comedor para pegarle un palo a la lámpara...

«¡Ay, qué rico!».

«¡Cuidado que es desgracia! —repitió la señora de Santa Cruz dando un gran suspiro—, ¡las tiendas cerradas hoy!... Porque es preciso comprarle ropita, mucha ropita... Hay en casa de Sobrino unas medidas de colores y unos trajecitos de punto que son una preciosidad... Ángel, ven, ven con tu abuelita... ¡Ah!, ya conoce el muy pillo lo que has hecho por él, y no quiere estar con nadie más que contigo».

—Ya lo creo... —indicó Jacinta con orgullo—. Pero no; él es bueno ¿sí?, y quiere también a su abuelita, ¿verdad?

Al retirarse, iban por la calle tan desatinadas la una como la otra. Lo dicho dicho: aquella misma noche hablarían las dos a sus respectivos maridos.

Aquel día, que fue el 25, hubo gran comida, y Juanito se retiró temprano de la mesa muy fatigado y con dolor de cabeza. Su mujer no se atrevió a decirle nada, reservándose para el día siguiente. Tenía bien preparado todo el discurso, que confiaba en pronunciarlo entero sin el menor tropiezo y sin turbarse. El 26 por la mañana entró don Baldomero en el cuarto de su hijo cuando este se acababa de levantar, y ambos estuvieron allí encerrados como una media hora. Las dos damas esperaban ansiosas en el gabinete el resultado de la conferencia, y las impresiones de Barbarita no tenían nada de lisonjeras: «Hija, Baldomero no se nos presenta muy favorable. Dice que es necesario probarlo... ya ves tú, probarlo; y que eso del parecido será ilusión nuestra... Veremos lo que dice Juan».

Tan anhelantes estaban las dos, que se acercaron a la puerta de la alcoba por ver si pescaban alguna sílaba de lo que el padre y el hijo hablaban. Pero no se percibía nada. La conversación era sosegada, y a veces parecía que Juan se reía. Pero estaba de Dios que no pudieran salir de aquella cruel duda tan pronto como deseaban. Pareció que el mismo demonio lo hizo, porque en el momento de salir don Baldomero del cuarto de su hijo, he aquí que se presentan en el despacho Villalonga y Federico Ruiz. El primero cayó sobre Santa Cruz para hablarle de los préstamos al Tesoro que hacía con dinero suyo y ajeno, ganándose el ciento por ciento en pocos meses, y el segundo se metió de rondón en el cuarto del Delfín. Jacinta no pudo hablar con este; pero se sorprendió mucho de verle risueño y de la mirada maliciosa y un tanto burlona que su marido le echó.

Fueron todos a almorzar y el misterio continuaba. Cuenta Jacinta que nunca como en aquella ocasión sintió ganas de dar a una persona de bofetadas y machacarla contra el suelo. Hubiera destrozado a Federico Ruiz, cuya charla insustancial y mareante, como zumbido de abejón, se interponía entre ella y su marido. El maldito tenía en aquella época la demencia de *los castillos*; estaba haciendo averiguaciones sobre todos los que en España existen más o menos ruinosos, para escribir una gran obra heráldica, arqueológica y de castrametación sentimental, que aunque estuviese bien hecha no había de servir para nada. Mareaba a Cristo con sus aspavientos por si tales o cuales ruinas eran bizantinas, mudéjares o lombardas con influencia mozárabe y perfiles románicos.

«¡Oh!, ¡el castillo de Coca!, ¿pues y el de Turégano?... Pero ninguno llegaba a los del Bierzo... ¡Ah!, ¡el Bierzo!... la riqueza que hay en ese país es un asombro». Luego resultaba que la tal *riqueza* era de muros despedazados, de aleros podridos y de bastiones que se caían piedra a piedra. Ponía los ojos en blanco, las manos en cruz y los hombros a la altura de las orejas para decir: «hay una ventana en el Castillo de Ponferrada que... vamos... no puedo expresar lo que es aquello...». Creeríase que por la tal ventana se veía al Padre Eterno y a toda la Corte Celestial.

«Caramba con la ventana —pensaba Jacinta, a quien le estaba haciendo daño el almuerzo—. Me gustaría de veras si sirviera para tirarte por ella a la calle con todos tus condenados castillos».

Villalonga y don Baldomero no prestaban ni pizca de atención a los entusiasmos de su insufrible amigo, y se ocupaban en cosas de más sustancia.

«Porque, figúrese usted... el Director del Tesoro acepta el préstamo en consolidado que está a 13... y extiende el pagaré por todo el valor nominal... al interés del 12 por 100. Usted vaya atando cabos...».

—Es escandaloso... ¡Pobre país!...

Un instante se vieron solos Juanito y su mujer, y pudieron decirse cuatro palabras. Jacinta quiso hacerle una pregunta que tenía preparada; pero él se anticipó dejándola yerta con esta cruelísima frase, dicha en tono cariñoso: «Nena, ven acá, ¿con que hijitos tenemos?».

Y no era posible explicarse más, porque la tertulia se enzarzó y vinieron otros amigos que empezaron a reír y a bromear, tomándole el pelo a Federico Ruiz con aquello de los castillos y preguntándole con seriedad si los había estudiado todos sin que se le escapase alguno en la cuenta. Después la conversación recayó en la política. Jacinta estaba desesperada, y en los ratos que podía cambiar una palabrita con su suegra, esta poníale una cara muy desconsolada, diciéndole: «Mal negocio, hija, mal negocio».

Por la noche, comensales otra vez, y luego tertulia y mucha gente. Hasta las doce duró aquel martirio. Se marcharon al fin uno a uno.

Jacinta les hubiera echado, abriendo todas las ventanas y sacudiéndoles con una servilleta, como se hace con las moscas. Cuando su marido y ella se quedaron solos, parecíale la casa un paraíso; pero sus ansiedades eran tan grandes que no podía saborear el dulce aislamiento. ¡Solos en la alcoba! Al fin...

Juan cogió a su mujer cual si fuera una muñeca, y le dijo:

«Alma mía, tus sentimientos son de ángel; pero tu razón, allá por esas nubes, se deja alucinar. Te han engañado; te han dado un soberbio timo».

—Por Dios, no me digas eso —murmuró Jacinta, después de una pausa en que quiso hablar y no pudo.

—Si desde el principio hubieras hablado conmigo... —añadió el Delfín muy cariñoso—. Pero aquí tienes el resultado de tus tapujos... ¡Ah, las mujeres!, todas ellas tienen una novela en la cabeza, y cuando lo que imaginan no aparece en la vida, que es lo más común, sacan su composicioncita.

Estaba la infeliz tan turbada que no sabía qué decir: «Ese José Izquierdo...».

—Es un tunante. Te ha engañado de la manera más chusca... Solo tú, que eres la misma inocencia puedes caer en redes tan mal urdidas... Lo que me espanta es que Izquierdo haya podido tener ideas... Es tan bruto; pero tan bruto, que en aquella cabeza no cabe una invención de esta clase. Por lo bestia que es, parece honrado sin serlo. No, no discurrió él tan gracioso timo. O mucho me engaño, o esto salió de la cabeza de un novelista que se alimenta con judías.

—El pobre Ido es incapaz...

—De engañar a sabiendas, eso sí. Pero no te quepa duda. La primitiva idea de que ese niño es mi hijo debió ser suya. La concebiría como sospecha, como inspiración artístico-flatulenta, y el otro se dijo: «Pues toma, aquí hay un negocio». Lo que es a *Platón* no se le ocurre; de eso estoy seguro.

Jacinta, anonadada, quería defender su tema a todo trance.

«Juanín es tu hijo, no me lo niegues» replicó llorando.

—Te juro que no... ¿Cómo quieres que te lo jure?... ¡Ay Dios mío!, ahora se me está ocurriendo que ese pobre niño es el hijo de la hijastra de Izquierdo. ¡Pobre Nicolasa! Se murió de sobreparto. Era una excelente chica. Su niño tiene, con diferencia de tres meses, la misma edad que tendría el mío si viviese.

—¡Si viviese!

—Si viviese... sí... Ya ves cómo te canto claro. Esto quiere decir que no vive.

—No me has hablado nunca de eso —declaró severamente Jacinta—. Lo último que me contaste fue... qué sé yo... No me gusta recordar esas cosas. Pero se me vienen al pensamiento sin querer.

«No la vi más, no supe más de ella; intenté socorrerla y no la pude encontrar». A ver, ¿fue esto lo que me dijiste?

—Sí, y era la verdad, la pura verdad. Pero más adelante hay otro episodio, del cual no te he hablado nunca, porque no había para qué. Cuando ocurrió, hacía ya un año que estábamos casados; vivíamos en la mejor armonía... Hay ciertas cosas que no se deben decir a una esposa. Por discreta y prudente que sea una mujer, y tú lo eres mucho, siempre alborota algo en tales casos; no se hace cargo de las circunstancias, ni se fija en los móviles de las acciones. Entonces callé, y creo firmemente que hice bien en callar. Lo que pasó no es desfavorable para mí. Podía habértelo dicho; pero ¿y si lo interpretabas mal? Ahora ha llegado la ocasión de contártelo, y veremos qué juicio formas. Lo que sí puedo asegurarte es que ya no hay más. Esto que te voy a decir es el último párrafo de una historia que te he referido por entregas. Y se acabó. Asunto agotado... Pero es tarde, hija mía, nos acostaremos, dormiremos y mañana...

VII

«No, no, no —gritó Jacinta más bien airada que impaciente—. Ahora mismo... ¿Crees que yo puedo dormir en esta ansiedad?».

—Pues lo que es yo, chiquilla, me acuesto —dijo el Delfín, disponiéndose a hacerlo—. Si creerás tú que te voy a revelar algo que pone los pelos de punta. ¡Si no es nada...!, te lo cuento porque es la prueba de que te han engañado. Veo que pones una cara muy tétrica. Pues si no fuera porque el lance es bastante triste, te diría que te rieras... ¡Te has de quedar más convencida...! Y no te apures por la *plancha*, hija. Ahí tienes lo que las personas sacan de ser demasiado buenas. Los ángeles, como que están acostumbrados a volar, no andan por la tierra sin dar un traspié a cada paso.

Se había acostumbrado de tal modo Jacinta a la idea de hacer suyo a Juanín, de criarle y educarle como hijo, que le lastimaba al sentirlo arrancado de sí por una prueba, por un argumento en que intervenía la aborrecida mujer aquella cuyo nombre quería olvidar. Lo más particular era que seguía queriendo al *Pituso*, y que su cariño y su amor propio se sublevaban contra la idea de arrojarle a la calle. No le abandonaría ya, aunque su marido, su suegra y el mundo entero se rieran de ella y la tuvieran por loca y ridícula.

«Y ahora —siguió Santa Cruz, muy bien empaquetado entre sus sábanas—, despídete de tu novela, de esa grande invención de dos ingenios, Ido del Sagrario y José Izquierdo... Vamos allá... Lo último que te dije fue...»

—Fue que se había marchado de Madrid y que no pudiste averiguar a dónde. Esto me lo contaste en Sevilla.

—¡Qué memoria tienes! Pues pasó tiempo, y al año de casados, un día, de repente, plaf... entras tú en mi cuarto y me das una carta.

—¿Yo?

—Sí, una cartita que trajeron para mí. La abro, me quedo así un poco atontado... Me preguntas qué es, y te digo: «Nada, es la madre del pobre Valledor que me pide una recomendación para el alcalde...». Cojo mi sombrero y a la calle.

—¡Volvía a Madrid, te llamaba, te escribía!... —observó Jacinta, sentándose al borde del lecho, la mirada fija, apagada la voz.

—Es decir, hacía que me escribieran, porque la pobrecilla no sabe...

«Pues señor, no hay más remedio que ir allá». Cree que tu pobre marido iba de muy mal humor. No puedes figurarte lo que le molestaba la resurrección de una cosa que creía muerta y desaparecida para siempre.

«¿Por dónde saldrá ahora?... ¿Para qué me llamará?». Yo decía también: «De fijo que hay muchacho por en medio». Esta sucesión me cargaba.

«Pero en fin, ¡qué remedio!...» pensaba al subir por aquellas oscuras escaleras. Era una casa de la calle de Hortaleza, al parecer de huéspedes. En el bajo hay tienda de ataúdes. ¿Y qué era?, que la infeliz había venido a Madrid con su hijo, con el mío: ¿por qué no decirlo claro?, y con un hombre, el cual estaba muy mal de fondos, lo que no tiene nada de particular... Llegar y ponerse malo el pobre niño fue todo uno. Viose la pobre en un trance muy apurado. ¿A quién acudir? Era natural: a mí. Yo se lo dije.

«Has hecho perfectamente...». La más negra era que el garrotillo le cogió al pobrecillo nene tan de filo, que cuando yo llegué... te va a dar mucha pena, como me la dio a mí... pues sí, cuando llegué, el pobre niño estaba expirando. Lo que yo le decía al verla hecha un mar de lágrimas: «¿Por qué no me avisaste antes?». Claro, yo habría llevado uno o dos buenos médicos y quién sabe, quién sabe si le hubiéramos salvado.

Jacinta callaba. El terror no la dejaba articular palabra.

«¿Y tú no lloraste?» fue lo primero que se le ocurrió decir.

—Te aseguro que pasé un rato... ¡ay qué rato! ¡Y tener que disimular en casa delante de ti! Aquella noche ibas tú al Real. Yo fui también; pero te juro que en mi vida he sentido, como en aquella noche, la tristeza agarrada a mi alma. Tú no te acordarás... No sabías nada.

—Y...

—Y nada más. Le compré la cajita azul más bonita que había en la tienda de abajo, y se le llevó al cementerio en un carro de lujo con dos caballos empenachados, sin más compañía que la del hombre de Fortunata y el marido, o lo que fuera, de la patrona. En la Red de San Luis, mira lo que son las casualidades, me encontré a mamá... Díjome: «¡Qué pálido estás!».

«Es que vengo de casa de Moreno Vallejo a quien le han cortado hoy la pierna». En efecto, le habían cortado la pierna, a consecuencia de la caída del caballo. Diciéndolo, miré desaparecer por la calle de la Montera abajo el carro con la cajita azul... ¡Cosas del mundo! Vamos a ver: si yo te hubiera contado esto, ¿no habrían sobrevenido mil disgustos, celos y cuestiones?

—Quizás no —dijo la esposa dando un gran suspiro—. Según lo que venga detrás. ¿Qué pasó después?

—Todo lo que sigue es muy soso. Desde que se dio tierra al pequeñuelo, yo no tenía otro deseo que ver a la madre tomando el portante. Puedes creérmelo: no me interesaba nada. Lo único que sentía era compasión por sus desgracias, y no era floja la de vivir con aquel bárbaro, un tiote grosero que la trataba muy mal y no la dejaba ni respirar. ¡Pobre mujer! Yo le dije, mientras él estaba en el cementerio: «¿Cómo es que vives con este animal y le aguantas?». Y respondiome: «No tengo más amparo que esta fiera. No le puedo ver; pero el agradecimiento...». Es triste cosa vivir de esta manera, aborreciendo y agradeciendo. Ya ves cuánta desgracia, cuánta miseria hay en este mundo, niña mía... Bueno, pues sigo diciéndote que aquella infeliz pareja me dio la gran jaqueca. El tal, que era mercachifle de estos que ponen puestos en las ferias, pretendía una plaza de contador de la depositaría de un pueblo. ¡Valiente animal! Me atosigaba con sus exigencias, y aun con amenazas, y no tardé en comprender que lo que quería era sacarme dinero. La pobre Fortunata no me decía nada. Aquel bestia no le permitía que me viera y hablara sin estar él presente, y ella, delante de él, apenas alzaba del suelo los ojos; tan aterrorizada la tenía. Una noche, según me contó la patrona, la quiso matar el muy bruto. ¿Sabes por qué?, porque me había mirado. Así lo decía él... Me puedes creer, como esta es noche, que Fortunata no me inspiraba sino lástima. Se había desmejorado mucho de físico, y en lo espiritual no había ganado nada. Estaba flaca, sucia, vestía de pingos que olían mal, y la pobreza, la vida de perros y la compañía de aquel salvaje habíanle quitado gran parte de sus atractivos. A los tres días se me hicieron insoportables las exigencias de la fiera, y me avine a todo. No tuve más remedio que decir: «Al enemigo que huye, puente de plata»; y con tal de verles marchar, no me importaba el sablazo que me dieron. Aflojé los cuartos a condición de que se habían de ir inmediatamente. Y aquí paz y después gloria. Y se acabó mi cuento, niña de mi vida, porque no he vuelto a saber una palabra de aquel respetable tronco, lo que me llena de contento.

Jacinta tenía su mirada engarzada en los dibujos de la colcha. Su marido le tomó una mano y se la apretó mucho. Ella no decía más que «¡Pobre *Pituso*, pobre Juanín!». De repente una idea hirió su mente como un latigazo, sacándola de aquel abatimiento en que estaba. Era la convicción última que se revolvía furiosa en las agonías del vencimiento. No existe nada que se resigne a morir, y el error es quizás lo que con más bravura se defiende de la muerte. Cuando el error se ve amenazado de esa ridiculez a que el lenguaje corriente da el nombre de *plancha*, hace desesperados esfuerzos, azuzado por el amor propio, para prolongar su existencia. De los escombros de sus ilusiones deshechas sacó, pues, Jacinta el último argumento, el último; pero lo esgrimió con brío, quizás por lo mismo que ya no tenía más.

«Todo lo que has dicho será verdad: no lo pongo en duda. Pero yo no te digo sino una cosa: ¿Y el parecido?».

Lo mismo fue oír esto el Delfín, que partirse de risa.

«¡El parecido! Si no hay tal parecido ni lo puede haber. Solo existe en tu imaginación. Los chicos de esa edad se parecen siempre a quien quiere el que los mira. Obsérvale bien ahora, examínale las facciones con imparcialidad, pero con imparcialidad y conciencia, ¿sabes?... y si después de esto sigues encontrando parecido, es que hay brujería en ello».

Jacinta le contemplaba en su mente con aquella imparcialidad tan recomendada, y... la verdad... el parecido subsistía... aunque un poquillo borroso y desvaneciéndose por grados. En la desesperación de su inevitable derrota, encontró aún la dama otro argumento.

«Tu mamá también le encontró un gran parecido».

—Porque tú le calentaste la cabeza. Tú y mamá sois dos buenas maniáticas. Yo reconozco que en esta casa hace falta un chiquitín. También yo lo deseo tanto como vosotras; pero esto, hija de mi alma, no se puede ir a buscar a las tiendas, ni lo debe traer Estupiñá debajo de la capa, como las cajas de cigarros. El parecido, convéncete tontuela, no es más que la exaltación de tu pensamiento por causa de esa maldita novela del niño encontrado. Y puedes creerlo, si como historia el caso es falso, como novela es cursi. Si no, fíjate en las personas que te han ayudado al desarrollo de tu obra: Ido del Sagrario, un flatulento; José Izquierdo, un loco de la clase de caballerías; Guillermina, una loca santa, pero loca al fin. Luego viene mamá, que al verte a ti chiflada, se chifla también. Su bondad le oscurece la razón, como a ti, porque sois tan buenas que a veces, créelo, es preciso ataros. No, no te rías; a las personas que son muy buenas, muy buenas, llega un momento en que no hay más remedio que atarlas.

Jacinta le sonreía con tristeza, y su marido le hizo muchas caricias, afanándose por tranquilizarla. Tanto le rogó que se acostara, que al fin accedió a ello.

«Mañana —dijo ella—, irás conmigo a verle».

—A quién... ¿al chiquillo de Nicolasa?... ¡Yo!

—Aunque no sea más que por curiosidad... Considéralo como una compra que hemos hecho las dos maniáticas. Si compráramos un perrito, ¿no querrías verle?

—Bueno, pues iré. Falta que mamá me deje salir mañana... y bien podría, que este encierro me va cargando ya.

Acostose Jacinta en su lecho, y al poco rato observó que su esposo dormía. Ella tenía poco sueño y pensaba en lo que acababa de oír. ¡Qué cuadro más triste y qué visión aquella de la miseria humana! También pensó mucho en el *Pituso*.

«Se me figura que ahora le quiero más. ¡Pobrecito, tan lindo, tan mono y no parecerse...! Pero si yo me confirmo en que se parece... ¡Que es ilusión! ¿Cómo ha de ser ilusión? No me vengan a mí con cuentos. Aquellos plieguecitos de la nariz cuando se ríe... aquel entrecejo...». Y así estuvo hasta muy tarde.

El 28 por la mañana, ya de vuelta de misa, entró Barbarita en la alcoba del matrimonio joven a decirles que el día estaba muy bueno, y que el enfermo podía salir bien abrigado.

«Os cogéis el coche y vais a dar una vuelta por el Retiro». Jacinta no deseaba otra cosa, ni el Delfín tampoco. Solo que en vez de ir al Retiro, se personaron en casa de Ramón Villuendas. Hallábase este en el escritorio; pero cuando les vio entrar subió con ellos, deseando presenciar la escena del reconocimiento, que esperaba fuera patética y teatral. Mucho se pasmaron él y Benigna de que Juan viera al pequeñuelo con sosegada indiferencia, sin hacer ninguna demostración de cariño paternal.

«Hola, barbián —dijo Santa Cruz sentándose y cogiendo al chico por ambas manos—. Pues es guapo de veras. Lástima que no sea nuestro... No te apures, mujer, ya vendrá el verdadero *Pituso*, el legítimo, de los propios cosecheros o de la propia tía Javiera».

Benigna y Ramón miraban a Jacinta.

«Vamos a ver —prosiguió el otro constituyéndose en tribunal—. Vengan ustedes aquí y digan imparcialmente, con toda rectitud y libertad de juicio, si este chico se parece a mí».

Silencio. Lo rompió Benigna para decir:

«Verdaderamente... yo... nunca encontré tal parecido».

—¿Y tú? —preguntó Juan a Ramón.

—Yo... pues digo lo mismo que Benigna.

Jacinta no sabía disimular su turbación.

«Ustedes dirán lo que quieran... pero yo... Es que no se fijan bien... Y en último caso, vamos a ver, ¿me negarán que es monísimo?».

—¡Ah!, eso no... y que tiene que ser un gran pillete. Tiene a quien salir. Su padre fue primero empleado en el *gas*; después punto figurado en la casa de juego del *pulpitillo*.

—¡Punto figurado! ¿Y qué es eso?

—¡Oh!, una gran posición... El papá de este niño, si no me engaño, debe de estar ahora tomando aires en Ceuta.

—Eso, eso no —indicó Jacinta con rabia—. ¿También quieres tú infamar a mi niño? Dámele acá... ¿No es verdad, hijo, que tu papá no...?

Todos se echaron a reír. Consolábase ella de su desairada situación besándole y diciendo:

«Mirad cómo me quiere. Pues no, no le abandono, aunque lo mande quien lo mande. Es mío».

—Como que te ha costado tu dinero.

VIII

El chico le echó los brazos al cuello y miró a los demás con rencor, como indignado de la nota infamante que se quería arrojar sobre su estirpe. Los otros niños se le llevaron para jugar, no sin que antes le hiciera Jacinta muchas carantoñas, por lo cual dijo Benigna que no *debía darle tan fuerte*.

«Cállate tú... Digo que no le abandono. Me le llevaré a casa».

—¿Estás loca? —insinuó el Delfín con severidad.

—No, que estoy bien cuerda.

—Vamos, ten discreción... No digo yo tampoco que se le eche a la calle; pero en el Hospicio, bien recomendado, no lo pasaría mal.

—¡En el Hospicio! —exclamó Jacinta con la cara muy encendida—, ¡para que me le manden a los entierros... y le den de comer aquellas bazofias...!

—¿Pero tú qué crees? Eres una criatura. ¿De dónde sacas que así se toman niños ajenos? Chica, chica, estás en pleno romanticismo.

Benigna y su marido manifestaron con enérgicos signos de cabeza que aquello del romanticismo estaba muy bien dicho.

«Pero si yo también le quiero proteger —afirmó Juan apreciando los sentimientos de su mujer y disculpando su exageración—. Ha sido una suerte para él haber caído en nuestras manos librándose de las de Izquierdo. Pero no disloquemos las ideas. Una cosa es protegerle y otra llevárnosle a casa. Aunque yo quisiera darte ese gusto, falta que mi padre lo consintiera. Tus buenos sentimientos te hacen delirar, ¿verdad, Benigna? Yo le he dicho que a las personas muy buenas, muy buenas, es menester atarlas algunas veces. Esta es un ángel, y los ángeles caen en la tontería de creer que el mundo es el cielo. El mundo no es el cielo, ¿verdad, Ramón?, y nuestras acciones no pueden ser basadas en el criterio angelical. Si todo lo que piensan y sienten los ángeles, como mi mujer, se llevara a la práctica, la vida sería imposible, absolutamente imposible. Nuestras ideas deben inspirarse en las ideas generales, que son el ambiente moral en que vivimos. Yo bien sé que se debe aspirar a la perfección; pero no dando de puntapiés a la armonía del mundo, ¡pues bueno estaría!... a la armonía del mundo, que es... para que lo sepas... un grandioso mecanismo de imperfecciones, admirablemente equilibradas y combinadas. Vamos a ver, te he convencido, ¿sí o no?

—Así, así —replicó Jacinta muy triste, un poco aturdida por las paradojas de su marido. Jacinta tenía idea tan alta de los talentos y de las sabias lecturas del Delfín, que rara vez dejaba de doblegarse ante ellas, aunque en su fuero interno guardase algunos juicios independientes que la modestia y la subordinación no le permitían manifestar. No habían transcurrido diez segundos después de aquel *así, así*, cuando se oyó una gran chillería.

«¿Qué es, qué hay?». ¡Qué había de ser sino alguna barbaridad de Juanín! Así lo comprendió Benigna, corriendo alarmada al comedor, de donde el temeroso estrépito venía.

—¡Bien por los chicos valientes! —dijo Santa Cruz, a punto que Ramón Villuendas se despedía para bajar al escritorio. Jacinta corrió al comedor y a poco volvió aterrada.

«¿No sabes lo que ha hecho? Había en el comedor una bandeja de arroz con leche. Juanín se sube sobre una silla y empieza a coger el arroz con leche a puñados... así, así, y después de hartarse, lo tira por el suelo y se limpia las manos en las cortinas».

Oyose la voz de Benigna, hecha una furia: «Te voy a matar... ¡indecente!, ¡cafre!». Los demás chicos aparecieron chillando. Jacinta les regañó: «Pero vosotros, tontainas, ¿no veíais lo que estaba haciendo? ¿Por qué no avisasteis? ¿Es que le dejáis enredar para después reíros y armar estos alborotos?».

—Mujer, llévate, llévate de una vez de mi casa este cachorro de tigre —dijo Benigna, entrando muy soliviantada—. ¡Virgen del Carmen, mi bandeja de arroz con leche!

Los chicos de Villuendas saltaban gozosos.

«Vosotros tenéis la culpa, bobones; vosotros que le azuzáis» díjoles la tiita, que en alguien tenía que descargar su enfado.

«Tú le tienes que lavar —manifestó Benigna, sin cejar en su cólera—, tú, tú. ¡Cómo me ha puesto las cortinas!».

—Bueno, mujer, le lavaré. No te apures.

—Y vestirle de limpio. Yo no puedo. Bastante tengo con los míos... Y nada más.

—Vaya, no alborotes tanto, que todo ello es poca cosa.

Jacinta y su marido fueron al comedor, donde le encontraron hecho un adefesio, cara, manos y vestido llenos de aquella pringue.

«Bien, bien por los hombres bravos —gritó Juan en presencia de la fiera—. Mano al arroz con leche. Me hace gracia este muchacho».

—Te voy a matar, pillo —le dijo su mamá adoptiva, arrodillándose ante él y conteniendo la risa—. Te has puesto bonito... verás que jabonadura te vas a llevar.

Mientras duró el lavatorio, los Villuendas chicos se enracimaban en torno a su tiito, subiéndosele a las rodillas y colgándosele de los brazos para contarle las grandes cochinadas que hacía el bruto de Juanín. No solo se comía las velas, sino que lamía los platos, y *dimpués*... tiraba los tenedores al suelo. Cuando su papá Ramón le reprendía, le enseñaba la lengua, diciendo *hostias* y otras *isprisiones* feas, y *dimpués*... hacía una cosa muy indecente, ¡vaya!, que era levantarse el vestido por detrás, dar media vuelta echándose a reír y enseñar el culito.

Santa Cruz no podía permanecer serio. Volvió al fin Jacinta, trayendo de la mano al delincuente ya lavado y vestido de limpio, y a poco entró Benigna, completamente aplacada, y encarándose con su cuñado, le dijo con la mayor severidad: «¿Tienes ahí un duro? No tengo suelto». Juan se apresuró a sacar el duro, y en el mismo momento en que lo ponía en la mano de Benigna, Jacinta y los chicos soltaron una carcajada. Santa Cruz cayó de su burro.

«Me la has dado, chica. No me acordaba de que es hoy día de Inocentes. Buena ha sido, buena. Ya me extrañó a mi un poco que en esta casa del dinero no hubiera suelto».

—Tomad —dijo Benigna a los niños—; vuestro tiito os convida a dulces.

—Para inocentadas —indicó Juan riendo—, la que nos ha querido dar mi mujer.

—A mí no —replicó Benigna—. Aquí hemos hablado mucho de esto, y la verdad, él podría ser auténtico; pero la tostada del parecido no la encontrábamos. Y pues resulta que esta preciosa fierecita no es de la familia... yo me alegro, y pido que me hagan el favor de quitármela de casa. Bastantes jaquecas me dan las mías.

Jacinta y su marido le rogaron al retirarse que le tuviese un día más. Ya decidirían.

Cosas muy crueles había de oír Jacinta aquel día, pero de cuanto oyó nada le causara tanto asombro y descorazonamiento como estas palabras que Barbarita le dijo al oído:

«Baldomero está incomodado con tu bromazo. Juan le habló claro. No hay tal hijo ni a cien mil leguas. La verdad, tú te precipitaste; y en cuanto al parecido... Hablando con franqueza, hija; no se parece nada, pero nada».

Era lo que le quedaba por oír a Jacinta.

«Pero usted... ¡por la Virgen santísima! también... —atreviose a decir cuando el espanto se lo permitió—, también usted creyó...»

—Es que se me pegaron tus ilusiones —replicó la suegra esforzándose en disculpar su error—. Dice Juan que es manía; yo lo llamo ilusión, y las ilusiones se pegan como las viruelas. Las ideas fijas son contagiosas. Por eso, mira tú, por eso tengo yo tanto miedo a los locos y me asusto tanto de verme a su lado. Es que cuando alguno está cerca de mí y se pone a hacer visajes, me pongo también yo a hacer lo mismo. Somos monos de imitación...

Pues sí, convéncete, lo del parecido es ilusión, y las dos... lo diré muy bajito, las dos hemos hecho una soberbia plancha. ¿Y ahora, qué hacer? No se te pase por la cabeza traerle aquí. Baldomero no lo consiente, y tiene mucha razón. Yo... si he de decirte la verdad, le he tomado cariño. ¡Ay!, sus salvajadas me divierten. ¡Es tan mono! ¡Qué ojitos aquellos!, ¿pues y los plieguecitos de la nariz?... y aquella boca, aquellos labios, el piquito que hace con los labios, sobre todo. Ven acá y verás el nacimiento que le compré.

Llevó a Jacinta a su cuarto de vestir y después de mostrarle el nacimiento, le dijo: «Aquí hay más contrabando. Mira. Esta mañana fui a las tiendas, y... aquí tienes: medias de color, un traje de punto, azul, a estilo inglés. Mira la gorra que dice *Numancia*. Este es un capricho que yo tenía. Estará saladísimo. Te juro que si no le veo con el letrero en la frente, voy a tener un disgusto».

Jacinta oyó y vio esto con melancolía.

«¡Si supiera usted lo que hizo esta mañana!» dijo; y contó el lance del arroz con leche.

—¡Ay, Dios mío, qué gracioso!... Es para comérselo... Yo, te digo la verdad, le traería a casa si no fuera porque a Baldomero y a Juan no les gustan estos tapujos... ¡Ay!, de veras te lo digo. No puede una vivir sin tener algún ser pequeñito a quien adorar. ¡Hija de mi alma!, es una gran desgracia para todos que tú no nos *des* algo.

A Jacinta se le clavó esta frase en el corazón, y estuvo temblando un rato en él y agrandando la herida, como sucede con las flechas que no se han clavado bien.

«Pues sí, esta casa es muy... muy sosona. Le falta una criatura que chille y alborote, que haga diabluras, que nos traiga a todos mareados. Cuando le hablo de esto a Baldomero, se ríe de mí; pero bien se le conoce que es hombre dispuesto a andar por esos suelos a cuatro pies, con los chicos a la pela».

—Puesto que Benigna no le quiere tener —dijo la nuera—, ni es posible tampoco tenerle aquí, le pondremos en casa de Candelaria. Yo le pasaré un tanto al mes a mi hermana para que el huésped no sea una carga pesada...

—Me parece muy bien pensado; pero muy bien pensado. Estás como las gatas paridas, escondiendo las crías hoy aquí, mañana allá.

—¿Y qué remedio hay?... Porque lo que es al Hospicio no va. Eso que no lo piensen... ¡Qué cosas se le ocurren a mi marido! Ya, como a él no le han hecho ir nunca a los entierros, pisando lodos, aguantando la lluvia y el frío, le parece muy natural que el otro pobrecito se críe entre ataúdes... Sí, está fresco.

—Yo me encargo de pagarle la pensión en casa de Candelaria —dijo Barbarita, secreteándose con su hija como los chiquillos que están concertando una travesura—. Me parece que debo empezar por comprarle una camita. ¿A ti qué te parece?

Replicó la otra que le parecía muy bien y se consoló mucho con esta conversación, dándose a forjar planes y a imaginar goces maternales. Pero quiso su mala suerte que aquel mismo día o el próximo cortase el vuelo de su mente don Baldomero, el cual la llamó a su despacho para echarle el siguiente sermón:

«Querida, me ha dicho Bárbara que estás muy confusa por no saber qué hacer con ese muchacho. No te apures; todo se arreglará.

Porque tú te ofuscaras, no vamos a echarle a la calle. Para otra vez, bueno será que no te dejes llevar de tu buen corazón... tan a paso de carga, porque todo debe moderarse, hija, hasta los impulsos sublimes... Dice Juan, y está muy en lo justo, que los procedimientos angelicales trastornan la sociedad. Como nos empeñemos todos en ser perfectos, no nos podremos aguantar unos a otros, y habría que andar a bofetadas... Bueno, pues te decía, que ese pobre niño queda bajo mi protección; pero no vendrá a esta casa, porque sería indecoroso, ni a la casa de ninguna persona de la familia, porque parecería tapujo».

No estaba conforme con estas ideas Jacinta; pero el respeto que su padre político le inspiraba le quitó el resuello, imposibilitándola de expresar lo mucho y bueno que se le ocurría.

«Por consiguiente —prosiguió el respetable señor tomándole a su nuera las dos manos—, ese caballerito que compraste será puesto en el asilo de Guillermina... No hay que fruncir las cejas. Allí estará como en la gloria. Ya he hablado con la santa. Yo le pensiono, para que se le dé educación y una crianza conveniente. Aprenderá un oficio, y quién sabe, quién sabe si una carrera. Todo está en que saque disposición. Paréceme que no te entusiasmas con mi idea. Pero reflexiona un poquito y verás que no hay otro camino... Allí estará tan ricamente, bien comido, bien abrigado... Ayer le di a Guillermina cuatro piezas de paño del Reino para que les haga chaquetas. Verás que guapines les va a poner. ¡Y que no les llenan bien la barriga en gracia de Dios! Observa, si no, los cachetes que tienen, y aquellos colores de manzana. Ya quisieran muchos niños, cuyos papás gastan levita y cuyas mamás se zarandean por ahí, estar tan lucidos y bien apañados como están los de Guillermina».

Jacinta se iba convenciendo, y cada vez sentía menos fuerza para oponerse a las razones de aquel excelente hombre.

«Sí; aquí donde me ves —agregó Santa Cruz con jovialidad—, yo también le tengo cariño a ese muñeco... quiero decir que no me libré del contagio de vuestra manía de meter chicos en esta casa. Cuando Bárbara me lo dijo, estaba ella tan creída de que era mi nieto, que yo también me lo tragué. Verdad que exigí pruebas... pero mientras venían tales pruebas, perdí la chaveta... ¡cosas de viejo!, y estuve todo aquel día haciendo catálogos. Yo procuraba no darle mucha cuerda a Bárbara, ni dejarme arrastrar por ella, y me decía: "Tengamos serenidad y no chocheemos hasta ver...". Pero pensando en ello, te lo digo ahora en confianza, salí a la calle, me reía solo, y sin saber lo que me hacía, me metí en el Bazar de la Unión y...»

Don Baldomero, acentuando más su sonrisa paternal, abrió una gaveta de su mesa y sacó un objeto envuelto en papeles.

«Y le compré esto... Es un acordeón. Pensaba dárselo cuando lo trajerais a casa... Verás qué instrumento tan bonito y qué buenas voces... veinticuatro reales».

Cogiendo el acordeón por las dos tapas, empezó a estirarlo y a encogerlo, haciendo *flin flan* repetidas veces. Jacinta se reía y al propio tiempo se le escaparon dos lágrimas. Entró entonces de improviso Barbarita, diciendo: «¿Qué música es esta?... A ver, a ver».

—Nada, querida —declaró el buen señor acusándose francamente—. Que a mí también se me fue el santo al Cielo. No lo quería decir. Cuando tú me saliste con que lo del nieto era una novela, *flin flan*, me dio la idea de tirar esta música a la calle, sin que nadie la viera; pero ya que se compró para él, *flin flan*, que la disfrute... ¿no os parece?

—A ver, dame acá —indicó Barbarita contentísima, ansiosa de tañer el pueril instrumento—. ¡Ah!, calavera, así me gastas el dinero en vicios. Dámelo... lo tocaré yo... *flin flan*... ¡Ay!, no sé qué tiene esto... ¡da un gusto oírlo! Parece que alegra toda la casa.

Y salió tocando por los pasillos y diciendo a Jacinta: «Bonito juguete... ¿verdad? Ponte la mantilla, que ahora mismo vamos a llevárselo, *flin flan*...».

XI. Final, que viene a ser principio

I

Quien manda, manda. Resolviose la cuestión del *Pituso* conforme a lo dispuesto por don Baldomero, y la propia Guillermina se lo llenó una mañanita a su asilo, donde quedó instalado. Iba Jacinta a verle muy a menudo, y su suegra la acompañaba casi siempre. El niño estaban tan mimado, que la fundadora del establecimiento tuvo que tomar cartas en el asunto, amonestando severamente a sus amigas y cerrándoles la puerta no pocas veces. En los últimos días de aquel infausto año, entráronle a Jacinta melancolías, y no era para menos, pues el desairado y risible desenlace de la novela *Pitusiana* hubiera abatido al más pintado. Vinieron luego otras cosillas, menudencias si se quiere, pero como caían sobre un espíritu ya quebrantado, resultaban con mayor pesadumbre de la que por sí tenían. Porque Juan, desde que se puso bueno y tomó calle, dejó de estar tan expansivo, sobón y dengoso como en los días del encierro, y se acabaron aquellas escenas nocturnas en que la confianza imitaba el lenguaje de la inocencia. El Delfín afectaba una gravedad y un seso propios de su talento y reputación; pero acentuaba tanto la postura, que parecía querer olvidar con una conducta sensata las chiquilladas del periodo catarral. Con su mujer mostrábase siempre afable y atento, pero frío, y a veces un tanto desdeñoso. Jacinta se tragaba este acíbar sin decir nada a nadie. Sus temores de marras empezaban a condensarse, y atando cabos y observando pormenores, trataba de personalizar las distracciones de su marido. Pensaba primero en la institutriz de las niñas de Casa-Muñoz, por ciertas cosillas que había visto casualmente, y dos o tres frases, cazadas al vuelo, de una conversación de Juan con su confidente Villalonga. Después tuvo esto por un disparate y se fijó en una amiga suya, casada con Moreno Vallejo, tendero de novedades de muy reducido capital. Dicha señora gastaba un lujo estrepitoso, dando mucho que hablar. Había, pues, un amante. A Jacinta se le puso en la cabeza que este era el Delfín, y andaba desalada tras una palabra, un acento, un detalle cualquiera que se lo confirmase. Más de una vez sintió las cosquillas de aquella rabietina infantil que le entraba de sopetón, y daba patadillas en el suelo y tenía que refrenarse mucho para no irse hacia él y tirarle del pelo diciéndole: *pillo...*

farsante, con todo lo demás que en su gresca matrimonial se acostumbra. Lo que más la atormentaba era que le quería más cuando él se ponía tan juicioso haciendo el bonitísimo papel de una persona que está en la sociedad para dar ejemplo de moderación y buen criterio. Y nunca estaba Jacinta más celosa que cuando su marido se daba aquellos aires de formalidad, porque la experiencia le había enseñado a conocerle, y ya se sabía, cuando el Delfín se mostraba muy decidor de frases sensatas, envolviendo a la familia en el incienso de su argumentación paradójica, *picos pardos* seguros.

Vinieron días marcados en la historia patria por sucesos resonantes, y aquella familia feliz discutía estos sucesos como los discutíamos todos. ¡El 3 de enero de 1874!... ¡El golpe de Estado de Pavía! No se hablaba de otra cosa, ni había nada mejor de qué hablar. Era grato al temperamento español un cambio teatral de instituciones, y volcar una situación como se vuelca un puchero electoral. Había estado admirablemente hecho, según don Baldomero, y el ejército había salvado *una vez más* a la desgraciada nación española. El consolidado había llegado a 11 y las acciones del Banco a 138. El crédito estaba hundido. La guerra y la anarquía no se acababan; habíamos llegado al *período álgido del incendio*, como decía Aparisi, y pronto, muy pronto, el que tuviera una peseta la enseñaría como cosa rara.

Deseaban todos que fuese Villalonga a la casa para que les contara la memorable sesión de la noche del 2 al 3, porque la había presenciado en los escaños rojos. Pero el representante del país no aportaba por allá. Por fin se apareció el día de Reyes por la mañana. Pasaba Jacinta por el recibimiento, cuando el amigo de la casa entró.

«Tocaya, buenos días... ¿cómo están por aquí? ¿Y el monstruo, se ha levantado ya?».

Jacinta no podía ver al dichoso tocayo. Fundábase esta antipatía en la creencia de que Villalonga era el corruptor de su marido y el que le arrastraba a la infidelidad.

«Papá ha salido —díjole no muy risueña—. ¡Cuánto sentirá no verle a usted para que le cuente eso!... ¿Tuvo usted mucho miedo? Dice Juan que se metió usted debajo de un banco».

—¡Ay, qué gracia! ¿Ha salido también Juan?

—No, se está vistiendo. Pase usted.

Y fue detrás de él, porque siempre que los dos amigos se encerraban, hacía ella los imposibles por oír lo que decían, poniendo su orejita rosada en el resquicio de la mal cerrada puerta. Jacinto esperó en el gabinete, y su tocaya entró a anunciarle.

«Pero qué, ¿ha venido ya ese pelagatos?».

—Sí... resalao... aquí estoy.

—Pasa, danzante... ¡Dichosos los ojos...

El amigote entró. Jacinta notaba en los ojos de este algo de intención picaresca. De buena gana se escondería detrás de una cortina para estafarles sus secretos a aquel par de tunantes. Desgraciadamente tenía que ir al comedor a cumplir ciertas órdenes que Barbarita le había dado... Pero daría una vueltecita, y trataría de pescar algo...

«Cuenta, chico, cuenta. Estábamos rabiando por verte».

Y Villalonga dio principio a su relato delante de Jacinta; pero en cuanto esta se marchó, el semblante del narrador inundose de malicia. Miraron ambos a la puerta; cerciorose el compinche de que la esposa se había retirado, y volviéndose hacia el Delfín, le dijo con la voz temerosa que emplean los conspiradores domésticos:

«¿Chico, no sabes... la noticia que te traigo...? ¡Si supieras a quién he visto! ¿Nos oirá tu mujer?»

—No, hombre, pierde cuidado —replicó Juan poniéndose los botones de la pechera—. Claréate pronto.

—Pues he visto a quien menos puedes figurarte... Está aquí.

—¿Quién?

—Fortunata... Pero no tienes idea de su transformación. ¡Vaya un cambiazo! Está guapísima, elegantísima. Chico, me quedé turulato cuando la vi.

Oyéronse los pasos de Jacinta. Cuando apareció levantando la cortina, Villalonga dio una brusca retorcedura a su discurso: «No, hombre, no me has entendido; la sesión empezó por la tarde y se suspendió a las ocho. Durante la suspensión se trató de llegar a una inteligencia. Yo me acercaba a todos los grupos a oler aquel guisado... ¡jum!, malo, malo; el ministerio Palanca se iba cociendo, se iba cociendo... A todas esas... ¡figúrate si estarían ciegos aquellos hombres!... a todas estas, fuera de las Cortes se estaba preparando la máquina para echarles la zancadilla. Zalamero y yo salíamos y entrábamos a turno para llevar noticias a una casa de la calle de la Greda, donde estaban Serrano, Topete y otros. "Mi general, no se entienden. Aquello es una balsa de aceite... hirviendo. Tumban a Castelar. En fin, se ha de ver ahora." "Vuelva usted allá. ¿Habrá votación?"

—"Creo que sí."

—"Tráiganos usted el resultado"».

—El resultado de la votación —indicó Santa Cruz—, fue contrario a Castelar. Di una cosa, ¿y si hubiera sido favorable?

—No se habría hecho nada. Tenlo por cierto. Pues como te decía, habló Castelar...

Jacinta ponía mucha atención a esto; pero entró Rafaela a llamarla y tuvo que retirarse.

«Gracias a Dios que estamos solos otra vez —dijo el compinche después que la vio salir—. ¿Nos oirá?».

—¿Qué ha de oír?... ¡Qué medroso te has vuelto! Cuenta, pronto. ¿Dónde la viste?

—Pues anoche... estuve en el Suizo hasta las diez. Después me fui un rato al Real, y al salir ocurrióme pasar por *Praga* a ver si estaba allí Joaquín Pez, a quien tenía que decir una cosa. Entro y lo primero que me veo es una pareja... en las mesas de la derecha... Quedeme mirando como un bobo... Eran un señor y una mujer vestida con una elegancia... ¿cómo te diré?, con una elegancia improvisada.

«Yo conozco esa cara», fue lo primero que se me ocurrió. Y al instante caí...

«¡Pero si es esa condenada de Fortunata!». Por mucho que yo te diga, no puedes formarte idea de la metamorfosis... Tendrías que verla por tus propios ojos. Está de rechupete. De fijo que ha estado en París, porque sin pasar por allí no se hacen ciertas transformaciones. Púseme todo lo cerca posible, esperando oírla hablar.

«¿Cómo hablará?» me decía yo. Porque el talle y el corsé, cuando hay dentro calidad, los arreglan los modistos fácilmente; pero lo que es el lenguaje... Chico, habías de verla y te quedarías lelo, como yo. Dirías que su elegancia es de lance y que no tiene aire de señora... Convenido; no tiene aire de señora; ni falta... pero eso no quita que tenga un aire seductor, capaz de... Vamos, que si la ves, tiras piedras. Te acordarás de aquel cuerpo sin igual, de aquel busto estatuario, de esos que se dan en el pueblo y mueren en la oscuridad cuando la civilización no los busca y los *presenta*. Cuántas veces lo dijimos: «¡Si este busto supiera explotarse...!». Pues ¡hala!, ya lo tienes en perfecta explotación. ¿Te acuerdas de lo que sostenías?...

«El pueblo es la cantera. De él salen las grandes ideas y las grandes bellezas. Viene luego la inteligencia, el arte, la mano de obra, saca el bloque, lo talla»... Pues chico, ahí la tienes bien labrada... ¡Qué líneas tan primorosas!... Por supuesto, hablando, de fijo que mete la pata. Yo me acercaba con disimulo. Comprendí que me había conocido y que mis miradas la cohibían... ¡Pobrecilla! Lo elegante no le quitaba lo ordinario, aquel no sé qué de pueblo, cierta timidez que se combina no sé cómo con el descaro, la conciencia de valer muy poco, pero muy poco, moral e intelectualmente, unida a la seguridad de esclavizar... ¡ah, bribonas!, a los que valemos más que ellas... digo, no me atrevo a afirmar que valgamos más, como no sea por la forma... En resumidas cuentas, chico, está que *ahuma*. Yo pensaba en la cantidad de agua que había precedido a la transformación. Pero ¡ah!, las mujeres aprenden esto muy pronto. Son el mismo demonio para asimilarse todo lo que es del reino de la *toilette*. En cambio, yo apostaría que no ha aprendido a leer... Son así; luego dicen que si las pervertimos. Pues volviendo a lo mismo, la metamorfosis es completa. Agua, figurines, la fácil costumbre de emperejilarse; después seda, terciopelo, el sombrerito...

—¡Sombrero! —exclamó Juan en el colmo de la estupefacción.

—Sí; y no puedes figurarte lo bien que le cae. Parece que lo ha llevado toda la vida... ¿Te acuerdas del pañolito por la cabeza con el pico arriba y la lazada?... ¡Quién lo diría! ¡Qué transiciones!... Lo que te digo... Las que tienen genio, aprenden en un abrir y cerrar de ojos. La raza española es tremenda, chico, para la asimilación de todo lo que pertenece a la forma... ¡Pero si habías de verla tú...! Yo, te lo confieso, estaba pasmado, absorto, embebe...

¡Ay Dios mío!, entró Jacinta, y Villalonga tuvo que dar un quiebro violentísimo...

«Te digo que estaba embebecido. El discurso de Salmerón fue admirable... pero de lo más admirable... Aún me parece que estoy viendo aquella cara de *hijo del desierto*, y aquel movimiento horizontal de los ojos y la gallardía de los gestos. Gran hombre; pero yo pensaba: "No te valen tus filosofías; en buena te has metido, y ya verás la que te tenemos armada". Habló después Castelar. ¡Qué discursazo!, ¡qué valor de hombre!, ¡cómo se crecía! Parecíame que tocaba al techo. Cuando concluyó: "A votar, a votar..."».

Jacinta volvió a salir sin decir nada. Sospechaba quizás que en su ausencia los tunantes hablaban de otro asunto, y se alejó con ánimo de volver y aproximarse cautelosa.

«Y aquel hombre... ¿quién era?» preguntó el Delfín que sentía el ardor de una curiosidad febril.

II

Te diré... desde que le vi, me dije: «Yo conozco esa cara». Pero no pude caer en quién era. Entró Pez y hablamos... Él también quería reconocerle. Nos devanábamos los sesos. Por fin caímos en la cuenta de que habíamos visto a aquel sujeto días antes en el despacho del director del Tesoro. Creo que hablaba con este del pago de unos fusiles encargados a Inglaterra. Tiene acento catalán, gasta bigote y perilla... cincuenta años... bastante antipático. Pues verás; como Joaquín y yo la mirábamos tanto, el tío aquel se escamaba. Ella no *se timaba*... parecía como vergonzosa... ¡y qué mona estaba con su vergüenza! ¿Te acuerdas de aquel palmito descolorido con cabos negros? Pues ha mejorado mucho, porque está más gruesa, más llena de cara y de cuerpo.

Santa Cruz estaba algo aturdido. Oyose la voz de Barbarita, que entraba con su nuera.

«Salí de estampía... —siguió Villalonga— a anunciar a los amigos que había empezado la votación... A los pies de usted, Barbarita... Yo bien, ¿y usted? Aquí estaba contando... Pues decía que eché a correr...»

—Hacia la calle de la Greda.

—No... los amigos se habían trasladado a una casa de la calle de Alcalá, la de Casa-Irujo, que tiene ventanas al parque del ministerio de la Guerra... Subo y me les encuentro muy desanimados. Me asomé con ellos a las ventanas que dan a Buenavista, y no vi nada...

«¿Pero a cuándo esperan? ¿En qué están pensando?...»

Francamente, yo creí que el golpe se había chafado y que Pavía no se atrevía a echar las tropas a la calle. Serrano, impaciente, limpiaba los cristales empañados, para mirar, y abajo no se veía nada.

«Mi general —le dije—, yo veo una faja negra, que así de pronto, en la oscuridad de la noche, parece un zócalo... Mire usted bien, ¿no será una fila de hombres?»

—«¿Y qué hacen ahí pegados a la pared?»

—«Vea usted, vea usted, el zócalo se mueve. Parece una culebra que rodea todo el edificio y que ahora se desenrosca... ¿Ve usted?... la punta se extiende hacia las rampas.»

—«Soldados son —dijo en voz baja el general, y en el mismo instante entró Zalamero con medio palmo de lengua fuera, diciendo: «La votación sigue: la ventaja que llevaba al principio Salmerón, la lleva ahora Castelar... nueve votos... Pero aún falta por votar la mitad del Congreso...». Ansiedad en todas las caras... A mí me tocaba entonces ir allá, para traer el resultado final de la votación... Tras, tras... cojo mi calle del Turco, y entrando en el Congreso, me encontré a un periodista que salía: «La proposición lleva diez votos de ventaja. Tendremos ministerio Palanca». ¡Pobre Emilio!... Entré. En el salón estaban votando ya las filas de arriba. Eché un vistazo y salí. Di la vuelta por la curva, pensando lo que acababa de ver en Buenavista, la cinta negra enroscada en el edificio... Figueras salió por la escalerilla del reloj, y me dijo: «Usted qué cree, ¿habrá trifulca esta noche?». Y le respondí: «Váyase usted tranquilo, maestro, que no habrá nada...».

«Me parece —dijo con socarronería— que esto se lo lleva Pateta». Yo me reí. Y a poco pasa un portero, y me dice con la mayor tranquilidad del mundo, que por la calle del Florín había tropa.

«¿De veras? Visiones de usted. ¡Qué tropa ni qué niño muerto!». Yo me hacía de nuevas. Asomé la jeta por la puerta del reloj.

«No me muevo de aquí —pensé, mirando la mesa—. Ahora veréis lo que es canela...». Estaban leyendo el resultado de la votación. Leían los nombres de todos los votantes sin omitir uno. De repente aparecen por la puerta del rincón de Fernando el Católico varios quintos mandados por un oficial, y se plantan junto a la escalera de la mesa. Parecían comparsas de teatro. Por la otra puerta entró un coronel viejo de la Guardia Civil.

«El coronel Iglesias —dijo Barbarita, que deseaba terminase el relato—. De buena escapó el país... Bien, Jacinto, supongo que almorzará usted con nosotros».

—Pues ya lo creo —dijo el Delfín—. Hoy no le suelto; y pronto mamá, que es tarde.

Barbarita y Jacinta salieron.

«¿Y Salmerón qué hizo?».

—Yo puse toda mi atención en Castelar, y le vi llevarse la mano a los ojos y decir: ¡qué ignominia! En la mesa se armó un barullo espantoso... gritos, protestas. Desde el reloj vi una masa de gente, todos en pie... No distinguía al presidente. Los quintos inmóviles... De repente ¡pum!, sonó un tiro en el pasillo...

—Y empezó la desbandada... Pero dime otra cosa, chico. No puedo apartar de mi pensamiento... ¿Decías que llevaba sombrero?

—¿Quién?... ¡Ah, aquella!

—Sí, sombrero, y de muchísimo gusto —dijo el compinche con tanto énfasis como si continuara narrando el suceso histórico—, y vestido azul elegantísimo y abrigo de terciopelo...

—¿Tú estás de guasa? Abrigo de terciopelo.

—Vaya... y con pieles, un abrigo soberbio. Le caía tan bien... que...

Entró Jacinta sin anunciarse ni con ruido de pasos ni de ninguna otra manera. Villalonga giró sobre el último concepto como una veleta impulsada por fuerte racha de viento.

«El abrigo que yo llevaba... mi gabán de pieles... quiero decir, que en aquella marimorena me arrancaron una solapa... la piel de una solapa quiero decir...».

—Cuando se metió usted debajo del banco.

—Yo no me metí debajo de ningún banco, tocaya. Lo que hice fue ponerme en salvo como los demás por lo que pudiera tronar.

—Mira, mira, querida esposa —dijo Santa Cruz, mostrando a su mujer el chaleco, que se quitó apenas puesto—. Mira cómo cuelga ese último botón de abajo. Hazme el favor de pegárselo o decirle a Rafaela que se lo pegue, o en último caso llamar al coronel Iglesias.

—Venga acá —dijo Jacinta con mal humor, saliendo otra vez.

—En buen apuro me vi, camaraíta —dijo Villalonga conteniendo la risa—. ¿Se enteraría? Pues verás; otro detalle. Llevaba unos pendientes de turquesas, que eran la gracia divina sobre aquel cutis moreno pálido. ¡Ay, qué orejitas de Dios y qué turquesas! Te las hubieras comido. Cuando les vimos levantarse, nos propusimos seguir a la pareja para averiguar dónde vivía. Toda la gente que había en Praga la miraba, y ella más parecía corrida que orgullosa. Salimos... tras, tras... calle de Alcalá, Peligros, Caballero de Gracia, ellos delante, nosotros detrás. Por fin dieron fondo en la calle del Colmillo. Llamaron al sereno, les abrió, entraron.

En una casa que está en la acera del Norte entre la tienda de figuras de yeso y el establecimiento de burras de leche... allí.

Entró Jacinta con el chaleco.

—Vamos... a ver... ¿Manda usía otra cosa?

—Nada más, hijita; muchas gracias. Dice este monstruo que no tuvo miedo y que se salió tan tranquilo... yo no lo creo.

—¿Pero miedo a qué?... Si yo estaba en el ajo... Os diré el último detalle para que os asombréis. Los cañones que puso Pavía en las boca-calles estaban descargados. Y ya veis los que pasó dentro. Dos tiros al aire, y lo mismo que se desbandan los pájaros posados en un árbol cuando dais debajo de él dos palmadas, así se desbandó la asamblea de la República.

—El almuerzo está en la mesa. Ya pueden ustedes venir —dijo la esposa, que salió delante de ellos muy preocupada.

—¡Estómagos, a defenderse!

Algunas palabras había cogido la Delfina al vuelo que no tenían, a su parecer, ninguna relación con aquello de las Cortes, el coronel Iglesias y el ministerio Palanca. Indudablemente había moros por la costa. Era preciso descubrir, perseguir y aniquilar al corsario a todo trance. En la mesa versó la conversación sobre el mismo asunto, y Villalonga, después de volver a contar el caso con todos sus pelos y señales para que lo oyera don Baldomero, añadió diferentes pormenores que daban color a la historia.

—¡Ah! Castelar tuvo golpes admirables.

«¿Y la Constitución federal?...».

—«La quemasteis en Cartagena».

—¡Qué bien dicho!

—El único que se resistía a dejar el local fue Díaz Quintero, que empezó a pegar gritos y a forcejear con los guardias civiles... Los diputados y el presidente abandonaron el salón por la puerta del reloj y aguardaron en la biblioteca a que les dejaran salir. Castelar se fue con dos amigos por la calle del Florín, y retirose a su casa, donde tuvo un fuerte ataque de bilis.

Estas referencias o noticias sueltas eran en aquella triste historia como las uvas desgranadas que quedan en el fondo del cesto después de sacar los racimos. Eran las más maduras, y quizás por esto las más sabrosas.

III

En los siguientes días, la observadora y suspicaz Jacinta notó que su marido entraba en casa fatigado, como hombre que ha andado mucho. Era la perfecta imagen del corredor que va y viene y sube escaleras y recorre calles sin encontrar el negocio que busca. Estaba cabizbajo como los que pierden dinero, como el cazador impaciente que se desperna de monte en monte sin ver pasar alimaña cazable; como el artista desmemoriado a quien se le escapa del filo del entendimiento la idea feliz o la imagen que vale para él un mundo. Su mujer trataba de reconocerle, echando en él la sonda de la curiosidad cuyo plomo eran los celos; pero el Delfín guardaba sus pensamientos muy al fondo y cuando advertía conatos de sondaje, íbase más abajo todavía.

Estaba el pobre Juanito Santa Cruz sometido al horroroso suplicio de la idea fija. Salió, investigó, rebuscó, y la mujer aquella, visión inverosímil que había trastornado a Villalonga, no parecía por ninguna parte. ¿Sería sueño, o ficción vana de los sentidos de su amigo? La portera de la casa indicada por Jacinto se prestó a dar cuantas noticias se le exigían, mas lo único de provecho que Juan obtuvo de su indiscreción complaciente fue que en la casa de huéspedes del segundo habían vivido un señor y una señora, «guapetona ella» durante dos días nada más. Después habían desaparecido... La portera declaraba con notoria agudeza que, a su parecer, el señor se había largado por el tren, y la *individua*, señora... o lo que fuera... *andaba por Madrid*. ¿Pero dónde demonios andaba? Esto era lo que había que averiguar. Con todo su talento no podía Juan darse explicación satisfactoria del interés, de la curiosidad o afán amoroso que despertaba en él una persona a quien dos años antes había visto con indiferencia y hasta con repulsión. La forma, la pícara forma, alma del mundo, tenía la culpa. Había bastado que la infeliz joven abandonada, miserable y quizás mal oliente se trocase en la aventurera elegante, limpia y seductora, para que los desdenes del hombre del siglo, que rinde culto al arte personal, se trocaran en un afán ardiente de apreciar por sí mismo aquella transformación admirable, prodigio de esta nuestra edad de seda.

«Si esto no es más que curiosidad, pura curiosidad... —se decía Santa Cruz, caldeando su alma turbada—. Seguramente, cuando la vea me quedaré como si tal cosa; pero quiero verla, quiero verla a todo trance... y mientras no la vea, no creeré en la metamorfosis.»

Y esta idea le dominaba de tal modo, que lo infructuoso de sus pesquisas producíale un dolor indecible, y se fue exaltando, y por último figurábase que tenía sobre sí una grande, irreparable desgracia. Para acabar de aburrirle y trastornarle, un día fue Villalonga con nuevos cuentos.

«He averiguado que el hombre aquel es un trapisondista... Ya no está en Madrid. Lo de los fusiles era un timo... letras falsificadas».

—Pero ella...

—A ella la ha visto ayer Joaquín Pez... Sosiégate, hombre, no te vaya a dar algo. ¿Dónde dices? Pues por no sé qué calle. La calle no importa. Iba vestida con la mayor humildad... Tú dirás como yo, ¿y el abrigo de terciopelo?... ¿y el sombrerito?... ¿y las turquesas?... Paréceme que me dijo Joaquín que aún llevaba las turquesas... No, no, no dijo esto, porque si las hubiera llevado, no las habría visto. Iba de pañuelo a la cabeza, bien anudado debajo de la barba, y con un mantón negro de mucho uso, y un gran lío de ropa en la mano... ¿Te explicas esto? ¿No? Pues yo sí... En el lío iba el abrigo, y quizás otras prendas de ropa...

—Como si lo viera —apuntó Juanito con rápido discernimiento—. Joaquín la vio entrar en una casa de préstamos.

—Hombre, ¡qué talentazo tienes!... Verde y con asa...

—¿Pero no la vio salir; no la siguió después para ver dónde vive?

—Eso te tocaba a ti... También él lo habría hecho. Pero considera, alma cristiana, que Joaquinito es de la Junta de Aranceles y Valoraciones, y precisamente había junta aquella tarde, y nuestro amigo iba al ministerio con la puntualidad de un Pez.

Quedose Juan con esta noticia más pensativo y peor humorado, sintiendo arreciar los síntomas del mal que padecía, y que principalmente se alojaba en su imaginación, mal de ánimo con mezcla de un desate nervioso acentuado por la contrariedad. ¿Por qué la despreció cuando la tuvo como era, y la solicitaba cuando se volvió muy distinta de lo que había sido?... El pícaro ideal, iay!, el eterno *¿cómo será?* Y la pobre Jacinta, a todas estas, descrismándose por averiguar qué demonches de antojo o manía embargaba el ánimo de su inteligente esposo. Este se mostraba siempre considerado y afectuoso con ella; no quería darle motivo de queja; mas para conseguirlo, necesitaba apelar a su misma imaginación dañada, revestir a su mujer de formas que no tenía, y suponérsela más ancha de hombros, más alta, más mujer, más pálida... y con las turquesas aquellas en las orejas... Si Jacinta llega a descubrir este arcano escondidísimo del alma de Juanito Santa Cruz, de fijo pide el divorcio. Pero estas cosas estaban muy adentro, en cavernas más hondas que el fondo de la mar, y no llegara a ella la sonda de Jacinta ni con todo el plomo del mundo.

Cada día más dominado por su frenesí investigador, visitó Santa Cruz diferentes casas, unas de peor fama que otras, misteriosas aquellas, estas al alcance de todo el público. No encontrando lo que buscaba en lo que parece más alto, descendió de escalón en escalón, visitó lugares donde había estado algunas veces y otros donde no había estado nunca. Halló caras conocidas y amigas, caras desconocidas y repugnantes, y a todas pidió noticias, buscando remedio al tifus de curiosidad que le consumía. No dejó de tocar a ninguna puerta tras de la cual pudieran esconderse la vergüenza perdida o la perdición vergonzosa. Sus explicaciones parecían lo que no eran por el ardor con que las practicaba y el carácter humanitario de que las revestía. Parecía un padre, un hermano que desalado busca a la prenda querida que ha caído en los dédalos tenebrosos del vicio. Y quería cohonestar su inquietud con razones filantrópicas y aun cristianas que sacaba de su entendimiento rico en sofisterías.

«Es un caso de conciencia. No puedo consentir que caiga en la miseria y en la abyección, siendo, como soy, responsable... iOh!, mi mujer me perdone;

pero una esposa, por inteligente que sea, no puede hacerse cargo de los motivos morales, sí, morales que tengo para proceder de esta manera».

Y siempre que iba de noche por las calles, todo bulto negro o pardo se le antojaba que era la que buscaba. Corría, miraba de cerca... y no era. A veces creía distinguirla de lejos, y la forma se perdía en el gentío como la gota en el agua. Las siluetas humanas que en el claro oscuro de la movible muchedumbre parecen escamoteadas por las esquinas y los portales, le traían descompuesto y sobresaltado. Mujeres vio muchas, a oscuras aquí, allá iluminadas por la claridad de las tiendas; mas la suya no parecía. Entraba en todos los cafés, hasta en algunas tabernas entró, unas veces solo, otras acompañado de Villalonga. Iba con la certidumbre de encontrarla en tal o cual parte; pero al llegar, la imagen que llevaba consigo, como hechura de sus propios ojos, se desvanecía en la realidad.

«¡Parece que donde quiera que voy —decía con profundo tedio— llevo su desaparición, y que estoy condenado a expulsarla de mi vista con mi deseo de verla!». Decíale Villalonga que tuviera paciencia; pero su amigo no la tenía; iba perdiendo la serenidad de su carácter, y se lamentaba de que a un hombre tan grave y bien equilibrado como él le trastornase tanto un mero capricho, una tenacidad del ánimo, desazón de la curiosidad no satisfecha.

«Cosas de los nervios, ¿verdad Jacintillo? Esta pícara imaginación... Es como cuando tú te ponías enfermo y delirante esperando ver salir una carta que no salía nunca. Francamente, yo me creía más fuerte contra esta horrible neurosis de la carta que no sale.»

Una noche que hacía mucho frío, entró el Delfín en su casa no muy tarde, en un estado lamentable. Se sentía mal, sin poder precisar lo que era. Dejose caer en un sillón y se inclinó de un lado con muestras de intensísimo dolor. Acudió a él su amante esposa, muy asustada de verle así y de oír los ayes lastimeros que de sus labios se escapaban, junto con una expresión fea que se perdona fácilmente a los hombres que padecen.

«¿Qué tienes, nenito?». El Delfín se oprimía con la mano el costado izquierdo. Al pronto creyó Jacinta que a su marido le habían pegado una puñalada. Dio un grito... miró; no tenía sangre...

«¡Ah! ¿Es que te duele?... ¡Pobrecito niño! Eso será frío... Espérate, te pondré una bayeta caliente... te daremos friegas con... con árnica...».

Entró Barbarita y miró alarmada a su hijo, pero antes de tomar ninguna disposición, echole una buena reprimenda porque no se recataba del crudísimo viento seco del Norte que en aquellos días reinaba. Juan entonces se puso a tiritar, dando diente con diente. El frío que le acometió fue tan intenso que las palabras de queja salían de sus labios como pulverizadas. La madre y la esposa se miraron con terror consultándose recíprocamente en silencio sobre la gravedad de aquellos síntomas... Es mucho Madrid este. Sale de caza un cristiano por esas calles, noche tras noche. ¿En dónde estará la res? Tira por aquí, tira por allá, y nada. La res no cae. Y cuando más descuidado está el cazador, viene callandito por detrás una pulmonía de la finas, le apunta, tira, y me le deja seco.

Madrid. Enero de 1886.
Fin de la primera parte

Libros a la carta

A la carta es un servicio especializado para
empresas,
librerías,
bibliotecas,
editoriales
y centros de enseñanza;
y permite confeccionar libros que, por su formato y concepción, sirven a
los propósitos más específicos de estas instituciones.

Las empresas nos encargan ediciones personalizadas para marketing
editorial o para regalos institucionales. Y los interesados solicitan, a título
personal, ediciones antiguas, o no disponibles en el mercado; y las acompañan con notas y comentarios críticos.

Las ediciones tienen como apoyo un libro de estilo con todo tipo de referencias sobre los criterios de tratamiento tipográfico aplicados a nuestros
libros que puede ser consultado en Linkgua-ediciones.com .

Linkgua edita por encargo diferentes versiones de una misma obra con
distintos tratamientos ortotipográficos (actualizaciones de carácter divulgativo de un clásico, o versiones estrictamente fieles a la edición original de
referencia).

Este servicio de ediciones a la carta le permitirá, si usted se dedica a la
enseñanza, tener una forma de hacer pública su interpretación de un texto
y, sobre una versión digitalizada «base», usted podrá introducir interpretaciones del texto fuente. Es un tópico que los profesores denuncien en clase
los desmanes de una edición, o vayan comentando errores de interpretación
de un texto y esta es una solución útil a esa necesidad del mundo académico.

Asimismo publicamos de manera sistemática, en un mismo catálogo, tesis
doctorales y actas de congresos académicos, que son distribuidas a través
de nuestra Web.

El servicio de «libros a la carta» funciona de dos formas.

1. Tenemos un fondo de libros digitalizados que usted puede personalizar
en tiradas de al menos cinco ejemplares. Estas personalizaciones pueden
ser de todo tipo: añadir notas de clase para uso de un grupo de estudiantes,

introducir logos corporativos para uso con fines de marketing empresarial, etc. etc.

2. Buscamos libros descatalogados de otras editoriales y los reeditamos en tiradas cortas a petición de un cliente.